비타민

비타민

초판 1쇄 찍은 날 § 2007년 7월 18일
초판 1쇄 펴낸 날 § 2007년 7월 28일

지은이 § 서야
펴낸이 § 서경석

편집장 § 문혜영
편집책임 § 이종민
편집 § 한지윤

펴낸곳 § 도서출판 청어람
등록번호 § 제1081-1-89호
등록일자 § 1999. 5. 31
어람번호 § 제5-0152호

주소 § 경기도 부천시 원미구 심곡1동 350-1 남성B/D 3F (우) 420-011
전화 § 032-656-4452 팩스 § 032-656-4453
http://www.chungeoram.com
E-mail § eoram99@chollian.net

ISBN 978-89-251-0811-7 03810

비타민

서야 지음

도서출판
청람

프롤로그

비타민 같은 남자!

그 남자의 첫인상을 연은 그렇게 규정했다.

그녀는 약에 관해서는 종류에 불문하고 완벽한 거부감을 가지고 있었다. 태어난 순간부터 허약 체질로 판명이 난 그녀 곁에는 늘 약이 떨어지질 않았다. 입원해 있을 때엔 해열제와 진통제, 갖가지 명분을 가진 약들이, 퇴원하고 나서는 한약방에서 지어온 보약과 온갖 영양제들이 수북했다. 그 속에 절대 빠지지 않는 게 비타민제였다. 그다지 필요성을 느끼지 못하는데도 마치 만병통치약이라도 되는 양, 어머니는 매일 비타민제를 내밀곤 했다. 그렇게 한약과 양약을 두루 섭렵한 탓에 약이라면 딱 질색인 그녀다. 그런 그녀가 보기에 그는 비타민을 닮았다. 여러 가지 향과 맛으로 포장되어 있지만 결국은 약일 수밖에 없는. 극히 부정적인 선입견으로 보면 말이다.

그는 그녀의 의사와 상관없이 순전히 어른들에 의해 결정지어진 맞선 당사자이다. 의도하지는 않았지만 갑자기 일이 터진 탓에 조금 늦게 약속 장소로 향한 연은 어깨에 쌓인 눈을 털어내며 호텔 안을 돌아보았다. 삼삼오오 짝 지어진 다른 테이블 속에 창가 쪽의 한 남자가 그녀의 시선을 잡아끌었다. 연말이라는 특수한 시간 속에 다들 조금 흥분된 호텔 안의 분위기 속에서 남자는 마치 딴 세계의 사람처럼 이질적인 눈빛으로 무심하게 제 앞에 놓인 찻잔만 바라보고 있었다. 마치 시간이 그의 곁을 유유히 흐르는 듯한 독특한 느낌이었다.

이왕이면 저 남자면 좋겠다, 생각한 것도 그 눈빛 때문이었다. 그러면 거절해도 쉽게 수긍할 수 있을 것 같아 보였다. 착각일 수도 있겠지만, 내내 무심하던 남자의 갈색 눈동자가 그녀에게 빠르게 닿은 것 같다. 약간의 반가운 기색까지 담고서. 그래서 연은 그가 자신의 선 상대자라 추측했다. 차가운 밖의 날씨와 달리 가벼운 초봄의 날씨처럼 훈훈한 실내 온도 탓에 공기가 눅눅하다. 물안개가 스민 듯, 습한 홀을 가로질러 연은 단정한 자세로 남자를 향해 걸어갔다. 약속한 시간보다 늦은 주제에 서두르는 기색도 없었다. 걸어가는 동안 내내 남자의 시선은 연을 떠나지 않았다. 연, 역시 그를 또렷한 눈동자로 마주 보았다. 어머니가 보여준 사진 속의 형상을 떠올리려 애를 썼지만 좀처럼 이 남자와 매치가 되지 않았다. 건성으로 본 탓에 사진의 모습이 선명히 떠오르지 못한 이유였다. 하지만 솔직히 연은 이 남자다! 라는 확신이 있었다. 그건 예감이었다. 그리 긴 거리가 아님에도 불구하고 연의 빠른 눈빛은 남자를 세심히 검색했다.

연푸른 와이셔츠와 은빛 정장. 겨울의 의상치고는 조금 차가운 느낌이다. 그러나 자신에게 향한 남자의 갈색 눈동자는 가을처럼 그윽하고, 목 언저리에 넘실거리는 머리카락은 잘생긴 그의 외모를 한층 돋보이게 하고 있었다. 전제적으로 보아, 남다른 패션 감각이 아니라 해도 꽤나 독특한 매력이 있는 남자이긴 했다.

연의 구두가 그의 테이블 앞에 딱 멈추어 섰다.

테이블 건너편에 마주 앉은 그가 씨익, 미소를 날렸다. 달큼하면서 새콤한 맛을 함께 가지고 있는 비타민 C와 같은 미소였다. 비타민 같은 남자라고 생각한 건 그 미소 때문이었다. 달콤함을 가장하지만 결국은 공장에서 찍어 만든 작은 알약에 불과한 미소였다. 상큼하지만 어딘지 연한 차가움을 담고 있는.

"강효인입니다."

역시!

한 시간이나 늦었는데도 남자는 비난하는 기색 없이 마냥 싱글대고 있었다. 하지만 상큼한 미소와 달리 긴 아몬드형의 눈동자에 담긴 냉한 무심함을 연은 쉽게 알아차렸다. 그래서 굉장히 알기 어려운 남자라는 생각도 했다.

"남궁연입니다. 늦어서 죄송해요."

몸에 밴 예의를 갖추며 연은 짧은 귀밑머리를 신경질적으로 넘겼다. 그녀의 어머니는 '사내 녀석처럼……' 이라는 단서를 달았지만, 연은 짧은 커트 머리를 꽤 마음에 들어하는 중이었다. 선이 들어온 날, 기분 전환 삼아 미용실에 들러 이마를 덮은 앞머리까지 짧게 잘라내고 집에 들어오자 어머니는 기겁을 했다.

하긴 그럴 수밖에.

어머니를 닮아 선명한 이목구비를 가진 연은 우아하고 품격 있는 외모가 자랑이었다. 물론, 그녀 어머니의 관점에서 말이다. 그런 딸이, 귀엽기는 하지만 품위와는 거리가 먼 짧은 커트로 나타나자 집 안이 들썩일 정도로 수선을 피워댔다.

"연이 너! 지금 나한테 반항하는 거니? 기어이 선보라 해서 이러는 거야? 대체 이런 몰골로 어떻게 선을 보겠다는 거야? 내가 못살아, 정말!"

그리고는 이마에 허연 머리띠를 두르고 끙끙, 앓는 시늉을 했다. 제 딸이긴 하지만 물처럼 담백한 연을 한 번도 눌러본 적이 없는 엄마가 이번만큼은 절대 물러서지 않겠다는 단단한 각오로 우겨낸 선 자리였다. 그런 어머니를 보고서도 냉정하게 선을 거절하던 연을 설득한 건 아버지였다. 언제나 딸 편에 섰던 아버지가 한 번쯤은 어머니에게 져주라, 부탁한 통에 어쩔 수가 없었다. 어머니의 고집에 밀려 선을 보겠다 선언하고 나니, 어쩐지 기분이 우울해지고 말았다. 서른이란 나이가 주는 중압감이란 이런 것인가, 싶기도 했고. 그래서 오후에 일이 끝난 후 잠깐 근처 미용실에 들러 과감히 머리를 잘라내 버린 것이었다. 그 머리를 보자마자 뒤로 넘어간 어머니는 그렇게 항변을 했다. 중매쟁이에게 내놓은 사진은 윤기가 참기름처럼 흐르고, 등줄기를 따라 찰랑한 소리를 낼 정도로 긴 생머리였으니 이젠 어느 누가, 사진과 같은 인물이냐고 믿느냐는 것이었다. 머리 좀 잘랐기로서니, 그 정도의 눈썰미조차 없는 남자라면 두말할 것 없이 거절이라는 생각이었지만 연은 아무 말도 하지 않았다.

"사진과는 좀 다르네."

연의 짧은 머리를 유심히 바라보며 효인은 피식거렸다. 단번에 그녀를 알아차린 것으로는 제법 눈썰미가 있는 남자였지만, 그리 말버릇이 좋은 남자 같지는 않았다. 농담이야, 하고 효인이 덧붙였지만 솔직히 연은 그가 진실로 농담을 한 건지 판단이 서지 않았다.

"선이 들어온 날, 머리를 잘랐어요."

연이 생기 없는 목소리로 간단히 설명했다. 그 말의 의미를 알아차렸는지 효인의 눈썹이 위로 치켜올랐다.

"그것 참! 의미있는 머리 스타일이군."

그리 호의적인 태도가 아니었음에도 불구하고 무어 그리 즐거운지 연신 빙글대는 효인을 무시한 채, 연은 홀 웨이트리스에게 따스한 차 한 잔을 주문했다. 생글대는 시선이 좀처럼 떨어지지 않았지만 연은 그것도 무시했다. 조금 귀찮았다. 그녀의 직업으로는 이런 연말, 그것도 더구나 토요일엔 밥 먹을 시간도 없이 바쁜 시즌이었다. 정말 아버지만 아니었다면 어머니가 아무리 흰 머리띠를 둘렀다 해도 결코 나오지 않았을 선 자리였다. 그녀의 동료이자, 오랜 친구인 선영에게 남은 일을 몽땅 떠넘기고 온 후라 그리 기분도 좋지 않았다.

"그렇게 노골적으로 귀찮은 기색을 내면 마주 앉은 몰골이 영 옹색해지잖아?"

잠시, 연의 시선이 맞은편으로 향했다.

만만찮은 상대다.

처음, 비타민처럼 가볍고 상큼했던 인상이 이젠 좀처럼 속내를 알 수 없는 만만찮은 남자로 바뀌었다. 불쾌하라고 한 말이었다. 그녀가 굳이 내색을 하지 않아도 손쉽게 이 선을 파장할 꼼수이기도 했고. 하지만 정면으로 치고 들어올 거라는 건 미처 예상하지 못했다.

"첫인상이 아주 좋은데?"

쉽게 말 내리는 넉살은 내림인 걸까, 아니면 잘난 자신의 배경 탓인가? 잠깐 호기심이 들었다.

유한병원의 둘째 아들이자 심장 외과 전문의. 위로 하나 있는 형은 광고회사를 운영하는 터라 병원을 물려받을 유일한 후계자. 이것이 그녀가 아는 정보였다.

하지만 서울 지검 부장검사로 있는 아버지의 배경이나, 제 스

스로에 대한 자신감이 부족하지 않는 그녀로서는 그리 꿀릴 것
도 없었다. 그래서 아마, 오만한 성격인 모양이라고 연은 낙점
을 찍었다.

대답 없는 그녀를 앞에 두고, 남자는 품속에서 사진을 꺼냈
다. 지금과는 전혀 다른 분위기이긴 하지만 눈에 익은 자신의
모습을 연은 흘끗, 스쳐 보았다. 별 감흥이 느껴지지 않는 시선
이었다.

"나도 선은 별로인데 사진을 보고선 궁금해졌거든. 누군가를
굉장히 많이 닮아서……."

그녀의 무덤덤한 태도에 기죽는 법 없이 제법 수다까지 떤다.
누군가를 많이 닮아서 나온 선이라……. 그녀보다는 훨씬 불건
전한 이유였다. 그녀 역시 무례하긴 했지만 남자는 한술 더 떴
다.

"하지만 당신이 더 미인이야. 조금 쳐다보았다고 죽일 듯 노
려보는 남자도 없고."

다른 남자의 여자를 사랑하는 건가? 연은 고개를 갸웃거렸
다. 다른 남자의 여자를 사랑하는 남자는 별로다. 아니, 더 솔직
히 말하자면 염치없는 사람이라는 생각이었다. 아무리 사랑이
란 이름을 가지고 있다 해도 다른 사람의 것을 탐내는 건 전혀
도덕적이지 못하다는 주의인지라 몹시 불쾌한 기분이 들었다.

"난 좋은데."

그녀의 심정과 상관없이 효인이 기분 좋은 미소를 띠며 명쾌

하게 획을 그었다. 무슨 뜻인지는 묻지 않아도 알겠다. 연의 짧은 머리가 팔랑, 흔들렸다.

"죄송하지만 난 관심없어요."

"아직 나에 대해 아는 게 없잖아?"

그녀의 거절에 효인은 불쾌해하는 대신 조금 더 흥미로운 시선을 보였다. 순수함을 가장한 그의 맑은 눈동자를 연은 담담히 바라보았다. 겉으로 보아서야 단정하고 온화해 보이지만 곧은 대나무 같은 아버지의 성정을 닮아 제 속내를 부러지게 드러내는 그녀다. 만만히 보았다간 아마 큰 코 한번 부러질 참인데 눈치없는 효인은 여전히 실실대고 있었다. 대답을 재촉하는 그의 눈짓에 연은 한숨을 삼키며 브리핑하듯, 줄줄 신상명세서를 읊었다.

"나이는 서른여섯. 한국대학교 의과대학 졸업. 아버님은 유한병원 원장. 위로 형은 인하 광고기획 사장. 본인은 심장 전문의로 현재 유한병원 외과 과장."

"그것 말고는?"

"쉽게 알아차릴 정도로 오만하고, 제멋대로인데다, 빙글대는 입매처럼 눈은 웃지 않는 남자. 상대의 거절쯤은 쉽게 무시할 수 있는 넉살도 있고. 이 정도면 충분할 것 같은데요?"

"아, 꽹장히 예리하군. 짧은 시간에 나에 대해 이토록 많이 아는 여자는 당신이 처음이야. 대단해!"

효인이 엄지손가락을 위로 치켜올렸다. 갑자기 마시던 모과

차가 찐득해지는 기분이 들었다. 한 가지 빼먹었다. 거미줄처럼 질척이고 끈적이는 남자!

이미 입맛을 잃은 모과차를 남겨둔 채 연은 자리에서 일어섰다.

"실은 처음부터 거절할 생각으로 나왔어요, 이미 약속이 잡혀버린 터라. 그래도 나오는 게 예의일 것 같아서…… 차 잘 마셨어요."

처음부터 거절할 생각이 아니었다 해도, 이 남자라면 절대 사양이다. 효인이 무어라, 채 붙잡기도 전에 연은 이미 자리에서 일어서고 있었다. 남아 있는 효인의 심정 따윈 상관이 없었다. 저녁 시간에 벌써 잡아놓은 파티 스케줄이 두 개이다. 선영과 찬희 둘이서 그 파티를 준비하기엔 확실히 여력이 부족했다. 이런 바쁜 시기에 그리 호감스럽지 않는 남자를 배려할 만큼 상황이 넉넉하지가 않았다. 앙증맞은 자신의 소형차에 오르며 연은 쉽게 남자의 이름을 지웠다. 다시는 볼 일 없겠지. 그리고 그렇게 되길 바랄 뿐이었다.

"얘! 그쪽에서 좋단다."

뒤늦게 선영과 합류해 남은 파티를 끝내고 집으로 돌아오자 하얀 머리띠를 벗어 던진 그녀의 어머니가 후다닥 현관을 뛰어나와 반색을 했다.

"서른이나 먹은 노처녀인데도 그쪽에서 쉽게 선본다, 할 때부터 느낌이 좋더라니까! 무작정 오케이니까 우리 쪽에서 날만 잡으면 된대. 머리 자르길 잘했나 보다. 하긴 커트 머리가 더 어려 보이긴 하지."

머리를 잘랐다 타박할 때와는 딴판으로 희색이 만연한 어머니를 연은 한심스런 기색으로 바라보았다. 첫인상부터 그리 마음에 들지 않더라니…….

"전 별로예요. 이미 그쪽에 거절 의사를 밝혔고요."

"뭐?"

환하던 미소가 금세 퍼렇게 질려가는 걸 보며 심술궂은 쾌감이 들었다.

"너, 지금 제정신이니? 그쪽이 아무리 서른여섯이라고 해도 서른 살짜리 노처녀한테는 과분한 자리야. 게다가 이런 인륜지대사에 우리한테 물어보지도 않고, 네 멋대로 거절을 해? 너 정말, 엄마 쓰러지는 꼴 보고 싶어?"

그쪽 남자 나이는 벌써 마흔이 코앞이다. 이제 겨우 서른을 넘어선 딸에 대한 평가치고는 너무 편협스러웠지만 연은 대충 넘겼다. 어머니의 이런 거침없는 말투에 서른 해를 적응해 살았으니 그다지 영향을 받을 것도 없었다. 그러나 어머니는 조금 달랐다. 서른 해를 키워놓고도 연의 이런 무심한 태도에 적응을 못해 파르르 성깔을 부려댔다. 방금 전의 유들함은 어디다 버렸는지 팩! 소리를 지르는 통에 방에 있던 아버지, 남궁 부장검사까지 뛰어나올 정도였다. 무, 무슨 일이야? 끔찍하게 사랑하는 제 아내가 행여 쓰러지지 않을까. 노심초사, 놀란 아버지를 바라보며 연은 시큰둥하게 대답했다.

"엄마가 쓰러진다 해도, 싫은 결혼을 할 수는 없잖아요?"

"대체 뭐가 마음에 안 들어서 그래? 신랑감이 얼마나 괜찮은 사람인지 몰라서 그래?"

"유한병원 후계자라는 것만으로 결혼할 이유가 돼요?"

"그래서 이러는 줄 알아? 성품 반듯하지, 능력 좋지, 집안 좋지. 뭐 하나 빠질 게 없는 자리라 네 차례까지도 오지 않는 자리야, 이것아!"

"잘됐네요. 그럼 목 빠지게 기다리는 다른 처자에게 보신했다고 생각하세요."

자신만만한 태도로 실죽이던 미소를 잠시 떠올리며 연은 전혀 아깝지 않은 태도로 대답했다.

냉정한 그녀의 말에 어머니는 또다시 꼴딱 넘어갔다. 뒷목을 움켜쥔 채 그대로 쓰러질 품새를 짓는 어머니의 허풍을 무시한 채 연은 위층, 자신의 방으로 올라섰다. 엄마의 이런 과장스런 태도에 이미 질릴 만큼 질린 그녀였다. 실제로 팔딱거리는 성질을 이기지 못해 그대로 쓰러져 버린다 해도 태연히 119에 전화할 그녀라는 걸 왜 어머니는 인정하지 않는지 정말 피곤한 일이었다.

"쟤 고집 몰라서 그래? 서른을 먹도록 제 싫은 건 목에 칼이 들어와도 안 하는 녀석이야. 당신이 포기해."

현명한 아버지의 음성이 그나마 지친 그녀의 심신에 작은 위로가 되었다.

"난 죽어도 포기 못해요. 눈에 흙이 들어와도 결혼시키고 말 테니까 두고 보라고요!"

앙금진 어머니의 목소리가 쩡! 소리를 내며 천장에 부딪혔다.

눈에 흙이 들어오는 대신, 몇 날 며칠 금식을 하는 어머니를 태연스럽게 지켜보며 연은 출근도 잘했고, 퇴근도 잘했으며, 밥도 잘 먹었다.

독한 것, 독하디 독한 것……. 내 속에서 어떻게 저런 게 나왔나 몰라!

어머니의 질긴 한탄 속에 겨울은 지나갔고, 효인의 집에서도 별다른 연락이 없었다. 제야의 종소리를 들으며 연은 연이어 밀려든 파티 주문들로 호황의 경기를 누렸고, 그녀의 일상엔 잔잔한 평화가 찾아왔다. 그리고 모든 것이 끝이었다. 최소한 연의 뇌리 속에서는…….

#1

며칠 전부터 하루 종일 끊이지 않는 드릴 소리에 연은 관자놀이를 짓눌렀다. 그녀가 근무하는 사무실의 같은 층, 건너편 상가에 새 사무실이 입주하려는 모양인지 일주일째 공사가 진행 중이었다.

동업자인 선영과 발에 물집이 잡히도록 돌아다니며 겨우 구한 사무실은 저렴한 월세에 비해 건물 내부도 깨끗하고 맞은편 상가와 마주 보는 복도 쪽도 제법 넓어 웬만해선 그리 불편한 게 없는 곳이었다. 그녀가 들어올 때만 해도 이렇게 큰 공사는 하고 들어온 것 같지는 않는데 이번에 들어오는 가게는 공사가 좀 심했다. 매캐한 페인트 냄새야 억지로 참는다 해도, 유독 소음에 약한 그녀인지라 청각을 찢어발기는 드릴 소리엔 정말 대책이 없었다.

봄날의 황사를 피해 창문을 꼭꼭 닫아놓은지라 작은 소음도 메아리치는 사무실이다. 지난 파티에 찍어놓은 자료 사진들을 휙휙 넘기는 거친 손짓은 지금 그녀의 스트레스가 얼마나 한계에 다다랐는지 보여주고 있었다.

"참아! 설마 한 달 내내 저러겠어?"

성격 좋은 선영이 예민한 그녀의 신경을 알아차리곤 위로랍시고 건넸다.

"한 달 내내 저런다면 이 건물을 부숴 버릴 것 같아. 대체 뭐가 들어오기에 저렇게 수선이라니? 대충 못이나 몇 개 박으면 될 것이지…… 벽을 통째로 갈 것도 아닐 테고 말이야."

"대충 들으니까 무슨 병원이 들어오는 것 같던데?"

병원?

더욱 인상을 찡그리며 연은 보고 있던 사진들을 탁 덮었다.

"왜?"

자리에서 벌떡 일어선 연을 보며 선영이 깜짝 놀라 물어왔다.

"점심이나 먹을까 하고."

"점심?"

더욱 놀란 얼굴이었다. 하긴 아직 채 열한 시도 못 된 시간이었으니 무리도 아니었다. 시계를 흘끔거리는 선영과 찬희의 눈짓 속에 연은 사무실을 나섰다. 건물 복도는 병원 수리로 인해 밖의 황사보다 더 고운 먼지들이 미세하게 날아다니고 있었다. 일부러 인부들을 향해 콜록, 기침 소리를 내며 복도를 스치는 그녀의 모습은 딱 노처녀의 그것처럼 짜증스럽기 그지없었다.

"아, 많이 시끄러우시죠?"

있는 힘껏 인상을 쓴 채 복도를 빠져나가는 그녀를 누군가 불러 세웠다. 서글서글한 음성이었다.

"공사가 이렇게 길어질 줄은 몰랐네요. 사나흘 정도면 될 줄 알고 아직 다른 사무실에 양해도 못 구했는데……. 옆 사무실에서 근무하시나 봐요?"

서글한 음성답게 서글한 인상을 가진 한 남자가 서글하게 인사를 건네왔다. 한마디로 서글함 빼고는 별다른 인상이 없는 남자였다. 그래도 그 서글함과 화사한 분홍빛 니트 덕분에 한점수 먹기는 했다. 연의 걸음이 멈추었으니까 말이다. 인부 속에 선 남자는 다른 무리들과 확연히 차이가 드러났다. 이 먼지들 속에 연분홍 옷을 입고 올 만큼 상황 판단이 안 되는 걸 보아 새로 들어올 병원 주인인 모양이다. 여전히 쌀쌀맞은 연의 표정을 느끼지 못했는지 남자는 노골적으로 호의를 드러냈다. 그녀를 훑어내리는 시선엔 감탄마저 서려 있었다. 하긴 파티플래너라는 직업이 아니라 해도 평소 연은 제법 잘 갖추어 입는 편이었다.

170cm의 큰 키와 늘씬한 몸매 탓에 대부분의 옷을 쉽게 소화시키는 것도 있지만 오만하리만큼 단정한 그녀의 이목구비 역시 한몫을 하고 있었다. 짧은 머리카락 밑으로 길게 뻗은 목선은 스

탠딩 러플 블라우스가 우아하게 휘돌고, 긴 다리는 광택이 흐르는 실크 슬랙스가 육감적으로 휘감고 있어 그녀의 장점을 최대한 드러내고 있었다. 떨어지지 않는 남자의 시선에 연은 살짝 미간을 찌푸렸다. 감탄 서린 남자의 시선이 어색하고 귀찮았다. 남자의 대책없는 호감을 무시한 채 자재들로 복잡한 복도 사이로 조심스럽게 발을 옮기려는 그녀를 남자가 다시 붙들었다.

"아, 다음 주쯤이면 공사가 다 끝날 것 같은데…… 죄송합니다. 오픈하게 되면 개업식을 열 생각이긴 하지만 나중에 따로 인사는 드릴게요. 윤기주라고 합니다."

먼지 낀 인부들 틈에서 곧이라도 물이 뚝 떨어질 것 같은 청결한 손을 내밀며 남자가 악수를 청했다. 연은 잠시 갈등하며 제 앞에 놓인 손을 바라보았다. 보통이라면 무시했을 인사였다. 그러나 자신에 대한 순수한 호의와 싹싹한 태도를 제외하더라도, 앞으로 같은 층에 거주할 이웃을 굳이 불편하게 시작할 필요는 없었다. 앞으로 일주일이나 더 이 소음을 견뎌야 하는 건 몹시 괴로운 일이었지만 그래도 뭐 어찌 되었든 이웃이니까.

"아, 네."

"저기…… 빅토리아?"

악수까지야 하지 않았지만 연은 대신 고개를 까닥거렸다. 기주가 머쓱한 태도로 그녀가 방금 빠져나온 사무실 명패를 손가락으로 가리켰다. 이름만으로는 무얼 하는 곳인지 알기 힘든 곳이었다.

"네."

궁금해하는 기주에게 별다른 설명도 없이 연은 다시 한 번 까닥, 목인사만 건넨 채 바쁘게 건물 복도를 빠져나왔다. 남자와 인사하는 사이에도 내내 사무실 쪽에서 위이이잉, 독한 콘크리트를 갈아대는 드릴 소리가 연이어 흘러나온 탓이었다. 기주와 짧은 인사만 하는데도 머리가 울릴 지경이었다.

평소와 달리 빠른 걸음으로 건물을 빠져나온 연은 상가를 벗어나 도심에 인공적으로 만들어놓은 공원으로 향했다. 건물 밖과 별반 다르지는 않았지만 그래도 최소한 허연 먼지와 소음에서 벗어날 수 있는 것만으로도 만족이었다. 게다가 새로 돋기 시작하는 연푸른 나뭇잎의 싱그러움도 짜증스런 마음을 풀어주었고. 좀 전보다는 풀어진 마음으로 연은 공원 안으로 들어섰다. 어제 한차례 황사가 지나간 하늘은 그래도 남은 먼지가 있는 뿌연 하늘빛을 띄우고 있었다. 그래도 이렇게 밖으로 나올 수 있는 것만으로도 다행이긴 했다. 어젠, 하늘에 날리는 노란 먼지를 보며 당장 고비 사막으로 날아가 수천 개의 나무를 심어주고 싶은 충동을 누르느라 머리가 지끈할 정도였다.

공원은 낮 시간임에도 불구하고 제법 복잡한 편이었다. 소음만 아니었다면 차라리 공기 청정기가 몸살을 떨어대는 사무실이 더 쾌적할 정도로 텁텁한 공원에는 푸른 청춘을 만끽하는 연인들과 유모차를 세워놓고 삼삼오오 수다를 떠는 젊은 새댁들이 대부분이었다.

그들 틈 사이로 몇 개 남은 빈 벤치 중의 하나에 연은 조용히 제 몸을 묻었다. 나무로 만들어진 벤치는 딱딱하고 거칠었지만 그나마 다리를 쉴 곳이 남아 있는 것도 운이 좋았다. 그곳에서 연은 한 시간 정도 숨을 돌렸다. 멀리 빠앙~ 울리는 자동차 경적 소리와 바쁘게 움직이는 타이어 소리, *타다닥거리는 사람들의 발자국 소리가 그녀가 원하는 만큼의 정적을 주지는 못했지만 그래도 일정하게 울리는 드릴 소리보다는 나았다.

간단히 근처에서 샌드위치를 하나 사 깨작거리는 그녀 앞으로 유모차 하나가 스르륵 다가왔다.

"저기……."

꽤 수줍은 모습의 여자였다.

"정말 죄송한데요, 제가 잠깐……."

주춤거리며 여자가 느리게 말을 뺐다. 꽤나 내성적인 여자인 모양이다. 먼저 다가온 주제에 말 한마디를 제대로 못하는 여자의 모습이 어린아이처럼 순해 보여, 연은 호감 어린 시선으로 바라보았다. 솔직히, 여자보다 똘망한 검은 눈동자를 가진 작은 아이가 더 호감이 가긴 했지만. 아직 채 돌도 안 된 아이는 신기한 듯 연을 향해 열심히 눈동자를 굴려대고 있었다. 호기심이 많은 아이다. 연의 입에서도 작은 미소가 스몄다. 아이의 엄마는 아직도 미적거리며 말을 꺼내지 못한 상태였다.

"뭐, 도와드릴 게 있나요?"

결국 연이 먼저 말을 건넸다. 그녀의 말에 아이의 엄마가 눈에 띄게 안도의 기색을 띠었다.

"정말, 죄송한데 한 일 분 정도만 아이를 좀 지켜주시면 안 될까요?"

얼굴이 빨개질 정도로 난감한 기색이었다. 아마도 화장실 때문인가 보다, 연은 추측했다.

"봐드릴게요."

연은 선선히 승낙했다. 평소라면 아이의 엄마보다 더 난감해했을 그녀였다. 하지만 아이의 엄마가 몹시 급해 보였고, 무엇보다 자신에게서 떨어지지 않은 아이의 눈동자에 반해서이기도했다. 이런 아이라면 잠시 정도 못 봐줄 것도 없었다. 연의 승낙에 여자가 벙싯, 웃음을 지었다. 그렇지 않아도 선한 인상이 더욱 환하게 빛을 냈다. 참 고운 여자네. 여자의 수줍은 미소를 연은 황홀하게 바라보았다. 강한 성격을 타고난 탓인지 같은 여자 입장이긴 해도 이렇게 천상 고운 사람을 보면 사랑스러운 생각이 들곤 한다.

"고맙습니다. 금방 올게요."

후다닥 사라지는 여자를 연이 재빨리 붙들었다. 잠시만요! 부르는 소리에 여자가 의아한 표정으로 돌아섰다.

"혹시 모르니까 제 연락처를 드릴게요."

아이를 맡기는 주제에 참 겁도 없는 사람이었다. 아이 엄마의 순수함에 점수를 더 매기며 연은 호감지수를 증폭시켰다. 괜찮은데……. 중얼대는 아이의 엄마에게 기어이 연락처를 입력해

주고 나서야 연은 유모차를 향해 허리를 숙였다.

"참 착한 엄마구나. 그렇지?"

공원 한쪽에 마련된 간이 화장실 쪽으로 바삐 사라지는 아이의 엄마를 흘끔거린 후, 아이에게 속삭였다. 무슨 말인지 모를 텐데도 아이는 그녀를 향해 헤벌쭉 입술을 벌렸다. 이제 겨우 나기 시작하는 두 개의 이가 분홍빛 잇몸 사이에 살짝 박혀 있었다.

빠아아~

아이가 작은 주먹으로 유모차를 꽝! 내려치며 경쾌하게 소리를 질러댔다. 부산스러운 아이의 손짓에 또다시 입이 벌어졌다. 뭉클, 묘한 감정이 가슴에서 치밀어 올랐다. 연이 조심스럽게 손을 뻗어 아이의 작은 손을 쓰다듬는 순간, 말랑하고도 촉촉한 온기가 불쑥 그녀의 손가락을 움켜쥐었다. 분명한 호감을 담고서.

"아, 죄송해요."

얼마 아이를 돌본 것 같지도 않은데, 금세 돌아온 아이 엄마의 목소리에 연은 아쉬운 마음을 털어내며 자리에서 일어섰다.

"괜찮아요. 아이가 순해서 보기 편했어요."

"그래도 너무 고마워서……."

"정말 신경 쓰지 마세요. 잠깐 쉬고 있던 참이니까. 그럼 전 이만 가볼게요. 사무실에 들어가 봐야 할 것 같아서."

바쁜 기색으로 연은 여자의 미련을 털어냈다. 아이를 봐주느라 사무실에 들어가야 할 시간이 훌쩍 지나 있었다. 아이 참……. 여자의 아쉬운 목소리가 뒷전에 울렸다.

"캬아아~"

또다시 아이의 맑은 웃음소리가 울렸다. 끝내 유혹을 이기지 못해 살짝 돌아선 시선 속에 굵은 남자의 목소리가 침투해 들어왔다.

"남유인!"

아이의 아빠인가?

모자(母子)를 향해 성큼 다가가는 남자를 향해 아이의 엄마가 환하게 미소를 지었다. 거의 튀어오를 정도로 뛰어대는 아이와 남편을 반기는 여자의 환한 미소에 연은 자신도 모르게 걸음을 멈추었다. 봄날의 따스한 햇살과 더없이 어울리는 가족의 모습이었다.

"혼자 왔어?"

"아니, 저기 효……."

질문에 대답하려던 여자가 연의 모습을 발견하고는 살풋, 미소를 지었다. 그녀의 시선을 따라 연에게 잠시 남자의 시선이 멈추었다. 처음엔 엄마를 많이 닮았다, 했는데 막상 실물을 보니 아이는 엄마보다는 아빠를 더 많이 닮았다.

하얗게 반사되는 봄 햇살 속에 유독 더 까만 남자의 눈동자와 검은 머리카락은 천상, 아이의 그것과 닮아 있었다. 의아한 남자의 시선을 무시한 연은 여자를 향해 고개를 까닥, 숙인 후 다시 걸음을 재촉했다.

"어? 어떻게 왔냐?"

"남 선생 데리고 오는 길에."

사무실 복도로 들어서자 잠시 멈춘 소음 속에 기주의 목소리가 톡 튀어나왔다. 좁은 복도에 마주 선 채, 자신보다 머리 하나는 더 큰 남자와 이야기를 하던 기주가 반갑게 아는 척을 해왔다. 잠시 스치다 인사를 건넨 것치고는 상당히 친숙한 태도였다. 연의 얼굴이 살짝 굳어졌다. 대책없는 친절과 관심은 사절이었다. 그녀를 향해 등을 돌리고 있는 남자가 또다시 웅얼대는 음성으로 기주에게 질문을 던지고 있었다.

"무슨 공사가 이렇게 길어? 뭐 문제 있는 거 아냐?"

"점심 식사 하시고 오나 봐요? 난 아직도인데……. 하루 종일 여기 메어 있으려니 정말 죽을 맛이네요. 근방 괜찮은 식당 있나요?"

상대편 말을 깔끔하게 무시한 채 그녀에게만 반갑게 아는 척하는 기주의 태도가 거슬렸던지 마주하던 남자가 그녀 쪽을 향해 빙글 몸을 돌렸다. 뿌연 먼지를 피하느라 갈색 체크 손수건으로 코와 입을 온통 틀어막은 남자는 보이는 거라고는 아몬드형 갈색 눈동자뿐이다.

아몬드형 갈색 눈동자라…….

어딘지 좀 익숙한 느낌이었다.

"좋은 곳 추천 좀 해주세요. 친구 녀석이 구경 왔는데 같이 식사나 하려구요."

남자의 아몬드 눈동자에 어렴풋한 기억을 더듬는 사이, 기주가 붙임성 좋게 사정을 설명했다. 연은 난감한 기색으로 미간을 좁혔다. 자신의 취향도 밝히지 않은 채 무조건 괜찮은 식당을 대라니 좀 무례한 주문이었다. 예를 들면, 청국장 맛있게 하는 집 있어요? 하고 물었다면 이곳의 선배로서 괜찮은 식당 하나를 추천할 수도 있었다. 그러나 전혀 메뉴에 대한 주문도 없이 무작정이라니…….

"글쎄요?"

조그맣게 대답하는데 키 큰 남자가 콜록 기침을 터뜨렸다.

"그럼, 맛있게 식사하세요."

쌀쌀한 태도로 고개를 까닥이며 둘을 스쳤다.

"헤이, 남궁연 씨! 오랜만이네."

막 '빅토리아'로 들어서려는 그녀의 귓가에 쇳소리처럼 갈라진 음성이 튀어나왔다. 손잡이로 뻗던 손이 찰나, 멈추었다.

자신을 불러 세운 남자가 천천히 갈색 체크 손수건을 아래로 떨어뜨렸다.

아, 이런……. 어쩐지 낯익은 아몬드라 했다.

"그새 얼굴 잊었나 봐?"

빙글대는 비타민 웃음이 그녀를 향해 톡! 쏘았다. 시큼한 맛이 매캐한 먼지를 뚫고 천장 아래로 우수수 떨어져 내렸다.

"아는 사람이야?"

놀라기는 그녀가 더 컸을 것 같은데 동그랗게 눈을 뜬 기주가 퍽 놀란 얼굴로 끼어들었다.

"응. 한때는 결혼할 뻔한 사람."

엄청난 반향을 불러일으키는 대사를 거침없이 내뱉다니! 남자의 뻔뻔한 얼굴을 연은 불쾌한 기색으로 노려보았다. 오랜만에 재회했음에도 불구하고 남자의 잘난 체는 여전했다. 하긴, 쉽게 변할 남자 같지는 않아 보이긴 했다. 분명 그녀가 거절했음에도 불구하고 기어이 결혼 의사를 밝힌 덕분에 한동안 몹시 힘들었던 기억이 새삼 떠올라 대꾸하는 연의 목소리가 싸늘해졌다.

"한때, 잠시 선을 본 사람이죠. 오해할 소지가 있는 단어는 쉽게 말하는 게 아니에요."

"난 결혼해도 좋다고 했었는데, 남궁연 씨가 거절한 거잖아? 그때 오케이! 했으면 결혼했을 수도 있지. 모처럼 재미있을 뻔했는데…… 아, 참! 잠깐 그렇긴 했어. 우리 엄마, 그대로 거품 물었거든. 대체 낳아놓은 아들들마다 왜 모두 이 모양이냐고. 덕분에 누구 한 사람 꽤 피곤했지. 하하하!"

그다지 재미없는 농담이다. 연의 무뚝뚝한 표정 앞에서도 민망하지 않은지, 효인은 혼자 키득거렸다. 결혼조차 이 남자에겐 결국 장난거리에 불과한 모양이다. 연의 눈썹이 더욱 날치름하게 각을 세웠다. 이런 재미없는 장난을 감수해야 했던 건 당사자인 효인이 아니라 애먼 그녀라니, 불공평한 일이었다.

"당신에겐 결혼도 놀이인가 봐요?"

"이왕이면 재미있는 게 더 좋지 않아? 심심한 거, 나 딱 질색인데."

가볍기가 깃털보다 더 가볍군.

불쾌한 낯으로 연은 효인을 바라보았다. 불편한 게 아닌 불쾌! 그녀에게 이토록 명확한 감정을 불러일으킨 사람도 흔치 않았다. 다음부터는 이런 식으로 마주치지 않았으면 좋겠다. 잠시 멈추었던 손으로 현관문을 열며 연은 애써 효인을 털어냈다.

그러나 몹시 유감스럽게도 이번만큼은 전처럼 쉽지가 않았다. 두 번이나 마주친 얼굴을 금방 잊기엔 그녀의 기억력이 만만찮았으므로.

"마침 잘 들어왔네. 그렇지 않아도 방금 전화할 참이었는데. 이지연 씨가 전화했었어. 전에 그 집 아이들 생일 파티 해준 적 있었잖아? 꽤 마음에 들었나 봐. 이번엔 조카 생일 파티라는데 어때?"

책상 위의 전화기를 내려놓던 선영이 반갑게 연을 맞이했다. 그러나 연은 선영만큼 반갑지가 않았다. 키즈 파티를 싫어하는 건 아니었다. 다른 파티보다 손도 많이 가고, 무엇보다 지루하지 않은 프로그램을 짜는 것이 관건이라 힘든 면도 있긴 하지만 대신 나름 보람있는 일이기도 하다. 레크리에이션 강사를 따라 게임을 하는 아이들의 해맑은 웃음소리를 듣다 보면 그동안의 노고는 까맣게 잊을 정도이니까. 문제는 클라이언트가 이지연이라는 게 문제다. 이것저것 주문이 까다로운 주제에, 끝난 뒤에는 늘 생색을 내기 일쑤라 결코 반갑지 않는 일거리였다. 그녀의 장점이라고는 비용에 관대하다는 점 하나뿐이었다. 부잣집 딸로 자라온 지연은 제 수준과 맞는 결혼 상대를 골라 재벌 사모님답게 넉넉한 보수를 지불하는 편이었다.

"아이들 나이가 어느 정도야?"

"여섯 살."

"그럼 정확한 인원수와 함께 올 수 있는 엄마들은 몇 명인지, 엄마와 아이들 식사에 대한 정확한 자료 수집하고, 먼저 생일 카드 넉넉히 보내. 장소 정해진 곳 있대?"

"전에 했던 '물랑스'가 좋다던데?"

'물랑스'라면 야외 작업하기도 적합하다. 짧게 머리를 끄덕이며 연은 재빨리 두뇌를 굴렸다. 그렇지 않아도 지난달에 보았던 버블 쇼를 응용할 만한 파티가 없는지, 염두에 두던 차였다. 이지연이라면 제법 발이 넓은 편이니 미래를 위해 투자 차원에서 한 번 정도 더 일을 맡아도 별 무리는 없을 것이다. 이미 선영이 일을 맡아버린 이유도 있었지만.

처음으로 빙긋 웃는 연의 미소에 선영이 안도의 숨을 내쉬었다. 그녀 역시 이지연에 대해 그리 좋은 감정은 아니었다. 저번 이지연 아이 생일 파티 때 꽤나 괴롭혔던 걸 생각하면 연이 거절한다 해도 어쩔 수 없는 일이긴 했다. 하지만 저렇게 미소를 짓는 걸 보니 좋은 아이디어가 떠오른 게 분명했다. 파티플래너로서 연만한 실력자도 드물었다. 선영의 흐뭇한 시선을 보지 못한 연은 제 책상으로 돌아가 떠오른 아이디어를 빠른 속도로 정리하기 시작했다. 벌써부터 흥분이 밀려왔다. 덕분에 불쾌하기 짝이 없던 효인과의 만남도 잊을 수 있었다.

　[점심 식사 어때?]

　다음날, 정확히 정오를 가리키는 시간에 효인의 전화가 걸려오기 전까지는 말이다.

　"싫어요."

　물론, 연은 명쾌하고 단호한 음성으로 거절했다. 두 번 생각할 것도 없었다. 찐득한 불쾌감이 묻은 그녀의 쌀쌀맞은 음성에 책상 위를 정리하던 찬희가 흘낏 돌아보았다. 파티플래너로서의 전문 교육은 받지 않았지만 플로리스트 자격증이 있는 데다, 일 습득 능력이 빠른 찬희는 '빅토리아'에서 없어서는 안 되는 인력 중의 하나였다. 직원이라야 겨우 이 세 명뿐이지만 그래도 찬희의 발랄한 성격은 사무실의 활력이었다. 연 역시 찬희에 대해서는 친동생처럼 예뻐하는 편이기는 했지만 그래도 효인에 대해 자세한 설명을 해줄 정도는 아니었다. 그나마 호기심 대장, 선영이 시장조사차 아침부터 자리를 비운 것이 다행이었다. 선영이 있었다면 대체 웬 남자냐? 꼬치꼬치 캐물었을 게 뻔했다. 연의 쌀쌀맞은 거절에도 효인은 여전히 유쾌한 태도를 유지

했다.

[점심 안 먹어?]

"먹어도 당신과는 아니죠."

[그래? 알았어.]

그리고는 끝!

대체 뭐 하자는 시추에이션이야? 하는 생각이 절로 들었다. 웃기는 사람이군, 하는 생각도.

다음날 또다시 정확히 정오를 가리키는 시간, 전화가 걸려오기까지는 가벼운 농담 정도로 넘길 여유가 있었다. 그러나 다음날, 걸려온 그의 전화에 연은 불쾌감을 넘어서 짜증이 일 정도였다. 시간에 대해서만큼은 정확한 남자라는 건 인정할 만했다. 효인에 대한 거부감을 별개로 하면 말이다. 거절할 거라는 예측은 아예 없는지 전화선 너머 효인의 목소리는 어제만큼이나 경쾌했다.

[점심 같이 먹지?]

"싫어요."

[그래?]

뚝!

끊어진 전화를 황당하게 바라보았다. 당신 지금 뭐 하자는 거예요? 성마른 화가 불끈 치솟았다. 효인의 장난은 그걸로 끝이 아니었다. 그녀가 사무실에 없으면, 휴대폰으로 매일 같은 시간, 그러니까 정확히 정오에 같은 용건과 같은 대답으로 전화가 끊겼다.

[점심 먹을래?]

"아니요."

[알았어.]

그렇게 매일 전화를 받다 보니 인내심 많은 연의 성질도 점점 한계에 다다랐다.

"대체 왜 이러는 거예요?"

꼬박 이 주일하고도 삼 일이 지난 날, 결국 연의 화가 폭발하고 말았다. 원래 무던한 성격이기는 해도 오기가 아니라면 버티기 힘든 기간이었다.

[점심, 혼자 먹기 심심해서.]

"당신, 의사라면서요. 의사가 그렇게 한가해요?"

[아…… 그거 심심해서 잠깐 그만두었는데.]

하!

헛웃음이 터져 나왔다. 정말 어처구니가 없는 남자였다. 제 밥그릇을 단지 심심하다는 이유만으로 엎어버릴 수 있는 건가? 심심해서 함께 밥을 먹고, 심심해서 다니던 직장도 그만두고, 심심해서 결혼하고…….

그녀로서는 도저히 용납할 수 없는 사고방식이었다. 효인처럼 한량인 남자, 취미에 안 맞는다. 거만하고, 제멋대로에 한량인 남자와 이런 대화 하는 것조차 시간낭비에 불과했지만 앞으로의 사태를 방지하기 위해 연은 대꾸 정도는 해주었다.

"강효인 씨! 내가 아무리 시간이 넘쳐 나도 심심해서 직장 그만둔 남자와 밥 같이 먹을 정도로 한가하지는 않아요. 그렇게 심심하면 그만둔 직장이나 다시 알아보시죠? 심심해서 직장 때려치운 남자처럼 한심해 보이는 건 없으니까!"

그리고는 대답도 기다리지 않고 벌컥, 전화를 끊어버렸다.

"우와! 천하의 남궁연을 이렇게까지 열받게 하는 사람도 있니? 그 남자지? 정오 땡!"

코앞으로 다가온 이지연의 파티를 준비하고 있던 선영이 휘파람이라도 불 기세로 신이 난 표정이었다. 정말, 웃기는 사람이야! 이마에 내려앉은 머리카락을 신경질적으로 불어 올리며 연이 투덜댔다.

"그냥, 한번 점심 같이 먹지 그래? 내가 따라가 줄게. 아니다. 차라리 내가 사주는 건 어때? 대신 한 번만 보여주라, 응?"

"그만한 밥값도 아까운 남자야. 부모 잘 만나 놀고먹는 한량!"

"한량?"

"그럼, 다들 바쁘게 일하는 시간에 한가하게 전화할 만한 사람이 또 누가 있겠니?"

"그래? 목소리는 죽이던데……. 솔직히 한량이라 해도 그만한 목소리를 가진 남자라면 밥값 정도는 안 아깝겠다. 어때? 얼굴도 목소리만큼 죽여?"

눈동자에 하트를 남발하는 선영을 연이 기가 찬 얼굴로 노려보고 있을 때, 효인은 기주의 병원에서 뒹굴거리고 있었다. 연의 예민한 청각을 끈질기게 괴롭히던 내장 공사가 겨우 끝나고 이제 기기까지 일습을 마련해, 제법 병원다운 몰골을 갖춘 기주의 진료실에 앉아 효인은 킬킬댔다.

책상 위 정리를 하던 기주가 의아한 얼굴로 그런 효인을 쳐다보았다.

"대체 누구인데 그렇게 심심한 전화를 하는 거야?"

"있어."

"며칠 내내 전화하던 사람 아냐? 밥 먹자, 하고 끊던……."

"배고프다. 밥 먹자!"

기주의 말을 싹 무시한 채 소파에서 벌떡 일어선 효인이 기지개를 쭉 켰다.

자식, 하여간…….

구시렁대며 병원 문을 잠그던 기주의 시선이 잠깐 '빅토리아'에 머물렀다.

"그나저나 남궁연 씨하고는 정말 선 때문에 아는 사이야?"

"응."

휘익~

휘파람 소리가 울렸다.

"너, 원래 그런 거 안 보지 않았냐?"

"귀찮아서 안 볼까 했는데 많이 닮은 것 같아서."

"닮아? 누구?"

"우리 남 선생!"

"야! 너 진짜 형수님 좋아하는 거 아니야? 왜 그렇게 형수님한테 집착해?"

"재미있잖아. 형 팔딱팔딱 뛰는 것도 재미있고……. 그 두 사람하고 있으면 심심하지는 않아. 유진인 하도 쏘아대서 재미없고."

"너, 그거 굉장히 악취미다."

착하고 순하기는 한데 기주는 좀 재미가 없다. 효인이 심술궂은 얼굴로 기주를 흘낏 바라보았다.

"나, 너네 병원에서 근무할까?"

점심으로 간단히 근처 설렁탕집에서 한 끼를 해결하던 효인이 불쑥 제안했다. 먹던 설렁탕이 목에 걸렸는지 기주가 심하게 기침을 터뜨렸다.

"뭐, 뭐?"

"누가 놀고먹는 백수처럼 한심해 보이는 건 없다는데?"

학부 때부터 그랬다. 심심한 건 죽어도 못 참고, 빙글대며 늘상 노는데도 죽어라 공부하는 녀석보다 한 발짝 앞에 있고, 그리고 하고 싶은 건 기어이 하고 마는 집요한 놈!

그 집요한 놈에 걸려 기주는 밥 먹다 말고, 끙끙 앓는 소리를 냈다.

#2

이지연의 조카 생일 파티는 '물랑스'에서 거대하게 치러졌다. 함께 참석하는 아이 엄마들의 수도 제법 많아 잠재 고객까지 넉넉했다. 덕분에 지연의 파티를 맡게 된 걸 조금은 덜 후회하게 생겼다. 야외 정원과 방 하나를 빌려놓고 야외에서는 아이들만을 위한 프로그램으로, 방 안엔 엄마들의 편한 휴식을 위한 안락한 장식으로 꾸며놓은 곳에서 연은 아이들 쪽에 합류하고 있었다. 까다로운 지연의 주문에 의해 순전히 유기농 식단으로 야채 주먹밥과 씨앗 열매 가득한 오트밀 쿠키, 직접 선영이 구워놓은 고구마 케이크까지 무엇 하나 흠잡을 데 없이 완벽한 차림이었다. 운이 좋기도 하지. 볕 좋은 5월에 태어난 지연의 조카는 제 고모와 달리 상냥하고 붙임성이 좋은 아이였다. 제법 영악하기도 하고.

"장식이랑 리본은 분홍색이 좋은데……. 난 양말도 분홍색만 신거든요."

골고루 분포한 남녀 성 비율을 고려해 연노랑과 연보라색으로 꾸며놓은 풍선들을 바라보며 지연의 조카 승혜가 제 치맛자락을 들어 올리며 분홍빛 양말을 드러내 보였다. 생일의 주인공답게 갖추어 입은 하얀 드레스에도 분홍 점박이 리본이 장식되어 있었다. 뾰족하게 입술을 내밀며 여실히 불만을 토해내는 승혜 몰래 연은 새어나오는 미소를 삼켰다. 까다로운 건 제 고모와 닮았다.

"우와아!"

커다랗게 부풀어 오른 무지갯빛 버블을 바라보며 아이들이 탄성을 질렀다. 이미 파티의 목적은 사라지고 없었다. 오자마자 각자 지참한 선물을 던져 준 아이들은 이제 한껏 배부른 배로 버블 쇼에 옴팍 빠져 있었다. 정작 주인공인 승혜만 제외하고 말이다.

"넌 재미없니?"

아이들의 무리 속에 벗어나 제 곁에서 벗어날 줄 모르는 승혜에게 연은 한껏 상냥한 음성으로 물었다.

"내가 재미없으면 아줌마가 곤란하겠죠?"

역시 그 고모에 그 조카군.

"조금은 그렇겠지? 나로선 고객 만족이 우선이니까."

"솔직히 이런 아이들 파티 따윈 관심없어요. 진하가 온다니까 참고 봐주는 거지."

제법 어른다운 표정을 지으며 승혜가 흥겨워하는 친구들을 가소롭다는 듯이 흘겨보았다. 주머니 두둑한 물주, 지연은 이미 다른 엄마들과 사라지고 없고, 승혜의 엄마는 아직까지 두문불출이다. 파티 주관도 고모에게 떠맡긴 독특한 부모라는 생각이 들었지만 연은 애써 호기심을 눌렀다.

"아이 한 명 더 추가야."

엄마들 방에 있던 선영이 다가오며 살짝 귀띔을 했다.

"한 명 더?"

"명단에는 있는 아이인데 이제야 도착했대. 걔 아빠가 엄청 근사해. 에효!"

선영이 과장스럽게 한숨을 내쉬었다.

"도대체 멋있는 남자들은 왜 그렇게 인내심도 없이 멸종해 버린다니? 뭐가 그리 급하다고 결혼을 서두르는지……. 우리 같은 노처녀들이 어떻게 해볼 틈을 안 줘요."

작년부터 선영의 푸념이 부쩍 심해지고 있었다. 그리 급할 게 없을 것 같은데 서른을 넘은 후부터는 결혼에 대한 이야기가 많아졌다. 영양가없는 결혼 투정을 흘려들으며 연은 고개를 쭉 내밀었다. 그녀가 기다리는 건 늦게 도착한 아이보다 아직 도착하지 못한 승혜의 부모였다.

"늦어서 죄송합니다. 강진하예요."

아직도 연의 곁에서 맴도는 승혜 앞으로 나이치고는 키가 큰 편인 한 사내아이가 다가와 정중하게 허리를 굽혔다. 아이답지 않은 예의 바른 사과에 절로 웃음이 새었다.

"일찍 서두르긴 했는데 제 엄마가 굉장히 느린 편이라 나오는 데 시간이 좀 걸렸어요."

"아, 괜찮아. 시작한 지 얼마 되지 않았거든."

아마 그녀가 승혜의 엄마인 줄 착각한 모양이었다. 자신의 치맛자락에 느껴지는 강한 손길에 연은 승혜를 내려다보았다. 조금 전까지의 당찬 모습 대신, 흠모의 시선이 가득한 승혜의 뺨은 붉게 상기되어 있었다. 봄날의 여운은 이런 작은 꼬마에게도 사랑의 설렘을 주는가 보다.

"왜 이렇게 늦게 왔어?"

뒤늦게 승혜가 투정을 부렸다. 승혜를 향한 사내아이의 진중한 까만 눈동자를 연은 신기하게 바라보았다. 어딘지 익숙한 눈빛이었다. 작은 행동 하나에도 어찌나 정중함이 넘치는지, 그 모습이 더 깜찍해 자꾸 미소가 새었다.

"미안해. 그나마 삼촌이 아니었다면 오지도 못했을 거야. 이건 선물. 작지만 성의이니까 받아주길 바라."

"삼촌? 그럼 총각이란 말이야?"

아이들의 대화에 선영이 예의도 없이 불쑥 끼어들었다. 연이 선영을 살짝 노려보았다.

"네."

그래? 하고 묻는 선영의 목소리는 연이 보아도 너무 티가 난다 했다. 선영의 수선에 아이의 얼굴이 금세 굳어졌다. 못마땅한 눈초리가 선영을 위아래로 훑었다. 한심스럽다는 기색이 분명했다.

"그런데요, 우리 삼촌은 여자 싫어해요. 굉장히 귀찮다고 그랬거든요."

뜨아!

선영의 입이 딱 벌어졌다.

대체 이 아이의 부모는 어떤 사람인 거야?

선영이 연의 귓가에 몰래 속삭였다. 연도 잠깐 그런 생각이 들긴 했다. 지나치게 정중하고, 지나치게 어른스럽다. 그리고 건방지기까지. 까만 눈동자와 까만 머리카락이 설원처럼 하얀 피부와 선명한 대비를 이루는 아이의 치기 어린 얼굴이 빤히 연을 향했다. 그러고 보니 아이의 귓불이 살짝 붉어져 있다.

"제 이름은 강진하입니다. 승혜 어머님 되시죠?"

"어? 아니⋯⋯. 난 여기 파티플래너야."

파티플래너란 명칭을 이해할까 싶어 연은 조신하게 설명을 덧붙였다.

"여기 파티를 만든 사람."

"아, 네⋯⋯."

고개를 끄덕이는 진하의 얼굴이 조금 더 붉어졌다. 둘을 번갈아 보던 승혜가 약간 짜증스런 태도로 진하의 팔을 잡았다.

"물방울 쇼, 금방 끝나겠다. 서둘러."

팩 토라진 승혜의 손길을 따라가던 진하의 얼굴에는 못내 안타까움이 배었다.

"저 당찬 꼬마가 우리 어여쁜 남궁 공주님한테 반하셨나 보다."

어정쩡한 태도로 자리를 벗어나는 두 꼬마를 바라보던 선영이 피식거리며 놀렸다.

"뭐, 싫지는 않겠네. 저런 연하 남, 사랑 받기가 어디 흔하니?"

악의없는 선영의 농담에 연은 어쩔 수 없이 함께 웃고 말았다. 멀리 진하의 시선이 또래들 속에 껑충 올라와 또다시 그녀 쪽으로 향했다. 아이들 속에 파묻혀 있으니 진하의 큰 키가 더욱 눈에 띄었다. 선영의 농담이 그저 농담만은 아니었는지 그녀와 눈이 마주치자 진하가 토마토처럼 얼굴을 새빨갛게 붉힌다. 연이 작은 미소를 지었다. 그사이 선영이 재빨리 옷 매무새를 다듬기 시작했다. 삼촌이 여자를 싫어한다는 쌀쌀맞은 진하의 말에도 못내 포기하기 힘든 모양이었다.

"난, 저 꼬마 삼촌한테 가봐야겠다. 그나저나 성격까지 저 꼬마 닮았으면 어떻게 하냐?"

중얼대며 홀 쪽으로 들어서는 선영을 보며 연은 몰래 고개를 저었다. 아마도 진하 못지않게 독특한 성격이지 않을까 싶다.

온통 엄마들뿐인 아이의 생일 파티까지 따라올 정도로 넉살 좋은 총각은 그리 흔하지 않으니까.

마침내 화려하기 짝이 없던 버블 쇼가 끝을 내리고 잠시 간식 시간이 찾아왔다. 비어진 접시들을 치우고 새로운 음식들을 채워놓던 찬희와 연의 곁으로 한 남자가 빠른 걸음으로 다가왔다.

"아, 죄송해요. 승혜 아빠입니다. 서둘러 온다고 했는데……."

말끔한 구두 끝이 보인다 했더니, 남자의 사과가 먼저 들렸다. 이제야 온 건가? 아이들의 입 크기에 맞게 작은 사이즈로 만들어놓은 크레페를 접시에 올려놓으며 연은 건성으로 고개를 들었다.

"이벤트가 대부분 끝나기는 했지만 아직……."

남은 이벤트를 설명하려던 연의 얼굴이 순간 빳빳하게 얼었다.

"아……."

먼저 그녀를 알아본 상대측에서 어색한 음색으로 알은체를 했다.

연 역시 남자 못지않게 당황한 기색이었다. 승혜 아빠가 당신이었어? 지연과는 사뭇 다른 외모를 지닌 탓에 지금껏 같은 대학, 같은 과를 다니면서도 한 번도 지연과 그를 연관시켜 본 적이 없었다. 하긴 알았다면 아무리 지연이 두둑한 비용을 지불했다 해도 결코 이 파티를 맡지 않았을 것이다.

"아, 저기…… 너무 늦었나요?"

그가 애써 담담한 척 물었다. 지난 짧은 인연쯤은 모른 척하고 싶다는 말이지? 연은 고까운 태도로 턱 끝을 올렸다. 한때나마 같은 동아리에 있었던 인연쯤은 그에게 있어 가벼운 스침보다 못했을 것이다. 어찌 되었든 그와의 인연은 그 자신보다는 그의 친구와 더 깊었으니까. 그러니 이제 와 새삼, 이 남자로 인해 상처받을 일은 없었다. 지금의 그녀는 갓 스물의 여린 숙녀도 아니었고, 그 역시 추앙만 받던 왕자님이 아니다.

연은 지극히 사무적인 태도로 남은 이벤트에 대해 설명하기 시작했다. 주말에 있는 제 딸의 생일 파티조차 지각하는 남자는 고급스런 차림새에도 불구하고 대학 시절보다 훨씬 더 시들해 보였다. 최소한 그때의 그는 폭언을 퍼부었을지언정, 당당하고 자유로워 보였었다. 결국 조각 난 짝사랑으로 끝을 맺긴 했지만. 어찌 되었든 다시 만난 해후가 그다지 감명스럽지 못한 게 유감이었다.

"레크리에이션으로 게임 하나만 끝나면 바로 케이크 절단이 있을 거예요. 부모와 함께해야 하는데 아직 아이 어머니는 오시지 않았네요."

냉정한 어투에 남자의 어깨가 움찔거리는 게 느껴졌지만 연은 모른 체했다. 그를 대하는 태도 속엔 대학 시절 같은 동아리에 몸담았던 선배에 대한 작은 반가움조차 담겨 있지 않았다. 철저히 그를 무시했고, 그가 그랬듯이 지난 추억 따윈 까맣게 잊은 태도였다. 아니, 오히려 지난 추억 따윈 애초 존재하지 않는 초면처럼 낯선 태도였다. 그녀와 그 사이에 이는 기묘한 분위기를 알아차리지 못한 찬희가 케이크 플레이트에 생일 케이크를 솜씨 좋게 옮겨놓았다. 이 단으로 된 고구마 케이크의 끝에는 작은 성과 드레스를 입은 공주님이 장식되어 있었다. 이건 그녀의 솜씨였다. 곁에서 우물거리는 남자의 존재를 각인하며 연은 자신의 장식을 뭉개 버리고 싶은 충동이 일었다. 이 남자가 하필 승혜의 아빠라니…….

"아이의 엄마는 없는데……."

남자가 작게 중얼거렸다. 빨간 여섯 개의 초를 꽂던 연의 손이 잠깐 멈추었다.

"이혼했거든요."

말똥거리는 그녀를 향해 남자가 수줍게 미소를 지었다. 수줍은 미소라니……. 지금까지 기억하는 그의 모습으로는 생각지도 못한 미소였다. 게다가 처음 보는 사람마냥 존댓말을 사용하는 것도 가증스러웠다.

톡 쏘는 눈빛으로 그를 마주 보는 연의 주머니 속에서 휴대폰이 요동을 쳤다. 아직도 자신에게 남은 남자의 시선을 의식하며 휴대폰의 슬라이드를 열자마자 약간의 쉿소리가 흘러나왔다. 낯익은 목소리다.

[점심 어때?]

뭐?

효인의 말에 연은 얼른 휴대폰의 시간을 확인했다. 오후 세시. 아이들의 점심도 이미 끝났고, 버블 쇼까지 막을 내린 시간이니 이미 정오가 지난 게 당연했다. 습관이란 게 참 무섭군. 씁쓸한 미소를 지으며 연은 대답했다.

"점심 먹기엔 늦은 시간이지 않나요?"

[아, 미안. 잠깐 일이 있어서 늦었어. 점심은?]

"이미 먹었어요."

[그 남자랑?]

"네?"

[지금, 당신 앞에서 황홀경에 빠진 그 남자 말이야.]

무슨 말이야?

연이 고개를 휙 돌렸다. 조금 전, 선영이 사라진 문 쪽에서 효인이 그녀를 향해 가볍게 손을 흔들고 있었다. 연하게 미소를 띤 입매 위에서 차가운 아몬드 눈동자가 번뜩 빛을 발했다. 그가 여기 있었나? 당혹한 기색이 그녀의 얼굴을 스쳤다.

여전히 그는 속을 알 수 없는 남자이고, 여전히 불청객이다.

연은 얼굴을 굳힌 채 자신을 향해 다가오는 효인의 날씬한 자태를 노려보았다. 부드러운 크림 빛 셔츠와 청바지를 입은 그는 선을 볼 때와 달리, 제 나이를 잊을 정도로 젊고 쾌활한 모습이었다. 연은 신경질적으로 머리카락을 흔들었다.

"오랜만이네."

효인이 싱긋, 입매를 올렸다. 그의 난데없는 출현에 미처 표정 관리를 하지 못한 사이 성큼 다가선 효인이 뻔뻔하게 연의 어깨를 감싸 안았다.

"바람피우는 건 싫어요옹."

바람? 장난스런 그의 어투에 눈살을 찌푸리는 연과 달리 승혜의 아빠, 이규원은 꽤 놀란 눈빛이었다. 아마 그가 기억하는 연의 모습으로는 지금껏 노처녀로 늙어 있으리라 상상했었을 것이다. 효인의 장난에 화가 나긴 했지만 그래도 규원의 놀란 모습이 만족스럽기는 했다. 덕분에 효인의 손을 털어내는 손길이 마음보다는 부드럽게 나갔다.

"이 남잔 누구야?"

알아서 뭐 하시게? 하는 생각이었지만 연은 규원의 놀란 시선을 의식하며 일부러 친절한 목소리로 대답해 주었다.

"이쪽은 파티 주인공인 승혜 아버님이세요."

일부러 이름은 말하지 않았다. 그가 철저히 연을 모른 척하는 바에야 그녀 역시 무시할 수밖에.

"아……."

효인이 건방진 태도로 고개를 까닥거렸다. 연은 효인 쪽으로 고개를 돌렸다. 이 남자를 어떻게 설명해야 하나?

"그리고 이쪽은……."

"혹시, 남편……."

"아니에요."

역시 오해를 한 규원의 말을 연이 싹둑 잘랐다. 오해는 여기까지!

연의 속내를 파악한 효인이 피싯 웃음소리를 냈다.

"그럼?"

하고 재차 효인의 존재를 묻는 말에 연의 입장이 더욱 옹색해졌다. 난감한 기색을 지우지 못한 연 옆에서, 효인은 연방 싱글대고 있었다. 물론, 그의 눈빛까지 그랬다는 것은 아니다. 규원과 연의 사이를 나름 추측하느라 갈색 눈동자가 평소보다 더 예리하게 날을 세우고 있었다. 잠시 어색한 침묵이 흘렀다.

"초대해 주셔서 감사합니다. 강효인입니다."

아까와 달리 제법 싹싹한 태도로 효인이 먼저 손을 내밀었다. 규원이 얼떨떨한 표정으로 효인의 손을 맞잡았다. 순간 불끈 효인이 손가락에 힘을 주었다. 뼈가 으스러지는 통증에 규원의 미간이 절로 찌푸려졌다. 이유 모를 남자의 악의가 당황스러웠다.

"초대라면……."

"강진하 삼촌입니다."

아, 네……. 규원이 바보스런 소리를 냈다. 강진하 삼촌이라고 해봤자, 알 리가 없었다. 오히려 연이 더 아는 척을 했다. 조금 전 정중하기 짝이 없는 강진하의 삼촌이 효인이었나 보다. 선영이 잘생긴 삼촌이라 수선을 피우더니 결국 효인이었군. 남자에 대한 선영의 안목에 몹시 불신이 들었다. 진하를 모르는 규원은 더 이상 효인을 아는 척할 수가 없었고, 연도 이번에는 굳이 소개하는 친절을 베풀지 않았다. 제 딸이 좋아하는 남자

아이의 이름조차 기억하지 못하는 아빠를 위해 굳이 그런 수고까지 해줄 생각은 없었다.

어색한 세 사람의 침묵 속에 반갑게도 띠리링, 벨소리가 울렸다. 규원의 휴대폰이었다.

"네. 어, 그래? 지금은 좀……."

곤란한 표정으로 손목에 찬 번쩍이는 까르띠에를 쳐다보던 규원이 연을 흘끔거렸다. 뭘 어찌하라고? 연이 알 수 없는 눈빛으로 그를 쏘아보았다.

"언제쯤 끝나죠? 지금 회사에 좀 가봐야 하는데."

오늘은 토요일이다. 이런 특수한 직업이 아니라면 보통의 회사원들에겐 즐거운 휴일에 규원은 자신의 아이를 위해서 단 한 시간도 못 내고 있었다. 연의 목소리가 더욱 쌀쌀해졌다.

"앞으로 이십 분 후면 게임이 끝나요. 그 다음엔 케이크 절단식이 있고."

"그거 꼭 부모가 같이 안 해도 되는 거 아닌가?"

법으로 정해진 건 아니니까.

생일을 맞는 당사자이면서도 초대받은 아이들보다 더 외로워 보이던 승혜를 떠올렸지만 어쩔 수 없이 고개를 끄덕였다. 현재 연으로서는 승혜를 위해 해줄 수 있는 게 없었다. 연의 고갯짓을 승낙으로 받아들였는지 귀에 휴대폰을 바짝 댄 채 규원이 서둘러 걷기 시작했다.

"알았어. 지금 일 끝났으니까 금방 갈게. 지금 출발하면 한 사십 분 후쯤, 도착할 거야."

냉정한 아빠군.

연이 속으로 생각하는 사이, 효인이 바람처럼 빠르게 규원의
뒤를 따라갔다. 조금 전, 자신이 들어왔던 문으로 막 빠져나가
는 규원의 손목을 효인이 거칠게 붙잡았다. 처음으로 미소가 사
라진 효인의 갈색 눈동자가 차갑게 규원을 쏘아보고 있었다. 왜
저렇게 화를 내는 거지? 이해할 수 없는 일이었다.

이해 못하는 건 규원도 마찬가지였다. 고개를 삐죽 내민 연의
시야 속에 효인이 규원에게 무어라 속닥거리는 게 보였다. 무슨
말인지 들리진 않았지만 규원에게 그다지 반가운 말은 아니었
나 보다. 고개를 저으며 무어라 항변하는 그에게 효인이 다시
무어라 덧붙였지만 여전히 규원은 요지부동이었다. 붙잡힌 손
을 짜증스럽게 뿌리치고는 아까보다 더 급한 발걸음으로 서둘
러 파티장을 빠져나가는 규원의 등을 바라보며 효인은 어깨를
으쓱거렸다.

"거참, 버릇없는 녀석이군."

그녀 곁으로 돌아온 효인이 고개까지 저어대며 혀를 찼다. 솔
직히 그녀 역시 같은 생각이었다. 아이의 생일 파티에 뒤늦게
삐죽 얼굴을 내미는 것으로 제 할 도리를 다했다고 생각하는 아
빠, 좀 밥맛이다.

"이거 어떻게 해요?"

케이크에 촛불을 켜려던 찬희가 당황한 얼굴로 연에게 물어

왔다. 하지만 그녀라고 뾰족한 방법이 있을 리 없었다. 이미 떠나 버린 규원을 다시 붙들어 올 수도 없는 일이고. 연은 남몰래 한숨을 삼켰다. 이렇게 쓸쓸한 생일 파티가 될 줄은 몰랐다.

"어쩔 수 없지. 아이 아빠에게 급한 일이 생긴 모양이니까. 그냥 다른 친구들과 함께 촛불을 끄게 하면 어떨까? 따로 무대 위로 올리지 말고 정원 한가운데 놓으면 될 것 같은데."

"그렇게라도 해야죠 뭐. 조금만 기다리면 금방 끝날 텐데……아이만 안쓰럽네요."

그녀의 제안에 찬희가 케이크 트레이를 정원 쪽으로 끌며 한소리를 박았다. 대학 시절엔 누구에게나 호감을 샀던 규원이었는데…… 시간이 흐르긴 흐른 모양이다. 잠깐 만난 세 사람 모두 그에게 비호감적이니 말이다.

트레이에 실은 케이크를 중심으로 아이들이 둥글게 둘러싸자, 엄마들 방에서도 하나둘씩 사람들이 나오기 시작했다. 그속에 섞여 있던 지연의 모습이 그제야 보였다. 조카 생일 파티라 한껏 생색을 내더니 정작 중요한 순간에는 별 쓸모없는 고모였다.

"생일 축하합니다. 생일 축하합니다. 사랑하는 이승혜! 생일 축하합니다."

아이들의 노래가 흥겹게 울렸지만 빨간 고깔모자를 쓴 승혜는 거의 울상이었다. 아무리 당차 보이긴 해도 결국 아이일 뿐이다. 보이지 않는 아빠를 찾으며 차마 생일 촛불을 불지 못하는 승혜의 모습에 연의 가슴이 찌르르해질 정도였다.

"이승혜! 뭐 해? 어서 촛불 불어야지."

멀리 선 채 지연이 소리쳤다. 머뭇거리는 승혜에 대한 짜증이 한껏 배인 목소리였다. 그럴 바엔 차라리 옆에 가서 같이 불어 주지. 연이 투덜대며 주춤, 승혜에게 다가갈 때였다.

"헤이! 승혜 공주!"

갑자기 그녀 곁에 서 있던 효인의 긴 팔이 쑤욱 하늘로 뻗었다.

"공주님의 생일 파티에는 왕자님이 필수라니까."

놀란 아이들 틈 속에 끼어든 효인이 녹아날 만큼 상큼한 미소를 흩뿌렸다. 커다란 키로 성큼, 승혜에게 다가간 효인은 한쪽 무릎을 잔디 위에 꿇었다. 그리고는 어리둥절해하는 승혜의 뺨에 쪽! 소리가 나도록 입을 맞추는 게 아닌가!

"원래 생일 케이크는 왕자님의 키스와 함께 이루어지는 거라고."

찡긋, 윙크까지 하는 효인의 모습에 우와! 아이들의 탄성이 커다랗게 울렸다. 조금 전까지 발을 동동 구를 정도로 진하를 기다리던 승혜의 연모가 순식간에 효인을 향해 바람처럼 날아갔다. 아마 이 순간엔, 진하라는 존재조차 잊었을 것이다. 제 또래에게 향했던 첫 연정은 그렇게 빨리 막을 내렸다. 이제 승혜의 사랑은 올곧이 효인의 몫이었다.

어머, 웬일이니? 하는 지연의 새된 목소리가 탄성 속에 끼어들었다. 아무리 연이 그에 대한 거부감을 가지고 있다 해도, 승혜 옆에 선 효인은 진실로 동화 속의 왕자님처럼 당당하고 근사했다. 승혜의 키에 맞춰 기다란 다리를 접은 효인이 아이와 함께 촛불을 끄는 모습을 연은 복잡한 심경으로 바라보았다.

지금까지 한 번도 웃지 않던 그의 눈동자가 처음으로 환한 빛을 냈다. 따스한 봄의 햇살 속에 포말처럼 부서지는 미소에 연은 눈을 뗄 수가 없었다. 저런 미소를 짓는 사람이었나?

"저기……."

멍하게 선 그녀 옆으로 한 여자가 빨갛게 부푼 얼굴로 쭈뼛거리며 다가왔다. 네? 돌아서던 연은 손쉽게 상대방을 알아차렸다. 그녀다, 전에 공원에서 만났던.

"저…… 혹시……."

"전에 공원에서 보았었죠? 기억나요."

연의 얼굴에 반가움이 스쳤다. 승혜의 뺨에 케이크의 크림으로 장난을 치던 효인의 시선이 잠시 이쪽으로 향했지만, 미처 연은 알아차리지 못했다. 연의 아는 척에 여자는 눈에 띄게 안도하는 기색이었다.

"그땐 정말 고마웠어요. 굉장히 급했었는데 산이 자꾸 늦어져서……."

"네에……."

아마 산이란 사람이 그때 보았던 아이 아빠이리라.

"어? 벌써 인사 나눈 거야?"

분홍빛 하트를 마구 남발하고 있는 승혜에게서 겨우 벗어난 효인이 두 사람에게 다가왔다. 기분 좋게 풀어진 입매가 온화한 분위기를 풍긴다. 조그만 여자의 어깨에 스스럼없이 팔을 걸친 효인의 태도는 꽤나 친근해 보였다. 아니, 오히려 상냥하고 부드러운 느낌에 더 가깝다. 그의 손길을 피하며 한껏 어깨를 움츠리는 여자를 향해 효인이 하하하! 커다란 웃음소리를 냈다. 이런 모습도 있었나? 한 번도 효인과 연관시키지 못했던 다정함이었다.

　"저기…… 도련님."

　"도련님? 형한테는 잘도 이름 부르면서 나한테는 도련님이래. 내가 무슨 돌쟁이 애야? 도련님이라 부르게?"

　여자의 어깨가 조금 더 움츠러드는 걸 눈치 챘을 것 같은데 효인은 모르는 척, 놀려대느라 여념이 없었다. 그의 상냥함과 다정한 미소는 이 여자에만 허용되는 건가? 연은 고개를 갸웃거렸다. 효인의 놀림에 여자가 애써 변명을 늘어놓았다. 안절부절 못하는 폼이 꼭 고양이 앞의 쥐를 닮았다.

　"전에도 이름 불렀다가 산에게 엄청 혼났는데."

　"남 선생! 이거 정말 섭섭하네. 아침나절부터 느림쟁이 남 선생 기다려 주고, 징징대는 진하까지 달래주던 게 누구였더라? 여기까지 늦지 않게 정성스럽게 모셔온 건 또 누구? 국어 선생님이라면 최소한 우리 같은 평민보다는 의리있을 줄 알았는데."

　끌끌, 혀까지 차는 효인 몰래 여자가 쳇! 하는 소리를 냈다.

전에 유모차에 태웠던 까만 눈동자의 작은 아이와 진하가 그제야 겹쳐졌다. 아! 어쩐지 진하의 눈동자가 생소하지 않다, 했었다.

"좀 섭섭하지 않아? 이렇게 귀여운 동서가 생길 뻔했는데."

둘 중 누구에게 하는 소리인 줄 모르겠지만 또다시 효인의 귀엽지 않은 농담이 시작되었다.

"동서요? 그럼, 그때……."

"선 한 번 본 사이에요."

쓸데없는 효인의 농담 덕분에 전과 같은 설명을 연은 또다시 되풀이했다. 보는 사람마다 이 모양이니 아마 나중엔 그녀의 어머니처럼 이마에 허연 띠를 둘러야 하는 건 아닌지 모르겠다.

'전 강효인과 선 한 번 본 사이일 뿐입니다'라고 검정 매직펜으로 진하게 박아서 말이다.

"아, 아…… 네."

그녀의 변명에 여자가 얼떨떨한 목소리로 대답했다. 어딘지 미심쩍은 태도였다.

"그리고……."

그때 분명히 거절까지 했구요. 하고 마지막 변명까지 할 참이었다.

"아깐 정말 고마웠어요. 정말 못 말리는 오빠라니까."

아이들이 제각각의 접시에 케이크를 덜어 파티의 마지막을 맛보고 있는 사이, 지연이 하느작거리는 걸음으로 연에게 다가왔다. 물론, 오는 순간부터 지연의 시선이 효인에게서 떨어지지 않았지만. 결혼한 지 사 년이 되었어도 여전히 남자에게 눈웃음 치는 버릇은 버리지 못했나 보다. 규원과의 관계를 떠올리며 연은 더욱 지연에게 날을 세웠다.

밥맛없기는 딱 한핏줄이군.

연은 심술맞게 중얼거렸다.

"연하고는 아는 사이였나 봐요?"

"결혼할 뻔한 사람."

"네?"

또다! 대체 저 재미없는 농담은 언제까지 할 생각이야? 성질이 왈칵 솟았다.

"이제 그런 재미없는 농담, 그만 해요! 그냥 선 한 번 본 사이야."

"아…… 선."

그럼 그렇지, 하는 지연의 표정에 차라리 효인의 말처럼 결혼할 뻔한 사이라고 해줄 걸, 하는 후회가 아주 잠깐 들었다. 못된 아이 같으니.

"어찌 되었든, 오빠 대신 승혜랑 함께 촛불을 불어주어서 고마워요. 오빠가 회사 일이라면 물불을 못 가리죠. DN전자라고 들어보셨죠? 저희 집이에요. 이혼한 지 얼마 되지 않아서 아이 건사하는 게 좀 버거운가 봐요."

그걸 변명이라고 하는 거야?

하는 효인의 눈초리가 뻔했지만 지연은 눈치 채지 못한 것 같다. 그리 반가울 리 없는 일행인지라 연은 정리를 핑계 삼아 자리를 비켜섰다. 더 이상 효인과 엮이는 것도, 지연과 어울리는 것도 그리 좋을 게 없었다.

"저기…… 그땐, 정말 고마웠어요."

남 선생이 떠나는 그녀를 붙들며 또다시 예의 바르게 인사를 건넸다. 진하의 예의 바름은 엄마를 닮았나? 생각하며 목인사를 건넨 후 연은 멀리 떨어진 선영에게로 향했다.

"주말 잘 보내. 심심하면 같이 데이트해 줄까?"

돌아선 연의 등 뒤로 특유의 빙글대는 목소리가 들렸다. 앙증맞도록 작은, 아이의 엄마와 나란히 선 효인의 장신이 제법 어울린다는 생각 따위는 절대 하지 않았다. 바쁘게 남은 접시들을 정리하던 연의 손에서 예쁜 소방관이 그려진 접시 하나가 주룩 미끄러져 바닥으로 떨어졌다. 그녀가 파티플래너로서 근무한 이래, 처음 있는 일이었다.

무슨 일로 온 거야?

연은 곱지 않은 시선으로 테이블을 건너편에 앉은 남자를 바라보았다. 지난 주말, 승혜의 생일 파티가 끝나자마자 월요일 아침 일찍 규원이 사무실로 찾아왔다. 아이 생일 파티에는 겨우 몇 십 분 얼굴 내밀 정도로 바쁜 사람이 한창 일할 시간에 한가로이 그녀의 사무실에 앉아 있는 꼴이라니.

연은 딱딱하게 얼굴을 굳힌 채, 연락도 없이 무작정 찾아온 규원을 맞이했다.

"좀 놀랐어?"

그리 친한 관계도 아니었건만 규원은 대뜸 말을 내렸다. 승혜의 생일 파티에서 보았던 것과는 확연히 다른 태도였다. 연이 등줄기를 쭉 폈다.

"네."

아…….

규원이 쑥스럽게 미소를 흘렸다. 하지만 연의 차가운 태도는 변함이 없었다. 저 미소에 콩닥, 가슴 설레이던 것도 지난 추억의 단편일 뿐이었다.

"오랜만이지?"

그런 인사를 나누기엔 너무 늦은지라 불행히도 그리 감동을 주지는 못했다.

"무슨 일이시죠?"

일부러 지난 친분을 드러냈음에도 딱 부러지게 선을 긋는 그녀의 태도에 규원이 짧게 움찔거렸다.

"혹시 따님 파티에서 불편했던 사항이라도 있었나요?"

흘끔거리는 선영의 시선도, 지난 파티로 아직 지친 심신을 어찌하지 못하고 있는 찬희도 계속 신경에 거슬렸다. 규원이 찾아오지 않았다면, 느긋이 커피 한 잔을 즐기며 지난 휴일의 피로를 풀어내고 있을 시간이었다. 흠, 규원이 헛기침 소리를 냈다.

"아니, 불편했던 점은 없었어."

하긴 불편함을 느낄 정도의 시간도 내지 못했으니 당연할 것
이다. 연은 무표정하게 그의 시선을 맞받았다. 여전히 딱딱한
그녀의 태도를 규원은 어떻게 받아들여야 할지 고심하는 눈치
였다.

"그것보다는 그날, 내가 좀 소홀한 것 같아서 지연에게 일부
러 연락처를 물어보았거든."

"저희로서야 지연이 넉넉히 지불을 했으니 소홀한 건 없어
요."

댁의 딸에게 소홀한 거나 만회하시죠! 하는 말이 목구멍까지
치밀어 올랐지만 연은 꾹 참았다.

"저기…… 지금, 잠깐 시간 좀 되니?"

규원이 제 손목에 찬 시계를 쳐다보며 불편한 기색을 드러냈
다. 그 역시 선영과 찬희가 계속 거슬렸던 모양이다.

"무슨 일 때문인지……."

"뭐, 우리 회사 창립 파티도 곧 있고 해서."

"일 이야기라면 이곳이 더 편해요. 볼 수 있는 자료들도 사무
실에 전부 구비되어 있고. 제가 설명한다고 해도 실제로 사진과
비교하는 것보다는 못하죠."

"그래도 여긴 내가 불편해서 그래. 잠깐 점심이라도 함께 먹
으면서 이야기하면 어떨까?"

DN전자 이사라는 인간이 이렇게 한가하게 노는 걸 보니, 그

회사 제품도 알 만하군. 연의 눈꼬리가 못마땅하게 올라갔다.

[헤이, 남궁연 씨! 오늘은 어때?]

끝내 점심을 함께할 생각인지 사무실에 죽치고 앉아 대충 카탈로그를 뒤적이던 규원에게 짜증이 한껏 일어섰을 때쯤, 그녀의 휴대폰이 울렸다. 굳이 확인하지 않아도 정오를 가리키는 시간이었다. 효인의 전화를 받으며 그녀가 점심을 수락하리라, 철석같이 믿고 있는 규원의 뻔뻔한 얼굴을 연은 시니컬하게 내려보았다.

"점심 식사 이야기라면, 좋아요."

[오케이! 지금 갈게.]

근 삼 주를 내리 전화 걸어 겨우 허락받은 점심이었다. 그런데도 효인은 놀란 기색도 없었다. 마치 매일의 일상처럼 유쾌하게 대답한 후 전화를 끊는다.

"점심은 보시다시피 선약이 생겼네요. DN 정도의 큰 규모의 회사 창립 파티는 솔직히 저희 입장에서는 맡기가 힘들어요. 그날 파티 때처럼 저희가 직접 음식을 마련하는 것도 불가능하구요. 저희 직원 중에 유찬희 씨의 전공이 플로리스트라 장식 같은 건 저희가 할 수 있겠지만 음식은 보통 출장 뷔페를 불러요. 생각해 보시고 그래도 원한다면 해드릴게요. 나중에 다시 연락 주세요."

깔끔한 태도로 자리에서 일어선 연이 자신의 명함을 막 내미는 순간, 벌컥 열려진 사무실 문으로 효인이 바람처럼 들어섰다. 밖은 노란 황사가 날리는 봄바람일 텐데도 들어선 효인에게서는 깔끔하고 청결한 향이 묻어 있었다. 먼지 하나 묻지 않은 깔끔한 니트 차림으로 하얗게 이를 드러낸 효인은 야외 나들이를 가는 사람마냥 자유로워 보였다.

명함을 내밀던 연이 놀란 얼굴로 그대로 굳어버렸다. 명함의 한쪽 끝을 잡고 있던 규원 역시 마찬가지였고. 어떻게 이렇게 빨리 온 거지?

뻣뻣하게 굳은 두 사람과 달리 선영이 반색을 하며 시원스런 미소를 날렸다. 그렇지 않아도 지루한 규원의 존재에 사무실이 회색빛처럼 칙칙해지던 차였다. 효인 같은 남자라면 당연 환영일 수밖에.

"어머! 강진하 삼촌 아니세요?"

"아, 승혜 생일 파티 때, 열심히 나를 유혹하던 김선영 씨 아닌가?"

하하하!

효인이 들어서자마자 벌써 화사한 분홍빛이 감돌기 시작했다.

"그렇게 노골적이면 부끄럽잖아요? 좀 모른 척하시지!"

선영의 가벼운 투정과 킬킬대는 찬희까지. 어색했던 사무실의 분위기가 금세 활기차졌다. 굳은 얼굴로 손에 든 명함을 지갑에 끼워 넣은 규원의 비 호감적인 시선이 효인에게 머무르다, 다시 연에게로 향했다. 두 사람의 정확한 관계를 묻는 시선이었지만 연은 모른 척했다.

"어이, 여기까지 웬 행차이신가?"

선영과 말장난을 하던 효인이 뒤늦게 규원에게 인사를 건넸다. 다분히 의도한 무시였다.

"내 업무 문제까지 당신에게 보고해야 하는 건가?"

"물론 아니야. 하지만 내 데이트 상대와 함께 있을 땐 이야기가 좀 다르지. 아이 생일 파티도 모른 체하던 무정한 아빠가 이런 아침 시간에는 참으로 한가하군. 아님, 또 다른 엄마 후보를 찾고 있는 건가?"

"강효인 씨!"

굳이 틀린 말은 아니었지만 연은 날카롭게 효인의 말을 잘랐다. 어찌 되었든 명목상으로는 그녀의 고객이다. 다른 사람들 앞에서 이렇게 노골적인 적의를 받아내게 할 수는 없었다. 그녀 앞으로 바짝 다가선 효인의 손가락이 연의 이마 위에 탁! 소리를 내며 튕겼다.

"이봐! 순진하기 짝이 없는 화초 아가씨야. 이런 남자 가까이 해봐야 별 볼일이 없다고. 제 가족 소중한 줄 모르는 남자는 만날 가치가 없다는 뜻이지."

효인의 깔끔한 일침에 규원의 얼굴이 순식간에 구겨졌다. 당장이라도 한 대 갈겨 버리고 싶은 마음을 꾹 눌러 참는 기색이 여실했다. 명실상부 DN의 후계자이다. 이제껏 태어나 이런 식의 모욕은 한 번도 당해본 적이 없을 그였다.

일촉즉발!

그 시기를 벗어난 건 연이었다. 우~! 우리도 데려가라, 야유를 퍼붓는 선영과 찬희를 남겨둔 채 연은 서둘러 효인을 사무실 밖으로 끌었다. 홀로 남은 규원의 민망함은 미처 배려할 사이도 없었다.

"내 일, 방해하라고 식사하자는 거 아니었어요."

그를 끌다시피 데리고 간 식당에 앉자마자 연이 딱 부러지게 화를 냈다. 하지만 그녀의 화 정도는 효인에겐 손톱에 박힌 가시만큼도 되지 못했다.

"그 남자 관심있어?"

"당신이 관여할 일이 아니에요."

"이렇게 점심을 함께한 순간부터 이미 관여할 권리를 준 셈이야, 이 아가씨야."

효인이 끌끌대며 고개를 내둘렀다. 철없는 여동생처럼 대하는 그의 태도에 연은 슬몃 기분이 불쾌해졌다. 겨우 여섯 살 차이다. 어린 동생, 머리 쓰다듬는 시기는 이미 지났다는 말이다.

"우리 사무실까지 미리 와 있었던 거예요?"

"거만하기는……. 당신이 거절할지도 모르는데 그런 시간 낭비를 왜 하나?"

"그럼, 어떻게……."

"기주 병원에서 일하고 있어."

"네?"

연은 못내 당황했다. 기주 병원이라니……. 그럼 같은 건물, 같은 층, 같은 복도 맞은편이라는 말이다. 황사 속에서 먼지 하나 없이 청쾌한 차림으로 나타난 것도 이해할 만했다. 그리고 이제는 뜻하지 않는 순간, 아무 때나 그와 마주칠 수 있다는 말이기도 했고. 연은 찌푸린 미간에 통증을 느끼며 관자놀이를 짓눌렀다. 골치 아프군.

"누가 나더러 그랬거든."

"……?"

"할일없이 노는 남자처럼 별 볼일 없는 건 없다고. 그래서 일이나 해볼까 하고."

"유한병원에서 근무한다고 하지 않았어요?"

마지막 동아줄이었다. 당신이 살던 연못으로 돌아가 버리란 말이에욧!

"기주가 도와달라는데? 하하하!"

또다시 터지는 웃음에 연은 속지 않았다.

능글맞은 남자!

효인에 대한 인상이 또 하나 더 추가되는 순간이었다.

효인과 뜻하지 않은 점심을 먹고 난 토요일 저녁, 또다시 그의 전화가 걸려왔다. 그 뒤로 점심 먹자는 전화는 좀 뜸해졌다. 결국, 그가 원한 건 점심 한 번뿐이었나? 할 정도로 말이다.

[뭐 하시나? 황금 같은 주말 저녁에 데이트는 안 해?]

"제 직업이 파티플래너예요. 파티는 이런 토요일 저녁에 가장 효과를 발휘하죠."

분홍과 화사한 레이스 러너들로 꾸며진 파티장을 훑어보며 연은 시큰둥하게 대답했다. 오늘은 노블레스 클럽의 데이트 파티다. 쌍쌍으로 앉은 중년의 부부들을 위해 특별히 로맨틱 모드로 치장된 모임이었다. 그녀의 어머니 인맥으로 맡게 된 일이라 오늘의 호스티스는 선영 대신 그녀가 맡게 되었다. 우아한 차림으로 들어선 중년 여인들의 탄성이 위안이 되기는 했지만, 다들 연인과의 주말을 보내는 시간 홀로 이곳을 지키는 게 그리 즐거운 일은 아니었다. 특히 이렇게 인맥으로 맡게 된 일은 더욱 세심한 배려를 기해야 하는 이유로 신경이 평소보다 서너 배는 더 날카로워지고 만다.

[다들 데이트를 즐기는 시간에 홀로 다른 사람 파티나 준비하다니……. 그리 매력적인 직업은 아니군.]

"그래도 여자로서는 한 번쯤 꿈꾸어볼 만한 낭만적인 직업이에요. 최소한 딱딱하기 그지없는 의사보다야 낫죠."

[왜? 태연스럽게 사람 살을 썩둑 썰어대는 외과를 지망하는 여자들도 많아. 우리 귀여운 사돈처녀가 그렇거든. 분홍색 알러지에, 꽃이라면 잘근잘근 밟아대는 특이한 성격이지. 당신도 의사라는 직업에 꽤 어울릴 것 같은데. 잘근잘근, 정신세계를 밟아대는 정신과는 어때? 하하하!]

웃음소리가 쩌렁 울린다. 몹시 유쾌한 기색이었다. 전에 남 선생 앞에서 보았던 따스하고 밝은 아몬드 눈동자가 순간 떠올랐다. 사돈처녀라면 수줍기 짝이 없는 그의 형수, 남 선생의 동생인가 보다. 형수에 관해서만큼은 효인은 절대적으로 관대한 편이다. 그런 거, 괜찮을까? 별 무리 없는 홀 안을 둘러보며 연은 미심쩍은 마음이 들었다.

[내일 점심은 어때?]

"쉴 거예요."

내일은 모처럼 일이 없는 날이다. 일주일에 많아야 서너 번 정도의 파티를 치르지만 파티 전 준비해야 할 것들이 워낙 많기 때문에 그 정도의 횟수라 해도 충분한 휴식을 취하기엔 빠듯한 일정이었다. 다음 주는 목요일까지 일정이 없어 연은 일요일엔 모처럼 늦잠을 잘까, 생각 중이었다.

[그것참, 꽤나 심심한 인생을 사는군. 파티는 몇 시에 끝나? 연세를 생각해 좀 일찍 끝나지 않을까?]

키득대는 웃음으로 보아, 이 파티에 대한 사전 정보를 이미 답사한 모양이었다. 범인은 당연 선영이겠지. 뒤에서 몰래 꿍꿍이를 하고 있을 선영을 떠올리며 연은 지친 숨을 내쉬었다. 효인과 같은 빌딩에 함께 일하는 것만으로도 그녀가 수용할 수 있는 한도를 넘어섰다. 더 이상 그녀의 인생에 끼어드는 건 절대 사양하고 싶은 인연이었다.

"글쎄요? 중년을 넘어서도 로맨스는 존재하는 거니까. 누구처럼 심심해서 사랑 타령하는 것과는 차원이 다르죠."

멀리 그녀를 향해 손짓을 하는 찬희가 보였다. 뭔가 문제가 생긴 모양이다.

"이만 전화 끊어요. 한가하게 노닥거릴 시간이 없네요."

그리고는 그대로 전화를 끊어버렸다. 예의없는 태도라는 건 알았지만 계속 효인의 전화에 매달릴 수는 없었다. 모임이 생각보다 길어졌고, 음식 역시 바닥을 드러내고 있는 중이라 얼른 파티를 마무리해야 할 판이었다.

"어떻게 하죠? 다들 너무 흥겨운지 떠날 생각을 안 하네. 예약한 시간이 이미 지났는데."

아직은 파티플래너로서 신입인 찬희가 난처한 얼굴로 연에게 도움을 요청했다. 인맥이라는 게 이래서 불편하다. 성격 괄괄한 어머니의 부탁으로 맡게 된 파티라 매몰차게 마무리를 해버릴 수도 없어 연 또한 찬희 못지않게 난처했다. 평소라면 냉정하게 마무리를 했을 그녀였지만, 그랬다간 들려올 소문이라는 게 뻔했다.

"어머, 이 여사님! 따님이 너무 쌀쌀맞더라. 그래도 이 여사님 얼굴 봐서 예약한 건데 시간 좀 지났다고 인정머리없이 쫓아내더라구요. 참, 따님이 아직 출가 전이라고 했죠? 원래 노처녀 히스테리라는 게 뭐 그렇긴 하죠. 호호호!"

전에 어머니 소개로 열었던 파티에서 그런 일이 있었다. 그리고 그날 당장, 하얀 머리띠가 어머니 이마 위에 얹어졌었고.

"아직 마무리 멘트도 안 했지?"

"그럼 제가 왜 이렇게 한숨만 쉬고 있겠어요?"

찬희의 입에서 참았던 불만이 터져 나왔다. 연의 인맥이라 대놓고 뭐라 하지는 못하지만, 얼굴 표정만으로도 불만이 하나 가득이었다. 이래저래, 중간에서 골치 아픈 건 연뿐이었다. 손목에 걸린 시계를 바라보니 이 홀을 빌리기로 했던 예정 시간보다 이미 삼십 분이나 지체된 상황이었다. 찬희의 불만도 이해 못할 것은 아니었다. 찬희에게서 마이크를 건네받은 연이 단상 쪽으로 향했다.

"파티 참석자 여러분! 잠시나마 즐거운 시간을 보내셨는지 모르겠습니다. 일상에서 벗어나 잠시의 핑크 로맨스를 주관했던 이 모임의 예정 시간은 이미 삼십 분을 초과한 상태입니다. 아직 많은 여운이 남으시겠지만, 아쉬운 작별을 해야 할 것 같습니다."

작업성 멘트를 날리며 연은 애써 부드러운 미소를 띠었다. 어머, 정말? 아쉬운 소리가 곳곳에서 터져 나왔지만 연은 능숙하게 소란을 잠재웠다.

"마지막 가시는 길까지 편한 시간이 되시길 빕니다. 남은 사랑이 혹시 있으시거든 오늘 밤 뜨겁게 운우지정을 나누셔도 되구요. 짧은 시간이었지만 행복하셨길 바랍니다."

"남궁연 씨! 우리 2차는 어떻게 안 될까?"

무리들 중 가장 화려한 의상과 춤 솜씨를 보여주었던 주최자가 역시 아쉬움과 불평이 뒤섞인 얼굴로 슬슬 다가왔다.

"다들 너무 헤어지기 아쉬워해서 말이지."

"저희 쪽에서 미리 파티 시간을 정확히 알려달라 말씀드렸었는데요. 원래 말씀하셨던 시간보다 한 시간 정도 더 길게 예약을 해놓았음에도 불구하고 벌써 삼십 분이나 초과한 거예요. 물론, 그 차액의 비용은 저희 쪽에서 부담했구요."

"그래, 알아. 그래도 2차 정도는 마무리해 줄 수 있지 않아?"

역시 엄마의 인맥을 배경 삼아 뻔뻔한 요구를 하는 주최자의 태도에 연은 참았던 짜증이 솟구쳤다. 마무리 멘트를 날릴 때와 달리 매몰찬 눈빛으로 연은 단호하게 거절했다.

"그건 이미 저희 쪽 소관이 아닙니다. 원하시면 이 건물 지하에 위치한 Bar에 가셔도 되지만 그건 주최자께서 주관하셔야 할 겁니다. 저흰 이쪽 일 마무리하면 곧장 퇴근이니까요."

군더더기없는 냉정함에 주최자가 그제야 당혹한 표정을 지었다. 하지만 이번만큼은 어머니가 흰 띠가 아니라 붉은 띠를 싸매고 눕는다 해도 더 이상 사정을 봐줄 수가 없었다. 새벽부터 음식 준비와 장식까지 하느라 이렇게 서 있는 것만으로도 버거울 정도다. 효인의 말마따나 다들 데이트하는 시간에 하루 종일 일에 치이는 것도 힘들 판에 2차까지 책임지라는 말은 정말로 무리였다.

다시 고려할 여지가 없는 연의 말에 상대방의 붉은 입술이 삐죽 튀어나왔다.

"어머님 말씀하고는 영 분위기가 다르네. 알았어요. 솔직히 이 여사님 얼굴 봐서 그 정도의 편의는 봐줄 줄 알았지."

팽 돌아지는 치맛자락에서 찬바람이 일었지만 연은 상관하지 않았다. 참석자들의 행복한 얼굴로도 충분히 위안이 되었고 그들이 만족했다면 지금의 불평은 잠시뿐, 다시 찾아오게 될 테니까.

찬희에게 빈 그릇들과 남은 정리를 지시하며 연은 빠른 속도로 장식들을 치우기 시작했다. 주최자의 쌀쌀맞은 얼굴과 달리 다른 일행들은 아쉽지만 그래도 꽤 만족한 눈치였다. 파티장을 떠나면서 진심 어린 감사를 건네는 일행들의 인사에 정중하게 답례를 하면서도 그녀의 손놀림은 멈추질 않았다.

열두 시!

아무리 서두른다 해도 남은 정리를 하고 나니 벌써 자정이 되어 있었다. 무겁게 내려앉은 어깨를 주무르며 파티장을 빠져나오는 연 앞으로 검은 그림자가 불쑥 튀어나왔다.

"이제 끝난 거야? 거참, 엄청 잔업이 많은 일이네."

젊은 연인들에겐 남은 열정을 불태우다 못해 이글거리고 있을 시간이지만 서른이 넘은 이들에겐 쉽게 지치는 자정이다. 그 시간, 효인은 방금 샤워를 끝낸 사람처럼 싱그러움이 뚝뚝 떨어졌다. 그의 생동감에 자신의 몰골이 더욱 시든 배추처럼 느껴져 어깨에서 힘이 빠졌다.

"무슨 일이에요?"

"피곤할 것 같아서 기사 노릇이나 해줄까, 하고."

"필요없어요."

피곤한 탓일까? 생각보다 더 쌀쌀맞은 어투가 튀어나와 버렸다.

"헤이, 남궁연 씨! 이래 봬도 최고급 인력이야. 운전 솜씨 역시 베테랑이고. 그런 사람이 무료 봉사하겠다는데 조금은 감사하게 받을 수 없어?"

그녀의 쌀쌀맞은 태도에도 불쾌하지 않은지 효인은 평소보다 더 느글댔다. 대체 이 사람은 어떤 교육을 받고 자란 거야? 연은 뜨악한 시선으로 효인을 쏘아보았다. 이런 남자, 그녀에겐 좀 낯설었다. 자신만만하다 못해 뻔뻔할 정도였고, 유들하다 못해 능글맞기까지 한 남자. 넉살이 얼마나 좋은지 두 번의 만남으로도 그녀의 삶을 제 삶인 마냥 마구 휘두르려 한다.

　"차 가지고 왔어요."

　효인의 느물스러움도 수준급이었지만 그녀가 쌓아놓은 벽 또한 만만찮았다.

　"놔두고 가. 대리 운전 불러줄게."

　"대리 운전 불러서 제 차 타고 갈 거예요."

　그렇지 않아도 대리 운전을 부를 생각이었다. 이렇게 피곤할 때엔 시트에 기대기만 해도 잠이 쏟아졌다.

　"언니, 그냥 이거 타고 가요."

　두 사람의 실랑이 속에 찬희의 목소리가 끼어들었다. 언제 올라탔는지 효인의 까만 차 안에서 찬희가 그녀를 향해 손짓을 하고 있었다. 보통 일이 끝나면 차가 없는 찬희는 그녀가 데려다주는 게 일상이었다. 광주에서 상경한 찬희는 아직 차를 뽑을 만큼 경제적 여유도 없는 데다, 이 밤중에 홀로 택시를 태워 보내기엔 불안한 이유였다. 찬희의 지원에 효인이 씨익, 허연 미소를 지었다. 이봐! 포기하시지? 딱 그 표정이다.

　"그럼, 찬희나 데려다 줘요."

"당신도 데려다 줄 거야. 아무리 대리 운전을 부른다 해도, 여자 혼자 태워주기엔 불안하거든."

"그렇게 불안한 사람이 차는 어떻게 맡겨요?"

"사람을 잃는 것보다야, 차를 잃는 게 낫지. 얼른 타! 질문은 차 안에서 하라고, 고집쟁이 아가씨야."

효인이 재촉했다. 괜찮다니까요! 끝내 고집을 피우던 그녀 앞으로 한 남자가 다가와 아는 척을 했다.

"대리 운전 부르셨죠?"

대체 언제 불렀는지, 대리 운전기사는 기다림에 지친 몰골이었다. 얄밉게 노려보는 연의 시선에 효인은 더욱 생글거렸다.

"열쇠!"

효인이 손바닥을 내밀었다. 절대 물러서지 않겠다는 엄격한 눈빛에 연은 어쩔 수 없이 열쇠를 건네주었다. 오늘 하루만이다. 이미 찬희까지 차에 오른 상태이고, 이런 쓸모없는 일에 힘을 낭비하기엔 너무 지쳐 있었으니까. 스스로 변명을 하며 연은 효인의 차를 향해 걷기 시작했다.

"자, 출발합시다."

효인이 그녀의 어깨에 팔을 척 걸치며 시원스럽게 소리쳤다. 순간, 저도 모르게 연이 그의 팔을 탁! 쳐냈다.

"팔 치워요."

잠깐, 시공이 멈추었던 것 같다. 허공에 들린 효인의 팔이 슬로모션으로 천천히 떨어졌다. 조금 전까지 싱글대던 효인의 얼굴이 빠르게 굳어지는 걸 보며 연은 살짝 입술을 깨물었다.

아, 이런…….

아무리 효인의 제멋대로인 면이 있다 해도, 이렇게까지 무례하게 행동할 생각은 아니었다.

"휘익~"

효인의 입에서 휘파람이 새어나왔다.

"갑자기 우리 형이 몹시 보고 싶어지는데?"

"네?"

"없던 존경심이 생겼단 말이야. 알았어. 당신 몸에 손 안 댈게. 그러니까 가자구!"

화난 걸까?

슬쩍 눈치를 살폈지만, 유쾌한 가면 속에 감추어진 그의 속내를 도무지 알 수가 없었다. 입매 끝은 올라서 있지만 정말, 웃고 있는 걸까? 불행히도 더 이상 움직이지 못하는 지친 뇌리 탓에 연은 생각을 멈춘 채 지친 몰골로 차에 올라섰다.

달동네에 위치한 찬희의 집에 도착하자 위험한 골목길에 여자 혼자 보낼 수 없다는 효인의 신사도에 따라 연은 혼자 차 안에 남았다. 좁은 시멘트 계단으로 올라서는 두 사람의 키가 가로등 불빛에 길게 늘어졌다. 190㎝가 넘어 보인다. 작은 찬희와 함께 서서 그런가, 옆에 선 효인의 키가 굉장히 길게 느껴졌다. 170㎝의 그녀가 나란히 선다 해도 꽤 차이가 질 정도의 키다. 여자로서 그리 아담하지 않은 탓에 남자 곁에 서면 언제나 어깨가 움츠러드는 그녀였지만 효인의 곁이라면 편하게 등을 세울 수 있겠다, 라는 뜬금없는 생각이 들었다.

참 나, 피곤하긴 한가 보네.

두 사람을 기다리며 연은 살짝 눈을 감았다. 필요없는 관심 따윈 사절!

찬희를 집에 보내고 연의 집으로 향하는 동안, 차 안은 고요가 흘렀다. 그녀로서는 다행한 일이었다. 오늘처럼 지친 날에는 입 하나 벙긋하는 것도 천 근처럼 무거워 침묵은 금이라는 명언이 절실하다. 낮게 흐르는 음악을 들으며 연은 피곤에 지친 눈을 감았다. 이상하게도 불편함보다는 아득함이 느껴졌다. 외동딸로 자란 데다, 천성적으로 남자를 대하는 게 서툰 그녀. 아무리 상관없는 남자라 해도 남자 앞에 서면 절로 긴장이 되고 마는데, 이상하게 효인에게는 그게 좀 힘들었다. 톡톡, 제멋대로 쏘아대는 말투도 그랬고, 이렇게 침묵 속에 편하게 휴식을 취할 수 있는 것도 그랬다. 효인은 점점 편하고 익숙해지는 이방인이 되고 있었다.

"남 선생이 민폐 끼쳤다며?"

지칠 대로 지쳐 버린 그녀의 신경을 배려해 효인이 일부러 낮은 음성으로 물었다. 조용한 이 침묵을 지킬 수도 있었다. 하지만 연에게서 풍겨 나오는 은은한 연꽃 향이 어쩐지 스멀, 그의 몸을 타고 오르는 것 같아, 묵묵한 침묵을 지키기가 좀 버거웠다.

"제 기억과는 다르네요. 별로 폐 끼친 것도 없었어요."

공원 일을 말하는 것이겠지.

연은 감은 눈꺼풀을 뜨지 않은 채 대충 대답했다. 효인의 시선이 조수석으로 향했다. 특이한 여자다. 쌀쌀맞기 그지없고, 제 할 말을 한 번도 참지 않는 데다 냉정하기 짝이 없지만, 그래서 더 여려 보이고 상처받기 쉬워 보인다. 효인이 그녀를 쉽게 무시할 수 없는 이유도 그런 이유였다.

선볼 여자라며 어머니가 내민 사진의 인상도 그리 다르지 않았다. 도도한 척 코를 한껏 세우고 있었지만 유인처럼 수줍고 여린 마음이 그 거만함 속에 어쩔 수 없이 드러나는. 그가 처음으로 선이라는 것에 흥미를 느낀 이유도 연의 그런 첫인상 때문이었다.

까만 어둠 속에 연하게 선을 그리는 연의 얼굴선을 바라보며 효인은 얇은 미소를 지었다.

당신, 정말 재미있어. 그러니까 자꾸 놓아줄 수 없잖아.

"끌끌끌! 하여간, 어디를 가든 질질 흘리고 다닌다니깐. 그래도 유하 녀석이라 좀 괜찮았을 거야. 진하 녀석은 보통 골칫거리가 아니거든. 우리 둘째 귀엽지?"

연이 감았던 눈을 살짝 떴다. 모르는 사람이라면 제 아이 이야기하는 줄 알겠다.

"유하는 우리 남 선생 닮아서 귀여운데 진하 녀석은 딱 우리 형이야. 한마디로 좀 재미없지."

효인이 혼자 키득댔다. 그를 바라보는 연의 미간이 절로 좁혀졌다. 그녀의 기억으로는 유하나 진하나 제 엄마보다는 아빠를 더 많이 닮았었다. 형제가 판박이처럼 닮았으니까 말이다. 하지만 효인은 제 엄마를 닮았단다. 그런 의외성이 연의 신경을 건드렸다. 정말, 형수를 사랑하는 그런 비도덕적인 사랑은 아니겠지? 그러지 않길 바라는 건 또 무슨 이유일까?

"그런가요? 내가 보기엔 아빠를 더 많이 닮은 것 같은데."

"아, 형 만난 적 있었어?"

"그날, 공원에서 잠깐 스친 적 있었어요."

아주 짧은 순간이었지만 강하게 박히던 인상을 떠올리며 대답했다.

"형하고 언제 같이 데이트할까?"

"왜요?"

진실로 궁금한 얼굴로 연은 효인을 돌아보았다. 이 남자의 정신세계는 도무지 알 수 없는 미로 같다. 아무리 쏘아대고, 쌀쌀맞게 대해도 상처받지 않고, 이유없는 친절을 베푸는 접근 방식이 그녀로서는 이해 불능이었다.

"나하고 데이트하자고 하면 거절할 것 같아서. 당신, 우리 형수 좋아하잖아?"

뜨끔!

어떻게 알았을까? 첫눈에 사람에게 반하는 건 그리 흔한 일이 아니지만, 솔직히 그의 형수 남 선생에 대한 그녀의 호의는 이유 불문이었다. 그녀의 성격이라면 아무리 상대의 사정이 다급했다 하더라도, 그런 식으로 처음 보는 사람의 아이를 맡아줄 만큼 사근하지가 않았다. 유하의 까만 눈동자가 더 유혹적인 것도 있었지만 남 선생의 수줍은 미소에 호감을 느낀 것도 사실이었다.

"하하하하!"

낮고 자박한 웃음소리가 차 안에 퍼져 갔다. 이상하기도 하지? 전혀 시끄럽지가 않다. 자잘하게 퍼지는 호수의 파문처럼 말이다. 연은 자신의 가슴속에 일어서는 이질적인 감정에 잔뜩 미간을 좁혔다.

당신, 어쩐지 레드카드 같아.

일요일, 연은 고양이처럼 우아한 게으름을 피웠다. 미리 부탁한 탓에 일하는 아주머니의 방해도 받지 않고 편하게 늦잠을 잤다. 뻐근한 어깨를 쭉 펴며 자리에서 일어나니 벌써 오후가 다 되어 있었다. 이렇게까지 정신없이 수마에 빠진 적은 없었는데…….

오히려 그녀 스스로가 더 놀랄 정도였다.

"남궁연!"

그녀가 깨자마자 기다렸다는 듯이 어머니가 총알처럼 뛰어왔다. 텁텁한 목을 축이려 물 한 잔을 따르던 연은 귀찮은 기색으로 어머니를 돌아보았다. 하얀 머리띠를 하지는 않았지만, 안색을 보아하니 벌써 어제 파티 소식이 귀에 들어간 것 같다.

"저더러 뭐라 하지 마세요. 엄마 친구 분 잘못이니까!"

연이 먼저 선수를 쳤다.

"뭐?"

"계약했던 시간보다 한 시간이나 사정을 보아주고도 삼십 분이나 더 추가되었어요. 그러니까 더 이상은 말 말아요."

곧추선 어머니의 표정에도 연은 물러서지 않았다. 파티플래너로서 스스로 전문가라 자부하고 있었다. 자신의 일에서조차 어머니에게 이리저리 휘둘리는 것 따윈 딱 질색이었다.

"그래도 내 얼굴 봐서 2차 정도는 해결해 줄 수도 있었잖아?"

"무슨 회식요? 2차까지 해결해 주게? 엄마 얼굴 봐서 그나마 20%나 저렴하게 파티를 열 수 있었던 거예요. 한 시간 루스된 건 우리 쪽에서 비용 부담을 했구요. 솔직히 이번엔 저희 쪽에서는 오히려 손해예요. 엄마 친구 분이라 인건비 포기하고 맡은 거지. 이젠 더 이상 엄마의 인맥으로 이런 일 들어오는 거 사양이에요. 우리에게 별로 이득 되는 거 없으면서 괜히 신경만 더 쓰여요. 굳이 그런 인맥 없어도 잘해 나갈 수 있으니까 더 이상 신경 쓰지 말아줘요."

"야! 남궁연! 넌 대체 싸가지가 왜 그 모양이니? 엄마 얼굴 봐서 손해 좀 보면 안 돼? 뭐? 더 이상 신경 쓰지 말아줘요오?"

엄청 빈정이 상했는지 어머니가 한껏 비아냥거렸다.

"그렇게 잘난 애가 왜 내 뱃속 빌어서 태어났니? 아예 저 혼자 하늘에서 뚝 떨어지지?"

"당신, 또 연과 싸우는 거야?"

어찌나 어머니의 목소리가 컸던지 느긋한 휴일을 즐기던 아버지가 주방으로 들어오며 모녀의 싸움에 끼어들었다.

"왜 이기지도 못하는 싸움은 계속 걸어? 피곤하게."

피곤한 건 어머니가 아닌 그녀 쪽이었다. 그동안 피로가 누적되었는지, 오후까지 죽은 듯 잠들었어도 어디 하나 개운한 데가 없이 온몸이 찌뿌듯했다.

"아, 몰라요. 내일은 병원에 가봐야 할 것 같아."

"병원?"

빤한 투정인데도 꼬박 대꾸해 주는 걸 보면 아버지의 인내력도 보통은 넘는다. 식탁 위에 놓인 빵 한 조각을 집어 먹으며 연은 고개를 저었다. 소녀 같은 어머니의 모습이 가끔은 사랑스러울 때가 있긴 하지만 이렇게 피곤할 땐 사양하고 싶은 사랑스러움이다. 더구나 이런 말도 안 되는 투정을 할 땐 더더욱!

"분명, 병원에서 바뀌었다니까. 쟤 갖다 주고, 우리 딸 데려올래요."

"간 김에 제 친엄마도 같이 찾아주세요."

밍밍하게 대답한 후 연은 다시 제 방으로 올라왔다. 어머니와 달리 무뚝뚝한 성격을 지닌 데다 아버지처럼 포용력이 넓지도 않은지라 대충 자리를 모면하는 게 상책이었다.

"어머! 쟤 말하는 것 좀 들어봐!"

"원래 저러는 아이인데 뭘 새삼스럽게……."

"진짜, 우리 딸 바뀐 거라니까! 삼십 년이나 고이 키워준 딸한테 내가 이렇게까지 천대를 받아야겠어요?"

천대는 무슨…….

혈압 넘어가는 소리로 어머니가 외쳤지만 그런 것에 상관할 연도 아니었다.

우유 한 잔과 맛있는 빵 한 조각!

연의 행복은 아주 소소한 것에서 충분히 채워졌다.

[이제 일어난 거야?]

다시 침대로 들어서려 하자 그녀의 휴대폰이 성미 급하게 부르르 떨어댔다. 이젠 굳이 확인하지 않아도 누군지 알 것 같다. 모처럼 맞이한 휴일에 밀린 휴식을 취하고 있을 그녀에게 전화 걸 눈치 없는 찬희나 선영은 아닐 테고, 그들이 아니면 따로 전화할 사람이 없었다.

"네."

[그게 다야?]

"네?"

[무뚝뚝하긴……. 어젠 잘 들어갔어요? 고마웠어요. 덕분에 너무 편하게 왔어요. 뭐, 그런 인사 정도는 할 줄 알았지.]

연의 얼굴이 단박에 굳어졌다. 그런 공치사를 좋아하는 건가?

"……혹시, 그런 걸 바랐나요? 내가 먼저 요구한 건 아닌 걸로 기억하는데요.”

[하하하!]

효인이 웃었다. 그의 눈동자도 웃고 있을 것이다. 그런 웃음이었다. 당황스럽긴 했지만 문득, 연은 길게 눈꼬리를 잡으며 웃고 있을 아몬드 눈동자를 떠올렸다.

[하여간 진지하기 짝이 없다니깐! 당신 말처럼 내가 원해서 한 일이라 그런 공치사 들을 생각은 어차피 없었어. 대신 오늘 데이트나 해주지 그래?]

잠깐 망설였다. 평소라면 미처 말이 끝나기도 전에 ‘싫어요!’ 대번에 대답했을 것이다. 그러나 연은 알 수 없는 이유로 침묵을 지켰다.

[나로서는 늙은 형 따윈 귀찮은 혹이지만, 단둘의 데이트라면 두 번 생각할 것도 없이 도망가 버릴 테니까.]

“……아이들도 오나요?”

연이 조심스럽게 물었다. 진하도 그렇지만 복숭아 뺨을 하던 아주 작은 아이가 생각나 조금 유혹이 들긴 했다.

[아이들은 노 땡큐! 야. 진하 녀석이 당신에게 반했나 봐. 그날 파티 이후로 당신 이야기를 자주 해. 자식이 눈이 좀 높거든. 연적까지 데리고 데이트할 만큼 마음이 넓은 건 아니니까.]

“집에서 쉬고 싶어요. 요즘 별로 쉬지 못해서.”

결국, 연은 거절을 하고 말았다. 그의 가족이라니……. 아무리 그녀가 그의 형수에 대한 호의를 가지고 있다고 해도 낯선 남자의 가족과 어울릴 만큼 넉살이 좋지는 않았다. 오늘따라 효인은 평소처럼 쉽게 '알았어' 하고 끊지 않았다. 대신 낮은 한숨이 흘렀다.

[당신, 그거 알아?]

"네?"

[내가 요즘처럼만 우리 형에게 했다면 삶이 좀 달라졌을 거야.]

"무슨 뜻인지 정확하게 말해요."

[무지 착한 동생이 되었단 말이지. 요즘처럼 형이 존경스러웠던 적이 없었거든. 남 선생 같은 여자는 세상에 다시는 없을 거라고 호언장담하더니……. 쯧! 쯧! 아무튼 바보 같은 형이라니까.]

바보 같은 형이라지만 효인의 목소리에는 그의 형에 대한 자부심이 가득 차 있었다. 제 가족 소중한 줄 모르는 남자는 만날 가치가 없다는 그의 말이 문득 떠올랐다. 자신의 딸에게마저 차갑게 대하던 규원과 달리 느림보 형수와 까칠한 조카까지 착실하게 챙겨 생일 파티에 참석하던 그의 모습이 비교되기도 했고. 규원에 대해 그토록 자신감있는 비난을 할 정도로 그는 아마 제 가족을 몹시 사랑하는 모양이었다. 아무리 미소를 흘려도 어딘지 싸늘해 보이던 효인의 인상은 단지 표면인 건가? 싶은 생각이 들었다. 솔직히 부러움도 있었다. 홀로 자라난 이들의 대표적인 감정이 형제에 대한 동경이다. 그의 형에 대한 궁금증이

들었다. 효인과 닮은 얼굴과 효인과 닮은 성격을 가지고 있을
까? 수줍고 소녀 같던 남 선생을 떠올리며 연은 그냥 마지못한
척 허락을 할 걸 그랬나, 하는 아쉬운 생각이 들었다.

그렇게 연이 끊어진 전화를 처음으로 아쉽게 바라보고 있을
때, 방문이 벌컥 열렸다.

"야! 남궁연!"

치맛자락을 날리는 그녀의 어머니, 이 여사다. 어머니의 손에
는 무선 전화기가 부서질 듯이 붙들려 있었다.

"너, 올해엔 기필코 시집가는 거야! 알았어?"

대충 전화 상대자가 누구였는지 알 만했다. 어제의 소식을 전
해 들은 어머니의 친구 분들이 분명, 노처녀 히스테리를 운운했
음에 분명하다. 그녀의 쌀쌀맞은 태도에 누구나 하는 말이었다.
태어난 성격이라고 넘기면 될 걸, 어머니는 항상 이렇게 분에
겨워 파르르 떨기 일쑤였다.

"시집은 저 혼자 가요?"

당장 가라고 해서 당장 갈 수 있는 시집을 왜 매번 이렇게 닦
달을 해대는지, 원······.

"선보면 되지. 당장 선볼 남자 물색할 테니까, 시간만 내."

"선은 저번에 본 걸로 끝이에요. 그런 거 볼 시간 없어요."

시큰둥한 그녀의 대답에 잠시 어머니가 눈알을 굴렸다.

"오늘 집에서 쉴 거지?"

"네."

"잘됐네. 오늘 논현동 고모 오신다고 했는데."

무슨 꿍꿍이인지 엄마가 별 타박 없이 빙글 웃었다. '아줌마, 오늘 시장에 좀 같이 갑시다' 하고 호기있게 외치는 음성도 그렇고. 연의 눈동자가 가늘게 좁혔다. 불길한 예감이 온몸으로 짜릿하게 번져 갔다.

어머니의 꼼수는 저녁 식사쯤에 제 모습을 드러냈다.

"낮에 했던 약속, 지금도 유효해요?"

잠시, 화장실로 피신한 연은 결국 효인에게 도움을 요청했다. 그녀처럼 모처럼의 휴일을 만끽하고 있을 '빅토리아' 식구들보다는 효인이 더 만만한 이유였다. 어찌 되었든 먼저 데이트를 신청한 것으로 보아 선영과 찬희에 비해 시간이 넉넉할 것처럼 보이기도 했고. 그녀가 효인에게 낮게 속닥이는 사이에도 거실 쪽의 호탕한 소란이 화장실 안까지 침투해 들어왔다.

[왜 이렇게 시끄러워?]

효인이 궁금한 목소리로 물어왔다. 연은 흘끗, 문 쪽을 바라보았다. 못 말리는 엄마다. 늙은 고모까지 수반해 온 일방적인 선은 정말 심했다. 고모와 함께 떡하니 들어선 곰 같은 사내를 보고 놀란 가슴을 생각하면 지금도 가슴이 콩닥거릴 정도다. 놀란 그녀에게 고모와 어머니는 태연하게 설명했다.

"우리 동네 총각이야."

그게 정말로 먹히는 변명이라고 생각했을까? 낼모레가 칠순인 큰 고모는 아버지에게 있어 어머니 같은 큰 누나라, 집에서 갖는 위엄은 결코 무시할 만한 게 아니었다. 그런 고모가 동네 총각이랍시고 끌고 오다니. 동네 총각이 저렇게 반듯한 정장 차림으로 얼굴도 모르는 집에 따라올 수가 있냔 말이지! 정말 어처구니없는 이유로 집까지 쳐들어온 선 상대는 예상보다 강적이었다. 효인보다 더 뻔뻔한 인간이 있을 수 있다는 걸 오늘, 연은 여실히 느끼고 있는 중이었다.

"지금 선 상대가 우리 고모랑 집으로 쳐들어왔어요."

[뭐? 하하하!]

연의 퉁명스런 대답에 효인이 커다랗게 소리를 내어 웃었다. 그렇지 않아도 끈적한 기분이 더욱 불쾌해졌다. 이건 결코 재미로 넘길 상황이 아니었다.

"그다지 유쾌한 상황은 아니에요."

당장 그 비웃음을 그치란 소리다. 그러나 효인의 웃음은 좀처럼 잦아들 기세가 없었다.

[그렇게 도움 요청할 곳이 없었어?]

"바쁘면 됐어요."

연이 성을 발칵 냈다. 그의 비웃음까지 듣기엔 오늘의 신경전이 만만찮았다.

"우하하하하!"

화장실 문 너머 또다시 웃음소리가 들려왔다. 아버지야 원래 고모에게 꼼짝도 못하시는 분이니 그런다 치고 생판 남의 집에

선을 본답시고 대뜸 찾아온 남자는 목불인견이었다. 제 집처럼 편한 자세로 끝도 없는 수다를 떨어대는 꼴불견이라니!

대체 뭐 하는 남자야? 연은 눈살을 찌푸렸다. 아무리 넉살 좋게 웃고 있어도 정작 당사자인 그녀에 대한 관심이라곤 찾아볼 수 없는 남자였다. 듣기론 이제 막 연수를 마친 검사라는데 아마, 그녀의 서울 지검 부장검사라는 아버지의 인맥을 노리고 있는 게 분명했다. 선이라는 거 원래부터 마음에 들어하지도 않았지만 이런 시장 상품으로서는 더더욱 사양이었다.

고모의 안목이라는 것도 참 알 만하군.

얄팍하게 노려보며 연은 화장실 문에 귀를 댔다. 무슨 아부를 떨어대는지 아버지의 웃음이 그치지 않았다. 조금 실망이다. 아버지라면 이 정도의 아부는 쉽게 알아차릴 수 있을 거라 생각했는데…….

연의 입술에서 피곤한 한숨이 새어나왔다. 이런 모처럼의 휴일 날, 아버지의 인맥이나 노리는 선의 희생자가 되어야 하는 자신이 한심스러울 뿐이었다. 서른한 살이라는 나이가 이토록 짐스러운 건지도 몰랐고 말이다. 마치 늙은 노처녀 구제하는 양 구는 남자의 태도도 재수없긴 매한가지였다. 한 번도 효인에게선 제 나이를 느껴본 적이 없었는데…….

[보통, 피곤한 상대가 아닌 모양이군. 그것 봐! 나랑 결혼하자니까.]

연의 지친 기색을 느꼈는지, 효인이 더욱 과장스럽게 한숨을 쉬어댔다.

"끊어요."

[알았어. 성질 급하기는 딱 누구와 닮았군. 우리 노래방으로 갈 건데 그래도 괜찮을까?]

노래방이라…….

난감하다. 그녀는 심각한 음치이다. 가끔, 찬희의 강력한 건의에 의해 노래방을 찾긴 하지만 18번 한 곡만 부르고 나면 끝이었다. 찬희와 선영이야 어쩔 수 없다 치고, 효인에게까지 음치를 들려줄 생각은 없는데…….

다 늙어서 무슨 노래방이야? 좀 더 얌전한 놀이 문화나 즐길 것이지.

속으로 구시렁대는데 화장실 문이 마구 흔들렸다. 그새 참지 못한 어머니가 화장실까지 쫓아온 것이다.

"남궁연! 화장실 전세 냈어? 주인공이 빠지니까 흥이 안 나잖아. 기윤이가 기다려."

기윤이? 언제부터 김기윤 씨가 기윤이로 변모한 거야?

넉살이 좋아도 이 정도면 중증이다.

"알았어요. 갈게요. 지금 어디 있어요?"

거즘 문짝이 부서질 기세이자, 급한 목소리로 연이 대답했다. 어찌 되었든 최소한 황금 이빨을 번뜩이며 웃는 저 남자보다야 당연, 효인이 나은 선택이었다. 최소한 그녀를 발판으로 삼아 초고속 승진을 노리는 비열한 인간은 아니니까.

[저녁에 혼자 운전하게?]

"위치나 말해줘요."

[지금 출발하면 한 이십 분 정도면 도착할 거야. 아무리 못 봐 줄 상대라 해도, 미리 밖에 나와서 기다리지는 마. 대충 참고 있어보라고. 도착하면 전화할게.]

그리고는 전화가 끊겼다. 묘하게도 금방 울화증이 가라앉았다. 이십 분이라는 시간이 주는 마법인 것 같다. 이십 분만 버티면 탈출이다.

덕분에 화장실에서 나온 연은 조금 전의 성마름 대신, 가벼운 미소 정도는 날릴 수 있는 여유가 생겼다. 효인의 전화는 정확히 십 분 만에 울렸다. 기윤이 날리는 농담에 겨우 한 번 정도 웃어줄 정도의 시간차였다.

도착했다는 효인의 전화를 끊자마자 탁구공처럼 팔딱 일어서는 연을 보며 어머니가 놀란 얼굴을 했다.

"왜? 무슨 일이야?"

"아, 친구 전화가 와서."

"친구? 친구 누군데 그렇게 급히 일어나?"

"선영이."

"선영이?"

의심스러운 눈치였다. 이럴 땐 어머니의 눈치도 제법 빠르다. 연은 뻔뻔한 기색으로 태연히 거짓말을 했다.

"목요일 파티 준비에 차질이 생겼나 봐요. 지금 가봐야 할 것 같아요."

쯧쯧! 그래서 여자는 밖으로 내돌리는 게 아니라니까.

뒤통수를 치는 고모의 전근대적인 발언을 무시한 채 연은 대문으로 내달렸다. 이젠 일 초라도 더 기연의 그 끔찍한 농담을 들었다간 없던 성질까지 생길 것 같았다.

"왜 이렇게 반가워해?"

대문을 열자마자 차에 기대고 있던 효인이 성큼 다가왔다.

"당신도 그 사람과 십 분만 같이 있어봐요. 내 심정 알 테니까."

"사양하겠어. 난 환자가 아니면 남자랑은 십 분 이상은 이야기하지 않는 주의야."

"남자 기피증 있어요?"

차에 올라서며 연이 물었다. 정말, 이 남자 정신세계가 이상한 거 아니야? 물론 그가 동성에 끌리는 성향을 지녔다고는 생각하지 않지만, 그렇다고 그런 식으로까지 질색할 이유가 있는 건가? 혹시……

"못된 상상은 그만 하지 그래?"

효인이 툭 내뱉었다.

"네?"

"이상한 이유 생각하지 말라고. 무슨 농담을 못하겠어."

효인이 투덜댔다. 아, 농담이었군. 그제야 고개를 끄덕거렸다. 도대체 하는 말마다 진심이라고는 단 10%도 없다. 농담이겠지, 하다가도 진지하기 짝이 없는 눈동자를 보면 또 그것도 아닌 것 같고.

아무튼 효인은 이제껏 그녀가 만난 사람 중에 가장 이상한 사람이었다.

"생각보다 빨리 왔네요."

"나도 시내 주행에 시속 120 놓고 달린 건 처음이야."

"또 농담이에요?"

"아니, 이건 진담! 조금이라도 늦었다간 당신의 얼음 화살이 불쌍한 한 남자를 빈사 상태로 만들어놓을 것 같아서, 도저히 동족으로 모른 척할 수가 없더라고."

킥킥…….

웃음소리.

스치는 차의 헤드라이트 불빛 속에 효의 얼굴을 훔쳐보았다. 역시, 눈동자는 웃지 않는다. 이번에도 농담이 아닌 모양이다. 연의 얼굴이 같이 굳어졌다. 그렇게 차가운 성격은 아니라 생각했는데 효인에게 있어 그녀는 얼음 화살이나 날리는 냉혹한 여자인가 보다. 하긴 그의 형수에 비하면 차가운 편이니까. 나름 이해 가는 평가이긴 하지만 그리 기분이 좋지 않았다.

"가족 모임에 끼어든 건 아니죠?"

"그런 걱정은 전화할 때나 하는 거지. 괜찮아. 낮에 형 내외랑 같이 만나자고 했었잖아? 형수도 반가워할 거야."

노래방이 있는 건물에 도착해서야 뒤늦게 미적거리는 연의 손목을 덥석 잡아 효인이 안으로 이끌었다. 그에게 잡힌 손목에 뜨거운 열꽃이 피었다. 불끈, 치솟는 불기둥 같고 지글대는 화염 같기도 하다. 불에 덴 듯 뜨거운 열기에 연은 절로 손을 움찔거렸다. 그의 손가락이 닿는 곳마다 인두처럼 낙인을 찍어댄다.

"아, 우리 왔어."

효인이 들어선 곳은 그녀가 생각했던 흔한 노래방이 아니었다. 복도를 따라 늘어선 방을 지나 그가 이끈 곳은 예상과 달리 넓은 홀이었다. 테이블이라고 해봐야 열 개도 채 되지 않은 홀의 한 중앙에는 노래방 기기와 마이크가 무대처럼 놓여 있었다.

"아……."

작은 소리가 들리며 그의 형수가 자리에서 엉거주춤 일어섰다. 그녀의 곁에는 전에 공원에서 잠깐 스쳤던 남자가 벽처럼 단단히 버티어 서 있었다. 효인과는 그림자와 빛 같은 형제였다. 까만 눈동자와 까만 머리카락, 그리고 까만 셔츠를 걸친 남자는 웃음기 하나 없이 그녀를 맞이했다. 노상 장난처럼 빙글대는 효인과는 전혀 다른 인상의 형이었다. 나란히 선 거대한 두 남자는 닮은 듯, 닮지 않아 연은 신기한 시선으로 둘을 바라보았다.

"산, 인사 안 해?"

무뚝뚝한 남자의 옆구리를 쿡, 찌르며 형수가 민망한 미소를 지었다. 연 역시 민망한 미소로 답례했다.

"강산입니다."

아내의 재촉에 남자가 정중한 태도로 손을 내밀었다. 그의 손을 마주 잡으며 남궁연입니다, 어색한 소개를 하는데 효인이 은근슬쩍 연의 손등을 제 손으로 덮었다. 산의 눈썹이 꿈틀, 올라섰다.

"시위하는 거야?"

"형이 한 것에 비하면 이 정도면 장난이지."

"시건방진 녀석."

산이 피식거렸다. 동생의 이런 애교 정도는 털끝에도 미치지 않는 태도였다. 연은 저도 모르게 어깨를 움츠렸다. 효인 역시 만만찮은 상대는 아니었지만 그의 형은 한 수 위였다.

"저기…… 그땐 정말 고마웠어요."

형수가 또다시 인사를 건넸다. 연이 부드러운 미소를 지었다. 그의 형수는 보면 볼수록 사랑스러운 느낌이 더 강했다. 효인 못지않게 큰 키의 남편 옆에서 작은 인형처럼 보여 더욱 그러는지 모르겠다.

"자꾸 그러지 마세요. 제가 더 민망해요."

"아무한테나 애를 맡긴다니까. 겁도 없어. 그 정도도 못 참아? 금방 올 건데."

정중하고 무게있다고 생각했는데 산은 대뜸 윽박부터 먼저 질렀다. 성마른 목소리치곤 아내를 보는 눈빛은 녹은 버터처럼 야들하다. 알 수 없는 남자군. 연은 고개를 갸웃거렸다. 남편의 윽박에 형수가 몰래 쳇! 소리를 냈다. 전에 효인에게도 그런 적이 있었는데. 아마도 버릇인 모양이었다. 옹찬 남편의 말에 여자가 종알대며 변명했다.

"아무리 기다려도 안 오니까 그렇지. 아무튼 좋은 사람이었잖아."

"운이 좋았을 뿐이야."

"그럼 일찍 오든지……. 갑자기 급해졌는데 어떻게 해?"

"그런다고 아무한테나 애를 맡겨?"

"아무한테나 맡긴 거 아닌데."

"시끄러워! 아예 남편도 버리지 그랬냐?"

버럭, 지르는 고함 소리에 형수가 또다시 쳇쳇! 거렸다. 말이 되는 소리 좀 하시지. 하고 웅얼대는 소리도 들렸다.

"그만 좀 해! 창피하게시리…… 진짜 못 말린다니깐!"

두 사람의 말싸움에 효인이 끼어들었다. 이런 일 정도는 일상 다반사라는 느긋한 태도였다.

"그렇게 구박하다 또 도망가면 어쩌려고 그래? 이번에는 나도 못 도와줘."

"시끄러!"

도망간다는 말에는 꽤 놀랐는지 당장이라도 멱살을 잡을 듯, 산이 펄떡 뛰어올랐다. 낯선 가족의 풍경에 연은 적응하기 몹시 괴로웠다.

"선녀는 아이 셋을 데리고 하늘로 날아갔다고. 너무 그렇게 자신만만할 게 아니라니까 그러네."

"그럴 리 없다."

"그거야 모르는 일이지. 어이, 남 선생! 아직도 늦지 않았어. 난 언제든 대환영이야."

산의 단언에 이번에 효인이 팬한 형수를 건드렸다. 형수를 바라보는 그의 시선은 조금 더 온화한 눈빛이었다. 하긴 승혜의 파티 때에도 선영이 남편이라 오해할 만큼 자상한 태도를 보이긴 했다. 그의 형수가 즐겁게 받아들였는지는 별개로 하고 말이다.

"강효인! 그만 까불지?"

근엄한 제 형을 한껏 놀려대며 효인이 귓속말을 했다.

"말했지, 우리 형 재미없다고?"

글쎄…….

연은 까만 산과 성난 얼굴로 앵돌아져 있는 그의 형수를 번갈아보며 고개를 갸우뚱거렸다. 특이한 부부라는 생각이 먼저 들었다.

#4

특이한 부부는 닭살 부부라는 정의로 바뀌었다. 뒤늦게 남 선생이라 불리는 그의 형수가 남유인이라 통성명을 하고 넷은 주거니 받거니 잔을 오갔다. 아, 유인은 제외다. 술 한 잔도 입에 대지 못하는 유인은 맥주 대신 주스만 들이켜고 셋은 적당한 취기 속에 잡담을 나누었다. 그의 형, 산의 손은 한시도 아내에게서 떨어지지 못하고, 갈구하는 눈빛도 마찬가지였다. 옆에 있어도 부족하다는 듯, 그는 온몸으로 아내의 존재를 느끼고자 했다. 그의 눈빛에 발갛게 목 언저리를 붉히는 유인의 모습도 그렇고. 옆에서 보는 것만으로도 괜히 부끄러워지는 부부였다.

"이해해. 워낙 형수 때문에 속을 썩여서 그래. 결혼할 때 엄청

고생했거든. 반사작용이라고 생각하면 돼."

아직 적응하지 못한 연에게 효인이 키득대며 설명해 주었다. 그에겐 익숙한 모습인지 노골적으로 아내에게만 집중하는 형의 태도가 민망하지도 않은 모양이었다. 연으로서는 아무리 형제라 해도 저런 모습을 매일 본다면 보통 고역이 아닐 것 같다.

"좀 특이하지?"

"네."

"그래서 더 놀리는 재미가 있어."

효인이 술잔을 입에 대며 미소를 지었다. 유리잔에 걸쳐진 입술이 조명 속에 진한 빛을 냈다.

"특이한 건 당신도 마찬가지인 것 같아요."

"하하하!"

톤 없는 연의 말에 효인이 또다시 목젖을 울렸다. 그윽한 분위기 속에 느닷없이 터져 나온 웃음소리에 산이 흘끗, 바라보았다.

"남궁연 씨! 당신도 만만찮아."

"난 지극히 평범해요."

연이 부정했다. 물론 효인은 동의하지 않았다.

"그건 당신의 견해이고. 그나저나 심심하지 않아? 형수, 노래나 한 곡 부르지 그래?"

"저기…… 싫은데."

효인의 요청에 유인이 난감한 기색으로 몸을 꼬았다.

"어이, 형수! 노래 부르라고 노래방이란 곳이 있는 거거든 요."

"원래 제가 노래도 잘 못하고……."

꼼지락대며 유인이 주절주절 변명을 늘어놓았다. 연은 마음 속으로 유인을 응원했다. 그녀 역시 노래라면 딱 질색이었으므 로.

"시동생이 이렇게 애원하는데도?"

효인의 막무가내에 유인이 애원하는 눈빛으로 연을 바라보았 다. 저기, 남편은 저쪽인데…… 연은 슬쩍 산 쪽으로 고개를 돌 렸다. 산이 불쑥 아내 쪽으로 몸을 틀었다.

"내가 부르면 되지?"

효인이 형에게 버릇없이 대들었다.

"거절이야! 형수, 노래 듣는다니까 왜 형이 마이크를 잡고 그 래?"

효인이 소리쳤지만 성큼 무대 위로 올라간 산이 이미 홀 안 사람들의 박수를 받고 난 후였다.

"이 세상에 하나밖에, 둘도 없는 내 여인아……."

저음의 굵은 음성이 마이크를 타고 흘렀다. 솔직히 연은 감동 을 받았다. 난관에 봉착한 아내를 구출하는 기사도를 제외하고 라도, 아내를 향한 노골적인 구애의 빛으로 저런 노래를 부를 수 있는 사람이 세상에 얼마나 있을까? 그의 잘생긴 외모가 아 니었다면 도저히 들어줄 수 없는 노래였다.

"감동받기는……."

뾰족하게 입술을 내민 효인이 연에게 투덜댔다.

"저런 노래 아무나 부를 수 있는 게 아니잖아요?"

"저 노래뿐이야."

"네?"

"우리 형, 아는 노래라고는 저 노래뿐이라고. 저 노래 하나로 형수한테 점수 얻어서 지금껏 써먹고 있는 중이거든. 정말 재미 없다니까."

"그래도 형 좋아하잖아요?"

여기 도착한 이래, 말끝마다 매번 토를 달면서도 형을 향한 그의 시선은 온화하고 따스했다. 굳이 입술로 웃지 않아도 눈빛 만으로도 미소가 스민 그의 표정만으로도 그가 얼마나 산을 좋 아하는지 알 수 있었다. 형수와 형, 그리고 진하. 가족 앞에서 그는 늘 웃는다.

"난 누구나 좋아해."

아니면서.

하지만 연은 모른 척했다. 여기저기 터지는 웃음 속에 산이 노래를 마치자 효인이 그녀의 등을 밀었다.

"당신 차례야."

"싫어요."

차마 음치라는 말은 못해 연은 강하게 버티어 섰다. 절대로 노래만은…….

"당신 구출해 주었잖아. 답례로 노래 한 곡이면 돼."

"싫어요!"

연의 목소리가 더 날카로워졌다. 아무리 그의 신세를 졌다 해도 형편없는 노래 실력까지 적나라하게 보여줄 필요는 없었다.

"싫다잖아요."

다행히 옆에서 그의 형수, 유인이 편을 들었다.

"남 선생은 형의 노래 들었잖아. 자격 없지. 나도 우리 남궁연 씨 노래 좀 들어야겠는데?"

우리 남궁연 씨? 연의 눈썹이 이마까지 올라섰다.

어이가 없군.

"원래 세레나데는 남자가 부르는 거다. 그래서 넌 애인이 없는 거야."

산이 피식, 효인을 놀렸다. 그의 눈빛엔 아내의 흑기사로서 당당함이 깃들어 있었다.

"젠장! 아예 멀리 도망가라고 경고해 줄 걸 그랬어. 비싼 와인까지 사서 붙잡아놓았더니 잘난 척은 형이 다 하는군."

두 사람의 연애 시절, 별 도움도 되지 않은 주제에 겨우 와인 한 병을 생색내며 효인이 공치사를 했다. 유인이 산에게 돌아온 건 절대적으로 산의 공로였지, 그가 사준 와인 한 병이 아님에도 불구하고 말이다.

"네가 아니었어도 반드시 결혼했을 거야. 절대 유인일 놓아줄 생각이 없었으니까."

우와!

연은 속으로 탄성을 질렀다. 정말, 느끼한 것만은 두 형제가 딱 판박이였다. 효인과 달리 진중하게 보았던 첫인상은 단지 겉모습뿐이었나 보다.

쳇! 쳇!

옆에서 유인이 몰래 혀를 차며 얼굴을 붉혔다. 투정 부리는 모습이 두 아이의 엄마라고는 믿겨지지가 않을 정도로 어려 보였다. 아이들 앞에서는 제법 어른스러운 모습이더니, 남편 앞에서는 한껏 어리광을 피우는 모습이었다.

"할 수 없지, 뭐! 형이 부르는 세레나데를 나라고 부르지 못할 건 없으니까."

씩씩한 태도로 효인이 자리에서 벌떡 일어섰다. 효인이 무대에 오른 순간, 벌써 홀 안의 시선이 일제히 그에게 집중하기 시작했다. 이미 산이 잡아놓은 분위기 탓이었다. 하긴 둘 다 190㎝가 넘은 장신으로 근사한 외모를 자랑하고 있었으니 당연한 일인지도 몰랐다.

"우와아!!"

효인의 노래가 시작되자마자 홀 안으로 괴성이 퍼졌다. 남자들은 모두 어이없는 야유를, 그녀들의 여자 파트너들은 몹시 흥분된 지지를 보내며 홀 안이 들썩거렸다. 산은 황당한 얼굴로 제 동생의 어이없는 행태를 믿을 수 없다는 듯 바라보았고, 유인은 연을 향해 몹시 미안한 미소를 보냈다.

연은 부끄러움으로 얼굴이 시뻘겋게 달아올랐다. 어디 쥐구 멍이라도 있다면 들어가고 싶은 심정이었다. 이럴 줄 알았다면 차라리 고모가 데려온 맞선 남의 유치한 수다나 들어줄 걸 그랬 다. 이토록 부끄러워 본 적은 그녀 생애 처음이었다. 일그러진 미소를 지으며 연은 무대 위에서 팔딱팔딱 뛰는 효인을 바라보 았다. 얼굴의 반은 유인의 등 뒤로 숨은 채 말이다.

"그대의 연.예.인.이 되어 항상 즐겁게 해줄게요. 연기와 노 래, 코미디까지 다 해줄게예이에에~"

그냥, 싸이의 노래에서 끝났어도 괜찮았겠다. 완연한 막춤으 로 무대 위를 뛰어다니는 효인의 웃음 속에 연은 심장은 그대로 박동을 멈추어 버렸다. 온몸에서 핏기가 싸악 가셨다.

"저기…… 효인 씨 말이에요……."

멍해진 그녀의 귓가에 유인이 조심스럽게 속삭였다. 마치 조 국을 배신하는 독립투사처럼 비장한 눈빛이었다. 조용히 다음 말을 재촉하는 연에게 유인이 벌게진 얼굴로 말을 마쳤다. 약간 의 동정심마저 담겨 있는 것 같다.

"도련님, 굉장히…… 무서운데."

아, 네에…….

그 말엔 절대적으로 동감이었다. 싸이의 노래를 부르며 저런 춤을 출 수 있는 남자라면 당연, 무서울 수밖에.

그날, 효인의 끔찍한 춤은 그녀의 꿈속까지 침투해 연은 밤새 내내 악몽 속에 식은땀을 흘려야 했다.

연결되지 않는 휴대폰을 바라보며 효인은 미간을 잔뜩 찌푸렸다.

"밥 먹으러 안 가?"

아침나절부터 끊이지 않은 환자 때문에 뻐근한 어깨를 쭉 늘이며 진료실을 나오던 기주가 효인에게 말을 건넸다.

"야, 윤기주!"

죽일 듯 휴대폰만 노려보던 효인이 기주를 불렀다.

"왜?"

"내 노래가 그렇게 음치냐?"

"뜬금없이 무슨 말이야?"

"열심히 세레나데를 불러주었더니, 그 노래만 듣고 도망친 여자 말이야. 어떻게 해석해야 하는 거지?"

고소한 티가 너무 역력하다. 웃음을 참지 못하는 기주를 보는 효인의 눈빛은 이젠 휴대폰이 아니라 기주를 부숴 버릴 것 같은 기세였다. 효인의 험악한 눈빛에도 어쩔 수 없이 새어나오는 웃음을 겨우 억누르며 기주가 대답했다.

"그 노래가 마음에 안 들었다는 뜻이지."

"아마도 그런 뜻이겠지?"

"밥이나 먹으러 가자."

효인의 고민 따윈 알 리 없고 애인조차 없는 무신경한 솔로, 기주의 유일한 관심은 허기진 위장이었다. 기주와 나란히 병원을 나서며 효인은 '빅토리아' 를 흘끔거렸다.

"너 설마, 그 세레나데 들려준 여자가 빅토리아의 얼음 공주야?"

효인을 따라 연의 사무실 쪽을 바라보며 기주가 그제야 관심을 표명했다.

"왜?"

"진짜 그녀란 말이야?"

"왜, 안 되는 거냐?"

"당연한 거 아냐? 그 거만한 성격에 그럼 박수 치고 좋아했겠냐? 아마 바늘 끝도 안 들어갔을 거다. 그 여잔 지금껏 네가 알던 그런 속 좋은 여자들하고는 달라."

"윤기주!"

효인이 심각한 얼굴로 친구를 불렀다. 뭐? 하고 돌아보는 기주의 몰골이 꽤 바보스럽다고 효인은 생각했다.

"넌, 그래서 연애를 못하는 거야. 사람의 겉모습에 감추어진 내면을 보지 못한다면 넌 아마도 평생 사랑 한 번 못해볼 거다."

"무슨 소리야?"

기주가 재차 따졌지만 효인은 딴청을 했다. 머리 나쁜 녀석에게 일일이 설명해 주어야 하는 것처럼 귀찮은 일은 없다. 그리고 심심할지언정, 귀찮은 일은 하지 않는 주의라 효인은 철저히 기주의 징징거림을 무시했다.

"아무튼 너, 싸이 노래만 안 불렀으면 됐어."

그래도 친구랍시고 충고를 건네는 기주의 말에 엘리베이터 버튼을 누르던 효인의 손가락이 멈칫, 허공 속에 부유했다. 턱 끝에 맞물린 효인의 힘줄을 보지 못한 기주가 계속 종알댔다.

"하긴 노래보다는 춤이지. 춤만 안 추면 괜찮았을 거야. 너 요즘 그 노래 안 부르지?"

"무슨 노래?"

효인의 말투가 위험스럽게 늘어졌다. 그의 기분이 최고조로 나빠졌다는 의미였다. 그러나 눈치없는 기주는 끝내 자신의 말을 매듭짓고 말았다.

"싸이의 연예인 말이야. 너 그 노래 부르면서 막춤 추잖아. 전에 너 그 노래 불렀을 때, 애들 다 뒤집어졌어. 엄청 깬다더라. 하하하!"

웃는 기주의 얼굴에 효인의 시선이 박혔다. 저 번들거리는 입술을 한 대 갈겨주고 싶은 충동이 악마처럼 효인을 유혹했다. 아마도 초인적인 힘으로 인내하지 않았다면 오늘, 기주의 병원은 오전 진료를 끝으로 당분간 휴업을 했을지도 몰랐다.

흠…….

효인이 낮게 신음을 삼켰다. 놀려대는 기주의 태도는 별개로 하고, 진지하게 충고를 듣자니 그리 틀린 말도 아닌 것 같다. 기주의 말처럼 다른 노래를 불렀어야 했는지 모르겠다. 차라리 느끼하다 못해 느물스러운 형의 노래를 배울 걸 그랬나? 형의 노래에 몹시 감동 겨워하던 연의 표정을 떠올린 효인은 아주 잠깐, 후회를 했다.

그런 후회 속에 점심을 마치고 효인이 털레털레 병원으로 돌아왔을 때, 건물 로비에서 아침 내내 끊겨 있던 휴대폰의 주인을 만났다. 그리 유쾌하지 못하게도 겨우 마주친 그녀는 혼자가 아니었다. 거만한 태도로 자신을 향해 고갯짓만 까닥하는 무례한 남자를 본 순간, 효인은 조금 전 기주에게 느꼈던 감정보다 수십 배 더 높은 강도의 분노를 느꼈다. 그건 그 남자를 향해서가 아니었다. 너무 여려 응큼한 남자의 속내를 알아차리지 못하는 순진한 양에 관해서였다.

물론, 당황했던 건 효인만은 아니었다. 월요병인 모양인지, 월요일이 되자마자 규원이 전화를 걸어 상담을 요청했다. 전에 말했던 DN전자의 창립 파티를 의뢰하고 싶다는 것이었다. 그녀 독단으로 결정할 수 있는 일이라면 분명코 거절이었을 텐데, 옆에서 눈짓을 해대는 선영의 간청을 뿌리치지 못해 어쩔 수 없이 승낙을 하자, 기다렸다는 듯이 규원이 사무실로 날아온 것이다. 정말 동업자의 위치만 아니었다면 직위로라도 선영의 충고를 무시했을 것이다. 규원의 일이 아니라 해도 '빅토리아'는 감당하기 힘들 정도로 일이 밀려오는 터였다. 하지만 선영은 연과는 조금 다른 생각이었다. 조금 더 규모가 큰 일거리도 맡아야 한다는 주장에는 찬희까지 찬동하고 나서 결국 다수의 의견에 밀려 버리고 말았다. 대학 시절, 규원에게 가지고 있던 좋지 못한 추억을 토로할 생각이 없는 연으로서는 더 이상 반대할 명분도 없었고.

"점심 먹고 바로 회사로 가봐야 해서. 전에 딸아이 파티도 그렇고. 한 끼 대접해도 괜찮겠지?"

전혀 괜찮지 않았지만 연은 고개를 끄덕였다. 정확히 정오가 되자 울리는 효인의 전화 때문이었다. 일요일, 효인의 노래를 들은 후 어쩐지 연은 그가 전보다 더 어려워지고 있었다. 덕분에 정오에 울리는 그의 번호가 뜨는 순간 휴대폰까지 끊고 규원과 불편하기 짝이 없는 식사를 하고 오는 길이었다. 사무실을 나설 때야, 어찌어찌 효인의 점심시간을 피했는데 운명의 여신은 끝내 그녀의 편에 서질 못했다. 규원을 쌀쌀맞게 바라보는 효인의 시선이 자신에게도 향하는 걸 느끼며 연은 꼿꼿이 고개를 들었다. 비난의 눈빛이라는 것도 알았지만 일부러 앞만 뚫어지게 바라보았다.

그런 그녀의 속내를 알 수 없는 효인은 속이 불편해지기 시작했다. 누구나 좋아하지만, 누구도 사랑하지 않는다. 마음을 열지 않으면 누구와도 결혼할 수 있었다. 그래서 처음 연을 본 순간, 결혼해도 괜찮겠다는 생각을 했다. 재미있어 보였고, 사는 동안 심심하지 않을 것 같았으니까. 쌀쌀맞은 겉모습 속에 가리어진 여린 마음도 썩 마음에 들었다. 그러나 지금 연을 바라보는 그의 심장은 전혀 재미있지 않고, 유쾌하지도 않았다. 오히려 지루하기 짝이 없었다. 당혹하고 난감한 심정.

어쨌든 가라앉지 않은 그의 짜증과 화도 한몫하고 있었다.

"그 남자랑 같이 일하기로 했어?"

엘리베이터 안에서는 무슨 원수마냥 고개를 외로 틀고 있더니 복도로 내려서자마자 효인이 끝내 호기심을 참지 못하고 먼저 입을 열었다. 잔뜩 성이 난 음성이었는데, 대꾸하는 연은 담담하기 그지없었다. 그런 연의 태도가 효의 성미를 더욱 건드렸다.

"네."

"왜?"

효인의 질문에 연은 마땅찮은 표정을 지었다. 일 문제까지 그가 참견할 자격은 없다는 게 그녀의 판단이었다. 그건 일에 대한 그녀의 자부심이었다. 덕분에 그렇지 않아도 까칠한 목소리가 더욱 차가워졌다.

"제 문제예요."

"어제의 동지가 오늘의 적이라는 말인가?"

효인이 빈정 상하게 비꼬았다.

"제가 강효인 씨 병원 일에 참견한 적 있었나요? 같은 건물에 사는 이웃으로서 지나친 간섭이라 생각하는데요."

연의 말에 옆에 선 규원이 얄밉게 풋! 소리를 냈다. 기주 역시 마찬가지였다. 적의 비웃음은 참을 수 있다 해도, 친구의 비웃음까지 참을 만큼 너그럽지 않은 효인이었다. 효인의 눈빛이 잘 갈아놓은 칼날처럼 번뜩거렸다. 자신에게 쏟아지는 번뜩이는 시선에 기주가 움찔거리며 얼른 제 병원으로 몸을 숨겼다. 연의 곁에 찰싹, 껌처럼 붙어 있던 규원이 두 사람을 보며 피식거렸다.

이런 재수없는 인간이 있나?

효인의 입술 끝이 성질 사납게 올라섰지만 연의 말처럼 그녀의 일에 관한 일이라 참견할 수는 없었다. 부릅뜬, 효인의 경고를 무시하며 규원이 연에게 인사를 건넸다.

"그럼, 내일 한 번 더 나올게."

"그럴 필요는 없어요. 보통, 초대장은 저희가 인편으로 보내드려요."

"내가 나와도 돼. 마침, 근방에 볼일도 있고."

그렇게까지 말하는 데야 더 이상 고집을 피울 수 없어 연은 고개를 끄덕이고 말았다. 솔직히 지금으로서는 규원의 속내를 도무지 알 수가 없었다. 옆에서 효인이 들으란 듯 큰 소리로 콧방귀를 뀌었다. 연이 이마를 잔뜩 좁히며 괜히 효인을 노려보았다.

"그래도 번거로울 텐데……."

연이 다시 한 번 완곡한 거절의 뜻을 밝혔지만 규원은 눈치를 채지 못했는지 '괜찮아. 덕분에 얼굴 한 번 더 보지 뭐!' 하고 우습지 않은 농담을 건넸다. 보통의 경우, 초대장은 서로 시간을 절약할 셈으로 퀵 서비스로 보낸다. 고객이 직접 찾아오는 일은 꽤 드문 일이었다. 목요일에 계획된 파티 문제로 내일은 시장 조사를 나가야 한다. 원래는 선영이 예정되어 있었지만, 규원의 내방에 맞춰 연은 자신이 직접 나가리라 마음먹었다.

"그럼⋯⋯."

예의 바른 태도로 규원에게 인사를 건넨 후 사무실로 들어서는 연을 효인이 덥석, 붙들었다. 무심코 안으로 들어서던 몸이 그 바람에 비틀, 효인 쪽으로 흔들렸다. 뭐냐? 재빨리 몸을 가누며 연이 효인을 바라보았다. 웃음기가 싸악 사라진 싸늘한 얼굴로 효인이 말했다.

"세상에는 세 종류의 남자가 있지."

"네에?"

"당신을 사랑하는 남자, 당신이 사랑하는 남자, 그리고 이혼남!"

그녀를 노려보는 눈동자가 활화산처럼 이글댔다. 언제나 입술만은 웃던 효인이다. 입술조차 웃지 않는 효인의 모습은 생각보다 훨씬 더 싸늘한 빛이었다.

"무슨 말이에요?"

"그중에서 절대 만나지 말아야 할 사람이 이혼남이야."

이런 무슨 황당한 말이 다 있어? 어이없는 효인의 말에 다른 두 사람의 입이 떡 벌어졌다. 연은 이 사람 제정신으로 하는 농담이야? 생각했고, 규원은 이런 미친놈! 하고 생각했다.

"그게 지금 말이 된다고 하는 소리입니까?"

이혼남의 당사자인 규원이 잔뜩 성난 음성으로 소리쳤다. 당연, 효인에게는 씨알도 먹히지 않는 반항이었지만.

"그거 굉장히 위험한 발언인 줄 알긴 해요? 근거없는 말로 괜한 사람 이상하게 만들지 말아요."

연 역시 규원의 말에 덧붙어 톡 쏘아댔다. 보통 같으면 내리깐 눈으로 충분히 상대방을 압도할 수 있는 태도였지만, 그녀보다 한 뼘은 더 넓게 위로 올라선 효인에겐 별 효과가 없었다. 몹시 유감스럽게도.

대신, 효인이 짓누를 듯 그녀를 내려보았다. 키가 크다는 장점을 이토록 확실하게 누리는 사람도 그리 흔치 않을 것이다. 자신을 내려보는 효인을 향해 연이 고개를 빳빳하게 들었다.

"근거있어."

"없어요!"

"있다니까!"

효인이 고집을 피웠다. 이번에는 연마저 미친 거 아냐? 하고 생각할 정도였다.

"난 절대 이혼남이 될 생각이 없고, 내가 아는 유일한 이혼남은 바로 저 남자이기 때문이지."

효인의 긴 손가락이 가차없이 규원을 찔렀다. 기주의 병원 문쪽에서 킥킥대는 소리가 들려왔다. 진즉에 도망친 기주가 아마도 문가에 귀를 바짝 댄 채 엿듣고 있는 모양이었다. 태연스런 효인을 규원은 팔딱, 성질 넘어가는 몰골로 쏘아보았다. 한껏 가슴을 펼친 모습이 마치 허세 부리는 목도리 도마뱀처럼 보였다. 그런 그를 효인이 얄팍하게 마주 보았다.

"당신, 감히 내가 누구인 줄 알아?"

"DN전자 사장. 당신은 내가 누구인 줄 알아?"

효인이 우습지도 않다는 듯 받아쳤다.

"다, 당신이 뭔데?"

그렇게 묻는 규원은 몹시 멍청해 보였다.

"당신 회사 제품을 사용하는 고객. 우리 집에서 사용하는 당신 회사 제품이 적어도 다섯 개는 넘을 테고, 그 덕에 내가 당신 회사에 클레임 걸 수 있는 기회도 다섯 번은 넘는다는 말이지. 오늘부터 우리 집 냉장고를 줄기차게 열어볼까? 하루에 몇 번 정도 문을 열면 일주일 만에 클레임 할 수 있지?"

효인의 말에 벌어진 입이 다물어지지가 않았다. 연은 도저히 믿을 수 없는 시선으로 효인을 보았다.

이렇게 유치할 수가!

규원 역시 연과 같은 생각이었는지 효인의 유치한 대사에 대꾸도 제대로 못한 채, 어버버 말을 더듬었다. 효인이 그런 그에게 싱긋, 미소를 지었다. 좁혀진 아몬드 눈동자가 비열하게 번뜩였다.

"그러니까 좋게, 되지도 않을 여자는 넘보지 않는 게 좋아."

어이가 없다. 황당하다.

그 이상의 단어로 효인을 규정할 수 있는 단어가 또 있을까?

경쾌한 발걸음으로 효인이 병원으로 들어서자 문가에 서 있던 기주가 후다닥, 제 진료실로 도망쳤다. 복도에 남은 두 사람은 한낮의 따가운 햇볕 속에 번개 맞은 몰골로 서로를 마주 보았다. 효인을 알고 있는 자신에게 연이 두 번째로 부끄러움을 느끼는 순간이었다.

저 남자, 대체 나이는 어디로 먹은 거야?

"삼촌! 이 옷 어때?"

제 아버지를 꼭 닮은 진지한 표정으로 진하가 효인에게 물었다. 현재, 효인은 형, 산의 집에서 뒹굴거리고 있는 중이었다. 지난주 내내 썩 좋지 않았던 컨디션 탓에 토요일이 되자마자 산의 집으로 쫓아온 터였다. 진하가 태어난 후 가양동에 있던 집을 처분한 산은 북악산이 뒤로 절경을 이루는 주택을 샀다. 그 뒤로 효인은 문턱이 닳도록 뻔질나게 이 집을 드나들기 시작했다. 처음으로 그의 집에 나타난 손바닥만한 아이가 신기했고, 무엇보다 그가 사랑하는 형과 유인이 있는 집이었으니까.

자신의 배 위에서 편하게 제 몸을 묻고 있는 유하를 살짝 떼어놓은 후, 효인은 진하 못지않게 진지한 얼굴로 바닥에 즐비해 있는 옷을 바라보았다. 따스한 온기에서 벗어난 게 못내 못마땅한지 바닥으로 떨어진 유하가 다시 잽싼 몸짓으로 효인을 향해 돌진했다. 요사이 유하의 기는 속도가 엄청 빨라져, 그에게 떨어진 무게도 만만찮았다.

헉!

관성의 법칙을 온몸으로 느끼며 효인은 유인을 닮아 수줍기 짝이 없는 둘째 조카를 얼른 품에 안았다.

"갑자기 웬 옷 타령이야?"

펼쳐진 옷 중의 절반은 그가 사다 놓은 옷들이다. 백화점 쇼핑을 즐기는 효인은 진하가 태어난 후, 아동복 매장의 중요 고객으로 등록된 상태였다. 어느 것 하나 예쁘지 않은 게 없건만, 효인의 마음과 달리 진하는 어느 것 하나 마음에 들지 않은 표정이었다.

요 녀석 봐라?

괘씸한 마음으로 효인은 진하에게 질문을 던졌다.

"여자 만나냐?"

"응."

하!

효인이 콧방귀를 뀌었다.

참으로 짧은 애정이군.

진하가 승혜의 생일 파티 날, 연에게 홀딱 반한 걸 알고 있는 그였다. 뭐, 조카와 한 여자를 사이에 두고 연적이 될 생각은 없으니 다행일지 모르겠지만 말이다.

"중요한 모임이야?"

"승혜네 집 파티."

"승혜네 집 파티?"

불길한 기운이 스멀 타고 올랐다. 어쩐지 그 유쾌하지 못한 녀석과 연관될 것 같은…….

"무슨 파티?"

"몰라. 승혜한테 초대받았는데, 걔네 아빠 회사에서 여는 파티래. 엄마!"

설명하는 것도 귀찮은 듯 몇 개의 옷을 집어 든 진하가 제 엄마를 부르며 아래층으로 달려갔다. 그 재수없는 유부남이 뺀질나게 '빅토리아'를 찾는 이유가 아마도 이것이리라, 효인은 쉽게 짐작했다. 젠장, 잔머리 하고는……. 명실상부 DN전자의 후계자라는 인간이 하는 짓치고는 몹시 유치한 일이다.

쳇!

당장 눈에 보이는 DN전자 마크가 찍힌, 공기청정기를 발로 차고 싶은 욕구를 누르며 효인은 진하를 따라 아래층으로 향했다.

"남 선생, 무슨 일 있어?"

아래층엔 진하에게 이것저것 옷을 대어보고 있던 유인이 있었다. 효인의 질문에 유인이 비로소 고개를 들었다. 유하가 효인의 품속에서 꼼지락 제 엄마를 향해 손을 뻗었다.

"진하가 초대를 받아서. 어휴, 우리 딸! 엄마한테 올 거야?"

유인이 반색을 하며 제 딸을 품에 안았다. 외모는 진하와 판박이지만, 성격은 자신을 닮은 유하는 유순하고 얌전해 엄마를 잘 따랐다.

"옷 좀 봐주라니까. 엄마는 유하만 예뻐해!"

진하가 투정을 부렸다. 아무리 어른스러운 척해도 어쩔 수 없는 아이이긴 아이인가 보다. 커다란 콩깍지를 씌워 잘난 제 아빠랑 결혼해 버린 비겁한 기회주의자 엄마이긴 하지만 그래도 동생, 유하보다 더 사랑받고 싶은 게 아이 마음이었다.

"진하 좀 예뻐해. 애들은 사랑으로 먹고 산다는 말 몰라?"

효인이 타박했다. 저 역시 진하보다는 유하에게 더 많이 애정을 쏟는 주제에 참견도 잘했다. 효인의 말에 유인이 입술을 삐죽, 내밀었지만 대꾸는 하지 않았다. 결혼한 지 벌써 칠 년이 되었지만 그녀는 여전히 시동생, 효인이 어렵고 무섭다.

"진하가 무서우니까 그렇지."

유하를 안은 채 돌아서며 유인이 몰래 종알댔다. 아들이긴 하지만 어느 것 하나 빈틈이 없는 꼬마, 진하를 유인은 이상하게 어려워했다. 볼 때마다 더욱 산을 닮아가는 모습이 반할 만큼 사랑스럽긴 하지만, 반면에 고집스럽고 말 한마디 지지 않은 잘난 아들이라 그만큼 대하기가 힘든 것도 사실이었다.

"진하 말이야⋯⋯."

진하가 가는 파티에 대해 효인이 다시 한 번 물으려 할 때, 현관에서 부산한 소리가 들려왔다. 유하를 부르는 걸걸한 산의 목소리가 몸보다 먼저 다가섰다.

"우리 딸!"

"아빠!"

방금까지 아쉬운 소리를 하던 엄마는 나 몰라라 내팽개친 채, 제 아빠에게 후다닥 뛰어가던 진하가 넓은 품 안으로 폴짝 뛰어들었다. 한 팔엔 유하를, 또 한 팔엔 많이 자라 제 허리까지 올라선 아들을 한꺼번에 보듬어 안은 산은 세상 그 무엇보다 가장 행복해 보였다. 효인은 부러운 시선으로 형을 바라보았다. 어렸을 때부터 항상 잘난 형이었다. 십대에 홀로 영국으로 유학 가면서도 기 한 번 죽지 않고, 아버지의 뜻에 반해 자신의 길을 가는 당당한 형.

효인에게 산은 우상이었고, 질투의 대상이기도 했다.

너무도 사랑하는 유인과의 결혼까지. 산의 인생은 그야말로 탄탄대로였다. 효인은 잠시 연을 생각하며 씁쓸한 미소를 지었다. 형은 유인을 처음 본 순간, 자신의 운명임을 알았다고 했다. 효인은 물론 처음 연을 본 순간 운명이라 생각하지는 않았다. 그의 인생에 사랑은 없을 거고, 사랑이 없다면 운명은 없을 테니까.

하지만 어차피 해야 할 결혼이라면 연이라면 괜찮겠다는 생각은 했었다. 하지만 그게 전부일까? 그녀와 결혼을 하게 되면 정말 지루하지 않을까?

동생 앞에서 태연히 아내의 입술에 입맞춤을 하는 형을 바라보며 효인은 회의감이 들었다. 아무리 그가 처음으로 그녀로 의해 결혼을 생각해 보았다고 해도, 그것뿐. 연은 단단한 벽에 싸여 그를 자신의 인생 안에 받아들일 생각은 눈곱만큼도 없는 여자다.

그런데 지금 그가 느끼는 이 불완전한 감정은 무엇인지…….

"진하, 다음 주 금요일에 승혜네 아빠 회사 파티에 가는데 무슨 옷 입을 건지 골라달래!"

두 아이를 몽땅 산에게 떠맡긴 채 유인이 주방 쪽으로 향하며 소리쳤다. 아하, 효인은 몰래 회심의 미소를 지었다.

"귀찮게 그런 델 뭐 하러 가려고 그래? 우리 아들?"

"꼭 가야만 할 이유가 있어."

슬쩍, 두 부자 앞에 자리한 효인의 귀에 쏙쏙, 맛있는 대화가 들어왔다.

"이유가 뭔데? 그게 아빠보다 더 중요해? 금요일에 가족 모두 여행 갈까 생각 중이었는데."

진하가 커다랗게 한숨을 내쉬었다.

"솔직히 아빠! 이젠 남자들끼리의 여행도 필요하다고 생각해. 우리 강씨 집안의 남자들은 그런 게 좀 부족하지 않아?"

여섯 살 먹은 아이치고는 너무 성숙한 사고방식이지 않나? 어린 시절, 형의 모습을 기억하며 효인은 치미는 웃음을 씹어 삼켰다. 진하는 정말 끔찍이도 형을 많이 닮았다.

"그럼 나중에 강 씨 집안 남자들만의 대화를 갖기로 하고, 다음 주 금요일은 가족 여행을 가도록 하지."

"싫어!"

진하가 반항을 했다. 호오! 산의 눈동자가 위험스럽게 빛을 발했다. 효인도 치미는 호기심을 버릴 수가 없었다. 이 녀석이 승혜라는 아이한테 단단히 빠진 모양이군.

"그럼, 아빠가 납득할 만한 이유를 설명해 봐."

"아, 나도! 이 삼촌도 굉장히 궁금한데."

효인이 끼어들었다. 두 사람의 진지한 관심 집중에 진하가 얼굴을 빨갛게 붉혔다. 자식, 은근히 귀엽다. 이건 유인의 유전자인가 보다.

"사랑하는 여자가 있어."

푸웃!

효인이 얼른 두 손으로 입을 가렸다. 한 번만 더 방해했다가는 당장 한 대 갈기겠다는 산의 분명한 경고에 효인이 재빨리 표정을 관리했다. 하지만 표정이 자꾸 일그러지고 있었다.

"사랑? 그건 좀 이르지 않아?"

"아빠! 사랑이라는 건 시기라는 게 없대. 운명이라는 건 어느 순간 갑자기 찾아오는 거라고 우리 선생님이 그랬어."

아, 정말 도저히 참을 수가 없다. 웃음을 참느라 삐질, 식은땀을 흘리며 효인이 끝내 참견하고 말았다.

"형! 도대체 진하 다니는 유치원이 어디야?"

"알아서 뭐 하게?"

"나도 다녀볼까 하고. 인생에 대해서 다시 배워보는 것도 좋을 것 같지 않아?"

킥킥대는 웃음이 너무 셌나 보다. 진하가 날치름하게 효인을 노려보았다. 똑 닮은 두 사람의 눈초리에 효인은 새는 웃음을 꾹꾹 눌렀다. 이래서 이 집에서 벗어날 수 없다. 지루한 그의 인생에 이만큼의 자극적인 곳도 없으니까.

"그럼, 네가 사랑하는 여자가 승혜라는 아이야?"

다시 진지 모드로 돌아선 산이 심각한 얼굴로 진하에게 물었다. 진하가 가소롭다는 듯, 코를 찡긋거렸다.

"그런 덜 자란 아이한테는 관심없어."

딱 부러지는 말투가 굉장히 누군가와 닮았다. 조금 전의 장난스런 마음을 싹 거둔 채 효인이 등을 곧추세웠다.

"그럼?"

"남궁연 씨."

으하하하하!

이젠 한계였다. 형을 닮아 강직하기 짝이 없는 까만 눈동자가 너무나 진지하게 '남궁연 씨!' 하고 부르는 데야 정말, 대책이 없었다. 소파에서 데굴거리는 효인을 노려보는 산의 얼굴이 시뻘겋게 변했다가 다시 파랗게 바뀌었다. 그게 형의 단점이다. 도대체가 농담이라는 걸 모른다!

"이게 어떻게 된 건지, 효인이 네가 한 번 설명해 보지 그러냐?"

"내가 뭘? 전에 남 선생이랑 승혜 생일 파티에 데려다 준 거 말고는 한 게 없는데?"

"남궁연 씨라면 전에 노래방에서 봤던 사람 아니야?"

"맞아."

"왜 내 아들이 삼촌의 여자 친구를 사랑한다고 말하는지, 나는 이유를 알아야겠는데?"

그렇게 노려보았자, 이지!

빙글대며 효인은 산을 피해 슬쩍 주방 쪽을 바라보았다.

"형수! 다음 주, 금요일에 여행 가기로 했어?"

"아 참! 말하는 걸 깜빡 잊었다."

효인의 의도대로 주방에서 튀어나온 유인이 몹시 미안한 얼굴을 했다.

"그 여행 취소해야 하는데, 깜박 잊고 말 안 했어."

"여행 취소?"

산의 눈썹이 하늘로 올라섰다.

"진하가 꼭 금요일 파티에 가고 싶다고 해서. 사랑하는 여자가 온다고……."

"남유인!"

산의 윽박이 시작되었다. 산이 이 여행을 가기 위해 얼마나 많은 준비를 했는지 효인만은 알고 있었다. 진하의 사랑 따위가 감히 방해할 여행이 아니었다. 게다가 어처구니없게도 그 당사자가 남궁연이라는 것이 성미 급한 산으로서는 혈압이 넘어갈 만한 일이라는 것도.

"그럼 어떻게 해? 진하가 꼭 가고 싶다는데."

유인이 울상을 지었다. 산의 버럭 증은 어째 세월이 지나도 나아지는 기미가 없었다.

"당신은 우리 여행보다 진하 파티가 더 중요하다는 말이야?"

"아이가 가고 싶다잖아! 여행은 다음에 가도 되는 건데 뭘."

"남유인! 당신은 정말……."

씩씩, 화를 참는 산 옆에서 진하는 열심히 제 옷을 고르고 있었다. 부모의 싸움 같은 건 안중에도 없었다. 이제껏 소리만 지를 줄 알았지, 아빠가 엄마를 이긴 걸 한 번도 본 적이 없는지라 당연 여행이 취소될 거로 아는 눈치였다.

"내가 데리고 갈게."

결국 효인은 사태를 무마시키기로 마음먹었다. 어쨌든 그로서도 그 모임에 참석할 이유가 있었다. 진하는 차치하더라도, 호스티스로서 연이 참석하는 걸 알게 된 이상 규원 옆에 홀로 먹잇감으로 놔둘 수 없었다.

"네가?"

"어차피 나도 가봐야 할 것 같아서. 간 김에 진하도 데리고 가지 뭐."

애써 심심한 표정으로 대답하는 효인에게 산이 번뜩, 빛을 발했다. 음흉스럽게 벌어지는 입술을 효인은 소름 끼치게 바라보았다. 무슨 꿍꿍이야? 효인은 예리하게 형의 속내를 유추했다. 마주친 두 남자의 예리한 눈빛 속엔 이미 진하와 유인은 안중에 없었다. 거실 한쪽에서 옷을 고르는 진하 옆에서 유인은 열심히 제 의견을 피력하고 있는 중이었고, 옆에서 보아도 그리 의견이 수렴되는 것 같지는 않았다.

"여행 취소해도 되는데."

"뭐?"

여행을 취소하겠다는 형의 말에 효인이 펄쩍 뛰었다. 그가 알 기론, 유인과 함께 여행하는 걸 쉽게 포기할 형이 단연코 아니 었다. 놀란 효인에게 산이 다시 한 번 쐐기를 박았다.

"그냥, 뭐 우리가 데리고 가지 뭐."

"정말?"

믿을 수 없다는 표정으로 효인이 다시 물었다.

"어쩔 수 없지. 어쨌든 우리 아들 일인데. 유하까지 맡아준다 면 오랜만에 밀월여행이나 가볼 생각이었는데…… 진하만 놔 두고 가는 것도 그렇고."

산이 슬쩍 효인의 눈치를 살폈다. 좀 도와주지? 하는 심정으 로 효인은 유인을 흘끔거렸지만 이번만큼은 별 도움이 되지 못 했다. 애초 두 사람의 대화 따위는 귀에 들어오지도 않는 모양 이었다. 대충, 옷을 고른 후 이층으로 향하는 진하와 유인을 바 라보며 효인은 이를 갈았다.

제길! 얍삽한 형!

"알았어! 유하 놔두고 가!"

유하야, 청담 본가에 맡겨놓으면 될 일이었다. 아빠와 삼촌의 속내를 모르는 유하는 제 아빠 품에서 까르르 웃음을 터뜨렸다. 천진하기가 딱, 유인의 모습이었다. 효인의 입술에 절로 따스한 미소가 서렸다. 형의 얄팍한 꼼수야 어찌 되었든 그에게는 정말로 사랑스러운 가족임에는 분명했다.

#5

DN전자의 창립 파티는 표면상으로는 완벽했다. 보통, 작은 파티를 주관할 때엔 연과 선영이 번갈아 호스티스 역할을 하지만 이번 DN전자의 창립 파티는 워낙 큰 행사라 두 사람 모두 참석하기로 결정했다. 우아하지만 눈에 띄지 않는 부드러운 크림 빛 드레스를 걸친 연은 약간 긴장된 마음으로 홀 안을 둘러보았다. 멀리, 그녀와 같은 색상의 드레스를 입은 선영이 보였다. 두 사람의 가슴엔 '빅토리아'의 이름이 새겨진 명패가 걸려있었다. 찬희는 다른 웨이트리스 사이를 열심히 돌아다니며 이것저것, 지시하고 있는 중이고. 어쨌든 아직까지는 특별히 문제될 게 없었다.

드레스에 맞춰 부드럽게 세팅을 한 머리카락을 살짝 흔들며 연이 신경질적으로 고개를 들었다. 긴장감 때문인지 배 아래 쪽이 딱딱해 온몸이 다 뻐근할 정도였다.

"분위기가 꽤 좋은데?"

등 뒤쪽으로 따스한 온기가 침범한다 했더니 지나치게 가까이 다가선 규원이 만족스런 표정으로 서 있었다. 평상시보다 한껏 멋을 낸 그는 머리끝부터 발끝까지 철저히 후계자다운 면모였다. 연을 바라보는 규원이 눈빛에는 감탄이 서렸다. 주빈도 아닌 기껏 행사 도우미일 뿐이지만, 이 홀 안의 어느 여성보다 아름다웠다. 타고난 늘씬한 키에, 가슴 언저리까지 드러난 목선 사이로 날렵한 쇄골 뼈가 유혹적으로 드러나 더욱 고혹적인 분위기를 풍기는 것도 그랬다. 몸 선을 따라 흐르는 실크의 감미로움은 은은하게 빛을 내 그녀의 품위를 더욱 여실히 드러냈다. 길게 드러난 하얀 목에 진한 키스를 퍼붓고 싶은 충동을 누르며 규원은 애써 태연한 척 거만을 떨었다.

"다행이네요."

후끈거리는 그의 열기와 상관없이 대답하는 연의 목소리는 물처럼 담백했다. 멀찍이 거리감을 두는 그녀의 태도에 규원은 작은 한숨을 삼켰다. 도무지 한 발짝도 나가는 기미가 없었다. 파티를 핑계 삼아 몇 번 식사를 같이했지만 연의 대화는 늘 파티 준비에만 멈추어져 있었고, 그의 진입을 단 한 번도 허락하지 않았다.

대학 시절부터 그랬다. 다른 학우들 사이에서 언제나 시선을 잡아끄는 매력이 있으면서도 수줍은 듯, 차가운 성격 탓에 접근은커녕, 속마음조차 쉽게 드러내지 않는 도도한 여자였다. 이제는 조금 달라지지 않았을까, 기대했지만 그녀의 심장은 대학 시절에서 멈추어져 버린 모양이었다. 대학 시절에 생각이 멈추어지자 규원은 연이 알아차리지 못하게 살짝 미간을 좁혔다. 아무래도 그 시절을 떠올리다 보면 민석을 지울 수가 없었다. 절친하지는 않았다 해도, 민석에게 명목상이나마 친구라는 입장인 규원으로서는 차마 친구가 그토록 짝사랑하던 연에게 다른 연심을 품을 수가 없었다. 그런 오기 탓에 연에게 더욱 차갑게 구는 면도 없진 않았다. 하지만 지금은 사정이 다르지 않은가. 이제 와 설사 민석이 다시 연에게 구애한다 해도 양보할 생각은 추호도 없었다. 민석에 대한 연의 감정이 그 시절과 다르지 않다면 굳이 그가 나설 필요도 없을 테지만. 민석에 대한 연의 끔찍한 추억은 누구보다 잘 알고 있는 규원이었다. 민석은 한마디로 연으로서는 다시는 떠올리고 싶지 않은 기억의 파편일 뿐이다.

오히려 그에게 민석보다 더 큰 걸림돌은 쉽게 내딛지 않는 연의 진중한 성격이었다. 터지는 한숨을 집어삼키며 규원은 지나가는 웨이트리스의 쟁반에서 샴페인 잔을 집어 연에게 건넸다.

"근무 중에는 금지예요."

내민 손이 부끄럽게도 연은 술잔을 단호하게 거절했다.

"가벼운 술이야. 한 잔 정도 마셨다 해서 지장을 줄 만큼은 아니잖아?"

"그래도 고객 관리 차원에서 옳지 않아요. 우리 회사의 방침이기도 하고. 운영자라고 해서 제 상황에 따라 규칙을 바꾸는 건 별로예요."

고지식하기는…….

규원이 눈에 띄게 눈살을 찌푸렸다.

"참, 민석이 귀국한다더라."

일부러 민석의 이름을 들먹이며 규원은 연의 눈치를 살폈다. 역시, 눈에 띄지 않게 작은 미동이 느껴졌다. 여전히 그 녀석이라면 질색인 걸까? 하긴 그 역시 민석과 같은 집요한 추종자가 있다면 그녀보다 더했으면 더했지, 덜하지는 않을 것이다. 연에 대한 민석의 이상한 집착은 거의 편집증에 가까울 정도였다. 친구인 그가 보아도 끔찍할 정도로 민석은 연에게 집요했고, 거미줄처럼 끈적거렸었다. 옆에서 보는 것만으로도 소름 끼칠 정도로.

"네."

지난 감정에 비해 연의 대답은 짧게 끝났다. 짧은 기억만으로도 충분히 불쾌한 사람이었다. 상대의 불편함 따윈 상관없이 무조건 자신의 감정만 고집하던 민석을 떠올리며 연은 규원이 알아차리지 못하게 살짝 몸을 떨었다.

나중에야 먼 소문으로 그가 대학을 졸업하자마자 캐나다 유학을 떠났다는 말을 들었다. 그녀가 규원을 불편해하는 또 하나의 이유는 민석이 규원 패밀리의 일원이라는 거다.

"이번에 그 녀석 귀국 파티 열 건데, 그것도 맡아줄 수 있어?"

충분히 악의가 느껴지는 제안이었다. 그로서는 민석과 연의 재회가 그리 반가울 건 없지만 과거의 고리를 끊기 위해서는 나름, 괜찮은 생각이기도 했다. 가끔 연락을 취할 때마다 이미 연을 잊었노라, 노래 부르는 민석이니 이번 기회에 그 녀석의 진위를 알아보는 것도 한 이유였다. 설사 잊지 않았다고 해도 상관이 없었다. 오히려 규원의 입장에서 보면 민석의 집요함이 더 유리한 일일지도 몰랐다. 대학 시절에서 변하지 않는 민석을 보며 연이 느낄 감정은 뻔했으니까. 민석과 연의 연결 고리를 끊는 것. 그것이 규원이 원하는 것이었다.

그의 제안에 연은 애매한 표정을 지었다. 도무지 그의 의도를 알 수 없었다. 뜻하지 않는 규원의 재회는 여러모로 그녀에게 불쾌하기 짝이 없는 인연이었다. 분명히 이런 파티는 '빅토리아' 로서는 부담 가는 작업이라 거절했음에도 불구하고 기어이 DN의 창립 파티를 떠맡긴 것도 그랬다. 나름, 어느 정도의 호의를 베푸는 거라 생각했었는데 어리석은 오해였던 걸까? 민석에 대한 그녀의 감정을 모르지 않을 규원이 일부러 귀국 파티를 언급한 건 그녀에 대한 모욕임에 분명했다.

"거절하겠습니다."

"오너의 개인적인 행동으로 회사 일을 규정하지 않는다고 하지 않았어?"

규원이 빙긋 농담을 했다. 연의 맑은 눈동자가 신중하게 그를 살폈다. 순간 규원의 심장이 덜컥 내려앉았다. 역시 다시 보아도 아름다운 아이였다. 규원은 몰래 입맛을 다셨다. 애초, 민석이 끼어들지 않았다면 좀 더 나은 관계에서 시작할 수 있었을 텐데.

"의도가 뭔지 궁금하네요."

"의도 같은 거 없어. 단지 지난날의 기분 나쁜 기억에서 네가 헤어나오길 바랄 뿐이야. 귀국 파티가 조금은 기회가 될 수 있을 것 같고."

규원은 시침을 뗐다.

"그런 기억 따윈 없다면요?"

"그렇다면 더욱 거절할 이유는 없겠군. 아무튼 '빅토리아'에 맡길 테니까 이번에도 잘 부탁해. 조만간 사무실로 찾아갈게. 이번 파티는 내가 민석을 위해 선물하는 거거든."

손에 든 샴페인 잔을 높이 치켜올린 규원은 여유로운 미소를 지으며 무리 속으로 사라졌다.

"우리 오빠와는 전부터 아는 사이야?"

규원의 의도를 좀처럼 파악하지 못한 연이 멀어지는 그의 등을 아릿하게 바라보고 있을 때, 화사한 남색 드레스 자락을 날리며 지연이 뱀처럼 다가왔다. 파티가 시작한 순간, 내내 함께 붙어 있던 그녀의 남편은 어디론가 사라지고 없었다.

"같은 동아리였어."

홀 안 쪽으로 향하며 연은 간단하게 설명했다. 사람들의 움직임 탓에 흐트러진 장식을 매만지는 솜씨가 빠르고 능숙했다. 그녀의 대답에 만족하지 못한 지연이 집요하게 뒤를 따랐다.

"동아리? 오빠와는 다른 학교잖아? 그런데도 같이 활동한 동아리가 있었어?"

"싸이론."

아하!

지연이 그제야 수긍했다. 그 망할 '싸이론'이 잘난 재벌 2세들이 이웃 여학교의 학생들과 조인트 해 만든 허울 좋은 봉사 단체인 줄 알았다면 애초부터 들지 않았을 거다. 대학을 입학한 후, 2학년 선배가 봉사 단체라며 소개시켜 준 동아리라 믿었었는데. 우습게도 '싸이론'은 공개 모집이 없었다. 2학년으로 올라서는 선배가 새로 입사한 후배를 인도하는 특이한 전통이 있었는데 연은 그 사실을 몰랐다. 게다가 그 후배 인도라는 것도 제 과에서 눈에 띄는 외모를 지녀야 하는 데다, 성적까지 우수한 여학생을 골라 입부한다는 것이었다. 즉 한마디로 말하면 제 구미에 맞는 여자 후배들을 고른다는 말이었다. 그렇게 황당한 동아리라는 것도 모르고 순진하게 가입한 연은 새로 하게 될 봉사 활동에 대해서만 꿈이 부풀었었다. 그러나 그녀가 생각하는 봉사와 '싸이론'이 생각하는 봉사는 차원이 달랐던 모양이다. 신입생 환영회라는 곳이 대학생들이 쉽게 찾는 학교 근처 선술

집이 아닌 근사한 레스토랑 전체를 빌렸을 때부터 무언가 이상하다 생각했었지만, 그저 부유한 자제들이 사회 환원 차원에서 봉사를 하는가 보다, 순진하게 믿었었다. 지금 생각해 보면 어쩜 그리 바보스러울 수가 있나! 한심할 지경이었다.

그곳에서 만난 게 민석과 규원이었다.

지난 기억을 떨치며 연은 지연에게서 몸을 돌렸다.

"그 잘난 '싸이론' 의 멤버였군."

지연이 약간 사나운 어투로 쏘았다. 그 잘난 '싸이론' 이라는 말에는 연도 두 번 생각할 것 없이 동의였다.

"하긴, 너 정도 외모라면 당연 합격이었겠구나? 아버지까지 부장검사이시니 집안은 말할 것도 없고."

지연은 불합격이었던 걸까? 지연의 삐뚤어진 비웃음을 들으며 연은 틀어진 테이블 보를 바로 잡았다. 어딘지 날이 선 느낌이었다. 나중에 안 사실이지만 '싸이론' 에 들어오려 물밑 작업을 하는 아이들도 꽤 있다는 말을 들었다. 지연의 독기 어린 말투에 연은 심상스럽게 대꾸했다. 그 시절의 기억이라면 그녀 역시 뜰채로 뜨고 싶을 만큼 좋지는 않았다. 굳이 지연이 비꼬지 않았다 해도.

"한 달 만에 그만두었어."

"왜? 거기 멤버 꽤 화려했을 텐데?"

"그냥. 나하고는 맞지 않을 것 같아서."

하!

지연이 잔뜩 비꼬았다. 대체 뭐가 그녀의 비위를 이토록 상하게 한 걸까? 연은 알 수 없었다. 굽힌 허리를 막 곧추세웠을 때, 갑자기 홀 안으로 작은 소란이 퍼져 갔다. 입구 쪽이다. 무슨 일이지? 혹시 무슨 문제라도 생긴 게 아닌가, 연은 걱정스런 마음으로 바짝 몸을 긴장시켰다.

웅성거리는 사람들 사이를 빠르게 비집으며 홀 입구 쪽으로 향하던 연은 순간, 얼음처럼 굳고 말았다.

흐음…….

고통스러운 신음이 절로 터져 나왔다. 또다시 효인의 침투다.

제발, 이젠 그만…….

"효인 삼촌!"

연의 고통 따윈 안중에 없는 승혜가 파티장 입구로 빠르게 돌진했다. 작은 바위처럼 털썩 떨어지는 승혜를 재빨리 받아 옆으로 놓으며 효인이 너털웃음을 터뜨렸다.

"어이쿠! 승혜 공주님! 오늘은 좀 봐줘. 이미 예약이 된 몸이라서 말이야."

제 품에 든 작은 아이를 가리키며 효인이 유쾌한 음성으로 말했다. 효인이 파티장 안으로 들어선 순간, 무채색의 파티장이 원색으로 물들어지는 걸 느끼며 연은 생기없는 얼굴로 그의 등장을 바라보았다. 진실로 고의적인 게 아닌가, 싶은 마음이 먼저 들었다.

"초대해 주셔서 감사합니다."

멍하게 선 그녀의 팔이 갑자기 앞뒤로 흔들렸다. 언제 다가왔는지 진하가 그녀의 팔을 흔들며 자신의 존재를 알렸다. 느닷없는 효인의 등장에 당황하느라, 미처 붉게 볼을 붉힌 꼬마 신사의 존재를 알아차리지 못했다. 뒤따라온 지연 역시 그녀처럼 말을 잃은 기색이었다. 황당해 마지않는 두 여자의 시선이 효인의 가슴에 안겨 있는 작은 아기에게 꽂혔다. 자신에게 쏟아지는 시선이 반가운지 유하가 삼촌의 품속에서 펄떡, 뛰며 반가운 기색을 했다. 아이의 요동에 커다란 효인의 키가 휘청, 흔들렸다. 마냥 귀여운 모양, 헤실거리는 효인과 바아! 소리를 내는 아이의 율동에도 연은 쉽게 미소 지을 수가 없었다. 정말 이토록 난감한 손님은 처음이었다.

일그러진 연에 비해 지연은 그래도 좀 나았다. 아마도 이 우스운 상황을 받아들이는 데엔 연보다는 그녀가 썩 괜찮은 유머 기질을 갖고 있는지 모르겠지만 어찌 되었든, 킥킥대는 다른 여자 손님들처럼 지연도 효인의 썩 괜찮은 외모에 손을 들어주기로 했다. 주최자인 규원의 입장이야 상관할 바가 아니고, 결국 외곽으로 빠져 있는 그녀로서는 특별히 불편할 것도 없었다.

사람들의 시선을 의식하며 연은 간신히 진하에게 의례적인 미소를 지어 보였다. 난감한 이 상황이 진하의 잘못은 아니니까. 백발의 점잖은 신사들이 불쾌한 시선으로 그들을 노려보고 있었지만 강씨 집안의 남자들에겐 별다른 영향을 미치지는 못했다. 당당하게 좌중에게 유쾌한 미소를 흩뿌리는 효인 옆에 선 진하 역시 그 점에서는 마찬가지였다. 연의 의례적인 미소에 황홀한 표정을 지었을 뿐, 자신들에게 향한 다른 이들의 시선쯤은 개의치 않는 눈치였다. 겨우 육 년을 산 주제에 자신에게 쏟아지는 탄사를 제법 만끽하는 법을 배운 모양이었다.

제 삼촌과 함께 검은색 정장으로 갖춰 입은 진하는 하얀 피부색과 까만 눈동자가 환상처럼 어울려 벌써부터 뭇 여성들의 시선을 끌고 있었다. 분명, 언젠가는 제 삼촌보다 훨씬 더 근사한 남자가 될 게 틀림없었다. 문제는 그의 삼촌이다. 예쁜 분홍 드레스를 입긴 했지만, 우스꽝스러운 아기띠로 유하를 안은 효인이 눈치없게도 그녀를 향해 헤이! 반가운 인사를 날렸다. 연의 옆에 선 승혜가 씰쭉한 표정으로 유하를 못마땅하게 노려보다, 다시 그녀를 흘낏거렸다. 효인의 품속으로 달려들다, 예기치 않은 복병을 만난 탓이었다. 곱지 않은 승혜의 시선을 신경 쓰며 연이 떨떠름하게 물었다.

"여긴 무슨 일이에요?"

"망할 형이 애들만 맡겨두고 여행을 가버렸어."

입으로는 투덜대지만 제 품에 안긴 아이를 바라보는 그의 눈빛은 자상하기 그지없었다. 유하가 흐뭇한 시선으로 자신을 바라보는 삼촌의 긴 머리카락을 기쁘게 움켜쥐었다. 아야! 효인이 작은 비명을 지르며 얼굴을 찡그렸다. 수선스럽기는!

"진하는 여기 와야 한다고 고집 피우고…… 그러니 대책이 있나? 둘 다 데리고 와야지."

"아이 봐줄 사람이 그렇게 없었어요?"

자신을 향해 멈추지 않는 애정 공세를 펼치는 유하와 수줍게 발끝을 꼼지락거리는 진하를 바라보며 연은 순한 목소리로 물었다. 썩 맘에 들 것 없는 아이들의 삼촌은 별개로 하고 말이다. 순간, 규원이 이쪽을 향해 고개를 삐죽 내미는 게 느껴졌다. 연은 가볍게 눈살을 찌푸렸다. 그렇지 않아도 그리 반가운 존재가 아닌데 이 문제로 무슨 꼬투리나 잡지 않을까, 걱정이 들었다. 주최야 DN전자이지만 이 파티를 준비한 곳은 '빅토리아'이니 그녀로서는 시끄러운 문제는 당연, 사양이었다. 지연의 호기심 어린 시선 속에 연은 땀에 전 손바닥으로 옷자락을 쓸었다. 맹세코 이토록 당황스러운 일은 그녀의 인생에 몇 번 되지 않았다. 근엄한 창립 파티에 난데없는 젖먹이 아기 손님이라니…….

근처에 선 선영이 도움을 줄 요량으로 이쪽으로 향하는 걸 연이 눈짓으로 제지했다. 우선은 파티가 우선이었다. 선영이까지 여기에 합세해 부산스럽게 보일 필요는 없었다.

"원래는 엄마한테 맡길 생각이었는데, 부부 동반 모임 있다고 외출해 버렸지, 뭐야! 잠깐 외출하고 와보니까 이미 떠나고 없었어."

젠장!

효인이 이맛살을 찌푸리며 투덜댔다. 유하를 더없이 사랑하기는 하지만 그렇다고 이렇게 아기띠를 맨 몰골로 파티장에 나올 정도는 아니었다. 제 엄마가 없어서인지 평소엔 순하디순한 녀석이 오늘따라 바닥에 엉덩이를 내려놓을 생각을 하지 않아, 유모차도 소용이 없었다. 입구에서 한참 동안 유모차에 앉히느라, 유하와 실랑이를 하다 겨우 아기띠로 합의를 보고 파티장에 들어설 수 있었다. 진하는 창피하다고 오는 내내 펄떡 뛰어대고. 일 년치의 골치를 오늘 하루에 다 썩힌 기분이었다. 여기에 연의 타박까지 보태는 건 좀 고달팠다.

"이거 어디에 좀 놓을 데 없어? 계속 들고 있으려니 좀 불편해."

효인이 기저귀 가방을 내밀며 연에게 도움을 청했다. 승혜의 하트 눈동자 따윈 눈에 들어오지도 않았다. 연이 몹시 곤란한 표정을 지었다. 전혀 예기치 않은 상황이라 따로 준비된 게 없었다.

"죄송해요. 동생까지 데리고 올 생각은 없었는데⋯⋯. 사정이 좋지 않았어요."

평소와 달리 점잖은 척, 고상한 태도로 연에게 설명을 하는 진하를 효인이 심기 사나운 눈초리로 흘겼다. 평소 삼촌에게 하는 태도와는 천양지차였다. 자식, 사랑하는 여자 앞이라 이거지?

삼촌과 조카의 보이지 않는 실랑이 속에 연은 골치 아픈 한숨을 내쉬었다. 그녀를 향한 유하의 애정 공세로도 그리 위로가 되지 않는 상황이었다. 지연은 팔짱만 낀 채 사태를 관망하고 있는 중이고, 승혜는 여전히 불만인 얼굴로 입술을 내밀고 있었다. 모든 사람이 그녀에게만 이 사태의 해결을 바라고 있는 중이다. 대체, 뭘 어쩌라는 거야? 연은 치밀어 오르는 짜증을 꾹, 눌렀다.

"여긴 아이가 있기에 마땅치 않을 텐데. 공기도 좋지 않고, 당장 아이가 따로 쉴 만한 공간도 없어요."

그것보다는 규원의 반응이 더 걱정이었지만, 굳이 지적하지는 않았다. 설사 규원이 대놓고 싫은 기색을 낸다 해도 그리, 신경 쓸 효인도 아니었고.

"괜찮아. 안고 있으면 돼. 제 엄마가 없어서 그런지 도대체 품에서 떠나질 않더라고. 유모차도 싫다는 녀석인데 뭘."

"솔직히……."

꼭 왔어야 하는 자리는 아니잖아요? 하고 따지려던 연은 문득 마주친 진하의 진지한 눈동자에 얼른 말을 삼켰다. 아이가 행여 상처받지 않을까, 걱정된 탓이었다.

"내가 원래 좀 자상한 성격이거든."

그녀의 타는 속을 모르는 효인만 빙글대며 속 편한 소리를 했다. 정말, 아전인수(我田引水) 격이군.

"당신은 대체……."

"뭐, 어때? 어차피 승혜가 초대한 손님인데. 게다가 이렇게 아이까지 데리고 올 정도면 보통 용기있는 분은 아니시잖아? 오호호호!"

내내 사태를 관망하던 지연이 톡 끼어들며 깔깔댔다. 이상하게 효인에게는 너그러운 지연이다. 비꼬는 듯하면서도 나름, 순수한 지연의 말에 효인이 필살의 미소를 날렸다.

"난 조카들이 언제나 자랑스럽거든."

흥!

연이 작게 콧방귀를 뀌었다. 조카들이 자랑스럽기보다는 아마도 그의 제멋대로인 성격이 더 컸겠지.

지연의 가소로운 웃음을 뒤로한 채 연은 효인을 파티 구석진 쪽으로 이끌었다. 작은 칸막이가 되어 있는 공간에는 그녀가 따로 준비해 놓은 파티 준비물과 여러 가지 잡다한 기구들이 놓여 있었다.

"여기에 잠시 놓아두세요. 짐을 놓아둘 만한 곳은 여기뿐이니까. 아기 우유는 어떻게 할 거예요?"

"보온병에 뜨거운 물 담아온 거 있어. 오기 전에 먹고 왔으니까 당분간은 괜찮을 거야."

근처 테이블 위에 놓인 펀치를 단숨에 들이키며 효인이 숨을 헐떡거렸다. 유하랑 유모차를 사이에 두고 실랑이를 벌인데다, 늦었다고 징징대는 진하 덕에 호텔 입구에서 파티장까지 단거리 선수처럼 달렸었다. 아무리 운동으로 단련된 그라 해도 아이를 안은 채 초고속 달리기는 좀 무리였다. 옆에서 진하가 '나이 먹어서 그래' 하는 타박까지 들으려니 숨이 더 차 오르는 것 같고.

"아저씨! 저기 우리 아빠 있는데, 인사하실래요?"

겨우 펀치 한 잔으로 목을 축이고 나자, 금세 승혜가 쪼르르 달려왔다. 조금 떨어진 곳에 선 지연이 두 사람을 향해 귀를 쫑긋거리고 있었다. 무엇 그리 흥미로울 게 있다고. 불편한 시선으로 연이 지연의 시선을 피하는 사이, 승혜가 효인의 팔을 잡아끌었다. 자신의 생일 파티에서 왕자님처럼 등장한 효인에 대한 승혜의 연모는 변하지를 않은 모양이다. 제 아빠에게 소개시키지 못해 안달하는 모습은 마치, 남자 친구를 제 부모에게 소개하는 품새였다.

"아, 괜찮은데……."

효인이 손사래를 치며 얼른 발을 뺐다. 이 앙큼한 꼬마 아가씨의 애인이 되어줄 생각도 없었지만 더더구나 규원 같은 장인은 이쪽에서 먼저 사절이었다.

"아저씨가 원래 이런 볼품없는 몰골로는 인사를 못 드리는 습관이 있거든. 게다가 승혜 아빠와도 잘 아는 사이이기도 하고."

"우리 아빠, 알아요?"

갑자기 아이의 얼굴이 꽃처럼 펼쳐졌다. 굉장히 자랑스러운 기색이었다. 끌, 효인은 몰래 혀를 찼다. 제 자식 건사나 잘할 것이지, 애먼 여자 꼬시느라 정신이나 팔고 말이야! 규원에 대해서는 못내 불만인 그였다.

"아주 조금!"

"우리 아빠, 여기 DN전자 사장이에요. 엄청 능력이 좋은데……. 나중에 내가 여기 주인이 된다고 그랬어요."

애한테 해주는 말꼴 하고는, 참으로 거국적이로군.

효인이 더욱 못마땅한 표정을 지었다.

"나중에 우리가 결혼하면 내가 이 회사, 효인 삼촌한테 줄게요. 원래 부부는 뭐든 같이 나누는 거라고 그랬어요, 유치원 선생님이."

거참, 대단한 유치원일세!

효인은 고개를 절레 저었다. 진하도 그렇고, 승혜도 그렇고. 하는 말마다 어른스럽다 못해 능글맞을 정도였다. 아무래도 유치원을 옮겨야 할까 봐? 효인이 살짝, 연에게 속삭였다.

"내게 묻지 말아요."

얼른 몸을 떼어내며 연이 쌀쌀맞게 대꾸할 때였다.

"무슨 일이야?"

언제 다가왔는지, 규원이 두 사람 앞으로 바짝 다가서며 얄팍한 눈매로 효인을 위아래로 훑었다. 아이를 안고 있는 효인의 몰골에 웃음밖에 나오지 않는 모양이다. 허허! 웃는 규원을 향해 빠아! 유하가 또다시 아기띠 안에서 펄떡 뛰어올랐다. 규원을 제 아빠로 착각한 유하의 반색에 효인이 기겁을 했다.

"아빠, 아니야! 네 아빠가 얼마나 근사한데 지금 누구한테 대는 거야?"

"승혜 초대 받고 온 손님이에요."

유치하기 짝이 없는 효인을 밀쳐 내며 연이 대신 설명했다.

어찌 되었든 아기를 품에 안고 있는 효인에 비해 그래도 제법 DN의 시장 티가 여실한 규원이 겉모습으로는 더 나았다. 반듯한 옷차림을 쫙 펴며 규원은 효인과 그의 조카 진하를 노려보았다. 감히 댈 것 없이 하찮다는 눈빛이었다. 그런 규원을 건장한 키로 압도하며 효인 역시 입꼬리를 올렸다. 팽팽한 신경전에 옆에 선 연만 더 불편해지고 있었다.

"이승혜! 넌 언젠가는 아빠의 뒤를 이을 아이야. 이 자리는 DN의 창립 파티다. 아무나 함부로 불러들이는 게 아니야."

"아무나가 아니야. 효인 삼촌이야."

승혜가 작은 주먹을 꼭 쥐고 제 아빠에게 파르르 대들었다.

"사람들은 각기 제게 어울리는 자리라는 게 있는 거다. 갓난아이나 들쳐 멘 인간이 들락거릴 수 있는 자리가 아니라는 말이지. 감히, 우리 DN의 창립 파티에 저런 사람이나 초대하다니……. 쯧!"

"하지만……."

"어이쿠! 대단하기 짝이 없는 DN이네."

효인이 건들거리며 비웃었다. 허공에서 두 개의 시선이 번쩍! 불꽃을 튀겼다.

제 홈그라운드라 이거지? 어쨌든 개도 제 집에서는 점수를 먹고 들어간다 했다. 진하의 어깨를 잡은 손에 힘이 팍 실렸지만 효인은 가볍게 규원을 묵살하리라 마음먹었다.

효인이 긴 다리를 움직여 성큼, 규원에게 다가섰다. 아무리

가슴을 치켜세웠다 해도 제 머리 하나는 더 큰 사람을 짓누르기는 어려운 법이다. 저도 모르게 주춤 물러서는 규원이 불끈, 목에 힘을 주었다. 웃음기가 싹 걷힌 효인의 눈동자가 끈질기게 규원을 짓눌렀다. 차갑게 발하는 효인의 눈빛은 당장이라도 한 대 갈길 것처럼 살벌하기 짝이 없었다. 그의 기에 눌린 규원이 허세를 부렸다.

"지, 지금 뭐 하자는 짓이야?"

규원의 떨리는 음성에 효인이 피식, 김빠진 소리를 냈다.

"우리 조카 응가 했어. 기저귀 갈아야 해. 좀 비켜!"

"호호호!"

팽팽하게 날이 섰던 분위기 사이로 지연의 웃음이 터져 나왔다.

"오빠의 완패야. 아이 응가 기저귀라니……. 오호호호! 이승혜, 이리 와. 자리를 비켜주어야지. 네 아빠와 남자 친구가 그리 사이좋은 사이는 아닌가 보다. 호호호!"

마녀 같은 웃음소리를 내며 지연이 제 조카를 끌고 사라지자, 남은 규원이 효인을 향해 거친 숨을 몰아쉬었다. 마음 같아선 당장 한 대 갈겨도 시원찮을 판이지만 규원은 애써 성미를 죽였다. 아무리 그라 해도 아이의 응가만큼은 딱 질색이었다. 자신의 딸인 승혜의 기저귀도 이제껏 한 번 갈아준 적이 없었다. 효인의 유치함에 진하마저 고개를 절레 저으며 홀 안 쪽으로 떠나 버리자, 그제야 연은 하얗게 질린 얼굴로 옆에 놓인 테이블을 짚었다.

정말 오 마이 갓! 이었다.

이 파티를 준비하기 위해 얼마나 노력했느냐 말이다. 그런데 지금 그녀에게 남은 건 아이의 응가 냄새와 오물로 더럽혀진 기저귀를 갈아야 할 상황뿐이었다. 이 화려한 파티 안에서 말이다.

그를 만난 후부터 모든 게 엉망이 되어버렸다. 잔잔하고 조용하던 그녀의 삶이란 게 없어지고 도저히 맥을 알 수 없는 헝클어진 발자국 투성이다. 울렁증이 일어, 연은 얼른 옆에 놓인 펀치를 들이켰다.

얼음을 채운 찬 음료수가 목구멍을 타고 흐르자 조금씩 뇌가 움직이는 것 같다. 아직 제대로 창립기념 행사가 치러지지 않은 신성한 파티장 안에서 냄새 나는 아이의 응가를 치우게 할 수는 없었다. 어떻게 하지? 연은 머리를 쥐어짰다.

"어디서 기저귀 갈아야 해? 내 옷에 냄새 배이는 것 같아."

철없는 효인이 옆에서 징징대기 시작했다.

아, 제발 좀…….

#6

다행히 창립 파티가 열리는 호텔에서 작은 방 하나를 빌려주었다. 직원들이 쓰는 작은 공간을 DN이라는 최대 고객을 위해 잠시 사용할 수 있는 배려를 해준 것이었다. 아무리 효인이 규원에게 성마른 성깔을 부린다 해도, 결국은 DN의 이름값을 무시할 수 없는 처우였다.

"이리 줘요."

비록 아이라 해도, 여자의 알몸을 고스란히 효인에게 드러낼 수 없어 연이 손을 뻗었다. 기저귀와 물 티슈를 손에 들고 있던 효인이 고개를 저었다.

"이런 거 할 줄 모르잖아."

"그래도 당신보다는 낫겠죠."

"무슨 소리야?"

효인이 펄쩍 뛰었다.

"진하 녀석, 기저귀 뗄 때까지 손에 물집이 잡히도록 기저귀 갈아준 것도 나인데. 솔직히 남 선생보다 내 솜씨가 더 나아. 어찌나 덜렁이는지 제대로 닦기나 하는지 의심스럽다니까!"

전혀 의심스럽지 않은 목소리로 종알대는 효인의 손에서 연이 기저귀를 낚아챘다.

"진하와는 다르니까, 이리 줘요."

그리고는 싫은 내색도 없이 오물이 묻은 아이의 엉덩이를 꼼꼼히 닦기 시작했다. 우아한 실크 드레스를 걸친 연이 아이의 엉덩이를 닦는 모습을 효인은 흐뭇한 미소를 머금은 채 바라보았다. 압축 파우더를 바르는 솜씨조차 깔끔하다. 무엇 하나 못할 게 없는 여자인가? 연에 대한 제 안목에 만족스러운 기분까지 들었다.

"이리 와. 시원하지?"

옷까지 잘 챙겨놓은 유하를 효인이 번쩍 안아 들며 쪽! 소리 나게 입을 맞추었다. 밀가루로 만들어진 쿠키였다면 이미 한입에 꿀꺽, 삼켰을 것 같은 먹음직스런 표정이었다.

"우리 유하, 귀엽지 않아?"

효인이 다시 아기띠를 어깨에 두르며 연에게 자랑했다. 제 삼촌의 사랑에 보답하듯, 유하가 막 돋기 시작한 하얀 이를 드러내며 벙싯 웃었다. 분홍 혀가 반은 입 밖으로 나오며 묽은 침이 뚝! 반질한 검정 옷 위로 떨어졌지만 효인은 신경조차 쓰지 않았다.

"진하보다는 이 녀석이 어쩐지 더 애착이 간단 말이야. 진하 녀석은 어찌나 애늙은이처럼 귀염성이 없는지, 딱 우리 형이야."

쯧쯧! 혀까지 차는 효인을 연이 말끄러미 바라보았다.

"형수를 닮아서 그런 건 아닌가요?"

"무슨 뜻이야?"

연이 자리에서 일어서며 드레스에 묻은 가루분을 탈탈, 털어냈다. 무심한 얼굴에 비해 귓불은 살짝 붉어져 있었다. 외모상으로 형을 더 많이 닮은 유하를 보며 형수를 닮았다던 효인의 말이 떠올라 무심코 한 이야기였다.

"말한 그대로예요. 유하가 당신 형수를 많이 닮아 더욱 애정이 가는 건 아닌지."

"바아!"

유하가 또다시 벙싯대며 제 삼촌의 머리카락을 잡아당겼다. 어른들의 보이지 않는 신경전 따윈 상관없이 마냥 행복한 얼굴이었다. 효인의 얼굴이 돌처럼 굳어졌다. 연의 심장도 그에 따라 같이 굳어졌다.

따끔!

심장이 쏘였다.

왜 이러지?

연은 살짝 미간을 찌푸렸다. 원인을 모르겠다. 잠깐, 시간이 멈추었던 것 같다. 무표정한 효인의 얼굴이 연에게 못 박혔다. 짜릿한 전율이 온몸으로 퍼져 갔다.

차가운 눈빛이야.

자신에게 향한 효인의 시선을 연은 그렇게 정의했다. 그녀가 처음 그에게 보았던 첫인상도 지금과 같았다. 웃고 있지만 결코 웃지 않는 차가운 얼굴. 잠시 그 시선에 노출되는 것조차 한기가 드는…….

효인이 쏟아내는 끈끈한 침묵은 침 삼키는 것조차 고통스러울 정도였다. 연은 아파오는 심장과 목의 고통 때문에 일그러진 얼굴을 펼 수가 없었다. 아직 속 절 모르는 유하만이 벙싯대는 방 안, 연은 손가락 하나 까딱하지 못했다.

그 순간, 해시시! 효인의 입술 위로 환한 미소가 파문처럼 퍼지기 시작했다. 조금 전에 보였던 얼음 같은 눈빛은 까맣게 잊은 미소였다.

"이것 참! 이래서 외둥이들은 문제라니까. 도무지 형제간의 끈적한 애정을 모른단 말이야."

그리고는 장난스런 손짓으로 그녀의 어깨를 철썩 때렸다. 드러난 맨살이 마찰로 인해 금세 연분홍빛으로 물들어갔다.

"가족들의 애정이란 말이지, 당신이 생각하는 것보다 훨씬 더 깊거든. 하하하."

호쾌한 웃음이었지만 연을 속이기엔 어딘지 부족했다.

"이것 봐, 아가씨! 남의 마음을 그렇게 아무렇게나 규정짓는 게 아니야."

말끔해진 엉덩이로 더욱 기분이 좋아진 유하를 안은 효인이 곁을 스치며 낮게 속삭였다. 한 마디 한 마디 씹어 삼키듯 짓눌린 음성에 연은 그제야 자신이 그의 가장 깊은 곳을 건드린 게 아닌가, 하는 생각을 했다. 결코 그 누구에게도 보여줄 수 없는 늪처럼 깊은 상처를 말이다. 그래서 연은 더 이상 아는 척할 수가 없었다.

파티장 안으로 들어선 효인은 조금 전의 유쾌함이 깨끗하게 사라진 무표정한 눈빛이었다. 불쾌했다. 그것도 아주 몹시!

이제껏, 그의 내면을 이토록 깊이 파헤친 사람은 없었다. 제멋대로 함부로 규정하는 건 더더욱.

"바아!"

한껏 기분이 고양된 유하를 바라보는 효인의 표정은 좀 전과 달리 깊이를 알 수 없는 진한 빛을 띠고 있었다.

"형수를 닮아서가 아닌가요?"

하! 효인은 코웃음을 쳤다. 가족에 대한 그의 감정은 조금 더 복잡하다. 유인은 처음 본 순간부터 그의 형수로 다가왔던 사람이다. 유인에 대한 특별한 감정은 당연, 가족으로서다. 감히, 세상의 잣대로 규정지을 만한 감정이 아니었다. 헤실거리는 웃음 속에 그보다 더 깊은 감정을 숨기며 살아온 효인에게 있어서 제 감정을 알몸처럼 드러내는 건 도저히 참을 수 없는 모욕이었다.

승혜 옆에서 못마땅한 듯 서 있는 진하 곁으로 다가서는 효인 의 뒤로 연은 조금 뒤로 쳐졌다. 경련이 일 정도로 굳어진 효인 의 얼굴을 애써 외면하며 연은 파티에 집중하기 시작했다. 아 니, 사실은 굉장히 당황하고 있는 중이었다. 돌리지 않고 곧장 정면을 뚫고 들어가는 그녀의 언어 습관은 직선적이긴 하지만 지금까지 한 번도 예의를 벗어나 본 적이 없었다. 자신이 느끼 는 감정에 솔직하려 함이었지, 누군가를 상처 입히기 위해서가 아니었으므로 이 상황이 그녀로서는 매우 난감할 수밖에 없었 다. 왜 그런 말을 쉽게 내뱉었을까?

연은 후회를 했다. 아마 처음으로 톡, 쏘였던 심장의 아픔 때 문인지도 모르겠다. 이유를 알 수 없는 통증 때문에 뇌리에 박 힌 전선 하나가 빠져 버린 건 아닐까?

"무슨 일 있어?"

괜히 좀 전에 만졌던 장식을 다시 다듬으며, 쓸모없는 작업을 하고 있던 연의 곁으로 선영이 다가왔다.

"아니."

"그래? 그런데 왜 그렇게 얼굴이 하얗게 질렸어? 멀리서 보 고, 무슨 문제 생긴 줄 알았어."

"피곤해서 그런가 보지. 이렇게 큰일을 맡은 건 처음이잖아.

이것저것 신경 쓸 것도 많고. 손님들이 워낙 만만찮아서 그런지 자꾸 긴장이 돼."

연의 대답에 선영의 표정이 묘해졌다. 평소와 달리 변명하는 말이 길다. 그러나 도도한 겉모습에 가려진 여린 연의 심성을 아는 선영은 현명하게 입을 다물었다. 아마 말하기 곤란한 상황이었던 모양이지.

"아무튼, 저 남자 보면 볼수록 매력있어."

멀리 제 조카를 안은 채 무리들 속에 자연스럽게 어울리는 효인을 가리키며 선영이 지극히 호감 가는 어투로 속살거렸다.

"그런가? 내가 보기엔 별로인데……."

연은 시큰둥한 태도로 대답했다. 어쩐지 자신의 미묘한 흔들림의 원인이 효인이라는 걸 선영이 알아차릴 것 같다. 그래서 더욱 나가는 목소리가 불퉁했다.

"무슨……. 저렇게 아기띠를 매고 파티에 참석할 수 있는 남자가 세상에 얼마나 있겠니? 고상한 인간들만 우글대는 이런 파티장에 말이야. 보통 대찬 남자가 아니라니까."

"워낙 제멋대로인가 보지."

"어딘지 반항아적이지 않니?"

"그러기엔 너무 늙은 나이야. 반항도 스무 살 때에나 멋있지."

"성숙한 남자라 더 멋있는 거야. 난 저렇게 세상에서 비켜선 남자가 좋더라. 제임스 딘처럼."

제임스 딘은 무슨…….

황홀한 선영의 눈길에 연의 시선도 어쩔 수 없이 효인에게 향했다. 다행히 그는 두 여자의 시선을 느끼지 못하는 눈치였다. 유하에게 무어라 속닥이면서 즐겁게 미소 짓는 모습이 태연하기 짝이 없다. 조금 전, 그녀와의 작은 충돌쯤은 기억조차 없어 보였다.

따끔!

또다시 심장이 쏘였다. 작은 벌 하나가 그녀의 가슴속에 살고 있는 걸까? 연은 따끔거리는 심장을 붙들었다.

"솔직히 저런 남자 흔하지 않지. 놓치기 아까운 대어야."

"안 돼!"

끌끌, 혀까지 차며 안타까워하는 말에 연이 날카롭게 쏘았다. 뜻하지 않은 연의 반응에 선영이 놀란 얼굴을 했다.

"뭐?"

"저런 남자, 사랑하는 건 위험한 일이야."

"무슨 폭탄이니, 위험하게?"

"그래도…… 어찌 되었든 그리 권장하고 싶은 남자는 아니야."

좀처럼 수긍하지 않는 선영이었지만 연은 더 이상 설명하지 못했다. 또다시 효인의 내면을 건드릴 수 없으니까.

"권장은 무슨……. 뭐, 어쨌든 쉽게 사귈 수 있는 남자가 아니라는 건 인정해. 네 말처럼 나한텐 좀 더 편한 사람이 나을 수 있겠지. 하지만 가끔은 일상에서 탈출하는 서스펜스도 필요하지 않겠냐?"

킥킥대는 선영의 말에 연은 동의하지 않았다. 저런 미로 같은 남자는 사랑하는 게 아니다. 그녀의 판단은 그랬다. 감정이 복잡한 미로처럼 꼬여 있는 남자를 사랑하는 건 제 가슴에 스스로 상처를 내는 것과 다름없다. 세상에서 가장 어렵고 고통스러운 게 사랑이다. 굳이 저토록 복잡하고 미묘한 사람을 사랑하지 않아도 충분히 힘든 감정이라는 거다. 그래서 연은 효인을 결단코 사랑하지 않으리라 생각했다. 물론, 지금까지 한 번도 그를 사랑의 대상으로 생각해 본 적이 없었지만 말이다.

선영을 떠나 다른 자리로 옮기던 연의 걸음이 문득, 멈추어 섰다.

정말일까?

정말, 그를 한 번도 남자로서 느껴본 적이 없었을까?

제 자신이 내뱉는 질문에 연은 쉽게 부정하지 못했다. 잘 모르겠다. 그는 복잡하다. 그리고 그를 대하는 그녀의 심장도 복잡하다.

파티장 안으로 하하하하! 시원스런 효인의 웃음이 터져 나왔다. 그의 웃음은 아무리 멀리 떨어져 있어도 쉽게 그녀의 귀에 박혔다. 불행히도 너무도 자주 들린다는 게 흠이지만.

테이블 위에 놓인 빈 술잔을 정리하던 연의 신경이 자연 그쪽으로 향했다. 유하를 핑계 삼아 그의 주위로 몰려든 아름다운 여인들 속에 효인은 거침이 없고, 아름다울 정도로 당당했다. 오밀조밀한 무리 속에 올라온 그의 장신도 한몫을 했겠지만 손바닥만한 아이를 소중하게 안고 있는 그의 모습은 그것이 아니라도 충분히 매력적이었다. 선영의 말처럼 말이다.

여인들 속에 즐겁게 웃고 있던 효인의 시선이 문득 그녀 쪽으로 향했다. 그리고는 미처 시선을 피하지 못한 연을 향해 씨익, 미소를 흘렸다. 조금 전 경쾌하게 울리던 웃음과는 사뭇 다른 기묘한 미소였다. 섬뜩한 한기가 심장을 스쳤다. 마주친 효인의 눈동자에서 번개가 번쩍거렸다. 그 빛이 얼마나 강렬하고 소름 돋는지 온몸에 돌기가 토도독 올라올 정도였다.

도무지 알 수 없는 남자였다.

그토록 차갑게 내쳐 놓고 이제 와 새삼 그녀를 향해 웃는 저 눈빛은 무엇일까?

쨍그랑!

멍하게 효인을 바라보던 그녀의 손에서 술잔이 떨어지며 단말마 같은 비명을 질렀다.

"남궁연!"

아직 사태를 파악하지 못한 그녀 앞으로 까만 그림자가 후다닥 뛰어왔다. 자신의 손을 어루만지는 규원을 멍하게 바라보는 연의 얼굴빛이 밀랍처럼 하얘졌다. 방금, 그녀는 파티플래너로서 할 수 없는 실수를 한 것이다. 파티장의 그릇을 깨다니!

"남궁연! 괜찮아?"

규원이 재차 물어왔다. 다행히 외상은 없었지만 잔에 남아 있던 술이 드레스 자락으로 떨어지며 금세 진한 얼룩을 흘렸다. 부산을 떠는 규원에게 손을 내맡긴 채 연은 효인에게서 시선을 떼지 못했다. 다시 싸늘하게 굳어진 효인의 눈동자가 두 사람에게 박혔다. 그러나 연의 생각은 조금 전, 그가 잠시 흘렸었던 의미 모를 미소에 멈추어져 있었다.

도무지 알 수가 없었다.

조카를 바라보는 자상한 눈빛, 그리고 승혜에게 베풀었던 뜻밖의 친절, 해괴한 춤을 추며 싸이의 '연예인'을 노래하던 경쾌한 그의 모습들이 뒤죽박죽 뒤섞이며 뇌리를 휘돌았다.

위험한 남자야.

연은 그제야 효인의 진심에 가장 근접했다는 생각이 들었다. 위험하지만 치명적인 매력을 지닌…… 그것은 몹시도 불길한 예감이었다.

"이거 어떻게 하지? 잠깐 파우더 룸에 가 있을래?"

규원이 과장스러운 태도로 물어왔다. 연은 힘없이 고개를 저었다. 아직도 효인의 시선은 끈질기게 둘을 쏘아보고 있었다.

뭐지?

자신에게 쏟아진 서늘한 눈빛의 의미를 채 알아차리기도 전에 효인은 이미 제 무리 속으로 사라진 후였다.

"남궁연?"

규원이 재차 물었다. 연은 그제야 제 손을 붙들고 있는 규원의 손길을 매몰차게 뿌리쳤다.

"괜찮아요. 어차피 주빈은 아니니까."

조금 힘 빠진 음성이었다. 정말, 괜찮겠어? 다시 한 번 확인하는 규원의 말에 고개를 끄덕이며 연은 대충 옷자락의 얼룩을 닦아냈다. 뒤늦게 나타난 선영과 함께 연은 다시 파티 일에 집중했다. 빈틈없는 정확한 손길로 흐트러진 장식을 정리하고 비어진 잔을 치우는 그녀의 손길은 더없이 냉정했다. 남은 정리를 하던 연이 잠시 숨을 돌리기 위해 칸막이 쪽으로 왔을 때, 효인이 가져왔던 기저귀 가방이 없어진 걸 눈치 챘다.

혹시 잃어버린 거야?

걱정스런 마음으로 사방을 두리번거리던 연의 시선에 작은 베란다 문이 들어왔다. 그건 아주 작은 퍼즐이었던 것 같다. 알 수 없는 힘에 끌리듯 서서히 연이 그 문으로 들어선 건 말이다.

"배고팠어? 대체 엄마란 사람이 말이야, 연락도 없고……."

구시렁대는 효인의 음성이 베란다 편에서 들려왔다. 사실은 나갔어야 했다. 얼음처럼 차갑게 바라보던 효인을 생각하면 당장 몸을 돌려 멀리, 아주 멀리 도망쳤어야 했다. 하지만 유하에게 조곤조곤 말을 거는 그의 음성이 너무도 부드러워 연은 잠시의 유혹에 백기를 들기로 했다.

발코니의 딱딱한 나무 벤치에 효인은 편한 자세로 기대앉아 있었다.

자신의 재킷으로 아이의 몸을 감싸, 우유병을 물리고 있는 모습은 지극히 평화로워 보였다. 그의 말처럼, 손에 물집이 잡히도록 조카들의 기저귀를 갈아주었는지는 확인이 불가능했지만 어쨌든 아이에게 우유를 주는 자세만큼은 흠잡을 데 없이 완벽했다.

연은 발코니로 들어서는 기둥에 몸을 가린 채 몰래 효인을 훔쳐보았다.

우선, 그녀가 느낀 감정은 아름다움이었다. 남자에게 아름답다는 표현을 쓰는 건 흔치 않지만, 아이를 안고 있는 그의 모습은 분명 아름다움의 한 정의였다.

아이의 작은 몸짓에도 섬세히 반응하며 옹알이에 맞장구를 치는 효인의 모습은 제 본래의 감정을 그대로 노출시키고 있었다. 잠시도 유하에게서 시선을 떼지 않는 그의 무방비한 눈빛은 사랑스러움이 넘실대는 자상한 아버지의 그것과 닮았다. 절반쯤 비어진 우유병을 빨아대는 유하가 적당히 부른 배가 몹시 흡족한 듯 까만 눈동자를 제 삼촌에게 맞추며 벙싯대었다. 완벽한 신뢰가 두 사람 사이로 흘렀다.

그때, 연의 가슴으로 별이 떨어졌다.

마르고 삭막하기 짝이 없던 하늘에서 맑은 별빛이 작은 그림자를 향해 다정한 빛을 드리웠고 연은 그 따스함 속에 저도 모르게 미소를 지었다.

아마 선영이 보았다면 대체 무슨 일이야? 하고 놀랄 만큼 평온하고 온화한 미소였다. 하지만 그 미소를 훔쳐본 것은 선영 대신 반갑지 않은 규원이라는 걸 그 순간, 연은 몰랐다.

예기치 않게 연에게 허를 찔린 효인은 꽤 괴로웠다. 누군가에게 상담을 해보면 어떨까? 생각을 해보았을 정도니 보통 심각했던 게 아니었다. 먼저, 눈에 뜨인 건 기주였다. 매일 얼굴을 보는 사이이기도 했고, 어찌 되었든 자신의 친구였으니까. 그러나 효인은 결국 포기했다. 기주 역시 그처럼 사랑을 해본 적이 없었고, 섬세한 감성 따윈 애초부터 없는 녀석이었다. 연에게 걸던 정오의 전화도 이젠 완전히 차단했다.

"요즈음엔 전화 안 거냐?"

역시, 섬세한 감성이란 건 찾아볼 수 없는 기주가 미묘하고 복잡한 상황을 눈치 없이 찔러댄다.

"재미가 없어졌어."

"재미? 넌 그게 문제야."

기주가 잘난 척을 했다. 워낙에 무대포적인 성격을 타고난 기주는 효인에게 유일하게 잘난 척을 하는 두 사람 중에 하나였다. 샌드위치를 베어 물던 효인이 피식거리며 의자 등받이에 몸을 기댔다. 얼마나 잘난 척하는지 똑똑히 봐주지, 하는 비웃음이었다.

"그래애?"

"그래! 사랑도 재미, 공부도 재미, 그렇게 재미만 따지다간 한순간에 인생이 허무해진다고."

"허무한 인생씩이나? 하! 어찌 되었든 지겨운 건 딱 질색이야."

"쯧쯧!"

기주가 혀를 찼다. 이젠 건방짐이 하늘을 찌르다 못해 우주를 찌를 정도다.

"사랑을 하기 위해선 초인적인 인내가 필요해. 진정한 운명을 만나기 위해서라면 그 정도의 고통쯤은 즐겁게 감내해야 한단 말이지."

진정한 운명이라……

조금씩 기주의 말이 흥미로워지고 있었다. 로맨티스트 윤기주의 사설 좀 들어볼까나?

"그래서?"

"가끔 지루해지는 그녀의 이야기에도 귀 기울일 줄 알고, 늘어진 그녀의 볼살도 귀엽게 보아야 하고, 사랑이 지겨워질 때엔 처음 그녀를 사랑했던 초심의 마음으로 돌아갈 줄도 알고……. 그것이야말로 운명을 사랑하는 방법이지."

효인이 헛웃음을 지었다.

"그런 로맨스를 꿈꾸기 전에, 상대의 겉모습에나 현혹되지 마셔! 운명과 사랑은 다른 거야."

"무슨 소리! 그 사람의 첫인상이 운명을 좌우할 때도 있다고. 산이 형님을 보면 난 그런 사랑이 있는 거라 굳게 믿어."

더 큰 웃음이 터져 나왔다. 정말 몰라도 한참을 모르는군!

"웃기지 마! 형의 말을 빌리자면 남유인이라는 여자는 이 세상에 단 한 명만 존재해야 한다더군. 그것이야말로 우리 남자들이 살아남는 길이라는 게 잘난 형님의 지론이야. 네 말처럼 진실로 운명적인 사랑에 마냥 행복했다면 그런 말이 나왔겠냐? 쯧쯧쯧! 남 선생과 결혼하느라 형 혼자 바보짓 하는 꼴을 봤었어야 했는데……."

"그러면서 너는 왜 그렇게 형수라면 싸고도는데? 너처럼 냉정한 녀석이."

"재미있으니까."

효인이 간단하게 대답하며 자리에서 일어섰다. 그럼, 남궁연 씨는? 의지의 한국인, 윤기주가 끝까지 물고 늘어졌다.

귀찮아!

효인은 치밀어 오르는 짜증을 짓눌렀다. 이런 경험은 처음이었다. 전혀 즐겁지가 않다.

"나, 휴가다."

"뭐?"

병원 건물로 들어서며 효인이 툭 내뱉었다. 제멋대로 근무한답시고 병원으로 쳐들어오더니 휴가까지 제멋대로다. 게다가 아직 여름이 한참이나 남은 5월에 난데없는 휴가를 들먹이는 골치 아픈 친구를 흘겨보며 기주는 구시렁 불평을 털어냈다. 솔직히 개업한 이후로 우후죽순처럼 늘어난 효인의 단골 환자가 만만치 않았다. 실력도 실력이지만 얼굴이 반은 먹고 들어간 건가? 원장인 자신보다 훨씬 인기가 좋은 그였으니, 효인의 빈자리는 결코 반갑지 않는 구멍이었다.

"여름도 아닌데 무슨 휴가?"

"무상으로 일하면서 휴가도 제대로 못 주는 거냐?"

"월급 싫다고 한 게 누구인데?"

그건 사실이었다. 기주 병원의 진료실 한 칸을 차지하는 대가는 무상이었다. 별로 상관이 없다고 생각했다. 원래부터 어딘가얽매이지 못하는 성격이었다. 돈에 대해 궁색해 본 적도 없고. 어차피 당분간 충분히 놀 생각이었으니 굳이 무상이라고 해도 손해 볼 건 없었다. 더군다나 기주는 그의 친구다.

친구와 가족!

그건 그에게 있어 신성불가침의 영역이었다. 신성불가침의영역이라……. 문득, 연에게 생각이 멈추어지자 잠시 소강상태를 보였던 짜증이 다시 솟구쳤다.

"주말까지만 쉰다."

오늘은 수요일이다. 주말까지라면 나흘이나 쉰다는 말이다.

"자식, 엄청 지루한가 보네."

경제력보다는 우정이 우선인 기주가 결국, 먼저 손을 들었다. 진료실로 들어가는 효인에게 기주가 자랑스럽게 이야기했다.

"참! 나, 선영 씨랑 사귀기로 했다."

뭐?

진료실 문을 열던 효인의 손이 멈추었다. 충격을 먹지는 않았지만 의외인 일이기는 했다. 그 상태에서 멈추었으면 좋았겠지만 물론, 기주는 그러지 않았다.

"어쩌냐? 사랑에서는 역시 이 형님이 먼저지? 하하하!"

있는 대로 날 선 그의 신경을 다 갉아놓은 채 기주가 제 진료실로 사라지자, 효인의 얼굴이 종잇장처럼 구겨졌다. 사랑? 그까짓 게 뭔데?

사랑을 한껏 비웃고도 모자라 엄청 음울한 회색빛 오로라를 품으며 효인은 다음날, 제 형 집으로 쳐들어갔다. 산은 팔딱! 뛰었다.

"귀찮아! 자꾸 내 영역에 침범하는 거 거절이다. 쫓겨 나가고 싶지 않으면 네 발로 나가!"

아무리 산이 팔딱 뛰다 못해, 혈압으로 넘어간다 해도 효인에게는 먹히지 않는 협박이었다. 어렸을 때부터 귀염성이라고는 찾아볼 수 없는 효인이니 당연 제 형의 말을 씹었다.

"남 선생, 밥 줘! 저녁 굶고 왔어."

그것이 효인의 답이었다.

"네 형수 귀찮다니까!"

"어이, 남 선생! 귀찮아? 그냥 나, 갈까?"

파르르 성질 부려대는 남편과 껄렁대는 시 동생의 눈치를 살피던 유인은 얼른 아니에요! 대답하고는 후다닥, 주방으로 달려갔다. 예전이었다면 직장을 핑계 삼을 수 있겠지만 유하를 낳고 잠시 휴직 중인지라 달리 효인을 내쫓을 만한 변명도 없는 그녀였다. 무섭기는 산보다 더한 효인이다. 산이야 나중에 얼마든지 빌어볼 수 있지만, 효인은 영 뒷감당이 자신없다. 산과 달리 늘 상 웃는 효인이지만, 그렇기에 유인은 오히려 효인을 더 무서워하는 편이었다. 결국 어쩔 수 없는 패배자인 유인의 손길 속에 달그락, 바쁜 그릇 소리들이 울리기 시작했다.

"놔두라니까! 내쫓아 버릴 테니까!"

산이 소리쳤지만 이번엔 유인에게 씹혔다.

거실 한가운데에 똑 닮은 부자가 나란히 팔짱을 낀 채, 효인을 쏘아보았다. 진하는 이젠 연적이 되어버린 삼촌이 못마땅했고, 산은 은밀한 제 둥지에 눈치 없이 끼어든 동생이 못마땅했다. 그 속에 유일하게 효인을 반기는 건, 유하였다. 구석에서 있던 유하가 삼촌을 보자 놀던 장난감을 내던지고는 빠르게 기어 왔다.

"이 집안에서 의리있는 거라고는 칠 개월짜리 갓난아이뿐이군."

'바!' 반갑게 소리를 내는 유하를 가슴에 안으며 효인은 과장스럽게 한숨을 내쉬었다. 따스한 체온과 향기로운 아기 분 냄새가 스며왔다. 유하의 온기에 코를 묻으며 효인은 며칠 전부터 가시지 않는 불쾌감을 털어냈다.

이 녀석 훔쳐 가버릴까?

잠깐 유혹이 들었다.

"내 딸 훔쳐 갈 생각 하지 말고 좋게 내려놔라!"

산이 으르렁거렸다. 하여간 눈치 빠르기는……. 투덜대며 효인이 유하를 내려놓았다. 생후 칠 개월짜리의 의리는 딱 그만큼만 유지되었다. 삼촌이 내려놓자마자 바쁘게 제 아빠를 찾는 유하를 바라보며 효인은 왠지 모를 외로움을 느꼈다. 비어진 유하의 체온이 서늘하다.

차려놓은 식사를 하며 효인은 유인에게 계속 심술을 부렸다. 덕분에 울상을 하면서도 유인은 효인의 식탁 맞은편에 붙들리고 말았다. '그 녀석이 당신 남편이야? 왜 거기 앉아 있어? 당장 나오지 못해?' 또다시 산이 길길이 날뛰었지만 지금, 그녀 앞에 앉아 있는 건 산이 아닌 효인이다. 결국, 유인은 주방을 나가는 대신 외로운 효인의 말벗이 되어줄 수밖에 없었다.

"왜 형이랑 결혼했어? 조금만 기다렸으면 내가 구출해 주었을 텐데……."

제 형, 한 번만 봐주라. 비싼 와인을 안겨줄 때와는 판이하게 다른 말을 내뱉는 효인을 바라보며 유인은 애매한 미소를 지었다. 당신이 더 무섭거든요.

"지금이라도 올래?"

"저기……."

유인의 시선이 거실에서 불꽃을 품어대는 산을 흘끔거렸다. 이젠 아무리 빌어도 쉽게 넘어갈 것 같지가 않다.

"산이 기다리는데……."

"만날 보는 형인데 뭘. 난 오랜만에 보잖아."

절대, 오랜만이 아니라 생각했지만 유인은 입술을 꼭 깨물었다.

주말에 유진이 온다고 했는데…….

효인이 이곳에 머물 기간을 가름하며 유인은 걱정 어린 한숨을 내쉬었다. 효인이 이런 주중에 집으로 찾아온 건 흔치 않는 일이라 조금 불안한 마음도 있었고.

"엄마, 책 읽어줘."

불꽃을 품어대기는 하지만 별 효력이 없는 산 대신 강력한 파워를 자랑하는 진하가 주방으로 불쑥 들어오며 제 엄마의 손을 끌었다. 구제되었다는 듯 벌떡 일어선 유인의 손을 끌며 주방을 나서던 진하가 제 삼촌을 향해 콧방귀를 뀌었다. 효인에게 잘난 척하는 사람 중, 두 번째가 진하다.

쳇!

효인이 재미없는 소리를 냈다.

"너 대체 무슨 일이냐?"

저녁과 밤참까지 몽땅 챙겨 먹은 효인이 막 잠이 든 유하를 품에 안은 채 발코니에서 선선한 봄바람을 즐길 때, 산이 다가왔다. 흐트러진 머리카락과 거친 숨결, 그리고 발개진 뺨이 주는 의미를 정확히 알고 있는 효인은 가슴이 찌릿해졌다. 바람이 심장으로 스몄나 보다. 효인은 생각했다. 형은 언제나 모든 걸 소유하고 있다. 당당함과 자신감, 그리고 완벽한 가정까지.

167

그런 형이 부러웠고, 어딘지 질투가 나기도 했다.

"남궁연 씨와 잘 안 돼?"

그래도 형인지라, 산이 관심을 표명했다. 아이를 달라는 산의 손길을 외면하며 효인은 유하를 더욱 가슴 쪽으로 끌어안았다. 작게 울리는 심장의 고동 소리가 편안했다.

"글쎄?"

"만만찮은 상대이긴 하지."

"지루해."

효인이 툭 뱉었다. 그러나 산은 전혀 진중하지 않게 키득댈 뿐이다. 효인은 눈썹을 추켜세웠다. 정말 귀염성없는 형이군.

"그래도 네가 여자 소개시켜 준 건 그녀가 처음이잖아?"

효인은 원래 여자를 좋아하지 않는다. 거만해 보일 정도로 거침없는 태도와 유쾌한 성격을 지난 탓에 노골적으로 유혹하는 여자도 꽤 있는 눈치였지만 본인은 절대적으로 NO! 였다. 서른 일곱이 되는 지금까지 효인의 곁에 선 여자라고는 남궁연이 유일했다. 여자에 대해서만큼은 고지식하기 짝이 없는 자신을 닮은 동생을 바라보는 산의 눈동자엔 조금 걱정이 서렸다.

늘 웃고 있는 겉모습과 달리 그의 동생은 속을 알 수 없는 복잡한 뇌 구조와 어딘지 시니컬한 눈빛을 가지고 있다. 그래서 산은 난데없는 동생의 출현이 가슴에 걸렸다.

"경계선에 들어오는 건 딱 질색이야."

"그녀가?"

"그녀가 아닌 그 누구도! 내 마음의 경계선을 허락도 없이 침범했어. 그래서 화가 났고."

"바보 같은 자식!"

산이 투덜댔다.

"그래, 바보 같아."

처음으로 효인이 형의 말에 동의했다. 그녀에게 그토록 화를 내는 게 아니었다. 연의 직선적인 태도가 마음에 들었던 거니까. 처음 본 순간, 그의 신상명세서를 읊어대며 대뜸, '싫어요!' 하고 내뱉었던 그녀가 아니었던가. 오히려 화가 난 건 자신의 경계선을 침범한 그녀가 아닌 냉혹하게 연의 가슴에 상처를 그어버린 자신의 성급함이었다.

자신의 차가운 말에 벌겋게 붉어진 연의 귓불을 떠올리며 효인은 눈살을 찌푸렸다. 다시 불쾌한 기분이 스며왔다. 용암처럼 심장이 들끓었다. 그의 기분을 알아챘을까? 품에 안긴 유하가 몸을 뒤척거렸다. 토닥토닥, 아이의 등을 두드리며 효인은 애써 태연한 표정을 유지했다.

"바람이 제법 선선하지?"

산이 물었다. 나무로 만들어진 발코니 너머 멀리 북악산이 어렴풋한 형체를 드러냈다. 고요하다. 서울답지 않게 고요한 침묵이 감싸고 있는 집은 평온했고 청아했다. 약간 물기가 묻은 촉촉한 공기를 효인은 힘껏 들이마셨다. 다시 뇌가 차갑게 식어지는 기분이 들었다. 이래서 이곳이 좋다. 차라리 이 집 바로 옆에 자신의 집 하나를 살까? 효인은 유혹이 들었다.

"내가 남 선생을 사랑한다면 어떨 것 같아?"

대뜸, 효인이 물었다. 유인에 대해서만큼은 이성을 잃는 형이니 팔딱 뛰어대며 성질을 부려댈 줄 알았다. 그랬다면 꽤 재미있었을 텐데, 의외로 산은 침착한 태도로 미소를 지었다. 뜻밖의 응수였다. 그저 궁금해 물어보기는 했지만 너무 밋밋한 태도에 맥이 풀리고 말았다.

거참, 특이한 반응이군.

"그럴 리 없다."

"왜?"

"내 운명의 여자니까."

"그렇게 대답하면 너무 심심하잖아. 나로선 꽤 용기 내서 물어본 건데."

"쓸데없는 농담으로 형수 놀라게 하지 말고, 머리나 식혔다가!"

그래도 형이다. 동생의 투정을 가볍게 제압한 후 산은 제 딸을 빼앗아 안고 집 안으로 사라졌다.

"하하하!"

효인의 시원한 웃음이 투명한 밤공기 속에 울려 퍼졌다.

못 말린다니까, 정말!

하지만 형의 뻔뻔한 응수에 가슴 한구석이 시원해진 것도 사실이었다. 가족이란 이런 거다. 주말엔 썩둑, 사람을 살을 썰어대는 외과의의 꿈을 가진 사돈처녀, 유진이 찾아왔다. 바쁜 인턴의 일상 중에 간신히 짬을 내어 엄마가 꽁꽁 싸매어 보낸 김치 심부름을 온 것이다.

"헤이! 사돈처녀!"

효인이 반가운 기색으로 손을 번쩍, 들어 올렸다. 끝내 산이 아홉수의 불운을 깨고 스물아홉의 유인과 결혼할 때 겨우 고3, 수험생이던 꼬맹이 사돈처녀를 효인은 꽤나 귀여워하는 편이다. 스스럼없는 건방진 태도가 어느 면에서는 친형제인 산보다 그를 더 많이 닮은 유진이었다. 그러나 반가워하는 효인과 달리 유진은 분노 게이지가 순간, 급격히 치솟는 걸 느꼈다. 무료로 제공되고 있는 산소조차 마실 시간이 없다는 바쁜 인턴 유진에게 있어 역대 한국대학 의대 출신 중 가장 뛰어나다는 천재 외과의이자, 최첨단 설비를 갖춘 대학 병원에도 전혀 밀리지 않는 유한병원의 외과 과장인 효인이 지금 여기 제 언니 집에서 한량처럼 뒹굴거리고 있다는 건 죄악에 가까웠다.

그는 그녀가 반드시 뛰어넘어야 할 벽이었고, 지금껏 이 힘든 인턴 생활을 악으로 버티는 이유도 효인 때문이었다. 그런데 정작 당사자인 효인은 그런 의사로서의 소명 따윈 손톱만큼도 없이 푹 퍼진 몰골로 애 보기나 하고 있다니! 유진은 죽일 듯 그를 노려보았다.

"언니, 집에서 뭐 하는 거야?"

"보시다시피 휴식 중."

빙글대는 효인의 얼굴을 한 대 갈기면 형부인 산으로서는 대환영이겠지만, 대신 언니의 질긴 잔소리가 이어지겠지? 유진은 잠시 제 성질을 누르기로 마음먹었다.

"이제 그만 돌아오시지?"

"싫어!"

효인이 껄렁거리는 태도로 거절했다. 유진은 두 주먹을 불끈 쥐었다. 어찌 이런 이가 내 사돈으로 있는가! 진중하고 돌파력 강하며 책임성까지 두루 갖춘 자신의 형부, 강산을 보아서는 도저히! 그리고 절대적으로 생길 수 없는 동생이었다.

"사돈어른께서 영 버릇없이 키우셨구만?"

유진이 비꼬았다. 그러나 햇병아리 인턴의 말 따위는 효인에게 별 효과를 주지 못했다.

"무슨 과찬의 말씀을. 뭐, 그런 면에서는 우리 사돈어른께서도 만만치 않으시지. 우리 깜찍한 남 선생과 달리, 어째 동생은 저리 선머슴처럼 괄괄하게 키우셨는지……. 쯧쯧쯧!"

혀까지 차대는 효인을 향해 주먹을 한 대 날릴 셈으로 한 발짝 다가서던 유진의 시선이 주방 옆에 오돌오돌 떨고 있는 언니, 유인에게 향했다.

이번 기회에 저 인간 버릇 한번 잡아봐?

문득 그런 생각이 들었지만 유진은 꽉 쥐었던 주먹에서 슬그머니 힘을 뺐다. 아, 귀찮다!

오랜만에 갖는 휴가였다. 저 인간 버르장머리가 하루아침에 고쳐질 것도 아니고, 여러 날 공을 들이기엔 인턴 생활이 그렇게 한가하지가 않았다.

"당신, 이렇게 편하게 쉬는 것도 지금뿐이야. 이제 내가 금방 당신을 따라잡을 테니까. 할 수 있을 때 마음껏 여유를 즐기라고!"

유진이 코를 세웠다. 언젠가 반드시 그를 뛰어넘는 외과의가 될 것이다. 바닥에 눕혀놓은 유하의 배에 코를 박고 부우우~ 풍선 놀이를 하던 효인이 시큰둥하게 대답했다.

"이봐, 사돈처녀! 하늘은 보며 살긴 해? 넓은 마당에 심어진 푸른 나무들도 가끔은 보라고. 사돈처녀의 눈엔 온통 인간의 내장과 시뻘건 피가 전부일지 모르지만 가끔은 숨을 쉬어야 하지 않겠어? 외과의가 그토록 스스로를 몰아친다면 결국 지치는 건 자신이 먼저야. 환자를 보지 못하는 의사만큼 쓸모없는 게 있을까?"

"놀고먹는 의사 따위에게 그런 충고 들을 이유 없는데? 게다가 이제 당신은 내 지도의가 아니잖아?"

"스물여섯 먹은 처녀가 하는 말치곤 너무 삭막하다고 생각 안 해? 연애도 좀 하고, 푸른 청춘을 한껏 만끽하라니까."

"웃기셔! 기껏 도망친 주제에!"

유진이 코를 킁킁거렸다.

"천만에! 내가 아니어도 스태프는 충분해. 잠시의 휴식은 내 자신에게 주는 포상이야. 또 환자들을 위한 투자이기도 하고.

하긴 쯧쯧! 이제 겨우 햇병아리 인턴이 천재의 깊은 속을 알 리가 있나?"

못 말리겠다는 듯 효인이 방정맞게 고개를 흔들어댔다.

바!

유하가 함께 비웃었다.

"해앳벼엉아리? 이것 봐, 농땡이 의사!"

철없는 막내 동생 훈계하는 태도에 유진은 엄청 열이 뻗쳤다. 펄떡, 뛰어대는 유진의 머리를 효인이 쓱쓱 쓰다듬었다.

"열심히 먹고, 열심히 연애하면서 수련하고 있어. 다 자라고 나면 확실히 훈련시켜 줄 테니까!"

잘난 척하긴!

유진이 잔뜩 쏘아보긴 했지만 그래도 연한 미소가 스미긴 했다. 돌아오기는 한단 말이지?

그날, 저녁 연이 세수를 하고 방에 돌아오니 부르르, 휴대폰이 메시지를 알렸다.

〈심심하지 않아?〉

규원의 회사 창립 파티 이후 처음 받은 효인의 전화였다. 물기를 닦아내며 연은 손바닥에 놓인 휴대폰을 한참 바라보았다. 화가 풀린 건가? 고개를 갸웃거렸다.

다시 부르르…….

뭐라 답을 하기도 전에 효인의 메시지가 다시 도착했다.

〈금방 갈게.〉

아마 심심한 건 그쪽인가 보다.
연은 단정했다.

#7

월요일, 효인은 기주의 병원이 아닌 연의 '빅토리아'로 출근을 했다. 갓 내린 커피를 느긋하게 음미하고 있던 연으로서는 반갑잖은 불청객이었지만, 겉으로는 무심함을 가장했다.

"커피 드실래요?"

제멋대로 접대용 소파에 걸터앉은 효인에게 연이 커피를 권했다. 형의 집에서 출발하느라 이른 새벽 출근을 한 그로서는 설사 동정이라 해도 연이 권하는 커피가 간절했다. 그래서 염치 불구하고 힘차게 고개를 끄덕였다.

블루마운틴과 헤이즐넛을 적당한 분량으로 브랜딩 한 커피는 둔탁한 그의 뇌에 신선한 충격을 주었다. 저혈압인 탓에 아침이면 늘 컨디션이 바닥인 효인은 달게 커피를 마시는 편이었다. 커피로 사람의 인간성을 규정할 수 있다면 단연코 연은 최고봉이었다. 그만큼 이른 아침 효인이 대접받았던 커피는 감동스러웠다.

"어제 메시지 받았어?"

커피에 설탕을 듬뿍 넣은 효인이 물었다. 마치 그가 끔찍한 죄라도 지은 것처럼 검은 액체 속에 녹이고 있는 엄청난 설탕 양을 보며 연은 고개를 끄덕였다. 그녀의 손에는 제 고유의 쓴맛을 가진 블랙커피가 몽골이 피어오르고 있었다.

"그런데 왜 답장 안 보냈어?"

"심심하지 않아서요."

"며칠 동안 연락 끊었었는데……."

"네."

전보다 더 쌀쌀맞은 표정임에도 효인은 알아차리지 못한 듯 넉살 좋게 말을 붙여댔다. 아니, 알아차렸지만 모른 척한다고 연은 생각했다.

"보고 싶지 않았어?"

"네."

"나, 잠깐 휴가 다녀왔거든."

"네."

연은 모호한 표정을 지었다. 아침부터 여기까지 찾아온 이유가 기껏 이거야? 싶어 조금 귀찮아졌다.

"오늘 일정은 어때?"

그래서 계속되는 효인의 수다를 무시하고 기주와 사귀기로 했다는 선영에게 관심을 돌렸다. 몹시 다행스럽게도 일상의 서스펜스인 효인을 포기한 선영은 평범하지만 복잡하지 않는 평화주의자 윤기주와 사귀기로 했단다.

"수요일 '이너터니' 잡지사 스프링 파티 준비 때문에 동대문에 좀 가야 할 것 같은데?"

선영이 대답했다.

"그래? 그럼 이 커피 마시고……."

"아니야! 내가 가도 돼."

자신을 노려보는 갈색 눈동자의 엄청난 포스에 밀려, 선영이 미리 자진납세를 했다.

"오후에 스케줄도 없는데 내가 갈게."

"아니라니깐! 뭐, 잠깐 볼일도 있고……."

새로 만든 남친의 가장 절친한 친구인 효인의 편에 서기로 단단히 결심을 한 선영은 허겁지겁 가방을 챙겨 아직 시간이 이름에도 불구하고 동대문으로 향했다. 나서는 아침 공기가 선선하지 않았다면 후회했을 만큼 성급한 행동이었다.

선영의 급작스런 태도에 연이 어이없어하는 사이, 효인은 태연스럽게 남은 커피를 마셨다. 거참, 달달하군! 저 혼자 적당한 추임새까지 넣으면서.

"나랑 사랑해 볼 생각 없어?"

연의 쌀쌀맞은 태도 속에서도 꿋꿋하게 남은 커피를 홀짝이던 효인이 대뜸 물었다. 마치 점심 같이 먹을래? 하고 묻는 것같다.

짱그랑!

함께 있다는 것조차 잊혔던 찬희의 손에서 얼마 전에 새로 구입한 근사한 초록빛 유리잔이 요란한 소리를 내며 떨어졌다. 산산이 부서지는 초록 유리 조각을 내팽개친 채 찬희는 황홀한 눈빛으로 둘을 바라보고 있었다. 이제 겨우 스물다섯 살인 찬희의 눈동자에서 하느작거리는 낭만적인 하트를 느끼며 연은 눈살을 찌푸렸다. 관중이 있다는 것도 모르나?

그러나 효인은 연과 달리 찬희의 존재조차 느끼지 못했다. 주말 동안 형의 집에 있으면서 혼자 고민했던 일의 결과는 연과 사랑을 해보고 싶다는 것이었다. 서른일곱을 먹을 때까지 그가 그렇게 생각한 건 연이 처음이었다.

"왜요?"

연이 물었다. 효인이 처음으로 사랑을 해보리라 생각했다면, 연 역시 처음으로 딱 잘라 '싫어요!' 하고 말하지 않았다. 보통은 상대의 의중을 고려할 가치도 없이 '싫어요' 라는 대답이 곧장 튀어나왔을 것이다. 그러나 연은 그러지 않았다. 그날, 파티에서의 원인 모를 통증이 또다시 심장에 느껴졌기 때문이다. 선을 볼 때만 해도 그가 이토록 자신의 인생에 참여하게 될 줄은 몰랐다.

다시 그날을 떠올리며 연은 효인을 당혹스런 시선으로 바라보았다. 이 남자의 뇌리 구조는 어떤 식으로 되어 있을까? 최소한 그녀보다, 아니, 일반인보다 훨씬 더 자잘한 주름이 잡혔을 거라는 것만은 확실했다. 그렇지 않고서야 이토록 복잡한 심성을 지니고 있을 리가 없었다.

이제 찬희의 귀는 노골적으로 둘을 향해 뻗어 있었다. 발밑에 떨어진 유리 조각들을 치우려는 모션조차 없는 찬희를 못마땅하게 흘겨보며 연은 단정한 태도로 거절했다. 선영에게 했던 말은 진심이었다. 이런 미로 같은 남자와 사랑하지 않아도 세상은 충분히 복잡했다.

"귀찮아요."

"내가? 아니면 사랑이?"

"둘 다예요. 이런 일방적인 태도도 별로이고, 당신의 복잡한 심성을 헤아리느라 머리 쓰는 것도 귀찮아요. 그런 당신과 사랑하는 것은 더더욱 사양이구요."

연은 딱 잘랐다. 그리고 손에 든 빈 커피 잔을 개수대에 담았다. 일부러 테이블 위를 빡빡 문지르며 눈치를 주었건만, 효인은 일부러 남은 커피를 아주 느린 동작으로 찔끔거렸다. 이 커피를 다 마실 때까지는 연이 쫓아내지 못하리라는 계산이 분명했다.

"잔은 나중에 돌려주세요."

연이 말했다. 지금 당장 그 커피 잔을 든 채 썩 꺼지라는 의미였다.

"여기서 마시고 가지 뭐. 나중에 다시 가져오는 거 귀찮아."

"그럼 가져요."

"싫어! 내 물건 간수하는 것도 귀찮은 사람이야."

뭐 이런 남자가 있어?

"그럼 버리시든지!"

화가 치밀었다. 그의 재미없는 장난에 장단 맞추는 것도, 별 영양 가치 없는 대화를 나누는 것도 그랬다. 수요일에 있는 '이너터니' 잡지사의 파티 준비도 바빴지만, 아직 공중 부양 중인 민석의 귀국 파티 문제로 어느 때 규원이 이곳으로 쳐들어올지도 모르는 상황이기도 했다. 연은 얼른 효인이 자신의 병원으로 사라져 주길 바랐다. 규원과 효인의 어이없는 말싸움 사이에 끼어드는 것도, 효인에게 민석이란 존재가 알려지는 것도 싫었다.

한마디로 그녀에게 있어 효인은 절대적으로 불필요한 존재라는 거다.

"내가 왜 당신 물건까지 버려주어야 해? 나랑 사랑하지 않겠다는 여자인데?"

하!

연이 혀를 찼다. 말짱한 얼굴로 일부러 약을 올리는 게 분명해 보였지만 정말 약이 올랐다. 그렇지 않아도 지루하기 짝이 없는 월요일이다. 그의 재미없는 장난 따위는 받아줄 여력이 없다는 말이다. 그러나 사무실 한쪽에 조용히 제 몸을 묻고 있는 찬희는 다른 생각이었던 모양이다. 효인의 말 같지도 않는 말대꾸에 킥킥, 웃음을 내는 걸 보면.

도무지 말로는 단 한 마디도 지지 않는 이 남자를 어찌해야 할지, 절로 한숨이 샜다. 결국 연은 슬슬, 당근을 흔들기로 했다. 일껏 짜증을 누른 목소리로 효인을 달래기 시작했다. 얼른 써억, 꺼지란 말이에엿! 하는 말이 목구멍까지 치밀러 올랐지만.

"병원에 안 가봐도 돼요? 아침부터 꽤 바쁜 것 같던데."

"기주 병원인데 내가 신경 쓸 필요가 있나?"

"그래도 거기에서 근무하잖아요. 아무리 월급쟁이 의사라고 그렇게 무책임해도 되요?"

"괜찮아. 친구잖아."

한숨이 절로 샜다. 기주에 대해 없던 동정심이 불끈 치솟음을 느끼며 연이 다시 한 번 종용했다.

"환자 생각은 안 해요? 저도 바쁘고."

"뭘! 우리 환자들 말이 그게 내 매력이라던데. 당신 일은 대신 선영 씨가 동대문 갔잖아. 아침부터 왜 그렇게 안달이야. 좀 릴렉스하시라고. 나처럼 말이야."

정말 어이가 없군. 보란 듯이 릴렉스한 태도로 올린 그의 커피 잔엔 그녀가 기대했던 것보다 꽤 많은 양이 남아 있었다. 저 잘생긴 입을 한껏 벌려 뜨거운 커피를 몽땅 들이붓고 싶은 사악한 충동을 애써 억누르며 연은 그를 무시하기로 결정했다.

짜증스런 손길로 파티 자료를 정리하며 연은 일부러 효인 쪽으로 고개를 돌리지 않았다. 저러다 심심하면 제 병원으로 사라질 터였다. 심심한 건 절대로 못 참는 남자이므로.

"나, 실력있는 의사인데."

저를 무시한 채 자료 정리에 바쁜 연을 상대로 효인이 혼자 중얼댔다. 물론, 연은 대답하지 않았다.

"당신 아프면 언제든지 치료해 줄 수 있는 능력이 있다는 말이지. 응급 처치도 꽤 잘해. 원래 내 꿈이 전신의였거든. 여기저기 다 싹둑 잘라서 꿰매는 거 말이야. 당신이 팔 다치면 팔도 꿰매고, 맹장에 걸리면 맹장도 잘라내고……."

"초등학교 때 이미 맹장 수술 했어요."

매정스럽게도 연은 제 자랑에 여념이 없는 효인의 말을 싹둑, 잘랐다.

"심장이나 소장, 대장도 잘라. 가끔은 폐도 잘라낼 수 있어."

"저더러 그 많은 곳을 다 아프란 말이에요?"

상대하지 않으려는 마음과 달리 연은 꼬박꼬박 대꾸를 해주고 있었다. 도대체 저걸 지금 프러포즈라고 하고 있는 건가? 킥킥! 찬희의 웃음이 더욱 커졌다. 아니, 이젠 거의 헐떡대고 있을 정도였다. 그러나 효인은 이 어이없는 프러포즈를 관둘 생각이 없었다.

"내과도 잘 보는데……. 감기도 치료하고, 인후염도 대충은 잘 보는 편이야."

"전 당신의 환자가 아니에요."

"그러니까 전부 무료로 해준단 말이지. 사랑하는 사람이니까!"

결국 자료 보기를 포기한 연이 탁! 무거운 소리를 내며 서류철을 덮었다. 그가 이 좁은 사무실에서 커피를 홀짝이고 있는 이상, 더는 일할 분위기가 아니었다. 그때 누가 선을 주선했더라? 연은 중매자를 매도하며 이를 갈았다.

"강효인 씨! 여긴 제 사무실이에요. 커피 한 잔 대접한 친절치고는 너무 염치없는 태도 아니에요? 당신의 그런 장난에 놀아주고 있을 만큼 한가한 사람 아니에요."

"쳇! 언제부터 사랑이 장난처럼 대접받게 된 거야? 내가 어릴 때엔 좀 나았던 것 같은데."

연의 구박에 효인이 투덜댔다. 그리고는 달짝지근한 커피를 단숨에 들이켰다. 적당히 식은 커피는 식도를 따라 빠르게 넘어갔다. 벌떡, 자리에서 일어선 효인이 날렵한 몸짓으로 연 앞으로 다가왔다. 커다란 책상을 사이에 두고 있어도 그의 거대한 몸체에는 별 소용이 없었다. 거의 자신을 짓누를 듯 육박하는 커다란 키에 연은 살짝 어깨를 좁혔다.

"난 지금 몹시 진지한 태도로 당신에게 프러포즈를 하고 있는 중이야. 당신이 아직 준비가 되지 않았다면 얼마든지 기다릴 생각이고. 서른일곱이나 먹을 때까지 여자에게 프러포즈한 건 당신이 처음이야. 처음, 당신을 보았을 땐 그저 결혼해도 괜찮겠지 싶었어. 그런데 지금은 당신과 사랑을 해보고 싶어. 너무도 진지하게!"

투명한 갈색 눈동자가 그녀의 시선 앞에 바짝 다가섰다. 그녀의 모든 것을 그대로 빨아들일 듯, 깊고 풍부한 갈색의 빛에 연은 꼴깍, 침을 삼켰다. 그의 입술에서는 연한 헤이즐넛 향이 풍겼다. 손끝이 뻣뻣해졌다. 아마 그 순간 전화벨이 울리지 않았다면 저도 모르게 고개를 끄덕였을지도 몰랐다. 그러나 효인에게는 불행히도 그렇고, 연에게는 다행스럽게도 둘 사이로 시끄러운 전화벨이 울렸고, 연은 반사적으로 전화를 받았다.

[나야! 점심때쯤, 그곳에 들를 수 있을 것 같은데. 점심 함께하면서 파티 의논하는 건 어때?]

친숙하기 그지없는 규원의 목소리였다.

아, 이런…….

그의 전화가 이토록 반가운 존재가 될 줄은 몰랐다.

"괜찮아요."

대답하며 연은 효인을 슬쩍 훔쳐보았다. 책상 쪽에 바짝 다가선 그이니 아마 규원의 전화임을 알아차렸을 것 같다. 그녀의 예상대로 효인은 재수없는 규원의 목소리를 금방 알아들었다. 효인의 입술이 포물선을 그렸다.

"사랑이라는 것도 꽤 괜찮지 않을까?"

환하게 웃는 그의 미소에 시선을 뺏긴 연은 이번만큼은 딱 부러지게 거절하지 못했다는 것도 잊고 있었다. 자잘하게 주름을

185

잡으며 접혀지는 눈매는 그의 얼굴을 십 년은 젊게 만들며 너무도 근사한 문양을 그렸다. 그래서 덜컥, 심장이 멈추어 버렸다.

아, 뭐야?

너무도 당황스러운 감정이었다. 이미 효인을 삼켜 버린 문을 향해 뒤늦게 '싫은데……' 연이 중얼거렸다. 안 그래도 들리지 않는 연의 힘 빠진 목소리는 곧장 터진 찬희의 환호성 속에 금방 사라져 버렸다.

"우와! 진짜 멋있다! 이제 강효인 씨와 사귀는 거예요?"

아니!

고개를 저었지만 전보다 훨씬 설득력이 없다는 걸 연은 인정할 수밖에 없었다. 울적해진 심사로 연은 덮어놓았던 자료를 다시 펼쳤다.

"아직도 감정이 남은 거야?"

이런 지나친 자기 판단은 곤란하다. 효인이 그녀에게 함부로 남의 감정을 규정짓지 말라고 한 이유를 그제야 알 수 있었다. 싫다는 그녀의 거절을 제멋대로 규정하는 규원을 향해 연은 얼굴을 굳혔다.

"아니요."

"그럼, 파티를 맡지 못할 이유도 없지 않아?"

왜 이렇게 집요하게 구는 걸까? 연은 짜증스러웠다. 냉랭하게 굴던 처음의 태도가 차라리 나을 정도로 지나치게 친숙한 규원의 태도는 조금 어이가 없었다. 설사, 민석이 아니라 해도 학부 시절의 인연을 보아선 규원이 이토록 친숙하게 굴 이유는 없었다.

"지금으로도 충분히 일이 넘쳐요. 굳이 반갑지 않은 인연까지 엮이고 싶지 않을 뿐이에요."

"그러니까 지금도 감정이 남았다는 말이잖아?"

규원이 빙글, 웃었다. 이상했다. 효인의 빙글거림이 훨씬 시니컬하고 놀림성이 강함에도 불구하고 규원의 빙글거림이 더 불쾌하고 말끔하지가 않다. 연은 질긴 스테이크를 썰며 입맛을 잃었다. 솔직히 남은 감정이 없다 해도 민석은 우연이라도 마주치고 싶지 않은 사람이었다. 민석의 끈적이는 집요함을 떠올리며 연은 더욱 딱딱하게 얼굴을 굳혔다. 떠올리는 것만으로도 벌써 온몸이 뻣뻣해졌다.

"그렇지 않다고 분명히 말했어요. 제가 더 이해할 수 없는 건 이규원 씨의 이런 어이없는 고집이에요."

"난, 이 분야에서 당신이 최고라 생각하기 때문이야. 그리고 민석은 내 절친한 친구이고. 절친한 친구에게 최고의 대접을 하고 싶은 건 당연한 일 아닌가?"

"이 분야의 최고를 찾고 있다면 다른 사람을 추천해 줄 수도 있어요. 내가 아무리 일에 대한 자부심이 넘친다 해도 이 분야의 최고는 아니에요. 단지, 이 분야의 최고가 되기 위해 노력할 뿐이죠."

"하하하!"

규원은 맹랑한 그녀의 대답에 웃음을 터뜨렸다. 아깝기 그지
없는 일이었다. 이토록 남궁연이라는 여자가 매력적인 줄 알았
다면 학부 시절 좀 더 접근해 볼 걸, 하는 후회가 일었다. 도도
했고, 그래서 건방져 보였다. 다른 아이들 속에 껑충 튀는 공작
같은 외모라 해도 당시의 규원에게 있어 그 정도의 여자는 주위
에 넘칠 정도였다. 연에 대한 그의 악의적인 감정은 그런 자만
심에 바탕을 두고 있었다. 어쩌면 민석은 자신보다 여자 보는
눈이 훨씬 있었는지도 모르겠다. 규원은 비릿한 미소를 흘리며
연을 바라보았다. 분명 더 아름다워지기도 했다. 대학 시절에는
사내처럼 뻘쭘하던 키가 육감적으로 성숙해진 몸매 탓에 오히
려 모델처럼 시원스럽고, 세련된 패션 감각은 그녀의 장점을 더
욱 부각시키고 있었다. 한마디로 지금의 연은 충분히 그의 상대
가 될 만하다는 것이었다. 그에게도 이혼남이라는 좋지 않은 핸
디캡이 있고.

"승혜가 널 좋아해."

규원이 우회적인 대화를 던졌다. 그의 말에 연은 별로 감동하
지 않았다. 승혜가 그녀를 좋아하는지는 모르겠지만 최소한 승
혜의 우상이 효인이라는 것은 안다. 효인이 그녀에게 프러포즈
한 사실을 알게 된다면 그녀에 대한 승혜의 호감은 순식간에 반
감으로 전향될 게 뻔했다.

"그런가요?"

그다지 별 효력이 없는 연의 태도에 규원은 당혹한 표정이었다. 여자의 호감에 대해 굶주려 본 적이 없는 규원으로서는 조금 대책없는 반응이었다. 생각해 보니, 지금껏 연은 빈 인사말이라도 그의 이혼을 아는 척하지 않았다. 적나라할 정도는 아니라 해도 약간의 호기심조차 없었다. 그것은 완벽한 무관심이었다. 규원은 당황한 마음을 감추며 손에 든 와인 잔을 빙글 돌렸다. 작은 손짓에 향기로운 와인 향이 올라왔다. 최상급 와인이었다.

무표정한 연의 표정에도 짧은 순간 감탄이 서렸다. 과장스럽게 환호하는 경박함과는 다른 우아한 평가였다. 와인에 대해 잘 알지도 못한 주제에 단지 규원의 비위를 맞추느라 주워들은 와인 상식을 주절거리는 것보다는 훨씬 공감을 주는 태도였다.

"와인이 좋군."

와인 잔에서 흘러나오는 향을 감상하며 규원의 대화의 활로를 찾았다.

"그렇군요."

"와인, 좋아해?"

규원의 고개가 살짝 기울였다. 치켜올린 와인 잔의 각도를 따라 제 얼굴선이 한결 돋보인다는 것을 충분히 알고 한 행동이었다. 연이 어깨를 으쓱거렸다.

"특별히 좋아하는 편은 아니에요. 다만 일할 때를 위해 여러 종류를 음미하려고 노력하죠."

"그래? 민석이는 와인을 싫어해. 와인의 깊은 맛을 알기엔 좀 게으른 녀석이거든."

노골적으로 민석을 깎아내리며 규원은 아쉬운 마음을 달랬다. 다시 생각해 보아도 민석에겐 아까운 여자다. 조금씩 규원의 의도를 알아차린 연은 점점 이 자리가 곤혹스러워졌다. 효인이 노상 입에 달고 다니는 '지겨워!'라는 단어가 곧장 터져 나올 것만 같았다. 규원과 함께하는 시간이 얼마나 지루한지 절로 하품이 터져 나올 정도였다. 한때이나마 그에게 가졌던 동경이라는 게 이렇게 쓰레기처럼 느껴질 거라고는 생각해 본 적이 없었는데, 참으로 안타까운 일이었다.

규원이 찬양해 마지않는 와인을 한입에 털어 넣고 연은 자리에서 일어섰다. 규원의 고집이 쉽게 꺾이지 않을 바에야 차라리 귀국 파티를 맡아주는 게 더 나을 것 같았다. 민석의 파티를 끝으로 다시는 규원과 마주칠 일이 없기만이 그녀가 바라는 유일한 것이었다.

"조민석 씨 귀국 파티는 맡겠어요. 전에 말했듯이 초대장은 퀵 서비스로 보내는 게 저희 회사 방침이니 굳이 찾아오지 않아도 돼요. 서로 번거로울 뿐이니까. 초대 인원이나 특별히 원하시는 주제가 있다면 사무실에서 따로 의논하기로 하죠."

규원의 입술이 얇게 벌어졌다. 잘생긴 외모는 그의 비릿한 미소를 잘 소화하며 한껏 주위의 여자들을 고무시켰다. 연 역시 한때는 저 미소에 반했기도 했었다. 그래서 그녀와 민석, 그리고 규원은 잔뜩 꼬인 실타래 같은 인연을 맺기도 했었고. 한심스런 자신의 안목을 탓하며 연은 규원을 마뜩찮게 바라보았다.

"민석이 녀석 많이 변했더라고. 역시 외국에서 고생을 해봐야 철이 드나 봐. 그때 녀석에게 꽤 괴롭힘을 당했었지?"

그녀의 기억으로는 민석은 그녀에 대한 집요한 집착을 빼면 그리 나쁘지 않은 성품을 지녔었다. 물론 민석에 대한 비호감은 별개의 문제로 하고 말이다. 그래서 연은 규원의 말에 아무 대답도 하지 않았다. 제 친구들 속에 군림하던 규원이 자신을 얼마나 차갑게 바라보았는지 기억하는 그녀에게 있어 그것은 별 신빙성 없는 친절이었으니까. 게다가 그녀의 냉혹한 거절에 그나 그의 친구들이 얼마나 가혹하게 비웃어댔는지도 선명히 기억한다. 그가 보이던 비릿한 미소도.

그 시절, 규원은 철저히 민석의 입장에 서 있었다.

그런데 이제 와 새삼 민석을 비난하는 말 따위를 하다니! 그건 민석이 아닌 자신의 치부라는 것을 모르는 걸까? 어찌 되었든 그녀가 끝내 자신을 거절하던 마지막 순간, 민석은 그가 보일 수 있는 최대의 예의로 그녀의 거절을 받아들였다. 그녀에 대한 비난은 민석이 아닌 규원이었음을 기억하는 연에게는 그다지 공감할 수 없는 평가였다. 끈질기고 집요한 집착만 빼면 민석은 그다지 불친절하거나 철부지는 아니었다. 오히려 그런 쪽으로는 규원이 더 가까웠다. 그걸 이제야 깨달은 어리석음이 안타까울 뿐이지만. 어찌 되었든 지난 시절을 제멋대로 불쾌한 기억으로 규정짓는 규원의 태도는 더 이상 참을 수가 없었다.

"그 당시에도 조민석 씨는 그리 철없는 사람은 아니었어요."

연의 민석을 두둔하고 나서자 규원의 얼굴이 살짝 붉어졌다. 애써 태연한 척 미소를 짓고 있었지만 규원은 불쾌한 기색을 감출 수가 없었다. 민석은 친구라기보다는 주종의 관계에 더 가까웠다. 민석에 대한 연의 호평은 자신에 대한 모욕이었다.

찌푸린 얼굴로 규원은 묵묵히 식사에 집중했다. 최고급 와인도 얼어붙은 두 사람의 분위기를 풀어주지는 못했다.

"나중에 사무실로 갈게."

식사가 끝난 후 사무실 건물에 도착할 때까지 규원의 쌀쌀한 태도는 바뀌지 않았다. 그의 차가 뿌연 먼지 속에 빠르게 출발하자 연은 비로소 해방된 기분을 느꼈다.

"식사 맛있게 하고 오셨어?"

입구를 향해 빙글 몸을 돌리자, 효인이 팔짱을 낀 채 건물의 벽에 기대어 서 있었다. 가운 차림이 아닌 걸 보니 그 역시 점심을 마치고 들어가는 중이었나 보다.

"네."

시큰둥한 태도로 대답하며 연은 건물 안으로 들어섰다. 그를 본 순간 지금껏 가라앉았던 심장이 다시 뛰기 시작해, 예상보다 훨씬 무뚝뚝한 태도가 튀어나와 버렸다. 왜 이러는 거지? 연은 제 심장에게 물었다.

"일 대 일인 건가?"

"무슨 뜻이에요?"

여전히 걸음을 늦추지 않은 채 연은 대꾸했다. 25층에 머문 엘리베이터가 아주 느린 속도로 내려오고 있었다. 효인에겐 너무 빠른 속도였지만.

"이규원이란 인간과 매치 스코어 말이야."

"자신이 꽤 유치하다는 생각 안 해요? 마치 장난감을 사이에 두고 싸우는 아이들 같아요."

연이 괜스레 톡톡거렸다. 실은 효인 앞에서 펄떡거리는 심장을 다독이느라 한 소리였지만, 그리 틀린 소리는 아니었기에 효인을 한 방 먹이기에는 부족하지는 않았다.

"아, 그건 좀 실례! 내가 실수한 거야."

효인은 선선히 인정했다.

"그런 인간과 같은 선상에 서는 것조차 치욕적인 일이지."

평소와 다른 날카로운 어투다. 그제야 효인을 돌아보았지만 이미 그는 엘리베이터 안에 들어선 후였다. 냉랭하기 짝이 없는 그의 눈빛에 잠깐 타이밍을 놓쳤다.

찌이잉…….

아직 오르지 못한 엘리베이터 문이 그녀의 바로 코앞에서 그대로 닫혀 버리는 게 아닌가! 정확히 그녀 시선에서 왼쪽! 버튼 조작이 얼마든지 가능한 위치에 효인은 서 있었다. 분명코 일부러 닫히는 문을 모른 척했다는 것에 자신의 한 달 순이익을 걸 수도 있었다.

뭐야, 저 남자?

연은 어처구니가 없었다. 건물 앞에 서 있기에 그녀를 기다린 줄만 알았다. 연이 닫혀진 엘리베이터를 보며 어이없어하고 있을 때, 효인은 엘리베이터 안에서 이를 갈고 있었다.

연의 추측대로 효인은 건물 앞에서 그녀를 기다리고 있는 중이었다. 자신의 프러포즈를 냉큼 거절해 버린 연을 충분히 설득하기도 전에 끼어든 규원이라는 반갑잖은 방해꾼을 오도독 오도독 씹으면서 말이다. 처음 규원에게 느꼈던 거부감은 이런 불쾌한 인연을 예감이었던 모양이다.

제 딸의 생일 파티에서 마치 세상에서 유일하게 바쁜 인간마냥 허둥지둥 사라지는 몰골도 그랬고, 감히 연과 그의 사이에 끼어드는 것도 그랬다. 가족을 사랑하지 않는 인간은 상종할 가치가 없다는 그의 말은 진심이었다.

"쳇! 가화만사성이란 말도 모르는 모양이군."

혼자 탄 엘리베이터 안에서 효인은 중얼거렸다.

심장은 뜨겁게, 두뇌는 차갑게…….

하지만 지금은 두뇌까지 함께 뜨거워지고 있는 기분이었다. 그것이 마음에 들지 않았다. 태연스럽게 규원의 차에 내리는 연의 모습을 직접 목격하는 순간, 머리끝에서 불꽃이 파바박! 이는 기분이었다. 결코 기분 좋은 경험이 아니었다. 엘리베이터 안에 달린 거울 속에 제 모습이 보였다. 여간 시원찮은 몰골이었다. 마치 질투에 헐떡이고 있는 수컷마냥……

"정말, 나와는 사랑할 생각이 없는 거야?"

효인이 거울 속의 자신을 향해 물었다.

'싫어요!'

곧장 연의 대답이 들려왔다. 물론, 상상이었지만 현실로도 그리 다르지는 않을 거라는 걸 그 자신도 알고 있었다.

"쳇!"

효인이 투덜댔다. 이런 건 좀 재미없는데.

조민석 귀국 파티의 메인은 연이 담당하기로 했다. 원래대로 하자면 선영이 해도 별 무리 없는 일정이었지만 그녀 스스로 자원했다. 그건 그녀의 자존심이었다. 지난 기억에 깨끗한 마무리를 하고 싶은. 그래서 연은 굳이 규원의 당부가 아니라 해도 최선을 다해 귀국 파티를 준비했다. 전문 분야로 말하자면 오히려 요리로는 선영이 월등했다. 그녀가 한식 조리 자격증만 구비한 것에 비해 선영은 중식, 일식, 서양식, 그중에서도 특히 지중해 요리와 프랑스 요리에 능했다. 버터가 난무하는 프랑스 요리와 웰빙의 첨단을 걷는 지중해 음식 사이에서 선영의 몸은 들쑥날쑥이었지만 어찌 되었든 요리 면에서는 선영이 단연코

'빅토리아' 의 최선봉에 섰다. 그런 선영이 모든 음식을 준비하고, 연과 찬희는 푸드스타일리스트로서의 면모를 드러냈다. 간단한 동창 모임이라는 규원의 말에 푸른 나뭇잎과 여름 장미로 우아하지만 시원스런 자연을 연출했고, 그것은 효과가 꽤 좋았다. 파티를 위해 빌린 작은 공간 안에는 그녀가 서양화를 전공한 친구로부터 선물 받은 유화도 몇 점 놓아, 마치 자연에 전시된 화랑처럼 느껴져 편안한 분위기를 조성하고 있었다.

미리 파티장에 도착한 연은 바쁜 손짓으로 몽땅 얼려놓은 얼음을 양철 쟁반에 흩뿌린 후, 각각 다른 모양의 유리 피처에 레몬에이드와 시원한 애플 티, 그리고 로제 와인을 담아놓았다. 예전 동아리 룸으로 찾아가면 민석이 따스한 봄날엔 차갑게 식힌 홍차가 좋다며 집에서 직접 만들어놓은 애플티를 커다란 보온병에 얼음과 함께 담아오곤 했었다. 그 짧은 기억을 떠올리며 연은 씁쓸한 미소를 지었다.

"이제 대충 마무리는 한 것 같은데?"

선영이 마지막 음식을 채워놓은 후 다가왔다. 이젠 퇴근할 생각이란다. 연은 고개를 끄덕였다. 곧 고객들이 닥칠 시간이었고, 더 이상 선영이 할 일은 없었다. 찬희가 쭈뼛거리는 태도로 끼어들었다.

"어쩌죠? 저도 오늘은 일찍 가봐야 할 것 같은데…….."

이건 예상치 못한 난제였다. 일이 힘들어서라기보다, 홀로 민석을 상대해야 한다는 정신적 무게감 때문이었다.

"무슨 급한 일 있어?"

"하필, 시골에서 동생이 올라온다네요."

올해 대학에 입학한 찬희의 동생이 상경했다는 말이다. 이런……. 연은 혀를 찼다. 찬희의 동생이 일부러 일정을 잡은 건 아니겠지만 연으로서는 몹시 곤란한 상황이었다.

"그래? 어쩔 수 없지 뭐. 지난번 '이너터니' 스프링 파티까지 일정이 빡빡했으니까. 그리고 보니 지금껏 제대로 쉰 적 없었지?"

결국 연은 깔끔히 뒤로 물러섰다. 어차피 보내주어야 할 바엔 깨끗이 미련을 접는 것도 연의 장점이었다.

"대신 오늘은 선영이가 하루 더 고생해 주면 될 것 같은데."

"아, 미안!"

그녀의 말이 끝나자마자 선영이 합장을 하며 미안해했다.

"오늘 데이트 약속이 있어. 미리 한 약속이라 어쩔 수 없네?"

사면초가다. 하지만 이번만큼은 연도 물러서기가 곤란했다.

"취소할 수 없는 거야?"

"그게……. 우리 두 사람뿐만 아니라 기주 씨네 친구들과 다 같이 모이기로 한 자리라서 말이야. 그사이 나랑 일정이 안 맞아서 계속 미루고 있었거든. 이 파티, 내가 맡을 줄 알았다면 미리 약속을 정하지 않는 건데……."

선영이 미안한 기색으로 조곤조곤 설명을 하는 데야, 딱히 할 말이 없었다. 공식적으로 연인임을 공표하는 자리를 무작정 취소하라는 것도 무리한 요구였다. 기주 친구의 모임이라면 효인도 참석하는 건가? 쓸데없는 호기심이 생겼다. 이미 완벽하게 준비를 마친 파티장을 둘러보며 연은 살짝 입술을 깨물었다. 초대 인원은 겨우 스무 명이다. 이런 인원 정도는 예전에는 혼자 다 하고도 남았던 일이다.

"알았어. 그럼 마무리는 다 끝났지?"

"응! 음식도 충분히 여유있게 준비했으니까 부족한 건 없을 거야."

"얼음도 제가 다시 한 번 체크해 놓았어요."

이구동성으로 깔끔한 마무리를 다짐하는 두 사람을 보낸 후 연은 작은 칸막이에서 드레스를 갈아입었다. 고산의 티 없는 하늘을 닮은 선명한 파란 빛 드레스였다. 목 언저리까지 올라오는 스탠딩 칼라는 그녀의 긴 목에 맞춤처럼 어울렸고, 어깨부터 팔목까지 흐르는 부드러운 실크 주름은 한껏 우아함을 돋보이고 있었다. 연은 파란색을 좋아한다. 이 차갑고 도도한 색을 보면 마치 갑옷을 입은 것처럼 단단해지는 기분이 든다. 파란 드레스에 맞춰 은빛 샌들까지 신고 나오니 작은 공간이 유독 크게 느껴졌다. 배 아랫부분이 딱딱하게 당겨져 왔다. 민석을 만나게 된다는 긴장감과 규원에 대한 불편함이 한꺼번에 몰려와 온몸에 바짝 긴장감이 서렸다.

그림자처럼 곳곳에…….

연은 파티를 시작할 때마다 되뇌는 주문을 걸며 서서히 입구 쪽으로 향했다.

시끄러운 웃음소리가 홀 안 가득 메웠다. 파티에 참석한 주빈
들은 곳곳에서 느껴지는 푸름을 마음껏 만끽하고 있는 중이었
다. 나뭇가지에서는 금방이라도 물이 떨어질 것처럼 싱그러움
이 묻어났고, 풍부한 장미향이 스민 로제 와인의 선택도 좋았
다. 그 속에 애플 티를 손에 든 민석의 모습도 보였다. 연은 장
식해 놓은 나무 뒤로 살짝 몸을 숨긴 채 당혹스러움을 감추고
있었다. 동창 모임이라 해서 같은 과 친구들이 모인 줄 알았다.
그러나 파티장으로 들어서는 이들은 전부 '싸이론'의 멤버였다.
파티 주관자로서 입구에 선 연의 모습에 반은 놀란 얼굴을 했
고, 남은 반은 비열한 미소를 흘리고 있었다. 아마 민석과의 재
회를 나름, 재미있게 기대하는 눈치였다.

그리고…… 민석은 복잡한 표정이었다. 반가움과 미안함, 그
리고 약간의 놀라움이 잘 혼합되어 검은 그의 얼굴에 붉은 홍조
를 드리웠다.

"아…… 이렇게 만나게 될 줄 몰랐는데."

민석이 빨개진 얼굴로 인사를 건넸다. 그 옆에 선 규원의 심
술 맞은 미소를 느끼며 연은 고개를 빳빳이 들었다. 170㎝가 조
금 넘는 키의 민석에겐 하이힐까지 신은 연의 키가 부담이 될
정도로 커 보였다.

"뜻밖의 귀국 선물이지?"

규원이 생색을 냈다. 하지만 아는 척하는 사람은 민석이 아닌 다른 동아리 멤버들이었다.

"그러게 말이다. 한 달 만에 그만둔 멤버를 이렇게 오랜만에 보는 것도 꽤 재미있는데? 난 어디 멀리 도망이라도 간 줄 알았지. 같은 하늘에 이렇게 살아 있는지는 미처 몰랐다. 하하하하!"

악의 찬 농담이 터져 나왔다. 그 역시 민석과 친한 동기였다.

"네. 오랜만이에요."

연은 최대한 감정을 억누르며 직업적으로 미소를 지었다. 개인적인 감정을 회사 일에까지 끌어들이고는 싶지 않았다. 아마 이 파티가 끝날 때쯤이면 그녀의 심장엔 수십 개의 참을 인(忍) 자가 새겨져 있지 않을까?

"우연히 딸아이 생일 파티를 열다가 만나게 되었어. 영문학과 출신이 이런 파티플래너를 하고 있을 줄 누가 알았겠냐? 나도 조금 놀랐다. 그 인맥에 우리 회사 창립 파티도 같이 하게 됐지만. 하하하!"

규원의 허세 좋은 웃음 속에 얼굴을 굳힌 건 연과 민석뿐이었다. 의례적인 인사를 끝으로 민석은 곧장 파티장 안으로 들어섰다. 당사자인 민석이 연을 무시하는 바에야, 다른 멤버들의 흥미 역시 쉽게 가라앉을 수밖에 없었다.

"녀석, 많이 변했지?"

멤버 뒤를 따라가던 규원이 그녀의 귓가에 속삭였다.

"예전 같으면 집요하게 널 붙들어댈 텐데 말이야."

그 말에는 동감이었지만, 연은 고개를 끄덕이지 않았다.

"세월이 많이 지났으니까요."

한때의 열정이 집착으로 변했다 해도, 세월 앞에서는 희미해지기 마련이다. 민석을 그렇게 규정하며 연은 재빨리 홀 안을 살폈다. 모든 게 완벽했지만 찬희도 없이 혼자 하려니 조금 긴장이 되었다. 물처럼 흐르는 그녀의 유연한 동작을 흘낏거리는 멤버들의 시선엔 시샘과 질투가 섞여 있었다. 지금껏 연의 장점을 보지 못한 건 규원만이 아니었다. 새삼, 연의 미모에 감탄을 하며 멤버들은 입맛을 다시고 있었다. 쉽게 연에게서 시선을 떼지 못하는 멤버들의 찬탄을 규원은 흡족하게 바라보았다. 민석이 보물을 찾아내는 심미안을 가졌다 해도, 그 보물을 소유하는 건 결국 그다. 언제나 승리자는 그였고, 패배자는 민석의 몫이었다.

파란 드레스로 감싼 연의 늘씬한 자태에 노골적인 눈빛을 하는 동창들의 시선들 역시 마찬가지였다. 그들은 주연을 빛내기 위한 조연일 뿐이므로.

"남궁연은 여전히 잘났구만?"

그들과 멀리 떨어진 채, 테이블 위 세팅을 손보고 있는 연을 흘끔거리며 한 녀석이 빙글댔다. 누구에게 한 소리인지는 모르겠지만, 민석은 못 들은 척 애플 티만 홀짝거렸고, 규원은 그들의 질투를 무시했다.

"학부 때에는 선머슴처럼 삐죽 솟은 키에다 볼품이 없더니,

그나마 좀 볼만하군."

비릿한 눈매가 연의 늘씬한 몸을 위아래로 훑었다.

"우리와는 다른 아이였지. 고고한 학 같았어."

민석이 끝내 한마디 끼어들었다. 그 순간 하하하! 좌중에 웃음이 퍼져 갔다.

"고고한 학? 어이가 없군. 별 볼일 없는 주제에 거만하기만 한 계집애였지. 그토록 네가 애원했지만 한 번이라도 만나준 적이 있었냐? 네 정도쯤은 발끝에도 못 미치는 녀석처럼 코끝으로 내려볼 뿐이었지."

"내 잘못이야. 강제로 약속을 정한 건 그녀가 아닌 나였어."

민석이 고집스럽게 연의 역성을 들었다. 갓 입학한 신입생인 연은 긴 생머리와 화장기 없는 얼굴로도 충분히 아름다웠고, 우아했었다. 고등학교 시절부터 '노블레스' 클럽이라 불리며 제 부모의 재력으로 빼기던 무리들 속에서 그녀는 단연 돋보이는 존재였다. 스스로에게 당당하고 꿀리지 않는 오만함을 민석은 사랑했었다. 끝내 연은 그를 거부했지만, 민석은 그녀의 연민마저 구걸했다. 냉혹한 말로 그의 연정을 뿌리칠 때에도 그녀의 눈빛만은 따스했으니까. 연민이라도 그녀를 가질 수 있다면, 하고 그는 바랐었다.

"하긴 민석이 네가 좀이나 쫓아다녔었냐? 아예 그 집 앞에 살았지? 너 없어지면, 남궁연 집 앞에 가보라는 말이 돌 정도였다니까."

"너 때문에 우리 멤버들 남궁연 굉장히 미워했잖아. 일부러 악의적인 소문도 퍼뜨리고. 거의 노는 애 취급하기까지 했으니까 아마 학교 다니기 꽤 힘들었을걸?"

킬킬 웃어대는 건 그 소문의 주범인 태준이었다.

"아, 그리고 보니 규원이 너도 쟤 굉장히 싫어하지 않았었냐? 재수없다고. 남궁연 같은 애는 세상에 없는 사람 취급했었잖아?"

태준의 말에 규원은 살짝 입 끝을 올렸다. 그건 어린 시절의 심술이었다. 갖지 못한 장난감이라면 차라리 부숴 버릴지언정 다른 사람에게 주지 않는 그의 외고집적인 성격 때문이랄까?

솔직히 연이 처음 '싸이론'에 들어왔을 때 규원의 시선도 잠깐 머문 적이 있었다. 갓 들어온 신입생치고는 진지한 눈빛도 그랬고, 다른 아이들 속에 성큼 올라선 시원스런 외모도 한몫했었다. 그러나 고등학교 동창이자 늘 노블레스 클럽이라 뭉쳐 다니던 민석이 먼저 연에게 눈독을 들이지 않았다면 그 역시 관심을 표명했을지도 모르는 일이었다. 민석이도 어느 정도는 알아차렸을지 모른다는 생각도 잠깐 했었다. 하지만 연에 대한 그의 집착은 규원의 관심조차 무시할 정도로 집요하고 끈질겼다. 그에 대한 반사적으로 악의를 품었었는데 연은 알고 있었을까?

규원은 비어진 피처에 다시 신선한 음료수를 따르고 있는 연을 흘낏, 바라보았다.

"남궁연, 그런데 대체 어떻게 규원이 일을 맡게 된 거야?"

소파에 널브러지듯 걸쳐 앉은 멤버들 근처로 다 채워진 피처 쟁반을 들고 온 연에게 태준이 물었다.

"우연이었어요."

얼음이 녹아 질편해진 양철 쟁반을 치우는 연의 손가락이 보이지 않게 흔들렸다. 오랜만에 만나게 된 멤버들을 보려니 아무래도 감정을 온전히 감춘다는 게 힘들었다. 일부러 민석이 앉은 자리를 외면하기는 했지만 그래도 그의 뜨거운 시선까지 느끼지 못하는 건 아니었다.

"그래도 어쨌든 대단하기는 하네. 민석이 귀국 파티라는 것도 몰랐었어?"

"알았어요."

연이 담담한 목소리로 대답했다. 그 목소리만큼 얼굴도 평온했다. 최소한 겉으로 보기에는. 그런 태도가 몹시 신경에 거슬렸는지, 태준이 심술궂은 얼굴로 이죽댔다.

"알았어? 그런데도 이 일을 맡았단 말이야? 역시! 남궁연, 대단한 건 알아주어야 한다니까. 규원이 녀석이 너 굉장히 재수없다고 그랬었는데…… 몰랐었지? 자기 앞에서는 남궁연이라는 세 글자도 올리지 말라고 그랬었다. 네가 좀이나 민석이한테 튕겼냐? 우리 모두 너 재수없다고 생각했었지."

"알고 있었어요."

"우와! 정말? 그래서 동아리 탈퇴한 거냐?"

"아니요."

205

양철 쟁반을 든 채 몸을 돌리다 그만 손이 미끄러졌다. 찬 얼음물이 쟁반을 넘쳐 손등으로 흘렀다. 추운 날씨도 아니었는데 그 한기에 소름이 쫙 돋았다. 학부 시절과 변함없이 악의를 품어대는 일행 앞에서 차분히 서비스를 끝낸 연은 허리를 곧게 편 채 다시 테이블 쪽으로 돌아왔다. 애써 감정을 추스르기는 했지만 그래도 역시 손가락이 떨릴 정도로 화가 치밀긴 했다. 세월을 어디로 먹었는지 여전히 변하지 않는 저들의 행태가 도무지 참기 힘들었다. 하필 자신 혼자 이 일을 맡게 된 불운을 위로하며 연은 떨리는 심장을 짓눌렀다. 솔직한 심정으로는 저들의 머리 위로 차디찬 얼음을 쏟아도 시원찮을 판이었다.

"미안하다."

언제 왔는지 테이블 쪽으로 다가온 민석이 사과를 했다. 일행들이 휘이익~ 휘파람을 불어댔다. 지긋해! 연은 눈살을 찌푸렸다. 차라리 사과를 할 바엔 모른 척해주는 게 더 나았다.

"사과할 일, 없어요."

"아니! 녀석들의 짓궂은 태도는 모두 내게서 나온 거니까. 널 괴롭히기 위해 쫓아다닌 건 아니었다."

"네."

"그래도 괴로웠지?"

"네."

떠올리고 싶지도 않은 괴로운 기억이었지만 연은 담백하게 대답했다. 흐트러지지도 않은 장식을 매만지며 불편한 기색을 드러냈지만 민석은 쉽게 떠날 눈치가 아니었다. 멀리 규원의 시선이 느껴졌다. 칼처럼 날카로운 시선이라 생각하며 연은 난감한 기색을 감추었다. 마치 그 시절로 돌아간 기분이었다. 그녀가 이 일을 거절하려 애를 썼던 이유도 그래서였다. 불편한 속내를 알아차리지 못했는지 민석은 계속 그녀 곁에 미적거렸다. 그녀가 원하는 건 이런 불필요한 민석의 사과가 아니라 그가 다시 제자리로 돌아가는 것뿐이었다. 이미 흘러간 시간을 역류시키려 하지 말고.

"시간이 흐르면 널 잊을 수 있을 거라 생각했었다. 그래서 굳이 유학을 준비했었고."

작은 웃음이 흘렀다. 그 웃음마저 연은 오소소 소름이 돋았다.

"그곳에서는 널 잊을 수 있었어. 그래서 조금 자만했다. 너와 같은 하늘 아래 선다 해도 이젠 아무렇지도 않을 자신이 있었거든."

우! 저 자식 아직도 미련을 못 버렸나 보다.

일행들 쪽에서 야유가 터져 나왔다.

"남궁연…… 난 다 잊었다."

"네."

연은 고개를 끄덕였다. 믿지는 않았지만 정말 잊기를 바랐으므로 그 정도의 작은 거짓말은 할 수 있었다.

"지난 시절 우리가……."

"헤이!"

민석이 주춤거리며 그녀에게 다가왔을 때였다. 예전에 보았 던 불쾌한 끈적거림이 다시 눈동자에 번뜩거리는 그 순간, 경쾌 한 음성이 두 사람 사이로 끼어들었다.

허락받지 않은 손님.

하지만 지금 그녀에게는 누구보다 반가운 목소리였다.

갑작스런 남자의 등장에 민석의 하던 말은 미진한 채로 끊겨 졌다. 예기치 않게 두 사람 사이에 끼어든 효인은 난감한 상황 을 금방 알아차린 눈치였다.

"아, 내가 좋지 않은 시간에 끼어든 모양이군."

그녀의 어깨에 친근하게 팔까지 얹으며 효인이 특유의 느물 스런 태도로 말했다. 까칠한 그의 눈동자는 민석을 향해 똑바로 쏘아보고 있었다. 거의 동물적인 감각으로 그는 정확히 자기의 상대자를 알아보았다. 규원과 이 남자. 이 두 사람의 눈빛이 영 마음에 들지 않았다. 물론, 재수없기로 말하자면 규원이 한 수 위이지만.

"여긴 어떻게 온 거예요?"

반가운 마음은 차치하더라도 그가 찾아온 이유가 궁금했다. 묻는 그녀에게 효인이 손에 든 상자를 치켜올렸다.

"심부름."

〈O'VE.〉

상자에는 고급스런 금박으로 이름이 새겨져 있었다. '빅토리
아'에서 주로 이용하는 케이크 전문점이었다.

"여기를 찾느라 좀 헤맸어. 너무 늦은 건 아니겠지?"

효인이 내민 케이크 상자를 받아 들며 연은 고개를 갸우뚱했
다. 물론 귀국 축하파티이긴 했지만 규원은 케이크를 주문하지
않았고, 그건 그녀 역시 마찬가지였다. 계획에 없는 케이크를
심부름한 효인을 보며 연은 쉽게 선영의 장난을 점찍었다.

"그다지 반가운 기색이 아니네. 내가 잘못 사 온 건가?"

"계륵이죠 뭐."

눈치 빠른 효인의 질문에 대충 대답하며 여분으로 준비한 접
시들을 꺼내 케이크를 놓을 만한 것을 찾았다. 다행히, 여분으로
준비해 온 넓은 영국식 접시를 찾아낸 연은 빠른 손놀림으로 장
식을 시작했다. 테이블에 놓인 나뭇가지들 중 티나지 않게 몇
개를 꺾어 제법 근사한 장식을 하는 그녀의 손놀림에 효인이 휘
익~ 휘파람을 불며 감탄해했다.

"대체 어디서 이런 걸 배운 거야? 솜씨가 보통이 아닌데?"

"타고난 재능이에요."

"거만하기는."

효인이 키득거렸다.

"흠!"

소소한 둘 사이로 민석이 헛기침을 터뜨렸다. 케이크를 들고 난 효인의 존재를 이곳 직원이라 생각한 모양이었다. 효인의 웃음에 비로소 긴장을 풀며 접시 위로 꽃잎을 장식하던 연이 그제야 민석을 돌아보았다.

"할 말이 있어."

"아…… 네."

연은 곤란한 표정을 지었다. 그녀에게 향한 민석의 눈빛은 다시 예전처럼 집요한 빛을 띠고 있었다. 저쪽에서 불어대는 야유가 여기까지 들려왔다. 민석과 마찬가지로 효인을 직원으로 판단한 그들에게 있어선 단지 작은 엑스트라 하나 등장한 것에 불과했다. 친구들의 야유를 흘려들으며 규원은 불편한 기색으로 효인을 보고 있었다. 각기 다른 불편함을 알아차리지 못한 민석은 연을 향해 한 걸음 더 내디뎠다. 그의 세상엔 오로지 연만 있을 뿐이었다.

잊었다. 다시 같은 하늘에 선다 해도 예전과 달리 제 감정을 억누를 수 있을 거라 민석은 자신했었다. 그래서 돌아올 수 있었다. 그녀를 잊었기에 한국에서도 숨 쉬며 살아갈 수 있을 줄 알았다. 하지만 한국에 발을 대딛는 순간, 그건 단지 짧은 착각에 불과하다는 것을 깨닫고 말았다. 그녀가 살고 있는 한국이다. 그녀가 숨 쉬는 공기와 그녀가 바라보는 모든 것들이 그와 함께 있었다. 연을 느끼고 싶다! 공항에 내려선 그 순간부터 헛된 욕망은 그의 심장을 갉아먹었다. 얼마나 변해 있을까? 이제는 자신을 받아들일 수 있을까? 조금은 변한 자신의 모습에 그녀 역시 다른 시선으로 보아주지 않을까? 끊임없이 스스로에게 되물었다. 자신의 귀국 파티를 연이 주관하게 되었다는 규원의 귀띔에 얼마나 가슴 설레었는지…….

애써 담담히 연을 마주했지만 그의 심장은 다시 재회한 순간부터 한시도 멈추지 않았다. 그의 기대대로 연은 분명 변해 있었다. 그 시절보다 더 아름다워졌고, 그 시절보다 더 당당하게. 그리고 그 시절보다 더 다른 세계 속에 살고 있었다.

가지고 싶다. 잠시의 이별이 오히려 더 강한 집착을 낳았는지, 연에 대한 욕구는 더욱 강렬해지고 있었다. 연만큼 달라진 자신의 모습을 그녀가 알아차려 주길 바랐다. 둘의 새로운 시작을 꿈꾸며 민석은 연을 향해 손을 뻗었다.

다시 나를 보아줘!

그 순간이었다. 딱! 소리와 함께 짜릿한 아픔이 손등으로 떨어져 민석은 자신도 모르게 뻗었던 손을 재빨리 움츠렸다.

"주빈의 자리는 저쪽인 것 같은데. 뭐 필요한 게 있으신가?"

방금 전까지 눈앞에 있던 연 대신 예의 남자 직원이 싱그런 미소로 그에게 물었다. 그렇지 않아도 작은 키의 민석이 남자의 덩치에 가려져 더욱 일그러졌다. 남자의 탄탄한 등 뒤로 연의 파란 드레스가 살폿 흔들렸다. 일껏, 예를 갖춘 태도이긴 했지만 민석을 쏘아보는 남자의 눈빛은 잘 벼린 칼날처럼 번뜩이고 있었다. 그 빛에 밀려 민석은 주춤, 걸음을 멈추었다.

뭐지, 이 남자?

"잠깐, 좀 비켜주시죠?"

자신의 시야에서 사라져 버린 연을 안타깝게 바라보며 민석은 정중하게 부탁했다. 하지만 남자는 그의 요청을 일축하며 건들거렸다. 민석에게 보이는 거라고는 완벽하게 차단된 연의 옷자락뿐이었다. 남자가 테이블 위의 음식을 날름, 집어 먹었다. 직원치고는 상당히 버릇없는 태도였다.

"이거, 좀 먹어도 되지? 저녁 식사 중에 와서 배고픈데."

효인의 뒤에 서 있는 연을 향한 말이었으나 그와 눈을 마주치고 있는 민석이 대답했다.

"뭐든 먹어도 좋으니 좀 비켜요. 그녀에게 할 말이 있습니다."

민석이 다시 비켜줄 것을 종용했다. 그에겐 지금이 기회였다. 연, 스스로 연락처를 알려줄 리 없고 그건 규원 역시 마찬가지였다. 예전부터 연의 문제에 있어서만큼은 가장 비협조적인 사람이 규원이었으니까. 그가 연에게 미쳐 살 때에도 규원은 늘 냉랭한 목소리로 '그런 정도 애는 흔해. 그렇게 목맬 거 있냐?' 하고 쏘아댔다. 아무리 기다려도 끝내 나타나지 않은 연으로 인해 술에 만취한 그에게 규원은 제 앞에서 연의 이름을 들먹이지 말라, 윽박지를 뿐 한 번도 그의 심정을 이해해 준 적이 없었다. 어렴풋이 규원도 연에게 관심있는 건 아니었을까? 하고 생각했던 것도 그런 태도 때문이었다.

필사적으로 효인의 몸체를 밀었지만 꿈쩍도 하지 않은 그의 등 뒤로 연이 스르르 나타났다.

"저기 테이블에 가면 남은 여분이 있어요. 여긴 고객을 위한 음식이에요."

못내 못마땅한 눈치였지만 효인은 별 대꾸를 하지 않았다. 꼿 꼿한 자세로 민석과 마주 선 그녀의 눈동자엔 알 수 없는 비장 함이 서려 있었다. 사태를 관망해야 할 시점이라는 걸 효인은 영리하게 알아차렸다. 제 시야 앞으로 나타난 연에게 민석이 반 가운 기색으로 말을 이었다.

"연아, 난……."

"잊었어요."

연이 똑 부러진 어투로 쏘았다.

"조민석 씨가 저를 잊었다면 저 역시 당신을 잊었어요."

고객을 위한 음식이라는 말은 편리하게 잊어버린 채, 여전히 테이블 위에 놓인 연어 꼬치를 입에 넣던 효인이 자못 흥미롭게 두 사람을 번갈아 보았다. 그 눈빛이 심히 눈에 거슬렸지만 연 은 아는 체하지 않았다. 우선은 앞에 선 민석이 먼저였다.

"여길 떠나 있을 때엔 분명 널 잊었어. 그래서 자만했었지. 하 지만 비행기에서 내린 순간, 내 오만이라는 걸 깨달았다. 설사, 규원이 이런 식으로 너와 마주치게 하지 않았다 해도 난 언젠가 반드시 널 찾았을 거야. 내 첫사랑이자 유일한 사랑이니까."

"그런 걸 집착이라고 하지."

효인이 대뜸 끼어들었다. 비켜서요. 연이 낮은 목소리로 효인을 꾸짖었다.

"당신과의 약속을 네 번 어겼죠."

연이 조용히 말을 이었다.

"그건 내 실수예요. 당신을 직접 만나 거절을 했어야 했는데……."

그것보다는 그가 어떤 식으로 고집을 피웠든, 약속을 하지 말았어야 했다. 하지만 처음 겪는 남자의 집요한 접근에 연은 어떻게 대처해야 할지 알 수가 없었다.

"꼭 나오는 거다!"

기쁜 표정을 돌아서는 민석을 보며 연민을 느끼긴 했지만 연은 그와 약속한 장소에 나가지 않았다. 연민이 사랑이 될 수는 없었다. 마지막, 네 번째 약속을 어기고 다시 민석을 만났을 때 그는 슬픈 미소를 지었다. 괜찮아, 하고 말했지만 그건 독설로 가득 찬 비난보다 더 큰 죄책감을 남겼다.

"어려서라고 말하기엔 변명이겠지만 그래도 솔직히 당신을 직접 만나는 게 두려웠어요. 나에 대한 이해할 수 없는 사랑이라는 것도 그랬고, 무엇보다 난 한 번도 조민석 씨를 그런 식으로 본 적이 없기 때문이에요. 내가 이 일을 맡은 건……."

그녀의 눈동자가 저쪽 테이블로 향했다. 재미있는 드라마를

보듯 이쪽을 향해 시선을 떼지 않는 멤버들과 속내를 알 수 없
는 규원의 눈동자를 바라보며 연은 어깨를 으쓱거렸다.

"지난 감정을 정리하고 싶어서죠. 오지 않는 나를 밤새, 찬 기
운 속에 기다리다 쓰러진 당신에게 대한 미안함을 이런 식으로
나마 보상하고 싶었어요. 내가 할 수 있는 일로 최선을 다해 귀
국을 축하해 주는. 하지만 단지 그것뿐이에요. 지난날에도 그랬
지만, 난 여전히 당신의 마음을 받아줄 수 없어요. 그건 앞으로
도 마찬가지예요. 이젠 그만 날 놓아요. 그리고 좋은 사람 만나
기 바라요. 조민석 씨의 장점을 충분히 알아줄 수 있는 그런 여
자가 반드시 있을 거라고 생각해요."

"하하하!"

테이블 쪽에서 커다란 웃음소리가 흘러나왔다. 다분히 그녀
에 대한 조롱이 담긴 웃음이었다. 태준이 소리쳤다.

"규원이 자식, 역시 사람 보는 눈 있다니까. 재수없어, 남궁
연! 너 그건 아니?"

"여전히 도도한 척하는 건 변함이 없군. 야, 이규원! 넌 대체
왜 이 일을 맡긴 거야? 훨씬 더 괜찮은 곳이 있었을 텐데. 저 재
수없는 얼굴 보고 있으려니 뱃속에서 음식이 곤두서는 것 같다,
야."

"내버려 둬라. 남궁연 잘난 척하는 거 어디 하루 이틀 있는 일
도 아니고. 민석보다 제가 더 나은 줄 아나 보지. 기껏 부장검사
집 딸인 주제에, 감히 신양통신 후계자를 차다니……. 제 발 밑

에 들어온 복도 제대로 못 챙기는 계집애야."

자신에게 향한 가시 돋친 말을 연은 애써 묵살하며 태연한 태도를 고수했다. 겉으로 드러나는 저런 악의에 찬 말에 상처받을 나이는 지났다. 아니, 그 시절에도 깊은 상처는 되지 않았다. 그들이 퍼뜨린 악의 찬 루머보다, 더 상처를 받은 건 오히려 규원이었다. 짧은 순간이나마 짝사랑이란 걸 했던 남자였다. 다른 사람에게 보여지는 규원은 언제나 멋스럽고 쾌활했다. 동아리의 다른 여자 동기들에게도 친절했으며, 매너도 좋았다. 자상하게 배려할 줄도 알고, 언제 보아도 환하게 웃어주는 남자였다.

"남궁연, 정말 재수없어. 난 그렇게 차가운 여자애는 딱 밥맛이야. 그러니까 내 앞에서 더 이상 그 아이 이름 거론하지 마! 이름 듣는 것만으로도 역겨우니까."

자신을 폄하하던 규원의 폭언에 연은 미련없이 자신의 짝사랑을 접었다. 그러면 다를 줄 알았다. 늘 따스하고 친절한 그였으니 최소한 집요한 민석의 구애에 힘들어하는 자신의 처지를 알아줄 거라 생각했다. 하지만 우연히 듣게 된 그의 이중성에 연은 깊은 상처를 입었고, 사랑의 환상을 버렸다. 그러니 이제와 새삼, 이런 독설에 상처받을 일도 없었다. 그러나 효인은 다른 생각이었다. 이런 곳에서 저런 돼먹지 않은 인간들의 조롱을 고스란히 받고 있는 연의 모습에 조금씩 화가 치밀기 시작했다.

제 부모 덕분에 신귀족마냥 폼이나 재는 인간들은 언제 보아도 밥맛이었다. 그런 인간들에게 연이 조롱받는 이유 역시 마찬가지였고.

"쯧쯧쯧! 이러니 사랑이 장난으로나 취급받는 거지."

효인은 못마땅한 어투로 종알댔다. 연의 얼굴이 새파래졌다. 지난 추억을 생각하는 사이 잠깐 그의 존재를 잊었다. 이런 추한 꼴을 보이고 말다니!

"내겐 너뿐이다. 예전이나 지금이나! 다시 시작하고 싶어."

친구들의 조롱은 무시한 채 민석은 오로지 연만 붙들었다. 절로 깊은 시름이 새었다. 아직도 민석은 자신의 이런 대책없는 미련이 얼마나 상대방을 지치게 하는지 모르고 있었다. 그가 가진 장점에도 불구하고 말이다. 또다시 시작되는 과거의 질긴 인연에 연은 숨이 막혔다. 집요하고 끈질기다.

"배고파."

효인이 불쑥, 그녀의 팔목을 잡았다.

"네?"

"배고프다고."

"그럼 돌아가세요. 여기 일은 혼자 할 수 있으니까."

효인의 의도를 오해한 연이 맥 빠진 목소리로 대답했다. 솔직히 지금 그가 이곳에 있는 게 더 나은 건지 확신할 수가 없었다. 그의 존재가 든든하긴 했지만, 그렇다고 그 앞에서 더 이상 추한 모습을 보이는 것도 권장할 만한 일은 아니었다.

"술도 고파. 친구 녀석들하고 기분 좋게 한잔하다 심부름에 걸렸어."

실은 선영의 덫에 제 스스로 걸려든 주제에 효인은 억지를 부렸다. 그건 그녀가 아닌 자신을 위해서였다. 민석이란 남자의 집요한 프러포즈에 하얗게 핏기를 잃은 그녀를 본 순간, 그의 인생 처음으로 걷잡을 수 없는 분노가 솟구쳤다. 이 자리에 계속 남게 된다면 민석은 물론, 악의적으로 이 자리를 만든 규원까지 때려눕혀야 성이 찰 것 같았다. 머리끝까지 뻗치는 열기를 억누르며 효인은 저벅저벅, 규원에게 다가갔다.

"헤이! 남은 정리는 당신이 할 수 있겠지? 이런 같잖은 만남을 고의적으로 주선한 당사자이니 그만한 수고는 해주어야 아닌가? 최소한 남자라면 말이야."

"강효인 씨!"

"시끄러워, 이 아가씨야! 분명 말했지? 제 가족을 소중히 여기지 않는 남자는 만날 가치도 없다고! 제 가족을 소중히 여기지 않는 남자는 제 친구에게도 역시 마찬가지야. 적어도 우정이 무언지 아는 남자라면 제 친구의 연정까지 이런 식으로 모든 사람 앞에서 박살내지는 않는다고."

효인은 냉혹한 미소를 흘리며 연에게 충고했다. 솔직히 화가 끓어 참을 수 없었다. 민석이라는 인간도 그랬고, 여자 하나를 두고 야유나 퍼부어대는 인간들도 그랬다. 무엇보다 규원은 가장 악질이었다.

"뭐, 뭐라구요?"

연 역시 효인 못지않게 목소리가 올라섰다. 이토록 그녀의 신경을 건들다니! 굳이 그가 보태지 않아도 충분히 힘든 상황이었다. 어쩐지 규원에게 놀림당한 기분이었고, 민석의 끔찍한 집착은 조금도 바뀌지 않았으며 '싸이론' 멤버들의 야유도 넘쳤다. 이 속에서 효인의 비난까지 감당할 여유는 없었다.

"자신의 이기적인 욕심을 채우기 위해 제 친구의 연정까지도 가차없이 잘라내는 것. 그게 당신이 원한 건가, 이규원 씨?"

팔딱, 뛰는 연의 성깔을 무시한 채 효인은 규원을 공격했다. 무슨 소리야? 일행들이 웅성거리기 시작했다.

"도무지 무슨 뜻인지 알 수가 없군. 두 사람의 문제야. 왜 내가 거기에 끼어드는 거지?"

규원은 태연스럽게 부정했다. 하지만 흔들리는 그의 눈동자는 자신의 속내를 알아차린 효인의 예리한 직감에 꽤나 놀란 기색이었다. 규원의 부정에 효인은 피싯거렸다.

"두 사람의 만남을 주선한 다분히 악의적인 당신의 의도를 말하는 거야. 좀 비열하지 않나? 사나이라면 최소한 자신의 사랑에 대해 당당할 줄 알아야지. 물론, 그게 사랑이라면 말이야."

"저 자식 뭐야?"

규원의 친구들이 벌 떼처럼 웅웅거렸다. 시끄러웠지만 효인은 상관하지 않았다. 그가 원하는 건 이규원뿐이었다. 곧게 뻗은 효인의 손가락이 규원의 가슴팍을 찔렀다.

"그거 알아? 당신이 여기에서 제일 재수없어."

그리고는 놀란 얼굴로 서 있는 연을 끌고 곧장 밖으로 나와
버렸다. 이것 놔요! 그에게 끌려가며 연이 가볍게 반항을 하긴
했지만 진실로 그가 놓아주길 바라지는 않았다.

효인이 연의 손목을 놓아준 건 파티장을 나선 후였다. 어찌나
강하게 잡아끌었는지 금세 아려오는 손목을 어루만지며 연은
숨을 할딱거렸다. 겨우 벗어나긴 했지만 연의 심장은 숨 쉬는
것조차 벅찰 정도로 달달 떨리고 있었다. 매일 집 앞에서 그녀
를 기다리던 민석의 검은 그림자를 볼 때마다 느끼던 공포감이
었다. 솔직히 민석을 똑바로 바라보는 것조차 엄청난 용기가 필
요했다. 질긴 힘줄처럼 끝없이 그녀를 따라다니고, 수업 시간이
끝나면 강의실까지 와서 기다리던 민석이었다. 그녀의 생일날
에는 집 앞에 선물과 장미를 놓아두었다. 그때엔 민석의 자취가
남은 거라면 뭐든 소름이 끼쳤다.

조금 전, 민석이 보였던 눈빛에 애써 지웠던 과거가 수면으로
떠오르며 또다시 공포감이 밀려왔다. 게다가 여전히 자신에
게 향한 '싸이론' 멤버의 독설도 그랬고. 맥 빠진 몰골로 건물
밖으로 나오자 서늘한 바람이 살갗을 스쳤다. 자정으로 들어서
는 상큼한 밤공기를 연은 폐부 깊숙이 들이켰다. 막힌 숨이 조
금 풀리는 것 같다. 효인이 제멋대로 끌고 나오기는 했지만,
그녀에게 필요한 게 이 신선한 공기인 것만은 확실했다. '싸이
론'의 멤버들이 품어내는 독기 속에는 그녀가 숨 쉴 산소가 없

었으니까. 조금씩, 맑은 공기를 들이마시는 그녀 곁에서 효인은
더 크게 숨을 헐떡이고 있었다. 제 성미를 참느라 숨이 턱까지
차 오른 탓이었다.

빌어먹을 자식!

효인은 연 몰래 욕설을 내뱉었다. 감히 그들에게 연을 조롱할
자격이 있느냔 말이다. 두 사람의 과거 따윈 솔직히 알고 싶지
도 않았다. 하지만 파랗게 질린 연의 안색만으로도 그가 얼마나
끔찍한 존재인지 알기엔 충분했다. 그럼에도 불구하고 연은 최
선을 다해 그 파티를 준비했다. 그에게 갖는 감정이 어떠하든
간에 오랜 유학 생활을 접고 돌아온 민석을 위해 연은 자신의
모든 능력을 다했던 거다. 그런데 그걸 감히 비웃다니!

"술 고프지 않아?"

한참 동안 거친 숨을 몰아쉬던 효인이 연에게 물었다.

"배고프다 하지 않았어요?"

"지금은 술이 더 고파. 그 망할 자식들 때문에 밥맛이 뚝 떨어
졌어."

"하하하!"

갑자기 연의 웃음이 시원스럽게 터졌다. 사실은 굉장히 화가
났는데.

아직도 미련을 버리지 못한 민석의 어리석음에 화가 났고, 자
신에게 쏟아진 이유없는 반감도, 그리고 민석에 대한 감정을 제
쳐 둔 채 나름대로 이 파티에 최선을 다했던 자신의 성의가 철

저히 무시당한 것에도 화가 났다. 하지만 상큼한 밤공기 탓일까? 답답하게 조여오던 심장에 신선한 공기가 들어서자 자꾸 웃음이 새었다.

통쾌했고, 시원했다.

그래서 웃었다. 얼굴 전체로 퍼지는 환한 웃음이 도도하던 표정에 천진한 분위기를 불어넣어 어린 소녀처럼 보인다는 것도 모른 채 말이다. 온몸으로 웃는 그녀의 모습에 효인의 눈동자가 벌어졌다.

이런 얼굴이었군.

웃는 그녀의 모습을 상상해 본 적이 있었지만 실물로 보는 그녀의 웃음은 더 환하고 순수하다. 바람을 따라 흩날리는 짧은 머리카락도 사랑스러웠고, 드레스처럼 파란 그녀의 맑은 심장도 그랬다.

아, 어쩐지 반할 것 같은데?

효인의 심장이 그녀의 웃음을 따라 덜컥거렸다.

#9

봄날의 밤은 미묘하다.

살갗을 스치는 바람엔 한낮의 따가운 햇살 내음이 배어 있다. 그 이중적인 온기 속에서 한참을 웃던 연을 싣고 효인은 단골 술집을 찾았다. 가볍게 마실 수 있는 맥주와 우아한 칵테일, 그리고 독하게 취하는 양주가 고루 갖추어진 술집에서 연은 독하게 취할 수 있는 양주를 선택했다.

"난 위스키보다 코냑이 좋아요."

발렌타인을 시키려던 효인을 연이 제지했다. 이 상황 속에서도 변치 않는 단정한 얼굴로 제가 마실 술까지 지정하다니!

효인은 치미는 웃음을 참을 수 없었다. 이거 점점 재미있어진다.

"특별히 좋아하는 술 있어?"

"돈 많이 있어요?"

"많이 비싸?"

"돈 없으면 싼 거 먹고……."

"루이 13세 정도까지는 사줄 수 있어."

"루이는 필요없고, 그냥 레미마틴으로 사줘요. 그게 제일 맛있어요."

기백만 원짜리 루이 13세는 모르는 주제에 비싼 코냑을 운운한다. 그녀에게 중독이 되어버렸나 보다. 그것 역시 귀엽게 보이니 말이다. 연이 말한 비싼 레미마틴 XO와 과일 안주를 시킨 후 효인은 그제야 평소의 모습으로 돌아왔다. 치미는 화를 참느라 발끝까지 빳빳하게 섰던 긴장감도 조금씩 풀렸다. 요즘 들어 이런 감정의 소모가 부쩍 늘었다. 연을 만나기 전에는 이토록 자신의 감정을 자제할 만한 일이 거의 없었다. 그가 세상을 사는 방법은 간단하다.

원하는 것과 원하지 않는 것!

그 두 가지만 정확히 알면 모든 건 쉽고 단순해진다. 그러나 연을 둘러싼 일련의 것들은 조금 복잡했다. 흑백의 세상에 갑자기 혼잡한 유색들이 난무하는 느낌이랄까? 지겨움과는 다른 차원의 어떠함들. 그래서 효인은 슬슬 지루함을 잊고 있었다.

"왜, 사랑에 대해 그토록 부정적이죠?"

독한 양주가 들어가자 연이 물었다. 그래서 효인 역시 독한 양주를 단숨에 들이켠 후, 연에게 물었다.

"당신은 왜 이규원이란 인간을 사랑했지?"

빈 잔에 술을 따르던 연의 손이 허공에 멈추었다. 술기운에 느긋이 풀려있던 얼굴의 근육이 다시 딱딱하게 굳어지는 걸 효인은 흥미롭게 바라보았다. 오늘은 유독 연의 표정이 다양하다. 그사이, 시간이 둘 사이를 아주 천천히 흘렀다.

느린 연의 표정과 느린 효인의 손짓.

무거운 침묵이 흐르는 사이 효인이 술병을 기울였다. 노란 술이 경쾌한 소리를 내며 술잔으로 떨어졌다. 연은 섬뜩해졌다. 어떻게 알아차렸을까? 규원에 대한 감정은 그 누구도 알아차리지 못했을 거라 생각했는데.

"어, 어떻게 알았어요?"

"미안. 그냥 찍었어."

심장이 튀어나올 만큼 놀란 그녀에 비해 너무나 심드렁한 태도였다. 찍었어? 황당하기 짝이 없는 대답에 바짝 섰던 긴장감이 어이없이 풀려 버렸다.

"그런 걸 찍기도 하나요?"

"원래 찍는 걸 잘해. 대학 입시 문제도 잘 찍었어. 평소보다 성적이 좋게 나왔거든."

"당신은 뭐든 그렇게 쉬운가 봐요. 그런 분이 사랑은 왜 안 해요?"

"좋은 것과 싫은 게 분명하거든. 난 사랑을 좋아하지 않아."

"왜요?"

"내가 블랙커피를 싫어하는 것과 같은 이유지."

취향이 아니라는 이야기.

편해서 좋군. 연은 새초롬하게 비꼬았다.

"사랑 대신 결혼인가요?"

"블랙커피를 싫어한다고 꼭 녹차를 좋아해야 하는 법 있어? 지금은 블랙커피를 싫어할지 모르지만 언젠가는 그 쓴맛을 좋아하게 될지도 모르지. 세상을 살면서도 뭐든 정확히 규정할 수 있는 건 아니니까."

짧은 대화 속에 양주가 빠르게 비워졌다. 연은 음울한 기분을 날리기 위해 잔이 비기가 무섭게 술을 채웠다. 잔이 비워지는 속도가 빨라지자 효인은 연이 알아차리지 못하게 술병을 제 쪽으로 조금 당겼다.

"왜 하필 그런 인간을 좋아하게 된 거야?"

"후후."

연의 입에서 작은 웃음이 흘렀다. 철없던 시절, 그 시절만큼 어리석은 짝사랑이었다. 그것도 너무나 빨리 깨어져 버린. 아득한 목소리로 연이 중얼거렸다. 술기운이 도는 눈동자는 이곳이 아닌 먼 곳을 향해 있었다.

"대학에 입학해 처음 가입한 동아리였어요. 두근거리는 마음으로 동아리 룸에 들어갔는데 햇살이 너무 좋았어요."

무슨 소리야? 효인이 눈살을 찌푸렸다. 난데없는 햇살 타령은…….

"우리 동아리가 근처 세 개 학교의 연합 동아리였거든요. 선배 소개로 찾아갔는데 봄 햇살이 굉장히 따스했어요. 전날, 비가 내려서 황사가 사라진 하늘은 부시도록 파란 데다, 스치는 바람도 유독 좋았고. 그 햇살 속에 그가 서 있더라구요. 나를 보며 환하게 웃는 모습이 그 하늘처럼 파래서 나도 모르게 시선이 멈추었어요. 아마 그때였나 봐요. 짝사랑에 빠진 게."

목소리가 흔들리기 시작했다. 픗! 또다시 연의 웃음이 샜다. 술이 차고 앉은 자리에 웃음이 빠져나왔는지 자꾸 킥킥 웃음이 흘러나왔다.

"그 모습이 꽤 근사해 보여서 잠깐 반했었는데, 반한 건 나뿐만이 아니었나 봐. 그때 규원 선배 옆에 민석 선배가 있었거든요."

취기 때문인지 꼬박, 성을 붙이던 이름도 그새 선배로 탈바꿈하고 있었다. 효인은 잔뜩 이마를 좁힌 채 연의 주정을 들었다.

"민석 선배 때문에 많이 힘들었어요. 정말 무섭더라구요. 누군가 나를 좋아하는 게 그토록 무서울 수 있다는 거 처음 알았어. 나중엔 민석 선배의 그림자만 보아도 심장이 덜덜 떨릴 정도였어요. 나에 대한 호의라는 건 알았지만 그래도 무서운 건 어쩔 수 없어서……."

"이봐! 그건 호의가 아니라 집착이라고 하는 거야. 스토커! 그게 대체 무슨 짓이야? 이제 갓 들어온 신입생한테."

"처음엔 거절했는데 계속 집요하게 약속을 정하는 거예요. 네가 올 때까지 기다리겠다. 몇 시까지 어디로 나와라. 나중엔 거의 일방적으로 약속을 정하는데, 그 사람 숨소리마저 듣기 싫어 약속 장소에 일부러 안 나갔어요. 그러다 민석 선배가 병원에 입원해 버렸어요. 네 번째 약속 날에 비가 엄청 내렸거든요. 가을로 들어설 때라 날씨가 쌀쌀해지기 시작해서……."

하얗게 질린 얼굴로 연이 제 머리카락을 흩뜨렸다. 붉어진 뺨과 입술에서는 술 향이 배어나왔다. 언제 마셨는지 이제 술병에는 술이 반도 채 남아 있지 않았다. 이 많은 술을 다 마신 거야? 효인이 놀라 연의 손에서 술잔을 빼앗았다. 손가락에 힘이 풀린 탓에 술잔은 쉽게 그녀에게서 빠져나왔다.

"이젠 그만 마셔."

효인이 말했지만 연의 풀린 눈은 이미 과거에 멈추어져 있었다. 아픈 상처가 사라진 이성 때문에 줄줄 밖으로 새었다.

"폐렴으로 병원에 입원했는데, 허리가 꺾이도록 기침을 하면서도 우리 집 앞으로 찾아왔어요. 병원 입원 복만 걸친 채 찾아와선 얼굴 한번 보자고 사정했지만 나, 안 나갔어요. 아니, 실은 못 나갔어요. 민석 선배의 집착이 너무나 끔찍스러웠거든."

망할 자식!

효인이 속으로 이를 갈았다. 갑자기 그도 술이 몹시 고파졌다.

"일어나자!"

효인이 연을 일으켜 세웠다. 술이 고팠지만 아무래도 이런 날은 혼자 취하는 게 더 편할 것 같았다. 아, 나 괜찮은데……. 효인의 부축에 자리에서 일어서며 연이 종알댔다. 큰 키에 비해 생각보다 가벼운 몸무게였다. 비틀거리는 연을 부축한 채 효인은 가게를 나섰다.

이런, 젠장! 아무래도 술을 마시지 말걸 그랬나 보다. 잠깐 기분 전환 삼아 마실 셈이었지, 지루하기 짝이 없는 과거사를 안주 삼아 마실 생각은 아니었다.

"정신 차려! 남궁연이라는 여자가 그따위 인간 때문에 이렇게 아파하는 거 꼴불견이니까."

"어, 나 아파하는 거 아닌데……."

곧 죽어도 자존심은 살아서.

효인이 투덜대며 연을 차 안에 실었다. 이렇게까지 그녀가 취해 버릴 줄 몰랐지만 어쨌든 그가 마신 술이 겨우 한 잔이라는 게 다행이었다. 만취해 버린 그녀를 대리 차에 실기는 좀 그랬다.

차는 느린 속도로 도로를 달렸다. 원래 과속을 즐기는 편도 아니었지만 술에 찌든 연의 위장을 고려한 것도 있었다. 운전에 집중하면서 효인은 연을 흘끔거렸다. 창문 쪽을 향해 고개를 외로 꼰 연의 옆모습을 보자 괜한 짜증이 일었다. 너무 고요하다. 침묵이 이토록 지겹고 따분할 거라 생각하지 못했는데 지금은 따분하다 못해 불안할 지경이다. 차라리 주정이라도 하는 게 더 나을까?

효인은 아리송했다. 도무지 모르겠다. 이 여자를 어떻게 해야 하는 거지?

난감한 효인의 갈등 속에 차는 연의 집 앞에 도착했다. 능숙한 솜씨로 차를 멈춘 뒤 효인은 잠시 숨을 골랐다. 두통이 일었다. 연은 여전히 같은 자세로 고개를 돌린 채였다. 자지 않고 있다는 건 알고 있었다. 무릎에 놓인 손끝이 파르르 떨리는 걸 보았으니까.

"아직도 그가 무서운 건가?"

효인이 나직한 음성으로 물었다. 두려운 거다. 겉으로 냉정한 척 차갑게 굴어도 결국 그녀는 제 속의 두려움을 감추는 게 고작이었다. 그게 더 화가 났다. 이토록 여린 여자를 두려움에 떨게 하다니.

그 자리에서 민석을 한 대 갈기고 나오지 못한 걸 효인은 죽도록 후회했다. 연은 술에 취해 과거를 회상한 게 아니라, 술에 취해 과거를 잊고 싶은 것인지도 모르겠다. 민석을 한 대 갈기지 못한 대신 효인은 제 무릎에 암팡지게 놓인 연의 손을 꽉 움켜쥐었다. 이 온기로 그녀의 두려움이 조금이나마 가실 수 있으면 좋겠다는 생각이었다. 그에게 얌전히 손을 맡긴 채 연의 자박한 음성이 흘러나왔다.

"모르겠어요. 그냥, 잊고 싶었던 과거가 자꾸 치밀어 올라서 그게 더 무서워요. 민석 선배의 집요함도 그렇고, 나에게 퍼붓던 규원 선배의 독설도 그래요. 그저 무서웠을 뿐인데, 내 등 뒤로 재수없다는 말을 천연덕스럽게 내뱉는 규원 선배의 그 차디찬 음성이 잊혀지질 않아요."

연의 말이 멈추었다. 심장이 아파왔다. 처음으로 좋아하는 사람이 그녀가 없는 자리에서 그토록 심한 말을 내뱉었을 때의 충격이란 정말 설명하기 힘들다.

재수없어!

자신을 향해 내뱉은 규원의 냉기 어린 음성이 얼마나 가시가 되어 박혔는지. 그 이유가 민석과의 관계 때문이라는 건 알았지만 그래도 상처가 되는 건 어쩔 수 없었다. 민석이 입원 중에 그녀를 찾아왔다 끝내 사경을 헤맬 정도로 앓았다는 말에 겨우 용기를 내어 찾아간 병원이었다. 병실 문에 손을 얹은 채 자신에게 쏟아내던 규원의 독설을 고스란히 들은 후 연은 병실로 들어가지 못하고 그대로 집으로 돌아오고 말았다.

깨어진 짝사랑은 그녀로 하여금 너무 일찍 세상을 알게 했다. 규원에 대한 환상을 접고 나니 모든 게 간단해졌다. 이미 '싸이론'은 탈퇴한 후였고, 그녀가 더 이상 할 일은 없었다. 병원을 퇴원한 후 다시 시작된 민석의 추적도 어느 순간 사라졌고, 그가 유학을 떠났다는 말도 한참 후에야 알게 되었다.

낮게 한숨을 내쉬는 그녀의 뺨을 효인이 가볍게 쓸었다. 따스한 물기가 손등을 타고 흘렀다.

"울었군."

효인의 낮은 음성이 울렸다. 유쾌하지 않고, 잔잔한 그런 음성. 그리고 그 음성만큼 낯선 시선이 그녀를 빤히 바라보고 있었다. 연의 어깨가 움찔거렸다. 뜨거운 전류가 그대로 심장에 쏟아졌다. 찌릿한 촉감에 연은 살짝 얼굴을 찡그렸다.

"이런 바보 같은 여자가 있나……."

멈추지 않은 눈물을 효인은 제 손가락으로 닦아냈다. 역시, 속은 여전히 어린 소녀 같은 여자라니까. 효인이 구시렁댔다. 참 신기한 여자다. 어쩜 저렇게 무표정하게 울 수 있을까? 뺨 위로 떨어지는 눈물을 제외하면 연의 얼굴은 잔잔한 수면처럼 맑고 지극히 고요했다. 수많은 감정을 교묘히 감추고 고요히, 그리고 평화스럽게 흐르는 그녀의 눈물에 효인은 입술 끝을 올렸다. 짓궂은 생각이 들었다.

"그렇게 너무 뻔뻔한 얼굴로 눈물 흘리니까 어쩐지 키스하고 싶어지잖아."

"……?"

효인의 장난에 연이 깜짝 놀라 눈꺼풀을 깜빡거렸다. 눈물방울이 눈썹 끝을 따라 톡, 떨어졌다.

찌릿!

심장을 통과한 전류가 온몸으로 흘러 미약한 통증이 느껴졌다. 왜 이러는 거야? 연은 자꾸 뛰어대는 심장이 몹시 당혹스러웠다. 가을 낙엽처럼 포근한 갈색 눈동자가 유혹하듯 자잘한 주름을 잡았다. 순간, 촉촉한 입술이 그녀의 입술 위로 솜털처럼 가볍게 내려앉았다. 부드럽게 그녀의 입술을 쓰다듬던 입맞춤은 놀리듯 입술 위를 부유하다 데일 것처럼 뜨거워졌다. 잠시 떨어지는가 싶더니 어느 순간, 불길을 머금은 그의 혀가 불쑥 그녀의 입술 안으로 침범해 들어왔다.

장난치는 걸까?

효인의 속내를 짐작하지 못한 연은 모든 게 혼돈스러웠다. 입 안에 담긴 혀의 열기와 현란한 움직임에 정신을 차릴 수 없는데다, 코끝으로 스미는 농후한 향은 어지러울 정도로 요염했다. 세련된 효인의 키스는 입술 끝을 살풋 쓰다듬다, 또다시 격렬하게 그녀를 흡입했다. 틈 하나 없이 꽉 맞추어지는 그의 풍부한 키스에 연은 자신도 모르게 숨을 헐떡였다. 걷잡을 수 없이 고동치는 심장은 마치 그녀의 몸에서 분리된 다른 생명처럼 팔딱 뛰어대었다. 자신의 모든 것을 집어삼킬 듯 넘실대는 키스의 농도가 짙어지자 연은 저도 모르게 질끈 눈을 감았다. 까만 어둠 속에 온몸의 세포가 일제히 일어서 효인의 감촉을 흡수하기 시작했다. 그에게서 풍기는 은은한 유혹과 차 안에 휘도는 농밀한 각자의 체취들. 그 속에 효인의 키스는 그녀의 모든 감각을 일깨우며 조금씩 더 침투하기 시작했다. 연의 입에서 낮은 신음이 새었다. 정말 알 수 없는 감촉이었다.

키스마저 제 주인을 닮았는지 너무도 복잡하고 오묘했다. 속도를 따라잡을 수 없을 정도로 빠르게 그녀를 빼앗다가 어느덧 장난처럼 희롱하고, 때로는 부드러운 리드로 그녀를 감쌌다. 머리가 핑글 돌았다. 아마 술기운 때문이었나 보다.

도도하게 그를 밀어내는 대신, 연은 효인의 키스에 정신을 잃었다. 자신 안에서 유영하는 효인의 혀에 아찔해져 뇌가 그대로 멈추어 버렸다.

"……당, 당신…… 첫키스 아니죠?"

어지러운 키스 속에 연은 겨우 거친 숨을 내뱉었다.

"시끄러워! 첫키스야."

효인이 톡 쏘았다. 거짓말 같은데……. 중얼대는 입술을 효인이 다시 기습했다. 솔직히 첫키스치고는 너무 능수능란한 솜씨다. 그녀의 속마음을 알아차렸을까? 잘근잘근 그녀의 입술을 깨물던 효인이 허스키한 음성으로 속삭였다.

"키스란 건 서로를 음미하는 아주 간단한 방식이야. 기술이란 게 필요없는 거라고."

그럼, 이 두근대는 심장은?

궁금증이 일었지만 차마 묻지는 못했다. 물 밖으로 튀어나온 작은 물고기처럼 끊임없이 펄떡이는 심장을 짓누르며 연의 키스가 멈추었을 때, 효인이 흡족한 얼굴로 씨익 웃었다.

"첫키스치고는 제법 괜찮았지?"

첫키스의 여운을 지우지 못한 연이 밤새 잠을 뒤척이고 있을 때, 이른 새벽 효인은 규원의 집으로 쳐들어갔다. 주소를 알아내느라 한창 숙면 중이던 선영을 닦달해 대는 수고도 아끼지 않았다.

"당신 뭐야?"

꼭두새벽부터 미친 듯이 울리는 초인종 소리에 부스스한 몰골로 뛰쳐나온 규원의 품으로 무언가 툭, 내던져졌다. 커다랗고 동그란 밥통이었다. 황당하다 못해, 어처구니가 없다는 듯 규원은 밥통을 부여안고 효인을 죽일 듯 노려보았다.

"지금 뭐 하자는 짓이야?"

"이 밥통, 교환해 줘. 불량이야."

"뭐, 뭐가 어째?"

"밥에서 자꾸 비열한 냄새가 나. 가끔은 시궁창 냄새도 나고. 도무지 역겨워서 밥을 먹을 수가 있어야지."

"당신, 지금 제정신이야? 이까짓 일로 이 황금 같은 새벽 시간에 사람을 깨워?"

규원이 분에 겨워 팔딱 뛰며 울부짖었다. 어제 민석을 위한 파티를 끝내고 2차로 남은 친구들과 질펀하게 논 탓에 아직도 골이 멍했다. 그의 앞으로 효인이 성큼 다가섰다. 번뜩이는 눈매가 빙글, 미소 짓는 입매와 선명한 대립을 일으켜 한기가 들 정도로 차가웠다.

"경고하는데, 어줍잖은 장난 그만 쳐! 당신 때문에 전공을 바꿀까, 생각 중이니까!"

"대체 무슨 말을 하고 싶은 거야?"

이 남자의 화법은 도대체 어떻게 된 거야? 도무지 알아들을

235

수 없는 말들만 내뱉는 효인을 규원은 입을 떡 벌린 채 바라보았다. 롤러코스트처럼 빠르게 돌아가는 그의 언어를 따라잡기가 보통 버거운 게 아니었다.

"정형외과로 전과할까, 심각하게 고민 중이라고! 네 녀석의 뼈마디를 어떻게 하면 효과적으로 부서뜨릴 수 있을까, 몹시 궁금하거든."

상큼하게 돌아서는 효인의 등 뒤로 청량한 공기가 휘돌았다. 뭐, 뭐냐, 저 녀석! 멍하게 선 규원에게 효인이 마지막 펀치를 날렸다.

"경고 우습게 여기지 마! 다음엔 냉장고 들고 나타날 테니까."

여유있게 협박까지 잊지 않으며 효인은 유유히 새벽 공기 속으로 사라졌다. 지금 출발해야 연의 출근 시간에 맞출 수 있을 것이다. 효인은 흥겹게 휘파람을 불며 차에 올라섰다.

"지금 뭐 하는 거야?"

효인이 연의 집으로 향하고 있을 때, 북악산 아래 산의 집에서는 고함이 터져 나왔다. 아침부터 부글부글, 요란하게 뚜껑을 울려대는 냄비를 보며 산은 기가 찬 몰골이었다. 재빨리 유인이 몸으로 가렸지만 냄비 뚜껑을 타고 오르는 밥 냄새까지는 아니었다. 이럴 줄 알았으면 여분으로 압력밥솥 하나 더 사 놓을걸, 늦은 후회를 하며 냄비를 바라보는 유인은 심란한 표정이었다.

난생처음 냄비로 밥을 하려니 밥물을 도무지 가늠할 수가 없었다.

"대체 밥통은 어디 간 거야?"

"효인 씨가 가져갔어."

"뭐?"

아까보다 한층 더 올라선 산의 성질에 유인은 울상을 지었다. 난데없이 새벽에 출두해 무작정 밥통을 빼앗아 달아난 그의 동생을 자신더러 어찌하란 말인지.

"그걸 그 자식이 왜 가져가?"

이유를 모르는 유인은 어쩔 수 없이 고개를 저었다. 이 망할 자식이 이젠 별짓을 다하네! 치미는 화를 짓누르며 산은 이미 이 자리에 없는 효인에게 으르렁거렸다.

"당분간, 그 자식 여기 출입 금지야. 알았어?"

결코 그렇게 될 리 없지만 눈을 부릅뜬 산의 기세에 고개를 끄덕이는 유인의 뒤로 속절없는 냄비 뚜껑이 바쁘게 김을 뽑아내고 있었다.

"밥이 왜 이래?"

흐늘거리는 물속에 설익은 밥알을 씹으며 진하가 잔뜩 인상을 찡그렸다. 식탁에 도란, 둘러앉은 식구들의 표정이 이만저만 옹색하지가 않았다. 그 속에 유일하게 불만을 터뜨리는 게 진하였다. 밥알을 깨작거리는 유인을 흘끔거리며 산이 명령했다.

"그냥 씹어!"

이른 아침, 효인과 함께 출근을 하며 연은 불편한 기색을 감추지 못했다. 건물 로비의 경비실 아저씨부터 마주치는 이웃들의 시선까지 신경 쓰이는 게 하나둘이 아니었다.

"어! 사랑 병원 의사 선생님 아니십니까? '빅토리아' 남궁 사장님이랑 사이좋게 출근하시네?"

사람 좋은 경비 아저씨가 눈웃음을 치며 인사를 건네는 것부터가 그랬다. 어설픈 미소를 지으며 연은 아저씨 몰래 효인에게 속닥거렸다.

"내일부터는 오지 말아요."

"왜?"

효인이 생뚱맞은 얼굴로 물었다. 진실로 궁금하다는 표정이었다. 연은 잘근, 입술을 깨물었다. 더 이상 효인과는 얽히고 싶지 않은 게 솔직한 심정이었다. 그와 마주칠 때마다 떠오르는 키스의 잔상 때문에 어쩔 수 없이 붉어지는 뺨도 그렇고, 그 붉은 기를 감추느라 숨 한번 제대로 쉴 수 없는 것도 그랬다. 첫키스라는 게 전부 이런 느낌인지는 모르겠지만 어쨌든 효인과 얼굴을 마주치는 건 더할 수 없는 고충이었다. 그래서 연은 설명했다.

"불편하고 싫어요."

"이거 참! 함께 첫키스를 한 사이치고는 너무 삭막한 거 아니야? 아니면 첫키스까지 해놓고선 이제 와 새삼 모른 척하겠다는 거야, 뭐야!"

툴툴대는 효인의 커다란 목소리에 연이 캬아악! 질겁했다. 로비를 오가던 사람들의 시선이 일제히 두 사람에게 쏟아졌다. 몇몇의 사람은 킥! 소리까지 낸다. 시뻘건 얼굴로 연은 효인을 엘리베이터 앞으로 질질 끌었다. 이 남자가 날 말려 죽일 작정이야. 온몸에서 피가 다 빠져나가는 기분이었다.

"좀, 조용히 못해요?"

"조용히 못하겠는데? 첫키스까지 해놓고선 이제 날 버리겠다는데 조용히 있기엔 억울하잖아."

"제발! 부끄러운 줄도 몰라요?"

"서른하나 먹은 여자가 키스 한 번 못해본 게 더 부끄러운 거지."

"서른일곱 먹은 남자 역시, 마찬가지 아니에요?"

연이 지지 않고 대꾸했다.

"그러니까 지금까지 비밀이었지. 내가 지금껏 순결한 입술을 지켰다는 건 당신밖에 몰라."

"허!"

연의 입에서 허탈한 웃음이 나왔다. 이젠 오늘부로 이 건물 안의 사람들 모두 다 알게 되겠지. 물론, 그녀가 첫키스라는 것도. 어쨌든 연은 조곤한 어투로 목소리를 낮추었다. 그와 더 이상 실랑이하는 것도 힘들었다. 말 한마디 지는 걸 못 봤으니, 설득하는 것은 더더욱 무리였고.

"어쨌든 오지 말아요."

"그럼, 두 번째 키스해 볼까?"

정말 키스할 셈인지 효인이 얼굴을 불쑥 내미는 통에 연은 펄쩍 뒤로 몸을 뺐다. 농담이라는 걸 뻔히 알면서도 뜨거운 땀이 이마 위로 주룩 흘렀다.

두근, 두근, 두근…….

심장이 콩알처럼 뛰어대기 시작했다.

"노, 농담하지 말아요."

"농담 아닌데……."

효인이 미간을 찌푸리며 진지 모드로 대답했다.

"강효인 씨! 어제…… 어제는 말이죠. 뭐, 도움이 좀 되었다는 건 인정해요. 덕분에…… 아니, 아무튼! 어젠 제가 좀 술에 취했고, 하지만 그렇다고 해서……."

"안 타시나? 나 진료 시간 늦었는데."

두서없이 쏟아지는 그녀의 말 사이로 무덤덤한 목소리가 끼어들었다. 언제 도착했는지 로비에 선 엘리베이터에 냉큼 올라 탄 효인이 바쁘게 손짓을 했다. 그녀의 말은 듣지 못한 듯 맹숭한 표정이었다. 횡설수설하던 연의 얼굴이 또다시 화끈 달아올랐다. 효인을 만나면 모든 게 혼란이다. 이 적응되지 않은 혼란에 더 혼란스러워지기도 하고……. 연은 폭폭한 한숨을 내쉬었다. 그때였다.

후욱!

상념에 젖은 그녀의 목덜미에 갑자기 뜨거운 입김이 쏟아졌다. 낙낙한 열기에 연은 또다시 아연실색했다. 후끈거리는 목덜미로 소름이 좌락 돋아났다. 뭐, 뭐야?

한쪽 목을 감싼 채 효인을 힘껏 야렸다. 언제 그랬냐는 듯 딴청을 부리는 태도가 몹시도 얄밉다.

이 남자의 뇌리에는 도대체 뭐가 들어 있는 거야!

"어제 키스 생각."

"뭐라구요?"

"내가 무슨 생각하는지 궁금해하는 것 같아서."

"하!"

연이 헛웃음을 터뜨렸다. 알 수 없는 남자, 능글맞은 남자, 그녀 인생의 레드카드. 효인을 규정할 수 있는 단어들은 세상에 넘치도록 많았다. 이토록 다중인격적인 남자를 지금까지 본 적이 없는 연으로서는 난감 그 자체였다. 아무튼 함께 얽히는 것조차 고통이다.

"점심 같이할까? 어제의 동지?"

애써 차가운 태도로 목인사만 건넨 채 사무실로 들어서는 연을 효인이 불러 세웠다. 당연, 연은 받아줄 생각이 없었다. 지금까지의 장난으로도 이미 하루치의 분량을 넘어섰다.

"바빠요."

"밥 정도는 먹어줄 수 있잖아? 첫키스도 공유한 사이인데."

캬아! 행여 선영이 듣지 않았을까, 연은 또다시 펄떡 뛰었다.

첫키스 이야기는 이제 그만…….

"두 번 다시 내 앞에서 그 소리 하지 말아요. 싹 잊고 싶으니까."

단칼에 잘라내는 연은 싸늘하다 못해 냉기가 돌 정도였다. 효인이 고시랑거렸다.

"쳇! 키스 한 번으로는 어림도 없군. 부족했나?"

뭐라구! 성난 눈초리로 획 몸을 돌렸을 땐, 이미 효인은 제 병원으로 도망친 후였다.

저 남자가 정말……. 부족해? 뭐가!

"왜, 무슨 일 있어?"

화가 채 가시지 않아 씩씩대며 '빅토리아'에 들어서자 놀란 선영이 물어왔다.

"아니야."

"놀래라! 너 그런 모습 처음이다."

"그러게요. 저 여기 근무한 후로 언니가 이렇게 흥분하는 건 처음 봐요."

옆에서 찬희까지 덩달아 끼어들었다. 어떤 문제가 닥치든 단한 번도 이성을 잃어본 적이 없는 연이 이토록 제 감정을 드러낸 건 처음이라 다들 벌린 입을 다물지 못했다.

"참, 어제 그렇게 돌아가 버리고 좀 미안했었는데……. 효인 씨랑은 별일없었지?"

슬그머니 선영이 어제 일을 이실직고했다. 어제까지만 해도 그저 그러려니 하고 웃어넘겼는데 새벽부터 효인이 전화를 걸어 규원의 주소를 대라 닦달해 대니 조금 걱정이 되기 시작했다.

"어쩌다가 우연히 네 이야기가 나와서……. 혼자 남게 되었다는 말을 살짝 흘렸는데 갑자기 효인 씨가 나가 버리는 거야."

예상과는 다른 대답에 연은 씩씩대던 숨을 잠깐 멈추었다.

"파티 장소 알려달라고 해서 그것만 알려주었어. 맹세코 정말이야. 솔직히 이규원이라는 사람, 나도 별로 마음에 안 들어서 너 혼자만 남겨두기가 좀 그랬거든. 정말, 별일없는 거지?"

그러나 말과는 달리 두 사람이 황야의 결투라도 하길 바라는 눈빛이라는 건 모르는 모양이다.

"최소한 두 사람이 황야의 결투를 벌인 일은 없었어. 그럼 케이크 심부름도 네가 시킨 게 아니었어?"

"케이크 사가지고 왔었어? 그냥, 잘 가는 케이크 전문점 물어보기에……."

말끝을 흐리긴 했지만 대충 전말을 꿸 수 있을 것 같다. 어제 일이 정리되기 시작하니, 도망갔던 이성도 다시 제자리를 찾았다. 재차 '별일'에 대해 캐묻는 선영을 살짝 무시한 건 어제 일에 대한 보답이었다. 결국 소득없이 선영이 제자리로 돌아가자 사무실 전화벨들이 요동을 치기 시작했다. 걸려온 전화를 받던 선영이 입 모양으로 '이규원!' 하고 알려주었다.

"네. 남궁연입니다."

호기심 어린 선영의 시선이 따끔따끔 살갗을 찔러댄다.

[대체, 그 자식은 뭐냐?]

규원이 대뜸 소리부터 질렀다. 쩌렁! 울리는 고함 소리에 연은 재빨리 전화기를 제 귀에서 떼어냈다. 어제의 못된 장난을 사과해도 마땅찮을 판에 난데없는 퍼부어대는 무례에 연은 눈살을 찌푸렸다. 그냥 이대로 전화를 끊어버릴까? 고민까지 들었다.

"무슨 말인지 모르겠는데……."

[강효인이라는 자식 말이야. 대체 아침부터…….]

그러고도 분을 참지 못한 규원은 말을 잇지 못하고 한참이나 씩씩 숨만 몰아쉬어 댔다. 연은 참을성있게 그의 다음 말을 기다렸다. 어제의 일을 새삼 따진다면 그녀 역시 가만있지 않을 생각이었다.

"어제의 일로 불편 사항이 있었다면……."

[어제의 일은…….]

차분한 연의 대꾸에 제 성질을 못 이겨 팔딱거리던 규원이 잠시 주춤했다.

[어제의 일은 미안하다. 그 녀석이 아직도 그렇게 집착하고 있는 줄 몰랐어.]

선선히 사과를 하는 규원의 태도에 연의 미간이 더욱 깊게 파였다. 정말, 몰랐을까? 의구심까지 들었다. 아마 효인이 아니었다면 그의 말을 믿었을지도 모르겠다. 그러나 규원에 대한 냉혹한 효인의 비난이 솔직히 규원의 깔끔한 사과에 비해 훨씬 신빙성이 갔다. 민석의 귀국 파티가 그의 다분히 의도적인 악의라는 것에 연은 손을 들었다. 자신의 이기심을 위해 제 친구의 연정을 짓밟았다는 효인의 비난에 살짝 변하던 규원의 안색도 떨떠름했다. 하지만 본인이 몰랐다고 잡아떼는 데야, 증거를 댈 수 있는 입장도 아니고. 그래서 연은 사과를 받아들였다.

"그럼, 어제 파티의 문제는 없었던 걸로 하죠. 다른 문제는……."

[강효인이 대체 누구냐?]

"승혜의 친구, 진하의 삼촌이라고 알고 있어요."

[뭐 하는 자식인데?]

"의사죠. 전에 보셨잖아요?"

[그러니까 뭐 하는 집안이냐고?]

이것 보세요. 당신 따님의 친분 관계는 좀 알고나 계시죠? 쏘아대고 싶은 걸 꾹 참으며 연은 침묵을 지켰다. 밥통이 어쩌고 저쩌고, 구시렁대는 규원의 뜻 모를 수다에 슬슬 인내심이 바닥을 드러낼 즈음, 사무실 안에는 그녀를 찾는 전화가 쇄도하고 있었다. 무슨 일이래? 밀려드는 전화를 끊으며 선영이 입 모양으로 물었다. 연 역시 모르는 일이므로 어깨를 으쓱거렸다.

[아무튼 어제와 같은 일은 다시 없을 거야. 민석으로 인해 우리의 관계가 나빠지지 않았으면 좋겠다.]

요점을 전혀 읽지 못하는 규원의 미련에 연은 짜증을 감추지 않았다.

"이규원 씨! 어제 분명히 말씀을 드린 걸로 기억하는데요? 어제의 파티는 이규원 씨 때문에 맡은 게 아니에요. 조민석 씨에 대한 제 나름의 배려였죠. 우리의 관계라는 게 뭔지 잘 이해가 가지 않네요. 어쨌든 앞으로는 이규원 씨와 더 이상 만날 일이 없었으면 합니다. 이런 식의 전화 역시 마찬가지이구요. 그리고 강효인 씨와의 문제는 직접 해결하시죠?"

새된 목소리로 연은 단호히 선을 그었다. 오늘의 이 전화가 진실로 마지막이길 바랄 뿐이다. 규원을 다시 만나지 않았다면, 민석 역시 잊혀진 과거로만 존재했을 것이다. 이제 와 새삼 드러내는 이런 식의 호감도 절대 사양이었다. 차라리 아픈 상처로 남은 짝사랑으로만 존재하는 게 훨씬 더 나았다. 지금 그의 모습은 더없이 추악했고, 역겨웠다.

[물론 강효인이란 사람에게 화가 난 것도 있지만, 우선은 너에게 사과도 하고 싶었어.]

그럼, 그 우선이라는 사과나 할 것이지, 왜 애먼 강효인은 들먹거리느냔 말이다. 신빙성없는 규원의 말에 연은 신경질적으로 볼펜을 톡톡거렸다. 예전엔 참 근사했었는데……. 아쉬운 마음도 있었다. 첫사랑은 이루어지기 힘들다더니 뒤늦게 해후한 규원의 모습은 실망, 그 자체였다.

"사과는 받아들일게요. 하지만 제 생각은 변함이 없어요. 이만 전화 끊죠. 사무실이 좀 바쁘네요."

남궁연!

규원의 외침을 무시한 채 연은 전화를 끊어버렸다. 어제의 기억을 다시금 떠올리는 것도 싫었다. 이젠 규원에 관한 모든 기억들이 다 불쾌해질 것 같다.

"무슨 전화가 이렇게 많아? 전부 너 찾는 전화인데?"

연의 전화가 끊기자마자 선영이 말해주었다.

"나?"

"선배라던데?"

"전부?"

"응. 다들 약속하고 전화했나? 한꺼번에 몇 명이야, 대체?"

아마도 '싸이론' 멤버인가 보다. 규원이 야기시킨 반갑잖은 인연들로 인해 골치가 지끈거렸다.

"참, 그리고 어제 남은 정리 안 했어?"

서랍 속을 뒤적이며 두통약을 찾는 연에게 선영이 물었다.

"식기 세척기에 넣으려고 보니까 어제 사용했던 그릇들이 하나도 없던데."

"아, 깜빡 잊었어."

"잊어?"

선영의 눈동자가 동그래졌다. 이런 기본적인 실수를 하다니! 믿기지 않은 눈치였다.

"좀 일이 있어서……."

궁색한 변명을 하며 연은 또다시 규원에 대한 짜증이 솟구쳤다. 어차피 그가 치울 거라 기대하지도 않았다. 효인의 협박이 먹힐 거라는 것도. 이규원이 누구인가? 그 잘난 '싸이론'의 왕자님이 아닌가!

"뭐…… 어차피 오늘 정기 휴일이라고 했으니까 문 잠그는 것만 확실히 했으면 괜찮겠지."

아! 그것도 잊었다. 귓불이 화락 달아올랐다. 정말, 이제까지 없던 실수를 한꺼번에 몰아치려나 보다. 가장 중요한 것도 잊다니.

연은 급히 자리에서 일어섰다.

"설마 그것도 잊어버린 거야?"

"미안! 어제 내가 정신이 없었어. 지금 당장 가서 마무리하고 올게."

"제가 도와드릴게요."

어제의 미안함 때문에 찬희가 나서서 도움을 자청했지만 연은 거절했다. 어떤 사정이 있었던 간에 마무리를 못한 건 그녀의 실수였다. 서둘러 어제 파티 장소인 '나르시스'로 향하던 연을 선영이 다시 붙들었다. 또다시 걸려온 '싸이론' 멤버의 전화였다. 이런…… 연은 선영 몰래 투덜댔다. 선영이 연결시켜 준 전화를 겨우 끊고 나니 이번엔 찬희가 다른 전화를 연결시킨다. 마음은 급한데 연이어 걸려온 멤버들의 전화 탓에 '나르시스'로 향하던 연의 행보는 오후까지 미루어지고 말았다.

시시껄렁한 인사와 노골적인 호기심을 번드레한 겉치레로 잘

포장한 멤버들의 인사 전화를 연은 애써 내색하지 않고 사무적인 태도로 받았다. 어제 퍼부어대던 악담은 편리하게도 잊은 채, 다음엔 자신이 한번 파티를 열겠다는 귀찮은 생색도 있었다. 어떤 이는 허울 좋은 웃음 속에 슬쩍 민석에 대한 그녀의 감정에 대해 뻔뻔하게 묻기도 하고. 결국 그녀와 민석, 그리고 효인은 그들에게 있어 즐거운 해프닝에 불과할 뿐이라는 게 여실했다. 잠시 잠깐 아이들의 잔혹한 즐거움을 위해 희생되는 나비의 날개 같은 거.

연은 그들의 이중적인 가면이 가증스러울 뿐이었다. 태연히 악담을 퍼붓고도 돌아서면 자신의 흥미를 위해 웃을 수 있는 사람들. '싸이콘'의 멤버들은 그런 사람들이었다.

[어제 파티는 꽤 근사했어. 너한테 그런 재능이 있는지 몰랐는데 말이야.]

이건 입바른 인사. 그녀를 앞에 두고 뻔뻔하게 '재수없다!'라고 말하던 인간들이 그래도 심심풀이로서의 연의 가치만은 존중하는 태도였다. 지루하기 짝이 없는 그들의 일상에 그녀는 단지 심심하지 않은 가십에 불과하다는 의미다. 그들의 빙글대는 웃음에 연은 태연히 대꾸했다.

"저 역시, 제게 그런 재능이 있는지 몰랐었죠."

[다음엔 내가 부탁해 볼까?]

"언제든 해드리지요."

막상 그들이 전화를 걸어오면 철저히 거절할 생각은 접어둔 채 대답은 꼬박꼬박 잘했다. 그런 전화를 받다 보니 어찌어찌 아침 시간이 훌쩍 지나가 버렸다. 더 이상은 전화를 연결시키지 마라, 단호하게 당부한 후 연은 서둘러 '나르시스'로 향했다. '나르시스'는 아늑한 실내 조명과 단순한 인테리어 탓에 파티 분위기에 따라 다양한 연출을 할 수 있는 장점이 있어 '빅토리아'에서 자주 이용하는 작은 카페이다. 그런 친분이 있지 않았 다면 어제와 같은 미지근한 일 처리가 분명 문제가 되었을 터였 다. 연한 보랏빛과 화사한 은색이 뒤섞인 독특한 차체에 그보다 선명한 보라색으로 '빅토리아'의 로고가 새겨진 차를 주차장에 세운 후 연은 활기찬 걸음으로 어제의 장소로 향했다. 정기 휴 일이라더니, 평소와 달리 '나르시스'로 향하는 복도가 왠지 괴 괴하다. 목덜미가 섬뜩해지는 기묘한 기분을 털어내며 연은 문 고리를 잡아당겼다.

끼이익…….

차가운 쇳소리가 복도에 묵직하게 울렸다. 날카로운 마찰음 에 진저리를 치며 연은 서서히 안으로 들어섰다. 까만 복도에서 갑자기 유리창 너머 여과없이 쏟아지는 햇살을 받아내려니 홍 채가 급속히 제 몸을 움츠렸다.

"왔니?"

환한 빛에 적응하려 눈을 깜박이던 연의 귓가로 갈라진 음성 이 들려왔다.

깜박, 깜박…….

천천히 빛에 적응한 그녀의 눈동자로 어제와 다름없는 파티 장소가 고스란히 드러났다. 무엇 하나 치워지지 않은 어제의 흔적 그대로인 곳에서 검은 그림자가 길게 제 몸을 일으켰다. 그녀가 벽 가장 자리에 전시해 놓은 미술 작품들, 뭉개진 케이크, 여기저기 흐트러져 있는 음식들의 잔해, 뒹굴거리는 빈 병들……

그 속에 그가 서 있었다. 예전과 다름없는 모습 그대로.

'나르시스'의 안으로 들어서던 연은 멈칫, 걸음을 멈추었다. 점점 민석의 형체가 도드라지기 시작했다. 입술 끝이 살짝 올라선 기괴한 미소에 연은 거미줄에 걸린 벌레마냥 꼼짝할 수가 없었다. 애써 봉인해 두었던 지난 공포가 부지불식간 그녀를 엄습해 왔다. 돌처럼 굳어버린 그녀와 민석과의 거리가 조금씩 좁혀졌다.

제발, 다가오지 마!

소리치고 싶었지만 입술조차 얼어붙었다. 커다랗게 벌어진 동공으로 민석은 모습은 더욱 거대해졌다. 기분 나쁜 벌레가 꿈틀대며 온몸을 타고 흐르는 그러한 소름 끼침! 비명조차 나오지 않는 공포감이었다. 소리 없는 비명이 새어나왔다.

제발……. 누가, 좀 도와줘!

#10

하얗게 질린 연의 앞으로 이제 민석은 손에 잡힐 듯 바짝 다가와 있었다. 거뭇해진 얼굴은 지쳐 보였고, 그래서 더욱 스산스러웠다.

연은 똑바로 민석을 바라보았다. 공포를 다스리는 그녀만의 방법이었다. 이제껏 민석이 직접적으로 그녀에게 피해를 준 적은 없었다. 사랑이라 부르는 그의 감정이 부담스러웠을 뿐, 어떤 물리적인 힘을 가한 적은 없었으니까. 연은 그렇게 스스로에게 용기를 주고 있었다.

그러나 그뿐이었다. 스스로에게 아무리 용기를 주어도, 공포 영화의 한가운데에 있는 것처럼 그녀의 심장은 주먹만큼 오므

라져 숨 쉬는 것조차 버겁다. 별것 아니야! 그저 이야기를 하려는 것뿐이야. 연은 계속 제 자신을 다독였다. 민석이 다가올수록 연의 걸음도 점점 뒤로 물러섰다. 어제, 다시 시작하고 싶다던 민석의 말이 끈덕지게 그녀의 뇌리를 괴롭히고 있었다.

"내내 기다렸는데."

민석이 낮은 음성으로 말했다. 연은 침을 꿀꺽, 삼켰다. 목이 따끔거렸지만 평온한 빛을 애써 유지했다. 이제는 더 이상 스무 살 새내기가 아닌 서른 살의 다 자란 어른이다. 민석의 집요한 구애쯤은 얼마든지 넘길 수 있는 나이라는 거다.

"……파티는 이미 끝난 줄 아는데요?"

"어제 이야기를 마저 다 하지 못해서."

"저로서는 할 이야기를 다 했어요."

"난…… 난 도무지 모르겠다. 왜 내 사랑이 거부되는 건지. 왜 나만은 안 되는 걸까?"

"사랑은 강요로 되는 게 아니에요. 조민석 씨라서 되지 않는 게 아니라, 조민석 씨라 해도 안 되는 게 있는 거예요."

떨리는 심장에 비해 다행히 목소리는 차분했다. 밤새 술을 마셨는지 충혈된 민석의 눈동자를 바라보며 연은 찬희와 같이 오지 않은 걸 뒤늦게 후회했다. 민석이 숨을 토해낼 때마다 연한 술 냄새가 계속 흘러나왔다. 연은 두 손을 꼭 쥐었다. 두려워하지 마!

그녀의 속내야 어찌 되었든 민석은 자신을 바라보는 까만 눈동자를 황홀한 시선으로 바라보았다. 그 빛은 투명했고 강했다. 한 번도 흔들리지 않는 바위 같은 여자. 그래서 포기할 수 없었다.

'싸이론'은 노블레스 클럽이다. 겉으로는 연합 동아리의 형태를 띠고 있긴 했지만 내로라하는 집안의 자제들로 이루어진 노블레스 클럽으로 여자 멤버만은 일반인이었다. 그래서 신데렐라의 꿈을 꾸며 '싸이론'에 가입하는 여자들이 부지기수였다. 그 속에 연이 있었다. 해맑은 눈빛과 까만 머리카락을 반짝이며 처음 동아리 룸에 들어서던 그녀를 민석은 꿈속에서조차 잊어 본 적이 없었다. 햇살 속에 선 그녀의 모습은 그대로 성큼, 그의 심장으로 들어와 버렸으니까. 연의 당당함, 도도하도록 곧게 뻗은 아름다움! 민석은 자신이 가지지 못한 연의 모든 것들 소유하고 싶었다. 제 손에 잡히지 않기에 더욱 안달이 났고, 더욱 매달릴 수밖에 없었다. 집착이라 연은 말했지만 그에겐 사랑이었다.

민석은 지친 숨을 내쉬었다. 아직 적응하지 못한 시차로 밤새 이곳을 지키느라 몸이 물에 젖은 솜처럼 푸욱 내려앉았다. 연이 떠나는 순간, 이미 파티는 파장이었다. 목불인견이라는 듯, 혐오스런 눈빛으로 자신을 노려보던 규원은 일행들과 사라져 버리고 민석은 홀로 남았다. 연을 기다리는 그의 뇌리 속에는 그녀와 함께 떠나 버린 낯선 남자가 끊임없이 떠올라 비참하도록 괴로웠다. 다른 남자의 여자가 된 연은 한 번도 상상해 본 적이 없었는데…….

　너무 귀국이 늦었을까? 후회가 일었다. 그가 아닌 그 누구도 연을 소유할 수 없었다. 그녀를 잊기 위해 떠난 유학이었다. 하지만 그녀에 대한 그리움은 더욱 그의 정신을 갉아먹었다. 연이 없는 삶. 그건 그에게 있어 지옥이었다. 그녀를 사랑해. 민석은 속으로 되뇌었다.

　"사랑한다, 남궁연!"

　그녀를 기다리느라 몽땅 비워 버린 술병만큼 흔들거리는 눈동자로 민석은 갈구했다. 연의 미소와 연의 눈빛과 그녀의 모든 것을 전부 다.

　"난 조민석 씨를 사랑하지 않아요."

　연은 땅을 딛고 있는 다리에 더욱 힘을 주었다. 햇살 속에 드러난 민석의 눈동자는 기괴하도록 반짝여 더욱 소름이 돋았다. 연은 자신에게 뻗어진 민석의 손을 재빨리 비켜섰다. 그와 거리를 둔 채 연은 어제 채 치우지 못한 그릇들을 바구니 안에 담기 시작했다. 손이라도 움직이지 않으면 숨통을 조이는 공포감에서 헤어나지 못할 것 같았다. 하얗게 비어진 머리는 빨리빨리를 외치고 있었다. 이 그릇들만 치우면 뒤도 돌아보지 않고 떠날 생각이었다. 그러나 민석은 그녀와 다른 생각이었다. 하긴 민석의 그 집요함은 이미 오래전에 알고 있었던 일이다.

　"왜 안 되는 거지?"

　"왜, 조민석 씨는 안 되는 거죠?"

그릇들이 거칠게 떨어지며 요란한 소리를 냈다. 내팽개치듯 그릇을 바구니 안에 던져 놓으며 연은 날카롭게 민석에게 물었다. 정말 미칠 것만 같았다. 지난 시간 동안 그녀의 태도는 늘 한결같았다. 그리고 민석 역시 늘 한결같이 그녀의 대답을 듣지 않았다. 연은 절망스러웠다. 왜 그는 변하지 않는 거지? 아무리 긴 시간이 흘렀어도 변하지 않는 그의 집요함을 도저히 이해할 수가 없었다.

"난 늘 당신을 거부했어요. 당신이 고백할 때마다 언제나 거부하고 또 거부했는데 왜 당신은 나를 포기하지 못하죠?"

"사랑했어!"

"그건 단지 집착일 뿐이에요!"

"그렇게 말하지 마! 너에게는 집착일 뿐이지만 내겐 사랑이었어!"

"상대가 받아들이지 않는 사랑은 사랑이 아니에요."

"난 노력했다. 널 기다리고, 또 기다렸어. 날 버릴 때마다 용서하고 또 용서하면서! 네가 집착이라 해도……. 그래, 설사 집착이라 해도 난 널 포기할 수 없어!"

"차라리 미워해요! 제발 부탁이니까."

접시를 든 손이 파르르 떨렸다. 민석이 한 번씩 소리를 칠 때마다 그녀의 손가락도 심장과 함께 덜컹거렸다. 파랗게 식어버린 심장은 싸늘한 한기를 불러왔다.

차라리 미워했으면 좋겠다. 이렇게 끝없이 그녀를 옥죄일 바에야, 다시 보고 싶지 않을 만큼 미워하는 게 더 나았다. 번뜩이는 민석의 눈빛을 바라보며 연은 떨리는 손가락을 꽉 쥐었다. 더욱 광기를 드러내는 민석과 마주하는 건 죽음보다 더 끔찍했지만 이 자리를 빠져나갈 수도 없었다. 그녀의 실수였다. 어제 아무리 이 자리를 벗어나고 싶었다 해도, 프로라면 최소한 마무리는 했었어야 했다. 그건 업계의 신뢰였다. 이대로 방치해 버리면 '나르시스'는 두 번 다시 '빅토리아'에 장소를 제공하지 않을 것이다. 연은 핏줄이 돋아난 손으로 다시 빠르게 접시를 담기 시작했다.

잠깐만 참으면 돼. 이 순간만 지나면 다시 평화가 찾아올 거야. 그러나 정말 그런 시간이 올 수 있을까? 민석에게서 벗어나 지금까지 그랬던 것처럼 다시 평온하고 잔잔한 삶을 살아갈 수 있을지 현재로서는 회의적일 수밖에 없었다. 비로소 민석의 귀국이 자신의 삶에 어떠한 의미인지, 연은 새삼 깨달았다. 벗어났다 생각했던 과거의 질긴 고리가 다시 그녀의 삶을 지배하겠지. 그녀가 어딜 가든 민석은 끈질기게 쫓아다닐 것이다. 연의 시선이 문득 곁에 놓인 가방에 멈추었다. 그 속에 휴대폰이 담겨 있다. 선영에게 전화를 걸고 싶은 유혹이 들었지만, 오히려 민석을 자극하는 건 아닐까 싶어 쉽게 손을 뻗을 수가 없었다. 거친 행동을 해본 적이 없는 민석이긴 했지만 그래도 어쩐지 겁이 났다.

잠시 침묵이 흘렀다. 한시도 멈추지 않고 빠르게 그릇들을 치우는 연의 행동에서 민석은 자신에 대한 완벽한 거부를 뼈저리게 느꼈다. 연은 잠시라도 그와 함께 있는 것을 못 견디는 거다. 순간, 거친 분노가 머리끝까지 치밀어 올랐다.

왜 너는 끝내 나를 거부하는 거냐!

긴 세월 짓눌러 왔던 감정들이 순간 화산처럼 폭발해 부글부글 들끓었다. 이젠 더 이상 자신을 통제할 수가 없었다. 연의 행동 뒤에 감추어진 한 남자가 그의 뇌리를 짓누른 탓이었다.

"그 남자는 누구지?"

너의 잘못이야!

성난 민석의 손가락이 연의 손목을 덥석 붙들었다. 뼈마디를 부러뜨릴 것처럼 거친 손짓이었다. 순간, 고급스런 영국제 접시가 그녀의 손에서 벗어나 그대로 바닥으로 나뒹굴었다. 떨어진 접시를 미처 아까워할 사이도 없었다. 민석을 바라보는 그녀의 얼굴은 혈색 하나 없이 파리했다. 무서워! 연은 두려운 눈빛으로 자신을 움켜쥔 민석을 바라보았다. 이토록 거친 행동은 지금까지 없었던 일이었다. 더 이상은 한계다. 이제 두 번 다시 '나르시스'를 이용할 수 없어도 괜찮다. 민석에게서 벗어날 수만 있다면! 연은 그에게 잡힌 손을 힘껏 뿌리쳤다. 그러나 민석 역시 만만찮았다. 고리처럼 움켜쥔 그의 손가락에 꼼짝하지 못한 채 연은 마구 그에게 휘둘리고 있었다. 섬광이 번뜩거렸다.

"날 거부하는 이유가 그 남자 때문이야?"

"……내……."

연은 힘껏 숨을 들이켰다. 공포감에 굴복하는 건 자존심이 용납하지 않았다. 떨리는 음성을 최대한 억누르며 연은 낮게 목소리를 흘렸다.

"내가 조민석 씨를 거부한 건 그와는 상관없는 일이에요. 이 손 놔요!"

"그 남자가 누구인지 말해! 최소한 그 정도는 알 자격이 있는 거 아니야?"

"당신이 알 만한 사람이 아니에요. 놓아줘요."

이 일을 맡은 게 잘못이었을까? 이 파티를 맡음으로써 민석에게 주었던 상처에 대한 작은 보상이 될 거라 생각했던 게 오만이었는지 모르겠다. 연은 잡힌 손목을 다시 한 번 비틀었다. 하지만 옭아맨 남자의 힘은 그리 간단한 게 아니어서 비틀면 비틀수록 긴 손가락은 더욱 살을 파고들었다. 하얗게 질린 연 못지않게 민석의 얼굴 역시 하얗게 질려가기 시작했다. 멈추지 못한 분노가 머리끝까지 치솟았다. 다른 남자로 인해 버림받는 건 도저히 받아들일 수 없는 굴욕이었다. 그가 갖지 못하면 다른 누구도 가질 수 없다. 남궁연이란 여자는!

"너란 여자는 대체 어디까지 날 비참하게 할 거지? 알 필요가 없는 남자라……. 네게 있어 나라는 존재는 겨우 그 정도뿐인 거냐? 지겹도록 널 귀찮게 하는 남자! 내 사랑 따윈…… 내 사랑 따윈 너에게 아무런 가치도 없는 거야? 그런 거야?"

"조민석 씨가 날 사랑한다고 해서, 내가 당신을 사랑해야 할 이유가 있는 건가요?"

이제 연의 음성도 비명에 가까웠다. 지금껏 유지하던 냉정함도 이미 던져 버린 후였다. 벗어나고 싶어! 지금 그녀가 원하는 건 그것뿐이었다. 제발, 날 놓아달란 말이야! 연은 울부짖었다. '싸이론' 이란 망할 동아리 따위에 발을 내딛는 게 아니었다. 이런 파티 하나 따위로 민석과의 인연을 끝낼 수 있다, 자만한 자신의 어리석음이 미치도록 후회스러웠다.

"제발 놔줘요! 더 이상은 당신과 얽히고 싶지 않아요. 이 파티는 지난 시절에 대한 보상일 뿐이라 말했을 텐데요? 내게 있어 조민석 씨는 그 이상도 그 이하도 아니에요. 잊고 싶은 과거! 내가 당신에게 상처가 되었듯이, 나 역시 당신에게 상처를 입은. 그러니 당장 이 손 놔요!"

"거만한 것!"

질끈, 입술을 깨문 민석의 손이 허공으로 치달았다. 지친 눈동자에 핏물이 돌고, 사랑에 거부당한 남자의 가슴에는 짙은 분노가 서렸다. 질기고 질긴 독한 것!

연은 질끈 눈을 감았다. 폭력에 무방비하게 노출된 건 민석을 너무 쉽게 보았던 그녀의 잘못이었고, 지금 그 잘못에 대한 대가를 받는 것이다. 터져 나오는 비명을 짓누르며 연은 어깨를 움츠렸다. 지금 그녀에겐 아무도 없었다. 찬희의 도움을 거절한 것도 그녀였고, 애초 '나르시스' 를 이렇게 방치한 것도 그녀였다. 상황은 절망으로 치닫고 있었다. 이 끔찍한 공포에서 그녀를 구해줄 사람은 아무도 없었다.

허공에 머문 민석의 손이 거세게 연의 뺨으로 날아들 때였다.

우당탕!

숨을 조일 듯 연을 짓누르던 체구가 그대로 뒤로 쏠리며 굉음
이 울렸다. 바닥으로 떨어지던 민석의 팔이 허공을 가르며 테이
블 보를 잡아챘다. 아직 치우지 못한 그릇들과 테이블이 한꺼번
에 민석의 몸 위로 떨어지며 뿌연 먼지가 허공 속에 휘날렸다.

"아, 이런! 넘어져 버렸네?"

싸늘한 남자의 음성이 그녀 바로 뒤에서 들려왔다. 연은 감았
던 눈을 번쩍! 떴다. 환청인 거야? 하지만 분명, 머리끝에 느껴
지는 거친 숨은 허상이 아니었다. 그녀 바로 곁에서 양손을 주
머니에 넣은 효인이 섬뜩한 눈빛으로 민석을 내려보고 있었다.
입가로 비릿하게 흘리는 미소는 소름 끼칠 정도로 냉기가 돌았
다. 예기치 못한 효인의 등장에 연은 눈을 깜빡거렸다. 이대로
눈을 감으면 스르르 사라져 버릴 환상 같다. 정말 그가 온 걸까?
연은 조심스럽게 손을 뻗었다. 그의 실체를 느껴야 안심할 수
있을 것 같았다. 그러나 연의 손길이 채 닿기도 전에 효인의 몸
체가 재빨리 앞쪽으로 움직였다. 연의 손길을 감지하지 못한 그
의 시선은 오롯이 민석에게만 박혀 있었다. 비틀, 일어서는 민
석의 가슴으로 효인의 기다란 발이 그대로 다시 내리꽂혔다. 그
의 두 손은 얌전히 제 바지 주머니 속에 담겨진 채였다.

콰당!

조금 전보다 더 큰 소리가 울리며 일어서던 민석이 바닥으로 떨어졌다. 그의 하얀 셔츠에는 효인의 발자국이 선명하게 찍혀 있었다. 손은 그대로 주머니에 넣은 채, 발만으로 민석을 제압한 효인의 무상한 눈빛에는 살기가 돌았다.

"이런…… 꽤 아픈 모양이야?"

가슴을 움켜쥐며 몹시 고통스러워하는 민석에게 효인은 히죽, 웃었다. 지켜보는 것만으로도 온몸이 떨릴 정도로 차가운 미소였다. 웃음이라는 게 이토록 잔혹할 수 있다는 걸 처음으로 느꼈다.

"컥컥!"

효인의 두 번째 발길질에 가슴을 다쳤는지, 민석이 반쯤 몸을 일으키다 거친 기침을 뱉어냈다. 핏기 없는 민석을 향해, 효인의 다리가 다시 허공으로 솟구쳤다.

"그만 해요!"

유연한 포물선을 그리며 효인이 잔인하게 민석을 짓밟기 직전, 연이 새되게 소리쳤다. 민석의 가슴 바로 위에 그림처럼 멈추어진 다리가 서서히 제자리로 돌아왔다.

"어, 어떻게 온 거예요?"

연이 효인의 팔을 붙들었다. 그의 체온이 느껴지자 그제야 파리한 입술에 조금씩 혈색이 돌아왔다.

진짜, 그다! 그가 지금 곁에 있다.

핏기 없는 얼굴로 그래도 연은 반가운 기색을 감추지 못했다.

하얗게 질린 뺨이 너무나 투명해 안개처럼 사라져 버릴 것만 같다. 효인은 또다시 분노가 솟구쳤다. 감히, 그녀에게 손찌검을 하려 하다니! 여기까지 오게 된 건 순전히 장난이었다. 어제 제멋대로 규원에게 떠맡긴 일이 예상대로 연의 몫으로 고스란히 떨어졌다는 선영의 말에 잔업이나 거들지 뭐, 하는 생각에 건들건들 찾아온 길이었다. 아침에 미처 끝내지 못한 키스 이야기나 해볼까? 하는 장난기도 있었다. 복도에 스민 알 수 없는 스산함이 어쩐지 섬뜩하다 했더니 카페 문을 열자 연을 향해 떨어지는 민석의 손이 보였다. 그 순간, 본능적으로 연을 막아선 효인의 발이 곧장 민석을 향해 날아갔다. 어린 시절부터 익힌 합기도가 이미 수준급인 그였다. 설사, 따로 무예를 익히지 않았다 해도, 여자에게 폭력을 휘두르는 녀석쯤은 충분히 제압할 수 있었지만.

하얀 얼굴로 반색을 하는 그녀의 미소가 가슴에 아려 효인은 팔뚝에 얹힌 그녀의 손을 마주 잡아주었다. 조금 전, 민석을 향해 살의를 품어내던 서늘한 눈빛도 부드럽게 가라앉았다.

"점심 같이 먹기로 했잖아?"

평소처럼 가벼운 농담조였다.

"사무실로 갔더니 벌써 도망쳤더라고. 선영 씨한테 물어서 왔어. 여기 올 바엔 같이 오는 게 나았잖아? 대체 어떤 인생을 살았기에, 이런 인간들이 자꾸 꼬이는 거야?"

투덜대던 효인의 시선이 빨갛게 부어오른 연의 손목에 멈추었다.

이런, 빌어먹을! 아까까지는 보지 못한 상처였다.

욕설을 내뱉으며 효인은 연의 상처를 가볍게 쓸었다. 아주 섬세한 손길이었는데도 작은 어깨가 흠칫, 움츠러들었다. 그것은 분명한 공포였다. 효인의 갈색 머리가 재빨리 민석에게 돌아섰다.

너, 죽여 버린다!

효인은 민석을 죽일 듯 노려보았다. 비단, 부어오른 손목 때문만은 아니었다. 두려움과 공포. 그가 도착하기 직전 연이 느꼈을 모든 감정이 이 작은 접촉에 고스란히 전해져 온 탓이었다.

사랑이란 미명하에 이토록 한 사람을 옥죄일 수 있는 무지(無智)가 죽이고 싶도록 화가 났다. 행여 아프지 않을까, 조심스럽게 연의 손목을 움켜쥔 효인은 아직 남은 그릇과 장식들을 대충 바구니 안에 쑤셔 넣었다. 겨우 자리에서 일어선 민석은 바닥에 인형처럼 앉아 있었다. 가슴에 고개를 박은 채 두 사람을 가만히 지켜볼 뿐, 더 이상 움직이지는 않았다. 사실은 살짝만 움직여도 효인에게 걷어차인 가슴 쪽에서 통증이 느껴져 숨 쉬는 게 몹시 고통스러웠다.

"……그, 그 남자 누구냐?"

연의 손을 꼭 붙든 채 무작위적으로 짐을 정리하는 효인을 지켜보던 민석이 차분히 가라앉은 음성으로 물었다. 벼랑으로 치닫던 광기도 사라지고 없었다.

"미친 자식!"

효인은 비웃었다. 아직도 제정신을 차리지 못한 모양이다. 한 번 정도 손을 더 봐줄 수도 있었지만 이 지긋한 장소에서 벗어나는 게 우선이라 그냥 무시했다. 별것도 아닌 인간에게 시간을 빼앗기는 것조차 아까웠다. 하지만 연은 아직도 공포가 가시지 못했는지 조용한 음성이었음에도 불구하고 가녀린 어깨가 파르르 떨렸다. 민석의 음성만 들려도 그녀의 심장은 미친 듯이 펄떡대고 있었다. 또다시 민석이 거칠게 변하지 않을까, 몹시 두려운 기색이었다. 효인이 단단히 연의 어깨를 감쌌다. 그의 온기에 연은 참았던 숨을 다시 천천히 내뱉었다.

"왜……왜 내가 아닌 그지? 왜 그 녀석이 네 옆에 서는 거냐?"

민석의 눈빛이 간절히 연을 쫓았다. 직접 눈으로 보아도 믿을 수가 없었다. 어째서 내가 아닌 그여야 하는 건지 민석은 묻고 싶었다.

"왜 내가 아닌 그여야 하는 거지? 아무리…… 아무리 널 사랑해도, 안 되는 거냐?"

살인적인 인내력으로 민석의 주절거림을 무시한 효인은 다 채워진 바구니들을 손에 들었다. 비록 양손에 가득 짐이 담겨 있긴 했지만, 연의 손 역시 놓지는 않았다. 아니, 기실은 효인이 아닌 연이 잡고 있는지도 몰랐다.

"대답해!"

끝내 자신을 무시한 채 입구로 향하는 두 사람의 등 뒤로 민석이 버럭! 소리를 질렀다. 분에 겨운 눈빛이 죽일 듯 효인을 노려보았다.

죽여 버릴 테다! 그녀 옆에 서지 마. 거긴 네 자리가 아니야!

그의 눈은 끊임없이 그렇게 외치고 있었다. 벌떡, 일어서 그 남자에 잡힌 연의 손목을 뿌리치고 싶었지만 가슴을 심하게 다친 모양인지 앉아 있는 것만으로 버거웠다.

"도대체 그 자식은 너에게 어떤 존재인 거냐! 콜록! 콜록!"

거칠게 고함을 지른 탓에, 가슴에 통증을 느낀 민석이 다시 기침을 쏟아내기 시작했다. 효인의 걸음이 문 앞에서 멈추었다. 당신은 어떻게 대답할 거지? 연을 돌아보는 그의 갈색 눈동자가 물었다. 하지만 연은 대답할 수가 없었다. 어떻게 대답해야 하는 거지? 그가 누구일까? 자신에게 있어 강효인이란 남자는 누구인지, 그건 민석 못지않게 연 또한 알 수 없는 문제였다. 당신은 내게 누구죠? 오히려 연은 효인에게 묻고 있었다. 혼돈스러운 그녀의 눈빛을 읽은 효인이 가볍게 한숨을 내쉬었다.

"정말, 손 많이 가는 여자라니까."

낮은 목소리로 투덜대더니 민석을 향해 빙글 돌았다.

"홍 반장!"

뭐?

연은 납득시키지 못한 효인의 대답은 당연, 민석을 납득시킬 수 없었다.

"남궁연에게 무슨 일이 생기면 언제나 어디서나 나타나는 홍 반장!"

그것으로 모든 궁금증을 해결했다는 듯 효인은 연과 함께 곧장 '나르시스'를 나섰다. 조금 전까지 어둑하던 복도로 한줄기 바람이 스쳤다. 스산하던 공기마저 이젠 더 이상 습하지 않다. 효인의 손을 꼭 쥔 채 연은 주차장으로 향했다. 주차장엔 효인의 까만 차와 '빅토리아'의 로고가 선명히 찍힌 연의 차가 나란히 서 있었다. 효인은 보랏빛 차로 방향을 틀었다.

"열쇠 줘."

아직도 충격에서 벗어나지 못한 연에게 키를 받아 든 효인은 '빅토리아'로 향하는 대신, 한강으로 방향을 잡았다. 바구니를 실을 때에도, 그리고 이렇게 차를 운전할 때에도 효인의 손은 한시도 연의 손에서 떨어지지 않았다. 오늘따라 한여름처럼 뜨거운 봄 햇살에 마주 잡은 손에서 땀이 흐를 정도였지만 연은 손을 빼지 않았다. 남자의 손치고는 꽤 섬세한 손가락이었다. 가늘고 얇은 그의 손가락이 주는 든든함을 놓고 싶지 않아, 연은 그대로 손을 내맡긴 채 창밖으로 시선을 돌렸다. 에어컨을 틀지 않는 차는 열린 창문으로 선선한 바람을 통과시키고 있었다. 이글대는 햇살에 비해 제법 시원한 바람이었다. 매캐한 매연을 스치며 차는 한강변에 멈추었다.

"컵라면 사줄까?"

차 문을 열며 효인이 물었다.

"점심 굶었을 것 아냐. 배고프지 않아? 얌전히 차에서 기다리고 있으면 맛있는 라면 사줄게."

"아이 취급하지 말아요."

연이 토라진 음성으로 타박했지만 효인은 오히려 가슴을 쓸었다. 이제 좀 평소의 그녀답다. '라면 사 올게' 하고는 연의 머리카락을 쓱쓱 쓰다듬는다. 낮게 휘파람까지 읊조리며 사라지는 효인의 등을 연은 묵묵히 바라보았다. 그가 사라진 차 안이 답답하다.

연은 버려진 종이처럼 무릎 위에 놓인 제 손을 바라보았다. 방금 전, 효인이 덮고 있던 손이었다. 허전하다. 그리고 조금 공허하다. 떨림이 가라앉긴 했지만 여전히 손등에 돋아난 푸른 핏줄이 파리해 보였다. 연은 살며시 제 손등을 다른 한 손으로 감쌌다. 하지만 효인이 주었던 든든함을 느낄 수 없었다. 남자라는 존재는 알 수가 없다. 공포스러울 정도로 거대하지만 또 한편 든든한 버팀목 같기도 하다. 민석을 향해 거침없이 내리꽂던 효인의 발길질을 떠올리며 연은 또다시 부르르 몸을 떨었다. 민석은 집으로 갔을까? 다시 문단속을 위해 '나르시스'로 돌아갈 생각을 하니, 어쩔 수 없이 걱정이 앞섰다. 그가 제발 그대로 돌아가길 바랄 뿐이었다.

똑똑!

다시 솟구치는 두려움을 누르고 있을 때 누군가 창문을 두드렸다. 흠칫 놀라 고개를 드니 효인이 그녀를 향해 컵라면을 들어 올리고 있었다.

"오는 동안 다 익었어."

한강을 바라보며 나란히 앉아 익다 못해 푹 퍼진 라면을 받자니 피식, 웃음이 샜다. 이게 뭐 하는 짓이람!

"울지 마!"

후룩, 라면을 말아올리며 효인이 무뚝뚝하게 말했다. 울지 않아요. 하고 낮게 대답은 했지만 실은 거짓말이었다. 아마, 내내 긴장했던 마음이 풀린 탓이리라. 자신도 모르게 흐른 눈물을 연은 씩씩하게 닦아냈다. 벌써 두 번째다. 효인 앞에서 눈물을 흘린 것이.

"동정 같은 건 안 해. 당신, 그런 남자 때문에 눈물 흘릴 만큼 약한 여자가 아니라는 거 아니까."

효인이 덧붙였다.

"알아요."

대답하는 목이 꽉 잠겼다. 그가 일부러 하는 말이라는 걸 알고 있었다. 그의 방식대로 위로하는 것도.

"그 남자 때문에 눈물 흘리는 건 좀 아까워요."

"그래."

효인의 대답에 연은 다시 후르륵! 소리를 내며 라면을 삼켰다. 목구멍을 넘어가는 면발이 식도가 후끈거릴 정도로 뜨거웠지만 이상하게 가슴은 시원해졌다. 이마에 땀을 뻘뻘 흘리며 국물까지 남김없이 삼킨 연은 자리에서 벌떡 일어섰다. 조금 전의 눈물은 말끔하게 지워진 상큼한 얼굴이었다. 두려움이란 건 결국 자신만이 이길 수 있는 문제다. 더 이상 효인에게 기대는 바보 같은 짓은 사양이었다.

"선영 씨가 오늘은 쉬래."

라면 한 컵을 깨끗이 비우고 '빅토리아' 돌아가려는 연에게 효인이 말해주었다.

"네?"

"아까 라면 사러 가면서 전화했었어."

"왜요?"

"당신, 손목이 빨갛게 부어서."

"괜찮은데……."

"내가 또다시 그 자식 뭉개 버리는 거 보고 싶지 않다면 오늘은 쉬어. 당신 손목 보면 내 자제력이 바닥날 것 같으니까. 솔직히 이젠 늙어서 싸우는 것도 힘들어. 그러니까 나를 위해서 좀 쉬어달라고."

"도대체 농담인지 진담인지 잘 모르겠어요."

연이 입술을 뾰족이 내밀었다.

"하하하! 그게 내 삶의 모토이자, 살아남는 방식이야. 우리 냉혹한 남궁연 씨 곁에서 살아남으려면 어쩔 수 없거든."

효인이 빙글대며 농담을 했다. 하지만 여전히, 그의 눈동자는 웃지 않는다. 저 눈빛이 입술과 함께 웃을 때를 본 적 있는데……. 그는 왜 웃지 않는 걸까? 연은 충동적으로 입을 열었다.

"왜……."

"응?"

"왜 당신의 눈동자는 입술처럼 웃지 않죠?"

"아, 이런……."

빙글대던 입매가 다시 일직선으로 놓였다. 화가 난 건가? 하지만 담담한 얼굴빛이 특별히 화가 나 보이지는 않았다.

"또 경계선 침투이군."

효인이 느릿하게 말했다. 전에 있었던, DN 창립 파티에도 같은 말을 했었다. 그때의 차가운 눈빛을 떠올린 연의 심장이 싸늘하게 식어졌다. 오늘 그의 태도는 단지 친절함 때문이었을까? 여전히 그녀는 그의 경계선 외곽의 이방인일 뿐인데.

싸늘히 굳어진 연의 얼굴에 효인은 한숨을 내쉬었다. 알 수 없는 일이다. 지금껏 누구도 침범하지 못했던 그의 경계선을 연은 너무나 쉽게 침투하고 만다. 아니면 오로지 그녀에게만 자신의 경계선을 허용하는 건가? 아마 그럴지도 모르겠다. 그래서 효인은 좀 당황했다. 지금까지 타인에게 경계선을 허용해 본 적이 없는 그였으니 이토록 천진하게 자신의 경계선 안으로 들어서 버린 침입자를 어떻게 정의해야 할지 도무지 알 수가 없었다.

이러다 정말 형에게 상담이라도 해야 하는 게 아닐까? 고심하는 사이, 차는 어느새 그녀의 집 앞에 도착해 있었다. 차에 내려선 두 사람은 대문 앞에 마주 섰다. 따끔한 봄 햇살이 살갗에 작열한다. 막막한 눈길로 연은 효인을 마주 보았다.

안개 같다. 마주 선 효인의 눈빛은 접근 금지의 푯말을 세운 늪지의 안개처럼 흐릿하고 습한 느낌이었다. 그가 먼저 어떤 말이라도 해주지 않을까, 기다렸지만 조용한 미소만이 흐를 뿐이었다. 함께 라면을 먹던 친밀감은 어디로 갔을까? 아쉬운 마음이 들었다.

돌아서는 그녀의 뒤로 효인이 낮게 속삭였다.

"이젠 울지 마, 남궁연 씨."

등 뒤에 닿은 햇살이 이글거린다. 온몸을 태울 듯이…….

효인이 사라졌다. 아니, 더 정확히 말하자면 도망을 쳤다. 연과 헤어진 효인은 선영에게 '빅토리아' 전용 차키를 넘겨주고, 비록 늦기는 했지만 무사히 오후 진료도 마쳤었다.

"당분간 휴가야."

그날, 진료를 마치고 집으로 향하는 기주에게 효인이 대뜸 선포했다.

"뭐? 휴가아? 또 휴가야? 또! 아니, 이름도 없는 휴가를 몇 번이나 가는 거야? 대체 이번엔 또 뭐가 문제인데? 역시 남궁연 씨 때문이야?"

기주의 버릇없는 말에 효인이 부릅 힘을 주었지만 기주 역시 만만찮았다. 이젠 아예 대놓고 혀까지 찼다.

먼저 사랑이란 걸 한답시고 노상 자랑이더니 그렇지 않아도 심기 불편한 효인을 덜 자란 철부지 취급이었다. 하긴 옛말에 상투를 틀지 않으면 애라고 했으니, 기주의 태도가 아예 틀린 건 아니었다.

"쯧쯧, 무슨 연애를 중심 주제도 없이 하는 건지……. 그녀 때문에 여기 들어온 거 내가 모를 줄 알았냐? 그녀 때문에 들어오고, 그녀 때문에 도망치고……. 도무지 네 녀석 행동 양식은 알다가도 모르겠다."

노골적으로 구박하는 기주를 효인은 무시했다. 뭐, 어차피 제 말을 들을 거라 기대는 안 했다. 하지만 좀처럼 속을 비추지 않는 효인이 답답하고, 그래서 좀 걱정스럽기도 했다. 학부 때부터 그랬다. 원체 인원수가 많은 의대이다 보니 같은 의과라 해서 모두 알고 지내는 건 아니다. 특별히 같은 동아리나 스터디 그룹을 짜기 전에는 육 년 동안 이름 한번 부르지 못한 동기도 있을 정도이니까. 그런 동기들 속에서 특정한 소속 없이 부유하던 유일한 이가 바로 효인이었다. 간혹 효인과 함께 무리지어 다니던 녀석들도 있긴 했지만 그 녀석들이 갖는 효인에 대한 의견도 '종잡을 수 없다' 라는 거다. 유쾌하고 친절하긴 하지만 도무지 속내를 드러내지 않는 녀석이라 언제부터인가 다들 조금씩 거리감을 두었던 것 같다. 현직 대학 병원 과장인 교수들 사이에서도 인정받을 만큼, 뛰어난 실력을 가진 것도 질시의 대상이었고. 그래서 효인은 늘 웃는 얼굴임에도 불구하고 별명이 '냉혈한' 이었다. 뭐, 그 자신도 알고 있는 눈치이긴 했지만.

"이번은 무기한. 해고시켜도 할 말은 없고."

진심인 얼굴로 말하니 더 할 말이 없었다. 휴우······. 기주는 길게 한숨을 내쉬었다. 언제쯤 네 영역에 들여놓을 생각이냐? 묻고 싶은 마음이 굴뚝같았다. 본과로 들어서며 알게 된 녀석이긴 하지만 기주의 영역에서는 그래도 단짝이다. 그런 녀석의 방황이 못내 불안했다. 여자에 대해서 이토록 흔들린 적이 없는 효인이었으니 당연한 것일지도 모르지만. 다가서는 것 같으면서도 어느새 훌쩍 뒤로 도망쳐 버리고······. 어쩌면 사랑에 대한 면역성이 없기로는 기주보다는 효인이 더할지도 모르겠다.

"내가 어떻게 널 해고시키겠냐? 월급도 안 주는 원장이. 아무튼 방황 끝나면 돌아와라."

"방황은 무슨······."

또다시 기주의 패배였다. 히죽, 웃는 효인의 뒤통수를 한 대 갈기고 싶었지만, 결국은 뒷감당이 무서워 살짝 노려보고만 말았다.

그렇게 그날 오후부터 사라진지라, 다음날 연이 병원으로 들이닥쳤을 땐 이미 효인은 도망친 후였다. 단단히 쳐놓은 그의 경계선에 허락도 없이 침범해 버린 연은 밤새 민석이 아닌 효인으로 인해 잠을 설쳤다.

도대체 당신 뭐예요?

그를 만나면 그렇게 따질 생각이었다. 대뜸, 그녀에게 사랑해 보지 않겠냐고 물어온 것도 그가 먼저였다. 그래 놓고선 새삼,

경계선 침투라니…….

아니, 더 솔직히 말하자면 점심 같이 하실래요? 하고 물어볼 생각이기도 했다. 효인에게 도움을 받은 것이 몇 번인가! 한 번쯤은 점심을 대접해도 되지 않을까? 싶은 마음도 있었다. 라면 값이에요, 하고…….

그래서 다음날, 정오가 되자마자 연은 기주의 병원으로 들이닥쳤다.

"어? 강 선생님, 당분간 휴진인데……."

느닷없이 들이닥친 연의 출현에 간호사들이 호기심을 반짝이며 대답해 주었다. 그사이 '빅토리아' 사장, 남궁연에 대한 이야기는 효인에게 귀에 딱지가 앉도록 들은 터라 당연한 일이었다. 심심찮게 '남궁연 씨! 밥이나 같이 먹지?' 하고 전화해 대는 효인의 모습을 보아왔던 간호사들은 연의 출현이 두 사람의 관계에 변수가 되는 건 아닐까, 다들 기대하는 눈치였다. 그들의 호기심이야 별개로 이 어이없는 탈출에 연이 황망해하고 있을 때, 효인은 또다시 제 형 집에 머물고 있었다. 밥통 사건으로 잔뜩 열이 받은 산의 홀대에도 불구하고 말이다.

"밥통은 어쨌냐?"

효인이 제 집에 나타나자마자 산은 잔뜩 성난 태도로 따졌다.

"아, 잊었다. 새로 샀어?"

"밥통은 어쨌냐고! 새벽 댓바람부터 찾아와, 뺏어간 우리 밥통 말이다!"

"제 주인 갖다줬어."

"제 주인? 내가 산 밥통에 따로 주인이 있었냐?"

"잠깐 쓸 데가 있어서……."

"그럼 청담동에서 가져갈 것이지, 왜 애먼 우리 밥통은 가져 간 거야?"

"청담동은 DN 제품이 아니더라고."

현관을 막아선 형을 밀어제치며 겨우 집 안으로 들어선 효인 은 몹시 지쳐 있었다. 저런 버르장머리 없는 녀석 같으니! 말도 안 되는 변명이나 늘어놓은 주제에 제 집처럼 거실을 차지하고 나선 동생을 보며 산은 툴툴댔다. 도무지 귀염성없는 녀석이다.

"아예, 이 집에 사는군."

"갈 데가 없었어. 엄마 잔소리도 그렇고. 유한병원을 그만둔 뒤로 내 입지라는 게 그렇잖아?"

"그러게 잘나가던 병원은 왜 때려치워? 어머니는 그렇다 치 고, 유진의 구박까지 당하려니 나 역시 괴롭기가 이만저만한 게 아니다."

"킥킥킥!"

산의 엄살에 효인이 키득댔다. 하지만 산의 찌푸린 얼굴은 좀 처럼 펴지질 않았다. 물론 전부터 유인이나, 아이들을 핑계 삼 아 자주 들르는 편이긴 했지만 이 정도는 아니었다. 어딘지 도 망자의 냄새를 풍기는 효인을 산은 예리하게 살폈다.

"남 선생, 나 며칠만 신세지자!"

제 농담 따윈 통할 것 같지 않은 형은 내팽개치고, 살짝 열어진 안방 문 너머 코끝만 보이는 유인에게 효인이 기세 좋게 물었다. 밥통 사건으로 한바탕 벼르고 있던 산이니 여간 걱정한 기색이 아니었다. 소심하기 짝이 없는 형수에게 편하게 농담을 하긴 했지만 그래도 묵직한 기분을 털어낼 수는 없었다.

"유하는?"

역시 제일 먼저 안부를 묻는 것도 유하다. 자! 시큰둥한 산의 대답에 효인은 유하의 방으로 걸음을 옮겼다. 조심스럽게 침대 곁으로 다가가 아이의 잠든 모습을 바라보는 효인의 눈빛은 지친 기색과 달리 평온하고 온화했다. 자극적인 형광등을 켜는 대신, 커튼을 젖혀 연한 달빛을 스미게 하는 자상한 배려도 잊지 않았다.

"천사 같아."

효인이 아이의 복숭빛 뺨에 살짝 입술을 맞추며 속삭였다. 어쩌면 이토록 사랑스러운지 모르겠다. 세상의 때가 묻지 않은 천사 그 자체였다. 새근거리는 숨을 따라 흐르는 젖내와 뽀얗게 풍기는 아이의 분 냄새. 그 무엇 하나 사랑스럽지 않은 것이 없었다. 효인은 가만히 아이 곁에 제 얼굴을 묻었다. 복잡했던 뇌 속이 차분히 가라앉기 시작했다. 조민석이란 인간으로 인해 격분해 올랐던 감정들까지……. 다시 자신의 본모습으로 돌아간 듯, 느긋해진 효인은 잠시 평화로움을 만끽했다.

거실로 돌아오니, 산이 술자리를 준비해 두었다. 둘째를 낳은 후부터 부쩍 저녁 잠이 늘은 유인은 안주만 마련해 놓고 잠이 든 모양이다. 어쩌면 잘된 것인지도 모르겠다. 유인의 앞에서는 제 감정을 드러내기가 좀 그랬다. 겨우 한 살 차이이면서도 한참은 어린 동생 같은 형수다. 복잡한 제 감정 따윈 모르는 게 좋다. 유인에게 있어서만은 언제나 유쾌한 시동생으로 남길 바랐다.

"이제 이야기 좀 해보지?"

콸콸콸……. 소리 내어 술을 따르며 산이 비장한 어투로 말했다.

"유하, 정말 나한테 양보할 생각 없어?"

진지한 산과 달리 효인은 가벼운 농담 투였다. 쓰읍! 노려보는 눈빛에도 기죽는 법이 없다. 하긴, 언제 난 강효인이냐! 산은 어깨를 으쓱이고 말았다. 어렸을 땐, 작은 소리 하나에도 예민해 금방 울음을 터뜨리고, 먹는 것도 까다로워 무던히도 주위 사람을 괴롭히던 동생이었다. 그래서 그런지 성격도 제멋대로인데다, 타고난 두뇌 탓에 지는 법도 없었다. 형을 따르기는 했지만 그 방식도 독특해서 도무지 자신을 좋아하는 건지, 싫어하는 건지 구분하기 힘들다. 타고나길 그렇게 타고난 녀석이다.

"또 남궁연 씨 문제냐?"

산이 정곡을 겨냥했다. 먼 길을 돌아서는 것보다 정면으로 곧장 내뻗는 걸 좋아하는 그의 성격다운 질문이었다.

"내 아들 녀석이 사랑한다는 여자 말이다."

효인이 대답 대신 히죽, 웃었다.

"내일 해외 출장이다. 이렇게 너와 길게 이야기할 시간도 없어. 그러니 진 빼지 말고 단도직입적으로 말하자."

"도무지 우회 전법이라는 걸 모른다니까! 세상 사람들 모두 형 같은 줄 아나 보지? 좀 부드럽게 대할 수 없어?"

효인이 구시렁댔다. 하지만 속내를 알 수 없는 자신과 달리 생각이 그대로 얼굴로 나타나는 그의 형을 효인은 좋아한다. 그가 좋아하는 방식을 형도 이해하고 있는지는 모르겠지만…….

"십 분! 딱 십 분만 할애하지. 물론, 상담은 내 방식대로야."

"쳇! 재미없는데……."

"너 재미있으라고 시간 내는 거 아니다. 일주일 출장이라 잠시도 아내 곁에서 떨어지고 싶지 않은 걸 꾹 참고 상대해 주는 거니까 우회 전법 쓰지 말고, 직설 화법으로 이야기 해 봐."

효인이 앞에 놓인 독한 위스키를 한 입에 털어 넣었다.

"난 위스키보다는 코냑이 좋아요."

맑은 여자의 음성이 울렸다. 이런, 이젠 환청까지 납시는군. 효인은 몹시 괴로운 표정을 지었다.

"사랑을 해볼까 하고."

산의 말대로 단도직입적으로 쏟아냈다. 그러나 불행히도 그의 형은 그의 고통에 가담해 줄 생각이 없는 모양이다. 그대로 흥! 하고 받아치는 건성에 열이 솟구쳤다.

"좀, 진지하게 상담해 보시던가!"

"그래서 내 밥통을 훔쳤냐?"

산이 비꼬았다. 승혜 아빠라는 DN 사장과 효인이, 그리고 남궁연에 대한 이야기는 진하를 통해 이미 들었던 이야기였다. 효인이 DN 창립 파티 때, 유하까지 데리고 가는 통에 첫사랑이 무참히 깨졌다고 진하가 펄떡펄떡 뛰어댄 게 얼마 전의 일이다. 게다가 그 많은 사람들 앞에서 대대적으로 볼일까지 본 동생이니 말이다. 다시는 삼촌과 말도 안 하겠다, 씩씩대는 진하를 달래느라 유인은 진땀을 뺐지만 산은 허허, 웃고 말았었다. 어차피 그런 늙은 며느리는 볼 생각도 없었다. 제수씨라면 몰라도. 하지만 사랑에 대한 효인의 태도가 어떠한지 누구보다 잘 알고 있던 터라 정말로, 이런 상담까지 받을 줄은 몰랐다.

"아, 그건 내가 불의를 못 참는 정의의 사도이기 때문이지."

"밥통 하나에 무슨 정의씩이나……. 그게 바로 소유욕이라는 거다."

"난 원래 그런 거, 안 키우는 녀석이야. 그건 형의 이야기지."

소유욕이란 남유인이 다른 남자만 스쳐보아도 펄쩍 뛰어대는 형에게나 어울리는 이야기란 말이지. 제 동생이 쳐다보는 것도 못 참는 불뚝한 성미를 가진.

형의 별 볼일 없는 상담에 효인은 콧방귀를 뀌었다. 지금껏 소유욕이라는 걸 모르고 살았다. 욕심 내지 않아도 그가 원하는 건 항상 손에 담겨 있었으니까. 굳이 무언가를 얻기 위해 쟁취해 본 적이 없던 그에게 소유욕이라니!

"그래서? 소유욕이 아니라는 네 주장은 대충 넘긴다 치고, 여기까지 도망쳐 온 이유나 들어보자. 천하의 강효인이 여자 문제로 형님과 상담이라는 걸 하게 된 경위 말이야."

"그녀가 묻더군. 왜 내 눈이 웃지 않는지……. 실은 좀 당황했어."

결국 효인이 실토했다. 경계선 침투…… 그건 좀 당황스러운 경험이었다. 더구나 그토록 대놓고 묻는 것도 그랬다. 그래서 저도 모르게 딱딱하게 굳어지고 말았다. 상처 입었을까? 문득 효인은 남겨놓은 연이 걱정되었다. 조금 더 따스하게 말해줄 걸 그랬나? 놀랐을 텐데…….

"웃는 법을 모른다고 하지 그랬냐?"

나름 심각하게 털어놓았는데 그 정도의 이유로는 기별도 안 간다는 듯, 산이 무뚝뚝하게 대답했다. 웃는 법을 모른다라…….

"하하하!"

갑자기 실소가 터져 나왔다. 역시 형이다. 터져 나온 효인의 웃음을 바라보는 산은 여전히 별 감흥이 없었다.

어이, 잘난 형! 이럴 땐 조금쯤 잘난 척해보라고.

효인은 속으로 키득거렸다. 한 번도 이런 식으로 형의 도움을 요청해 본 적이 없으니 산이 잘난 척한다면 받아줄 용의도 있었다. 그러나 산은 무표정한 얼굴로 묵묵히 술잔에 술을 따르고, 맛있게 술을 비웠다. 효인이 형의 빈 잔에 술을 따라주는 동안에도 산의 침묵은 계속되었다. 사랑이라는 걸 어떤 식으로든 정의할 수 있다면 누구나 쉽게 할 수 있었겠지.

"사랑은 바이러스 같은 거다. 같은 이름이긴 하지만 각자에게 찾아올 때에는 어떤 식으로든 변형이 되어 찾아오지. 그 바이러스를 받아들이는 건 심장이야. 그러니 네 심장에게 잘 물어봐라."

마지막 잔을 털어 넣은 후, 산은 자리에서 일어섰다. 처음으로 사랑이란 걸 하는 동생이 호되게 상처 입지 않길 바랄 뿐, 그가 해줄 수 있는 건 없었다.

"아, 우리 엄마 또 파르르 성질 부리겠네."

소파 위로 길게 팔을 뻗으며 효인이 중얼댔다. 효인의 엄살에 산이 피식댔다. 그렇지 않아도 효인이 처음으로 선을 보자마자 대뜸 차여 어머니가 조금 어이없어하긴 했다. 아마도 연과 결혼하겠다고 하면 어딜! 하고 펄쩍 뛰어대겠지만, 그래도 효인은 어머니의 그런 반대쯤은 너끈히 넘길 녀석이었다.

"언제는 그 성질, 받아주기는 해봤고?"

"그건 형도 마찬가지 아닌가?"

"한번 경험하셨으니, 이번엔 좀 쉬울 거야."

빼질거리는 웃음에 가볍게 응수를 하며 산이 사라지자 효인은 술잔을 든 채 발코니로 나섰다. 검푸른 하늘에는 달빛만이 고고하다. 팔랑이는 바람결에 갈색 머리가 팔락거렸다. 아직, 시원할 정도는 아니지만 이곳에서 느끼는 바람은 어딘지 맑고 투명한 감이 있었다.

웃는 법을 모른다…….

거의 진실에 근접했는지 모르겠다. 늘 신동으로 불리었던 그에게는 친구가 없었다. 오히려 그에게 호의적이었던 것은 친구들이 아닌 친구들의 부모였다. 자신을 질시하는 친구들 속에 효인이 살아남을 수 있는 방법은 늘 웃는 것뿐이었다. 아마 그러는 사이 진심으로 웃는 법을 잊어버렸는지도…….

달빛을 담은 술이 목구멍을 타고 흘렀다. 은은하고 그윽한 빛이 온몸으로 퍼져 가자 효인의 입술에도 진실 어린 미소가 서렸다.

"헤이, 남궁연 씨! 내게 웃는 법을 가르쳐 보지 그래?"

듣고 있을까? 아니, 아마도 비겁하게 도망친 그를 비웃고 있는지도 모르지. 히죽거리며 효인은 남은 술을 입 안으로 부었다. 코냑이 그립다. 위스키는 어딘지 밋밋하고 재미없다.

웃는 법을 배우기 위해 효인은 산의 집에 머물렀다. 연이 그를 만나기 위해 병원으로 찾아오리라는 것은 까맣게 모른 채.

이젠 제법 발을 떼기도 하는 유하의 재롱에 마냥 신기해하고, 유인의 소심함을 마음껏 놀려먹으며, 삼촌 밉다며 팔딱대는 진하의 구박에도 효인은 꿋꿋하게 버텼다.

"삼촌 때문에 모든 게 엉망이야!"

그런 일상을 보내던 중, 갑자기 유치원에서 돌아온 진하가 씩씩대며 마구 화풀이를 해댔다. 내가 뭘 어찌했다고? 모르쇠를 주장하는 효인에게 진하가 버럭 소리를 지르지 않았다면 그의 방황은 좀 더 길어졌을지 모르겠다.

"내가 뭘 어쨌다고 이런 패악이야?"

"삼촌이 그 파티에 유하만 데리고 가지 않았어도 이렇게 되지는 않았을 거라고!"

저보다 한창 위로 올라선 효인에게 고개를 바짝 치켜든 채 진하가 당차게 대들었다. 겨우 허리 근방에 찰까 말까 한 조카 녀석의 하극상을 효인은 처음엔 그저 재밌는 구경이려니 했다.

"사랑스런 큰 조카야! 설사 유하가 아니라 해도 네가 남궁연이란 여자와 결혼할 일은 없을 게다."

"무슨 소리야? 사랑하면 그까짓 나이 차 정도는 장애가 되지 않는다고 했어."

"누가?"

"우리 선생님이!"

거참……. 효인이 끌끌 혀를 찼다. 정말, 언제 시간 한 번 내서 그 유치원을 찾아가야 할 모양이다. 도대체 이런 삶의 가치관을 어떤 선생이란 작자가 대책도 없이 순백의 아이들에게 심어놓느냔 말이지.

"사랑이란 게 그렇게 쉬운 거라면 대체 네 아빠는 왜 그렇게 고생을 했겠냐?"

"아무튼, 모두 삼촌 탓이야. 어떤 여자가 그런 똥싸개 동생이 있는 나한테 시선이나 주겠어?"

"넌 가족보다 사랑이 우선이냐?"

"그래! 나한테는 그런단 말이야!"

진하가 버럭 고함을 쳤다. 애고, 하는 짓마다 딱 형이다. 결혼하겠답시고 대뜸 짐 싸들고 집을 나가 버린 형의 전철을 고스란히 조카 녀석이 받게 될 줄은 몰랐는데. 이젠 건방진 조카 녀석의 뒤치다꺼리까지 해야 되는 건가? 못내 걱정이었다. 게다가 그 연적이 제 삼촌이란 걸 안다면 저 조막만한 녀석은 아마 효인을 잡아먹겠다, 펄떡댈 게 뻔했다.

"가족보다 사랑이 먼저인 녀석을 누가 사랑하겠냐? 끌끌! 우리 큰 조카는 아직 사랑을 하기엔 너무 어리시다."

"몰라! 아무튼 남궁연 씨가 다른 남자와 결혼하게 된 건 순전히 다 삼촌 때문이야. 절대 용서하지 않을 테니까, 그렇게만 알아둬!"

잔뜩 골이 난 진하를 놀려대던 효인의 미소가 순간, 딱 굳어졌다.

"무슨 소리야?"

"승혜가 제 새엄마가 남궁연 씨라고 했단 말이야!"

이런, 젠장!

효인의 입에서 절로 탄식이 터져 나왔다. 도대체 치워도, 치워도, 왜 그녀 주위는 깨끗하게 되지 않는 걸까? 진실로 불만이었다.

#11

효인이 사라진 공간은 마른 사막 같은 건조함이 흘렀다. 톡, 떨어지는 이슬의 상큼함이 그리워지는 무미건조한 날씨에 연은 답답한 일상을 보내고 있었다. 드러난 살갗에 닿는 햇살이 못 견디게 얄밉고, 그 열기에 주륵 흐르는 땀도 짜증스러웠다.

"도대체 효인 씨가 사라진 지 며칠째야? 혹시 병원 그만둔 거 아니야?"

연 못지않게 선영 또한 효인의 부재가 신경 쓰였는지 자주 중얼대기도 했다.

"너한테는 연락없었어?"

그가 왜 내게 연락을 하겠어? 하는 꼬인 생각이 들긴 했지만

연은 슬쩍 제 손에 담긴 휴대폰을 바라보았다. 까맣고 약간은
두툼한, 그를 많이 닮은 기계다.

〈효인.〉

액정 문구 역시 딱 그답다. 간결하고 오만하게 반짝이는 문자
를 연은 가만히 내려다보았다. 그녀의 휴대폰이 사라진 걸 알아
차린 건 그날 저녁때 즘이었다. 선영에게 '나르시스'에 대해 물
어보려 가방을 뒤졌을 때, 익숙한 그녀의 전화기 대신 이 녀석
이 톡 튀어나왔다. 처음엔 뒤바뀐 걸까? 하고 생각했지만 나중
엔 고개를 흔들고 말았다. 그럴 리 없었다. '나르시스'를 뛰쳐나
온 후 한 번도 그녀의 가방을 열어본 적이 없었으니까. 몇 번 자
신의 전화번호를 누르려다 연은 결국 포기했다. 효인이 그녀에
게 이 전화를 남겨둔 이유를 어렴풋이 짐작할 수 있었기 때문이
다. 아마 규원에 대한 방지책이겠지. 아님, 혹시 모를 민석에 대
한 예비책일 수도 있고. 어찌 되었든 이 두 남자로부터 연을 보
호하려는 그의 의도임이 분명했다. 게다가 이 전화로도 특별히
불편할 건 없었고. 효인의 휴대폰에 입력된 전화번호는 그녀와
선영이, 그리고 '빅토리아'의 전화번호가 전부였다. 그러니 그
녀가 사용하는 데에는 특별히 아쉬울 게 없었다.

오히려 삭막하기 짝이 없는 휴대폰 전화번호부를 바라보며
연은 조금 가슴이 아팠다. 정작 주인인 그와 관련된 연락처는

하나도 없이 연의 주변 인물 번호만 저장된 그의 휴대폰은 어쩐지 외로워 보였고, 오히려 세상으로부터 고립된 건 그 자신이 아닌지, 하는 생각이 들었다. 아니면 실상은 헤실 웃고 있어도 누구보다 더 외로운 사람이거나. 가족들 앞에서만 진심 어린 미소를 짓는 것도 그런 이유가 아니었을까?

효인에 대해 알면 알수록 연은 더욱 미궁에 빠지는 기분이었다. 그는 매번 다른 모습이고, 그것은 늘 그의 진심처럼 느껴졌다. 이토록 다양한 성격을 가진 남자를 어떻게 이해해야 할 지 그녀로서는 도무지 알 수가 없었다.

[당신, 이규원이란 인간과 결혼해?]

그렇게 일주일 만에 효인의 전화가 걸려왔다. 액정에 '연' 이라 찍힌 자신의 이름을 바라보며 연은 묘한 기분이 들었다. 어딘지 그의 내면을 엿보는 것 같은 작은 설렘?

"무슨 뜻이에요?"

[당신, 승혜 새엄마 될 거야?]

기가 막힌다. 사라진 지 일주일 만에 전화를 건 이유치고는 황당하기 그지없는 용건이었다.

"어이없는 소리 그만 해요."

[어이없기는…… 그것 때문에 몹시 괴로웠던 건 오히려 나라고.]

괴로웠다면서 목소리는 여간 즐겁지 않았다. 하긴, 원래 이런 사람이니까. 연은 피식거리고 말았다. 그의 본모습이야 어찌 되었든, 이젠 그녀도 효인의 겉모습에 점차 익숙해져 가는 모양이었다.

"무슨 뜬금없는 소리예요?"

[모르겠어! 나도 부지불식간에 당한 일이라.]

"당해요?"

[우리 잘난 형의 큰아들 말이야. 제 집에 얹혀산다고 엄청 구박이야.]

효인이 징징댔다. 멀리 여행 간 줄 알았는데 겨우 도망친 곳이 제 형의 집인가 보다. 효인의 징징거림을 무시하며 연은 진상을 캐물었다.

"승혜 새엄마는 무슨 말이에요?"

[당신이 제 새엄마가 될 거라고 승혜가 그랬다는데? 이규원 씨가 따로 당신에게 말한 건 없어?]

"말도 안 돼!"

연은 불쾌한 표정으로 없노라 대답했다. 민석이나 규원이나 왜 다들 제멋대로인지 모르겠다. 프러포즈를 받은 적도 없는데 제 딸한테 무슨 엉뚱한 소리를 내뱉은 건지⋯⋯. 혹시 우연이라도 마주치게 되면 단단히 따져야겠다, 연은 다짐했다. 단지 딱 한 달간을 머물렀을 뿐인데 '싸일론'은 정말 끈질기게 그녀의 인생을 괴롭히고 있었다.

[왜 전화 바뀌었는지 묻지 않네?]

"⋯⋯고마워요."

이유를 알기에 연은 그저 고맙다고만 말을 했다. 잠깐, 침묵이 흘렀다. 어떤 표정으로 있을까? 보이지 않는 그의 표정이 궁금했다.

[왜 이리 번호가 많아? 내 번호 찾느라 한참 헤맸잖아?]

"당신 번호는 없어요."

[알아. 그래서 새로 입력했어. 어쨌든 당신, 이규원과 더 이상 관련이 없는 거지?]

"네."

[잘됐네. 나중에 진하한테 말 좀 잘해줘. 당신이 승혜 아빠와 결혼하게 됐다고 녀석이 어찌나 매섭게 구는지 형 집에서 쫓겨나 버렸어.]

"네?"

[그 녀석, 당신한테 홀딱 반했잖아. 유하 데리고 파티에 간 것 때문에 당신이 저를 싫어할지 모른다고 생각하나 봐. 덕분에 당신이 내 애인이라는 말도 못했어. 자식이 무서워 죽겠다니까.]

"애인은 무슨……."

[도대체가 당신 주위엔 왜 이리 남자가 많아? 치우느라 힘들어 죽겠어. 암튼 나만 고생이라니까.]

뭐라구욧?

연이 벌컥 성을 내기도 전에 전화가 끊어져 버렸다. 하다못해 잘 지냈어? 하는 안부 인사도 없었다. 버릇없이 끊겨 버린 전화를 연은 매섭게 노려보았다. 먼저 예의범절부터 가르쳐야 할 남자군.

"효인 씨야?"

옆에서 엿듣고 있던 선영이 당사자인 연보다 더 반갑게 반색을 했다.

"그래."

"잘 지낸대? 병원 그만둔 건 아니고?"

"잘 못 지낸대. 병원 그만둔 건지는 아직 못 물어보았고."

"그게 뭐야?"

선영이 눈을 동그랗게 떴다.

"그러게……."

선영의 반응에 시큰둥 대답한 후 연은 사무실을 나섰다. 핑계는 동대문이었지만, 기실은 효인이 사라진 사무실에 남아 있기가 무료한 탓이었다. 요즈음엔 없던 버릇도 생겼다. 정오만 되면 시계 쪽으로 자연 시선이 가고, 틈만 나면 괜히 휴대폰도 만지작거렸다. 복도를 스치며 연은 흘낏, 병원을 바라보았다.

마치 지금까지는 장난이었던 것처럼 그가 실실거리며 나타날 것만 같다.

"경계선 침투야."

효인의 목소리가 들려왔다. 병원에 박힌 연의 시선이 묵직하게 가라앉았다. 그가 자꾸 궁금해진다. 왜 웃지 않는 건지, 지금 무슨 생각을 하는 건지, 그리고 잘 지내는 건지…….

연의 전화를 끊은 후, 효인은 소파에 제 몸을 털썩 뉘였다. 삼촌 때문에 첫사랑이 깨졌다며 달달 볶아대는 진하의 닦달에 못 이겨 쫓겨난 곳이 결국은 청담동이었다. 얼마 전 새로 이사 온 청담동의 장점이자 단점은 이곳에 온갖 친척들이 밀집되어 있다는 것이다. 그가 어머니에게 휘두를 수 있는 강력한 무기들이 산재되어 있긴 하지만, 때로는 그 무기가 자신을 향해 날을 세우는 위험 부담도 있다. 바로 오늘처럼 말이다. 효인은 테이블 위에 잔뜩 늘어져 있는 사진들을 귀찮다는 듯 흘끔거렸다. 아침부터 온갖 친척들이 건네준 사진들을 들이밀고는 어머니는 결혼을 닦달해 댔다.

"내일부터 날 잡아도 되지?"

며칠 가출한 아들 녀석의 귀향에, 보양식으로 삼계탕을 삶아 대던 어머니가 주방 쪽에서 소리쳤다.

"싫어요."

"왜?"

"결혼할 사람 있어요."

"뭐?"

화들짝 놀란 소리와 함께 어머니가 주방에서 후다닥 튀어나왔다. 자라 보고 놀란 가슴, 솥뚜껑 보고 놀란다 했다. 큰아들에게 원체 데인지라 효인의 느닷없는 결혼 소식에 그의 어머니는 벌써부터 펄쩍 뛰었다.

"결혼할 사람? 그게 누군데?"

"엄마, 아는 사람."

아는 사람? 고개를 갸웃거렸지만 도무지 모를 소리였다. 이제껏 효인에게 여자가 있었던가? 그리고 보니 한 명 있기는 했다. 작년 겨울 선보았던 남궁 부장검사집 딸. 잘나디잘난 그녀의 둘째 아들을 생각할 것도 없이 그대로 차버렸던 콧대 높은 아가씨 말이다.

"엄마가 아는 사람도 있니?"

그래서 어머니는 시침을 뚝 뗐다. 절대로 받아들일 수 없는 며느리였다. 제 아들 싫다고 차버린 여자, 좋아할 시어머니도 있나? 결단코 없다는 주장이었다.

"알면서 왜 시침을 떼고 그러시나? 그런 앙증맞은 태도는 별로 어울리지 않는데……."

효인이 실실댔다.

"난 반대다."

영리하기 짝이 없는 아들 앞에서 더 이상 시침 떼는 것도 불가능해, 어머니는 단호히 거절의 뜻을 밝혔다.

"엄마, 반대하지 말아요! 가슴 아프니까."

실실대던 얼굴이 금세 진지해진다. 강직한 큰아들과 달리 유들유들한 성격의 효인은 그래도 제법 살갑게 굴던 아들이다. 그래서 어머니는 더욱 강경한 태도를 보였다. 최소한 둘 중 하나는 그녀 마음에 차는 며느리를 얻고 싶은 욕심이었다.

"그럼 안 하면 되잖아."

"이왕이면 쉽게 허락해 주지. 우리 김 여사, 성격 까칠하게 나오시네."

"야, 강효인!"

결국 어머니의 입에서 성마른 고함이 터져 나왔다. 속 터져 못살아! 하는 푸념도 덩달아 거들었고.

"내가 이 나이 와서 새삼 집안을 따지겠니? 인물을 따지겠니? 네 형 하나로도 족하다. 나도 이젠 징그러! 그래도 최소한 내 아들 좋다는 며느리는 봐야 할 거 아냐! 유인이도 결혼 앞두고 좀이나 속을 썩였니? 유인이 때문에 네 형, 집까지 나가 버리고 내 속 까맣게 탄 거 옆에서 보고도 몰라?"

"나, 그때 군대에 있었는데…….."

꼬박, 말대꾸하는 아들을 심히 노엽게 노려보며 어머니는 말을 이었다.

"제발 하나라도 내 아들 좋다는 며느리 좀 보자. 더 이상 바라는 것도 없어. 네가 뭐가 부족해서 싫다는 여자한테 매달려? 그 여자가 이제는 결혼하자던?"

"아니."

허헛! 헛웃음이 새었다. 지난 세월이 주마등처럼 스쳐 갔다. 대체 이 녀석들을 어떻게 키웠더라? 무엇 하나 아쉬울 것 없이 키운 거 같은데 모두들 제 싫다는 여자와만 결혼하겠단다. 이 무슨 전생의 업보도 아니고……. 어깨에서 힘이 쭉 빠졌다. 그래서 묻는 음성이 한결 풀 죽었다. 서른일곱이나 먹은 아들 녀석을 슬슬 달래며 어머니는 눈치를 살폈다. 작년에 선을 보았으니까, 기억하기론 아마 그 아가씨 나이가 서른하나는 되었을 거다. 나이가 많은 며느리라는 것도 어찌어찌 넘어간다 치자. 그래도 서로 좋다고는 해야 될 게 아니냔 말이다. 큰아들 때에도 싫다는 유인이랑 결혼하겠답시고 어찌나 생고생을 했던지, 마음고생이 정말 말도 아니었다. 제 잘난 유세 치르느라 아들 결혼까지 막는 못된 어머니 소리까지 친척들한테 듣고 말이다. 이왕이면 더 좋은 짝은 맞이해 주고 싶은 어머니의 모정(母情)도 그땐 조건이나 따지는 속물처럼 취급했었다. 이제 와 또다시 그런 전철을 밟고 싶지는 않았다.

"뭐, 솔직히 형수야 어쩔 수 없었지. 그렇지 않아도 느린 남 선생한테 좀이나 형이 들이대었수? 게다가 엄마는 눈치없이 혼수까지 참견하고. 형이 그 정도로 강수를 두지 않았다면 엄마는 끝내 몰랐을 것 아니야. 마음고생이야 형이 엄청 했지."

"그러니까! 왜 너 싫다는 여자랑 결혼하려고 그래? 형이 고생한 거 뻔히 알면서."

"그 여자가 내 가슴에 성큼 걸어와서."

"뭐가 어째?"

"금줄을 몽땅 걸어놓았는데 그 여자가 겁도 없이 내 경계선에 들어와 버렸다고. 그래서 어쩔 수 없게 되어버렸지 뭐!"

"그걸 말이라고 하는 거니? 내가 정말…… 너희들 낳고 뭐 하러 미역국 먹었나 몰라! 왜 다들 저 싫다는 여자만 좋다고 그러는 거얏!"

계속되는 어머니의 푸념을 뒤로 흘려들으며 효인은 어슬렁, 제 방으로 올라왔다. 거참, 복잡하군……. 제 머리를 긁적거리는 그의 모습은 말과 달리 태연하기 그지없었다. 어차피 예상했던 반대였고, 그런 탓에 당연히 제 뜻을 굽힐 의사도 없었다. 뭐, 어찌 되겠지. 편한 생각을 하며 효인은 주머니 속에서 연의 작고 앙증맞은 분홍빛 휴대폰을 꺼내 들었다. 틈 하나 없이 완벽해 보이는 그녀치고는 상당히 소녀적인 색이다. 아마 그녀의 내면 역시 같을 것이다. 도도한 모습 속에 박힌 분홍빛 소녀의 모습.

연을 닮은 그녀의 휴대폰을 바라보는 효인의 눈빛에 따스함이 서렸다. 간단한 달력만이 표시된 액정 밑에는 단정하게 '남궁연'이라는 세 글자가 박혀 있었다. 그녀다움이었다. 재미있는 장난감을 발견한 효인은 이것저것 그녀의 휴대폰 메뉴를 섭렵하기 시작했다. 심심하게도 사진 앨범에는 대부분 그녀의 작품들이 저장되어 있었다. 파티장에서 유독 마음에 드는 부분은 따로 휴대폰에 저장하는 모양이었다.

"이런…… 딱 남궁연스럽기는."

투덜대며 대충 사진을 넘기던 효인의 손가락이 한 커트에서 딱 멈추어 섰다. 분명 그녀가 직접 찍었을 리는 없었다. 제 휴대폰을 바라보며 이토록 화려한 미소를 지을 만큼 대담한 여자는 아니다. 작품들 속에 숨겨진 그녀의 독사진은 작은 액정이 꽉 찰 만큼 환하게 웃는 모습이었다. 부시도록 빛을 내는 눈빛과 시원스럽게 벌어진 붉은 입술.

효인은 순간, 심장이 멎어버렸다.

뭐야, 이렇게 웃을 줄도 알잖아!

그녀의 예기치 못한 웃음에 황홀해졌고, 반갑지 않은 질투가 슬몃 스미기도 했다. 대체 누굴 향해 이토록 환하고 아름답게 웃는 걸까? 선영일지 모른다는 생각을 하면서도 왠지 불쾌해졌다.

그가 없는 곳에서 이토록 환하게 웃는 여자, 그리고 자신 앞에서는 숨죽여 우는 여자.

어찌 되었든 연은 분명 그의 심장에 박힌 가시가 되어버린 것 같다. 자꾸 신경 쓰이고, 아릿거리기도 하고, 따끔거리는 무시할 수 없는 존재.

"비겁하게시리…… 나한테는 이렇게 웃어준 적 없잖아?"

효인이 불만스럽게 종알댔다. 그때였다. 잔잔한 피아노 음이 울리며 휴대폰이 전화가 왔음을 알렸다. 연인가? 반갑게 폴더를 열었지만 입력된 번호는 그의 것이 아니다. 실망을 감추며 받아든 전화는 더욱 실망스런 상대였다.

[……아, 잘 지냈니?]

아무런 일도 없었다는 듯, 평온한 규원의 음성에 효인의 눈썹이 곤추섰다. 승혜의 새엄마 문제가 새록 돋아났다.

[아직도 화난 거냐?]

전화기 너머의 침묵을 연이라 오해한 규원의 말은 계속 이어졌다. 어디까지 가는지 한번 지켜보고 싶은 짓궂은 생각이 들 정도로 그의 태도는 거리낌이 없었다. 심장이 아닌 뇌 전문의가 될걸 그랬나? 효인은 고민했다. 이 녀석의 뇌 구조는 분명, 일반인과는 엄청 다른 구조로 되어 있을 것이다. 연을 만난 후, 참여러 번 제 전공을 바꾼다고 느끼며 효인은 날 선 미소를 지었다. 젠장! 이건 무슨 보디가드도 아니고. 연 주위에 펼쳐진 인간 군상들을 처치하려니 지겨울 정도로 손이 많이 간다. 원래부터가 귀찮은 일은 딱 질색이다. 그런데도 쉽게 규원의 전화를 끊지 못하는 자신의 미련함을 털어내며 효인은 느물스럽게 입을 열었다.

"어, 이런! 오랜만이군."

예상치 못한 목소리라 무척 놀랐나 보다. 규원이 흠칫, 숨을 삼키는 소리가 들렸다. 그가 했던 경고를 기억하는 모양이었다. 효인은 눈살을 찌푸렸다. 밥통이야, 뭐 가볍기도 했고 연의 눈물에 울컥거리는 마음도 있었지만 솔직히 냉장고까지는 그저 해본 소리였다. 서른일곱이나 먹은 나이에 더 이상 유치하게 노는 것도 귀찮았고. 그걸 설사 진심으로 듣지는 않았겠지? 아니, 아마 그의 미련한 머리를 생각하면 충분히 그럴 수도 있겠다.

[왜 당신이 받는 거지?]

역시 DN전자의 후계자 자리는 그냥 얻어지는 게 아닌지 규원은 얼른 제 감정을 추슬렀다. DN 후계자라는 건 넘치는 뻔뻔

함과 적당한 거만함, 그리고 얍삽한 두뇌가 잘 버무려져야 오를
수 있는 자리인가? 연에게 했던 자신의 행동 따위는 까맣게 잊
은 듯, 규원은 퍽이나 당당했다.

"그건 내가 묻고 싶은 말인데. 당신이 왜 전화를 하는 거지?
그녀의 대답은 이미 그 자리에서 다 들었을 텐데……."

[남궁연이나 바꿔!]

당장 눈앞에 보이지 않은 효인 따위야 겁날 게 없었다. 규원
은 짜증스러움을 감추지 않았다. 효인은 끌끌 혀를 찼다.

"이래서 미련한 인간은 상대하기 힘들다니까. 꼭 손을 두 번
가게 해요."

[지금, 장난하는 거야?]

"장난 아니거든요, 이규원 씨!"

슬슬 재미있어진다. 잡아놓은 풍뎅이를 맴맴 돌게 하는 잔인
한 쾌감을 느끼며 효인이 살벌한 어투로 대꾸했다. 연의 휴대폰
을 가져온 이유가 바로 이 인간인 탓이었다. 이규원과 조민석!
이 두 사람으로 인해 연이 상처받는 건 더 이상 보아줄 생각이
없었다.

두 번!

그가 연의 눈물을 본 건 두 번이다. 그 두 번 모두 이 이규원
이란 인간과 관련지어져 있고. 그래서 민석보다 규원에게 향한
효인의 증오는 좀 더 깊었다. 효인의 음성이 한기가 스밀 정도
로 음산스럽게 울렸다.

"이번 경고는 가볍게 넘기지 않는 게 좋을 거야. 더 이상 그녀에게 다가서지 마! 감히 너 따위가 넘볼 여자가 아니니까. 특히 제 자식을 볼모 삼아서 말이야."

[볼모?]

"허락하지 않은 새엄마 자리를 아무한테나 넘기지 말라는 뜻이야. 이번 경고는 무시하지 않는 게 좋을걸?"

[경고? 글쎄, 너 따위가 경고를 줄 만큼 대단한 힘을 가지긴 했을까?]

하! 규원이 허세를 부렸다. 겨우 의사 따위가 어떤 식으로 그를 위협할 수 있을지 자못 궁금하기까지 했다. 재력이나, 권력으로 보아서도 그의 위치는 유한병원의 아들 녀석이 함부로 할 수 있는 자리가 아니었다.

"이번엔 좀 더 직접적이고 단순한 방법을 사용해 볼까 해. 궁금하면 언제든 도발해 보시지?"

[어디 두고 보지!]

제법 호기있게 소리치기는 했으나 규원은 두 번은 연을 찾지 못한 채 전화를 끊고 말았다. 그러나 효인의 분노는 쉽게 사그라지지 못했다. 아직 휴대폰을 움켜쥔 그의 손가락은 당장이라도 부숴 버릴 듯 하얗게 관절을 드러내고 있었다. 당장 그가 눈앞에 있다면 코뼈가 으스러질 정도로 갈겨도 시원찮을 판이었다.

예전에 딱 한 번 그렇게 이성을 잃은 적이 있었다. 효인 역시 제법 얻어터지긴 했지만, 상대방 역시 무참한 몰골이긴 마찬가지였다. 상대 녀석 역시 어렸을 때부터 신동이라 불리던 녀석이었다. 단 한 번도 일등을 놓쳐 본 적이 없던 녀석이라 처음으로 효인에게 일등 자리를 빼앗긴 게 도저히 참을 수 없었던 모양이었다. 한껏 비위를 긁어대던 녀석에게 내내 빙글대던 효인이 갑자기 비호처럼 날아들어 주먹을 갈겼다. 상대 역시 맞잡아 날리는 주먹으로 난투극이 벌어졌지만, 사람들을 더욱 기함하게 한 건 그 속에서 터진 효인의 괴괴한 웃음이었다. 자신의 살갗에서 터져 나오는 붉은 핏물을 태연히 바라보며 하하하! 커다랗게 웃음을 터뜨리던 그의 살기 띤 눈빛은 흡사 괴기스러울 정도였다고 했다.

싸움에서 그가 절대 질 수 없는 이유는 두려움이 없다는 거다.

불쾌하기 짝이 없는 규원의 전화를 끊은 후, 효인은 내일은 기주 병원으로 출근하리라 마음먹었다. 우선은 연이 보고 싶었고, 걱정이 되었다. 형이 말하는 소유욕이든, 아님 자신이 말하는 사랑이든 어쨌든 연에게는 그가 필요했고, 그에게도 연이 필요했다.

경계선 따윈…… 엿 먹으라지!

효인은 혼자 킬킬댔다.

"바티스타 환자가 들어왔다."

낮 동안 어머니의 눈치를 피해 제 방에서 뒹굴거리다, 내일쯤은 기주 병원으로 돌아가야지 하고 결심한 효인이 저녁에서야 마주 보게 된 그의 아버지가 무덤덤한 어투로 말했다. 내일이면 연을 볼 수 있겠군, 하는 생각에 어머니가 끓여놓은 삼계탕을 기운 좋게 뜯고 있을 때였다.

바티스타?

닭다리를 집던 효인의 젓가락이 허공에 멈추었다. 바티스타는 확장형 심근증 환자에게 심장 이식을 하지 않고 스스로의 심장을 유지하는 고도의 외과적 수술이다. 살아 있는 심장에 직접 칼을 대어 시술해야 하므로 높은 기술과 임상 경험을 요구하는 지라 웬만한 심장 전문의도 쉽게 손을 대기 힘든 수술이 바로 바티스타다. 그리고 우리나라 몇 안 되는 바티스타 외과 팀이 유한병원에 있다. 강효인을 중심으로 하는…….

"아, 이런……."

효인이 낮게 투덜댔다. 왜 이리 꼬이는 거지? 불만스런 그의 표정을 아버지는 단호하게 무시했다. 이런 면에서 보면 형은 영락없이 아버지와 닮았다.

"철없는 투정은 받아줄 생각 없으니 당장 돌아와라. 그사이 쉬었으니 손도 많이 무뎌졌을 거야. 곧장 훈련에도 들어가야 하고, 내일부터는 브리핑과 수술 날짜를 정해야 할 거다."

효인은 절망적으로 아버지를 바라보았지만, 터럭만큼의 물러섬이 없었다. 잠깐의 방황이 결국 영원한 가출이 되어버렸다. 이제 또다시 병원을 쉴 수 있는 기회는 없을 것이다. 효인은 깊은 한숨을 내쉬며 손에 든 닭다리를 내려놓았다. 다시 입맛이 깔깔해졌다.

"쳇! 잠시라도 쉴 틈을 안 주신다니까."

마지막 반항을 했지만 돌아오는 건 강단있는 눈빛뿐이었다. 효인은 주머니 속으로 손을 집어넣었다. 환하게 웃던 연이 담겨진 휴대폰이 손끝에 닿았다.

"노총각 아들, 결혼은 안 시키시려나?"

효인의 불평에 아버지는 간단히 대답했다.

"수술 끝나면."

머리에 남은 물기를 털어내며 연은 화장대 위에 얌전히 놓인 휴대폰을 흘낏, 바라보았다. 휴대폰이 마치 생명이라도 있는 양, 그녀를 향해 히죽 웃어댄다. 마치 그처럼.

다시 바꾸어 와야 할까? 연은 고민스런 표정이었다. 효인의 의도대로 규원과 민석의 연락을 끊을 수 있긴 했지만 그래도 이렇게 남의 물건을 가지고 있어도 되는지 판단이 잘 서지 않았다. 휴대폰을 집어 든 연은 버튼에 손가락을 올려놓았다. 그대로 꾸욱 누르기만 하면 되는데, 손가락에서 힘이 빠진다.

"당신이란 사람 잘 모르겠어."

버튼을 누르는 대신 푸념이 터져 나왔다. 처음엔 그냥 선을 본 남자였다. 그리고 다음엔 제멋대로인 남자, 그러나 아이를 끔찍이도 사랑하는 남자. 단지 그것뿐이었다. 그러나 언제부터

인지 이 엉뚱한 남자는 물처럼 그녀의 가슴에 스몄고, 그의 냉정한 거부가 가슴 아파졌다. 잘 지내는지 궁금해지고, 장난스런 미소에도 가슴이 덜컥 뛴다. 잠시 생각이 머무는 것만으로도 시름이 나오는 이상한 사람이 되어버렸다. 휴대폰을 만지작거리며 절로 한숨이 샐 때였다.

부르르…….

〈연.〉

심란한 그녀의 심장을 알아차렸는지 거짓말처럼 전화가 걸려왔다. 그는 아마 천리안을 가졌는지 모르겠다. 꽉 막힌 목을 기침으로 풀어내며 연은 재빨리 전화를 받았다.

[전화 기다리고 있었어?]

효인이 물었다.

"기다린 건 아니에요."

연이 솔직히 대답했다. 전화선 너머 껄껄껄, 소리가 들려왔다. 하여간 진지하시기는…… 하는 소리도 함께.

[그럼 보고 싶은 건?]

보고 싶은 건…….

그건 조금 어려운 질문이다. 그에 대해 궁금해지고, 잘 지내고 있는지 궁금하다는 건, 보고 싶다는 의미일까? 그래서 연은 한참을 고심했다.

"……잘 지내는지는 궁금했어요."

[하하하! 정말 못 말리는 여자라니까. 한참 동안 대답이 없기에 보고 싶다는 뜻인 줄 알았지.]

"낮에 통화했었잖아요. 그사이 보고 싶어질 수도 있나요?"

[아마도!]

쉽게 대답한다. 하긴 쉽게도 '나랑 사랑해 보지 않을래?' 하고 묻던 사람이니까.

[난 당신이 궁금해지고 하고, 보고 싶어지기도 하고, 기타 등등 그랬어. 그런 의미에서 잠깐 나오시지?]

"늦었어요."

연이 시계를 흘끔거리며 대답했다. 벌써 열 시다. 파티가 있는 날은 보통 자정까지 일을 해야 하므로 이렇게 이른 퇴근을 하는 날에는 못다 한 휴식을 취하는 게 그녀의 습관이었다.

[당신이 궁금하기도 하고, 보고 싶기도 해서 일부러 집 앞까지 보러 왔는데, 너무 야박한 거 아닌가?]

여전히 농담조이긴 했지만 괜히 가슴이 설렌다. 연의 시선이 화장대로 향했다. 거울 속으로 말끔히 화장을 지운 얼굴이 보였다. 이대로 나가도 괜찮을까?

티 나지 않은 작은 주근깨가 유독 두드러진다. 중학 시절, 체육 전공을 하신 교장 선생님이 부임하신 덕분에, 매일 오전 운동장에서 야외 체조를 하느라 생긴 주근깨였다. 어두운 조명에서는 특별히 눈에 띄는 편은 아니었지만 아무래도 신경에 거슬렸다.

[어두워서 화장 지운 거 티 안 날 테니까, 그냥 나오지 그래?]

보고 있을 리 없는데도, 효인은 마치 이 자리에 있는 사람마냥 그녀의 행동을 뻔히 꿰뚫고 있었다. 너무 예리해서 탈이라니까. 연은 가볍게 한숨을 쉬었다. 어차피 맨얼굴이라 꾸미는 것도 무리이긴 했다. 편한 차림으로 대충 차려입은 후, 연은 방을 나섰다.

"이 밤중에 어디 가게?"

거실에서 아버지와 나란히 드라마를 시청하던 어머니가 그녀를 불렀다.

"잠깐, 뭐 좀 사러."

"그거 너무 식상한 변명 같은데?"

정곡을 지르는 말에 연은 그만 찔끔하고 말았다.

"무, 무슨 뜻이에요?"

"왜 그러잖아. 늦은 밤중에 애인 찾아오면 꼭 여자 주인공들이 그러더라? '잠깐 슈퍼에 좀 다녀올게요' 드라마에서 만날 써먹는 대사인데……. 너도 혹시 그러는 거 아냐?"

어찌나 뜨끔하던지 대꾸 한마디 하지 못했는데, 오히려 어머니는 저 혼자 킬킬댔다.

"하긴 네가 애인이 있어야 말이지. 빨리 와. 오는 길에 맥주 몇 병 사 오고. 갑자기 드라마에서 맥주 먹는 거 보니까, 괜히 입이 궁금해지네. 당신도 그렇죠?"

"뭐, 그럴까? 안주도 없지?"

"과일이 있기는 한데, 그래도 역시 맥주엔 오징어가 딱이죠. 연아, 사 오는 김에 오징어도 같이 사 와! 꼭 두툼한 울릉도 오징어다. 알았지?"

저 혼자 놀란 가슴에 어이없이 실소가 터져 나왔다. 하긴, 어머니의 그런 무신경함이 다행이긴 했지만. 알았어요, 대답하며 대문을 열자 효인은 바로 코앞에 서 있었다. 설마 대문 앞에서 기다렸을 거라 생각지 못한 연은 저도 모르게 뒤로 주춤, 물러섰다. 뒤로 내뺀 그녀 앞으로 효인이 쭉 상체를 뻗었다.

"뭐야! 주근깨 때문에 안 나오려 했던 거야?"

어둔 가로등 불빛인데도 금방 그녀의 주근깨를 짚어낸다. 모자라도 쓰고 올걸 그랬나? 그다지 부끄러울 건 없었지만, 그의 시선이 하도 빤해 괜히 쑥스러워졌다. 효인이 알아차리지 못하게 손으로 뺨을 감쌌다.

"귀여운데 뭘 그래? 당신한테는 기미도 귀여워."

"기미는 없어요!"

"까칠하기는."

효인이 차 문을 열어주며 킬킬댔다.

"어디 가는 거예요?"

"당신, 길치는 아니지?"

"길치요?"

"음치, 박치, 길치."

아……. 그제야 연이 고개를 끄덕였다.

"처음 가는 길이라면 금방 외우긴 힘들겠지만, 아주 헤매는 편은 아닐 거예요."

"잘됐네."

길치이냐, 묻더니 행선지도 밝히지 않는다. 차가 달리는 동안 그녀가 길을 잘 기억할 수 있도록 효인은 말을 삼갔다.

"유한병원?"

뜻밖에도 효인이 멈춘 곳은 그의 병원인 '유한병원'이었다. 어쩐지 길이 익숙하다 했었다.

"여긴……."

"기주 병원, 그만두었어."

"네?"

"다시 제자리로 돌아온 셈이지."

건물 안으로 들어서며 효인이 설명했다. 그가 들어선 곳은 아직 환하게 불을 밝히고 있는 응급실 쪽이었다. 이미 외래가 끝난 정문은 불빛 하나 없이 까맸다. 이곳까지 온 이유를 몰라 어색한 태도로 주위를 흘끔거리는 연에게 효인은 또다시 '잘 기억해' 하고 주의를 주었다. 빠르지도, 늦지도 않는 걸음으로 효인은 미로 같은 복도를 걷기 시작했다. 그의 뒤를 따르며 연은 새삼 유한병원 가(家)라는 생각을 했다. 평소에도 얄미우리만치 자신만만하긴 했지만 복도를 지나는 그는 더욱 당당하고 익숙한 모습이었다. 기주의 병원에서 보았던 것과는 어딘지 조금은 다른 그런…….

유한병원에서의 효인은 맞춤처럼 어울려 보였다. 이곳만큼 그에게 어울리는 곳은 없을 것 같다.

"길 잘 기억했어?"

동쪽으로 향한 복도 끝에 선 그가 연에게 물었다.

〈외과 과장 강효인.〉

그들이 선 문 앞에는 명패가 붙어 있었다. 그의 방이다. 잠시 비우긴 했지만.

자신의 방 앞에서 효인은 그녀를 향해 싱긋, 웃어주었다. 활짝 열어준 문은 환영한다는 뜻이다. 연은 주춤, 몸을 뒤로 뺐다. 어렸을 적부터 병원에서 살다시피 한 그녀라, 거부감이 먼저 앞섰다.

"무슨 의도예요?"

"의도?"

"네."

"하여간 의심 많은 남궁연 씨이네."

효인이 그녀의 등을 툭, 쳤다. 그에게 떠밀려 들어선 방은 차갑고, 어둑했다. 딸각, 소리를 내며 효인이 형광등을 켰지만 그다지 느낌이 달라지진 못했다. 두꺼운 의학 서적과 인체 모형들이 늘어져 있는 방은 수술실처럼 서늘한 분위기였다. 오랜 시간

제 주인을 잃은 방은 눅눅한 습기가 차 있었다. 그 냉기에 연은 살짝 몸을 떨었다.

"수술할 때나 회진, 식사, 뭐 그럴 때를 제외하면 대부분은 여기에 있어."

이 방에 선 그가 낯설고 어색하다. 병원의 온기 없는 하얀 벽에 비추어진 그의 몸체가 금방이라도 사라질 신기루처럼 투명해 보여 연은 눈을 깜빡거렸다. 방 건너 쪽으로 걸어간 효인은 또 다른 방문을 열었다. 그곳에는 사무실과는 사뭇 다르게 작은 병실 하나가 딸려 있었다. 몇 권의 책과 세면도구들이 흠 잡을 데 없이 반듯하게 정리되어 있는 걸 보아 평소 그가 사용하는 곳인 모양이었다.

"여기서 자기도 하나요?"

"대부분은. 응급 환자도 볼 겸, 일과가 끝나면 이곳에서 훈련도 해. 집에서 출퇴근하는 것도 귀찮아서."

묻지도 않았는데 혼자 잘도 설명한다. 하지만 그의 또 다른 모습이 뜻밖이긴 했다. 기주의 병원에서 보았던 것보다 여기에서 보여지는 효인은 냉철한 외과의에 더 가깝다. 차갑고 온기 없는 날카로운 메스와 같은 느낌? 기주의 병원에서의 그는 좀 더 성격 좋은 동네 아저씨 같은 몰골이었는데.

차 마실래? 하고 효인이 물었지만 고개를 저었다. 나가고 싶다. 이곳에 선, 그의 모습이 왠지 싫었다. 그녀가 알고 있는 효인은 무엇 하나 부족함 없이 잘 자란 도련님처럼 제멋대로이고,

능글맞게 자신만만한 데다, 때로 아이들에게 자상한 모습 그대로도 충분했다.

"여긴 불편해요."

"쓸쓸한 곳이긴 하지."

효인이 동의했다. 많은 시간을 보냈고, 앞으로도 그렇겠지만 그 역시 이곳이 불편하긴 연 못지않았다. 이곳에 서면 보이지 않는 중압감이 자신을 짓눌러 늘 무언가에 쫓기는 기분이 들곤 한다. 환자들의 신음 소리, 진한 피의 냄새, 펄떡 뛰는 심장의 고동 소리…….

생명에 대한 무게감이 방 안 곳곳에 깔려 늘 그의 숨통을 조였다.

"다음에 잘 찾아올 수 있겠어?"

"왜요?"

"이젠 당신이 날 찾아와야 하니까."

농담 아닌가? 효인의 심중을 파악하기 위해 눈에 힘을 불끈 주었다. 빙글, 웃고는 있지만 진지하다. 웃음이란 게 이렇게 다양한 의미를 가질 수 있구나. 연은 새삼, 느꼈다. 이제야 효인의 웃음을 조금씩 알 수 있을 것 같다. 항상 같다고 생각했는데…….

"당신…… 혹시 지금 불안한가요?"

조심스럽게 연이 물었다. 무거운 고요가 흘렀다. 아, 또다시 경계선인가? 연은 움찔거렸다.

"하하하! 정말 대책없는 여자야!"

갑자기 효인이 제 이마를 딱! 때리며 너털웃음을 터뜨렸다. 왜 웃는 거지? 어리둥절한 연의 머리카락을 효인이 마구 헤집었다. 짧은 머리카락이 허공에 흩어졌다.

"이렇게 쉽게 내 마음에 들어오면 도무지 어떻게 해볼 도리가 없다니까."

"미안해요. 또 경계선 침투인가요?"

아이처럼 맑고 까만 눈동자가 또렷이 효인에게 향했다. 아, 이런! 정말 경계선 침투군. 효인은 속으로 중얼댔다. 유하처럼, 천사를 닮은 눈빛이 그의 심장을 마구 헤집는다. 후끈한 열기가 아래에서부터 치솟았다. 그녀에 대한 첫인상이 틀리지 않은 모양이다. 재미있을 것 같았고, 그래서 함께 살아도 되지 않을까, 했었는데 이젠 진실로 함께 살고 싶어졌다. 이토록 자신에 대해 두려움없이 쳐들어올 수 있는 여자는 두 번 다시 만나기 힘들 테니까.

연의 머리끝에 놓인 효인의 손이 조금 오랜 시간 머물렀다. 이대로 그녀와 함께 잠들면 좋겠다, 효인은 생각했다. 따스한 그녀의 온기를 품고 잠들면 내일의 일정도 그리 힘들 것 같지 않은 예감. 아니, 조금 더 말하자면 항상, 그리고 매일……

쉽게 그녀에게서 떨어지지 못하는 자신의 손을 애써 털어내며 효인은 다시 미소를 지었다.

"불안하기보다는 조금 걱정이 된다면?"

"왜요?"

"몰라서 묻는 거야?"

효인이 놀렸다. 이렇게 순수한 눈빛을 보면 자꾸 놀리고 싶어진다. 아, 이것도 어쩔 수 없는 불치병인가?

"네."

이런, 이런……. 고지식한 여자 같으니. 효인은 절레 고개를 저었다. 못 말리겠군.

"나 보고 싶어서 당신이 울까 봐."

"뭐라구요?"

"키스하고 싶은데, 나 못 찾아서 울까 봐."

아니, 사실은 내가 없는 곳에서 혼자 울고 있을까 봐.

효인의 손가락이 작고 동그란 턱 끝을 살짝 붙들었다. 놀란 눈동자가 그의 앞에 놓였다. 그녀의 입술로 서서히 다가서며 효인이 낮은 음색으로 속삭였다.

"……두 번째 키스야."

아……. 새어나오는 연은 탄성을 효인은 재빨리 삼켰다. 그녀를 기억하듯, 그녀의 입술을 탐색하고 하나하나 기억했다. 고른 치열과, 심장처럼 뜨거운 혀, 그리고 깨물기 딱 좋을 만큼 부풀어 오른 입술. 느릿하게, 그리고 약을 올리듯 섬세히 그녀의 입술을 음미했다. 그의 놀림에 연의 입술에서 작은 신음이 터져 나왔다.

순간, 격정적인 불길이 그의 이성을 휘감아 돌았다. 느릿하던 움직임이 더욱 빨라지고, 은밀해지기 시작했다. 부드러운 혀의 움직임이 마치 그녀의 모든 것을 삼켜 버릴 듯 거세게 몰아쳐 왔다.

숨 막혀!

헐떡이며 연이 그의 가슴을 밀어낼 때까지 효인의 집요하고 끈질긴 키스는 멈추지 않았다. 통증이 느껴질 정도로 힘껏 빨아들인 그의 입술에 혀끝이 얼얼해질 정도였다. 허리를 받친 그의 단단한 팔 근육이 아니었다면 아마 그대로 쓰러졌을지도 몰랐다.

"내가 있는 곳을 기억해."

효인이 거친 숨을 몰아쉬며 속삭였다.

그가 있는 곳!

그제야 그의 부재가 현실로 느껴졌다. 이젠 그녀가 있는 건물 안에 그가 없다. 선영과 스스럼없이 농담을 주고받는 것도, 부지불식간 사무실로 쳐들어오는 것도, 건물 복도에서 예기치 않게 마주치던 그의 미소도 볼 수 없단다. 멍한 그녀의 시선 앞에 효인이 싹싹하게 미소를 지었다. 이제야 그의 눈동자가 웃는다. 그녀를 향해.

그리고 보니, 오늘 그를 만난 순간부터 내내 그랬던 것 같다.

"언제든, 찾아와. 당신이라면 환영이니까."

그리고 내 심장의 경계선도. 효인이 속으로 덧붙였다.

이건 선물!

병원 순례를 마치고 다시 돌아온 그녀의 집 앞에서 효인이 홍갈색의 유리병을 내밀었다.

〈Remy Martin XO.〉

가는 병목에는 황금색 리본도 매어 있었다.
"우리 둘이 마실 거니까, 잘 간직해 둬."
찰랑이는 술병을 든 채 연이 물었다.
"……프러포즈인가요?"
"하하하! 당신의 영민함은 언제 보아도 마음에 들어."
차창으로 흔드는 그의 긴 팔이 보였다. 연은 환하게 웃고 있을 아몬드형 눈동자를 떠올렸다. 별빛처럼 웃고 있는 갈색의 눈동자!
그녀가 가장 좋아하는 이 술을 닮은…….
집으로 들어선 연후에야 연은 아직 서로의 휴대폰을 교환하지 않았다는 걸 알아차렸다. 주머니 속에 든 묵직한 검은 휴대폰을 꺼내 든 채 연은 한참을 바라보았다. 어쩐지 바꾸고 싶지 않은 건 오히려 그녀 쪽이 아니었나, 싶은 생각이 든다.

#12

효인이 실제로는 섭섭한 마음이었을지언정, 연은 그가 없는 공간을 비교적 잘 지내는 편이었다. 그전, 갑자기 사라졌을 때보다 훨씬 더. 매일 걸려오는 그의 전화 때문일지도 모르겠지만 어쨌든 연은 잘 지냈다. 오히려 선영이,

"사람이 든 자리는 몰라도 난 자리는 안다고, 효인 씨 빠진 자리가 이렇게 클 줄은 몰랐네. 어째 건물 전체가 조용해진 것 같지 않냐?"

하고 섭섭해할 정도였다.

"그러게."

밋밋한 연의 대답에 선영이 얄미운 표정을 지었다.

"너희 두 사람 사귀는 거 아니었어?"

"글쎄?"

하여간, 심심하기는……. 하는 선영의 말에 연은 담담히 웃었다. 연애라는 게 이런 걸까? 연에게 있어 이 새로운 일상은 기분 좋은 낯섦이었다.

매일 정오에 걸려오던 전과는 달리, 효인의 전화는 자정이 근접한 시간에 걸려왔다. 덕분에 연의 취침 시간도 조금씩 느려졌고. 그렇게 매일 걸려오는 전화는 선영이 유독, 건물 분위기가 우중충하다, 주절대던 날도 마찬가지였다.

〈연.〉

부르르 떠는 휴대폰 액정에 떠오른 자신의 이름에 연은 덜컥 뛰는 심장으로 전화를 받았다. 매번 그의 전화가 걸려올 때면 느끼는 병이었다.

[오늘도 고민 중?]

첫 인사는 늘 그런 식이었다. 제 속내를 빤히 들여다보는 남자. 편하기도 하지만 불편하기도 하다. 감출 것 없이 몽땅 드러나 버리는 건 그녀의 마음이 유리처럼 투명해서일까? 아니면 그가 너무 예리해서일까? 효인의 전화를 받을 때마다 연은 그것이 궁금했다.

아무 대답이 없는 그녀의 침묵에 킥킥대는 그의 심정을 모르겠다. 첫 인사로 아직도 자신에게 찾아오지 않은 연의 갈등을 짚고 나면 이번엔 줄곧 자신의 환자 이야기였다.

[아홉 살짜리 녀석이 어찌나 작은지, 진하만해. 그런 주제에 엉큼스레 점잔을 빼는 걸 보면 애늙은이 같다니까.]

환자를 이야기하는 그의 목소리는 참 자박하고 다정하다. 아이의 수술을 위해 그가 어떤 검사를 했는지, 그 검사가 굉장히 아팠을 텐데도 울지 않아 대견했다는 이야기에 긴 시간 귀를 기울이면서도 연은 지루하지가 않았다. 세심하게 듣는 설명만으로도 그가 얼마나 그 수술을 위해 노력하는지, 그리고 얼마나 환자를 배려하는지 쉽게 알 수 있었다. 그래서 그의 다정한 목소리가 더 좋았다. 한 사람의 생명을 위해 끊임없이 자신을 훈련하고, 이미지 트레이닝을 하고, 부족한 수면 시간까지 줄여 오랜 시간 환자와 소통하면서도 효인은 힘든 내색이 없었다. 그녀가 보기에 그는 천상 의사였다. 수술을 위한 힘든 노력도 그에게는 즐거움이었고, 조금도 실패에 대한 걱정이 없었다. 완벽한 준비와 노력, 그리고 남은 건 완전한 수술의 성공이었다. 그가 이야기하는 건 늘 수술을 끝낸 후의 아이의 건강이었다. 언젠가 다른 이의 심장을 이식해야 하겠지만 그래도 그 시간까지는 건강하고 튼튼하게 자라는 것.

조카들에 대한 그의 사랑은 아마도 아이들에 대한 전반적인 사랑이 아니었을까, 연은 생각했다.

[여기 오는 길, 아직 기억해?]

자신의 수다가 이어지는 동안, 숨소리 말고는 아무런 기척이 없는 연에게 효인이 물었다. 몰래 삼키는 그의 숨소리가 미약하게 들려왔다.

'보고 싶다.'

그리고 그건 그녀 역시 마찬가지다. 그가 그립다.

"선영인 건물 전체가 너무 고요하다고 해요."

[어쩐지 처음부터 나를 대하는 태도가 너무 유혹적이다 했어. 내 매력에서 도무지 벗어날 줄을 모르는군.]

우회적인 대답이었는데도 효인은 실없이 농담만 했다.

"효인 씨가 없어서 기주 씨 병원이 무척 바빠졌대요. 그래서 요즘엔 매일 점심시간에 우리 사무실에서 도시락을 시켜 먹어요. 혼자 밥 먹으려니 어쩐지 쓸쓸하대요."

[핑계지 뭐.]

듣고 싶은 건 녀석들의 근황이 아니었지만 효인은 아무 말도 하지 않았다. 그런 여자인 줄 알고 있었고, 그것이 그녀의 매력이자 단점이기도 했다.

"건물은 너무 조용하고, 햇살은 참 좋아요."

[그래.]

"어렸을 때부터 몸이 허약했어요. 그래서 자주 병원에 입원하곤 했었는데……. 그래서 그런지 지금도 병원이란 곳에 대한 거부감이 잘 없어지지 않네요."

무슨 의미인지 알아차린 효인은 가만히 있었다. 정말, 손 많이 가는 여자야. 생각하며 씨익 웃기는 했다. 타고나길 냉정한 그인지라, 다른 사람에게 신경 쓰는 일 따윈 딱 질색이었다. 그런데도 연은 게으른 그의 손을 끊임없이 자극하고 움직이게 만든다. 그런데 왜 싫지는 않은 걸까? 효인은 자신을 채찍질하는 연이 신기하고, 귀찮은 일임에도 불구하고 기꺼이 그 수고를 마다하지 않는 자신이 신기했다.

[이런…… 결국은 포기해야겠군.]

효인은 그녀가 찾아오길 쉽게 포기했다. 그녀의 마음이 자신에게 오는 길을 안다면, 굳이 몸까지 병원을 찾아올 필요는 없었다. 그 정도쯤은 얼마든지 양보할 수 있었다. 수술이 끝날 때까지 당분간 짬이 나지 않긴 하겠지만 그 수술도 다음 주면 끝날 것이다. 그땐, 그가 찾아갈 생각이다. 그녀에게…….

[다음 주엔 수술이 끝날 테니까, 레미마틴이나 같이 마시자고.]

효인의 말에, 연은 침대 협탁에 잘 간직해 놓은 술병을 바라보았다. 그날, 깜빡 잊고 사 오지 못한 맥주 대신 레미마틴에 눈독을 들이던 엄마를 피해 정말 고이 간직해 놓은 술이었다.

술로 받는 프러포즈라니…….

연은 보이지 않게 웃었다. 효인다운 프러포즈다. 예측할 수 없고, 난해하며 종잡을 수 없는 그만이 할 수 있는.

[이제껏 살면서 그리 나쁜 머리라는 생각은 해본 적이 없는데, 요즘 그래. 당신 얼굴이 잘 생각이 나지 않아. 그리고 당신

목소리도.]

그건 사실이었다. 휴대폰에 담겨진 유일한 사진 한 장이 없었다면 이목구비 하나도 제대로 기억나지 않을 뻔했다. 하긴, 어디 제대로 그녀 얼굴을 바라본 적이나 있었던가? 늘 다른 곳을 바라보는 그녀 때문에 뇌리 깊숙이 박힐 만큼 오랜 시간 마주본 기억도 없었다. 환하게 웃는 그녀의 사진이 아름답기는 하지만 연은 아니다. 그가 아는 연은 조용한 음성으로 예리하게 남의 심장을 푹, 쑤시는 무뚝뚝한 표정이 더 많았다.

자신의 얼굴이 생각나지 않는다는 효인의 말은 전화를 끊고도 오랜 시간 연의 가슴에 묵직한 무게를 남겼다. 연애를 하면 이렇게 되는 걸까?

연은 어릴 적 기억 속에 남은 병원에 대한 거부감을 극복하고 한 번쯤 효인을 찾아가 볼까, 고심을 했다. 어찌 되었든 이번엔 환자로서가 아니니까. 그럼 무슨 자격으로 가는 거지? 홀로 생각하다, 또 홀로 미소를 지었다.

수줍지만 대견하기도 하고, 또 어설픈 그리움도 생겼다. 그래서 다음날, 반나절 고민을 하던 연은 선영에게 양해를 구한 후 이른 퇴근을 했다. 저녁까지는 회진과 병원 업무로 바쁜데다, 또 일이 끝나면 곧장 수련에 들어가는 그인지라 야참이 그립지 않을까 생각했다. 집에 도착한 연은 퇴근하는 길에 봐온 장으로 그를 위한 갖가지 종류의 밥을 바삐 말기 시작했다. 김밥과 양배추말이밥, 계란말이 김밥과 함께 작고 앙증맞은 닭날개는 검은깨를 듬뿍 뿌려 튀겼다. 소담스러운 식용 꽃으로 예쁘게 장식을 하며 연은 약간 흥분을 했다. 비록 직업상 여러 사람을 위해 음식 장식을 하지만 이렇게 한 사람을 위한 음식을 꾸며본 적은 없으므로 오랜만에 가슴이 설레었다.

"이거 뭐야? 웬 도시락?"

주방에 잔뜩 늘어놓은 재료들을 뒤적이던 어머니가 대뜸 씻어놓은 오이를 오도독 씹으며 관심을 표명했다.

"누가 보면 야근하는 애인, 야참 만드는 줄 알겠다."

미끌!

순간, 얇은 꽃잎을 잘 갈무리하던 연의 손길이 그릇 사이로 미끄러졌다.

"……맞아요."

"뭐?"

"야근하는 애인, 야참 만들어요."

잠시 멈추었던 손을 다시 바쁘게 움직이며 연이 애써 무심한 어투로 말했다. 벌써 귓불이 후끈거렸다. 그녀의 입에서 애인이란 단어가 불쑥, 튀어나오다니! 어머니의 입 안에서 잘게 씹히던 오이 조각이 바닥으로 뚝! 떨어졌다. 기절할 듯 놀란 어머니 때문에 당황스럽기도 했지만 뭐, 또 그리 기분 나쁘지는 않았다.

"너, 너…… 농담하는 거지?"

"네."

그런 짓궂은 마음에 제법 농도 걸었다. 그 모습이 효인을 많이 닮았으나, 당사자인 연이나 효인을 알지 못하는 그녀의 어머니는 인지하지 못했다.

"야, 남궁연! 너 지금 늙은 엄마랑 장난해? 내가 진짜 너 때문에 십 년은 더 늙는 것 같아. 속이 까맣게 썩었다니까!"

"표백제 사 드려요?"

파르르 성깔을 부리는 엄마에게도 무뚝뚝한 표정을 짓지 않았다. 빙긋, 웃는 입매가 어색한 포물선을 그렸다. 평소 잘하지 않던 농담을 하려니 웃음이 자꾸 일그러졌다.

"너…… 너, 이것도 농담하는 거지?"

"네."

어떻게 저런 딸이 태어났나 싶을 정도로 무뚝뚝하기 그지없던 연의 농담에 어머니는 이번에야말로 진실로 기겁하고 말았다. 얘가 지금 나랑 농담해 주는 거야? 농담이라고는 전혀 모르고 진지하기로는 제 아빠보다 더한 딸이 지금 자신에게 장난을 걸고 있다. 연의 어머니는 처음, 남편에게 프러포즈를 받을 때보다 더 놀란 상태였다.

"여보, 아무래도 연이 결혼 서둘러야 할까 봐!"

그래서 호들갑을 떨어대며 남편이 쉬고 있는 서재로 쳐들어갔다. 두꺼운 법률 책을 읽고 있던 남궁 부장이 뜨악한 얼굴로 들이닥친 아내를 바라보았다. 또 무남독녀, 딸내미와 한바탕한 모양이군. 나름, 비슷한 추리까지 하면서.

"대체 무슨 소리야?"

"쟤가 제정신이 아니라니까. 밤중에 도시락 싸면서 야근하는 애인 도시락 싸준다잖우."

기겁을 하는 아내에 비해 딸의 위중한 병색을 듣고 있는 남편의 표정은 시큰둥했다.

"그런가 보지."

"쟤가 애인이 어디 있어요? 농담이라고 하는 게 그 모양이라니까! 어머, 어떻게 해? 너무 오래 노처녀로 됐나 봐. 그러게 당신 직원 중에 괜찮은 녀석 알아보라고 했잖아요."

"언제 연이가 남자한테 관심 보이는 거 봤어? 내버려 두면 다 알아서 제 짝을 찾기 마련이야. 괜히 호들갑 떨지 말고 좀 기다려 보라니까."

남궁 부장은 아내에게 단속을 한 후 다시 손에 들고 있던 책으로 시선을 돌렸다. 애인이라니……. 벌써 그런 사이가 된 건가? 살짝 미간을 찌푸렸지만, 그런다고 해서 사정을 전부 파악했다고는 할 수 없었다. 그에게 걸려온 미묘한 전화 두 통의 진의를 도무지 알 길이 없었기 때문이었다. 더욱 기묘한 건, 두 사람의 전화 내용 역시 같은 내용이라는 거다.

조민석이라는 사람에게 대한 경고.

연에 대한 조민석이란 남자의 집착은 조사에 의해 이미 진실임이 알려졌지만, 조민석의 처우와는 별개로 남궁 부장은 자신에게 전화를 건 두 젊은이를 어떻게 판단해야 할지 자못 고민이었다. 가장 편한 길은 연, 본인에게 듣는 것이지만 딸 스스로 말하지 않은 상황에 대해서 굳이 아는 척을 하고 싶지 않은 것은 아버지로서의 입장이었다.

그런 탓에 아내가 지금 펄떡 뛰어대고 있는 그 애인이라는 존재가 과연 두 젊은이 중 어느 녀석일지 궁금할 뿐, 놀라지는 않았다.

"아무래도 당신보다는 내가 더 빠를 것 같아. 아무튼, 이번엔 기필코 선 자리 확실히 알아볼 테니까 그렇게만 알아요!"

어느 쪽이 더 나을까?

바람을 휘날리며 아내가 사라진 후, 남궁 부장은 여전히 찌푸린 미간으로 생각에 빠져 있었다. 솔직히 두 녀석 다 그리 마음에 차지가 않았다. 녀석들이 밝힌 제각각의 신상명세서라는 것도 그렇지만, 그의 직업상 판단되어지는 것도 그것과 별반 다르지 않았다. 짧은 통화이긴 했지만 대충 파악되는 심성만으로도 남궁 부장에겐 두 녀석 모두 사윗감으로는 낙제였다.

DN전자, 사장이라는 녀석은 너무 과장스런 거만함이 마음에 안 든다. 남은 녀석은 도무지 속을 알 수 없는지라 마찬가지였고. 뭐, 중요한 건 연의 마음이겠지만 말이다. 도대체 어떤 녀석이 제 딸의 마음을 사로잡은 걸까? 결국 두 녀석 중 하나이어야 한다면 차라리 속을 알 수 없는 그 녀석이 더 나을까?

끙끙, 앓는 아버지의 고민을 알 길 없는 연은 예기치 않은 방문에 놀랄 효인을 떠올리며 병원으로 향했다. 병원으로 향하는 길은 그리 어렵지 않았다. 어렸을 때, 원인을 알 수 없는 고열과 인후염을 자주 앓은 그녀는 어머니를 따라 대부분의 큰 병원은 한 번쯤 간 기억이 있었다. 유한병원은 집에서 약간은 먼 거리라 자주 이용하는 편은 아니었지만 몇 번 간 적이 있는데다, 최근엔 이 근방에서 파티를 연 적도 있어 효인에게 가는 것은 그리 어렵지가 않았다.

"내가 있는 곳을 기억해."

그에게 향한다는 기분 탓일까? 그날, 자신에게 향했던 그의 표정과 눈빛과 음색, 입술, 그리고……. 키스의 농밀함이 떠올라 연은 후끈 달아오르는 뺨을 감쌌다.

효인을 기억하는 모든 감촉들이 발끝까지 찌릿하게 흘러내렸다. 연은 살며시 제 입술을 어루만졌다. 자신의 입술 속에 스며들던 그의 체온이 마치 현실에 존재하듯 선명하게 느껴진다. 생각해 보니, 그가 떠난 후 한 번도 이런 식으로 그를 기억해 본 적이 없었다. 그저 그의 이름과 그의 존재를 공기처럼 느꼈을 뿐, 그의 소소한 모습을 떠올리지는 않았던 것 같다.

기뻐해 줄까?

그가 환하게 웃어줄 거라 생각하면서도 연은 불안한 마음을 떨치지 못했다. 그건 그녀의 트라우마와 관련이 되어 있었다. 불행히도 그녀가 '재수없다!' 라는 말을 들은 게 규원에게서 끝나지 않았다는 거다. 무참히 깨진 그녀의 첫사랑에 어떤 식의 저주가 붙어버린 걸까? 특별히 무언가 한 것 같지는 않은데, 그녀에 대한 남자들의 평가는 규원과 특별히 다르지 않았다. 말이 없는 연의 표정이 도도하다 못해 차가울 정도라서 그랬을 수도 있고, 가질 수 없는 여인에 대한 오기였을 수도 있겠지만 어쨌든 연의 상처는 한 번으로 끝나지 않았다.

그래서 연은 효인의 진심이 현실처럼 느껴지지 않았고, 일껏 낸 용기가 점차 사그라지는 기분이었다. 달뜬 흥분감과 어딘지 모르게 위축이 되는 두려움, 상반된 두 감정은 효인에게 향하는 내내 그녀의 가슴에 갈등을 일으켰다.

효인과 달리 병원 직원이 아닌 연은 병원 건물 가까이에 위치한 직원 주차장이 아니라, 입구 쪽에 만들어진 고객 주차장에 차를 세웠다. 그곳에서 응급실 입구로 가기 위해서는 넓은 뜨락을 지나야 한다. 꽤 넓은 부지를 소유하고 있는 유한병원은 딱딱한 벽돌 대신, 돌담으로 주위를 둘러싸고 푸른 나무와 화려한 꽃 가지로 아름답게 꾸며진 뜨락이 중앙 쪽에 놓여 있다. 선선한 초여름의 바람과 효인을 위한 도시락을 든 탓에 병원으로 들어서는 연의 심정은 출발할 때보다는 조금 가벼워져 있었다. 연은 전에 왔었던 기억을 더듬어 걷기 시작했다. 늦은 시간이라 아마 그가 항상 말하는 수련은 이미 끝났을 것이다. 시원스럽게 그늘을 드리우는 등나무 밑의 벤치를 지나 응급실 쪽으로 거의 다가갔을 때였다.

"하하하!"

거리낄 것 없이 터져 나오는 유쾌한 웃음이 선명하게 들려왔다. 이젠 제법 귀에 익은 익숙한 웃음소리였다. 등나무를 스쳐 지나가던 연의 걸음이 멈칫 멈추어 섰다. 응급실 쪽에는 두 남녀가 나란히 서 있었다. 활짝 열어놓은 응급실 문 너머 환한 형광등에 두 사람의 얼굴이 멀리서도 확연히 드러났다.

효인과 그보다는 조금 더 어린 여자.

하얀 의사 가운을 걸친 여자는 효인과 어깨를 나란히 한 채 꽤 친밀한 태도를 취하고 있었다. 효인의 손가락이 어깨까지 여자의 단발머리를 장난스럽게 흩뜨리고 있었다. 가끔, 그녀에게도 하던 손짓이었다.

"이번 수술, 나도 물론 참관하게 해주는 거지?"

"인턴에게 그런 중요한 수술 관람을 해주게 할 것 같아? 도대체 병원 위계질서를 너무 우습게 보는 건 아니신가?"

효인의 목소리가 날 것처럼 경쾌했다. 말뜻은 거절이 분명했으나, 연은 그 속에 허락이 담겨 있음을 예리하게 알아차렸다. 그에게 지도를 받는 인턴인가 보다. 두 사람에게 시선을 멈춘 그녀의 발걸음은 계속 제자리에서 주춤거리고 있었다. 마주 보며 환하게 웃는 두 사람의 사이에 도저히 끼어들 엄두가 나지 않았다. 여자가 대담하게 효인에게 으르렁거렸다. 저토록 건방지게 구는 여자에게 효인은 이례없이 너그러운 태도를 취하고 있었다.

따끔!

연은 심장에 통증을 느꼈다.

"겁나시는 모양이군. 자신을 위협할 수 있는 싹은 애초부터 자르는 건가?"

"이것 봐, 애송이! 그렇게 봉합 결찰을 겨루었어도 단 한 번도 내게 이긴 적 없었잖아? 잊으신 모양이군."

"당신이 떠난 지 벌써 4개월이 넘었어. 느긋이 쉬고 있던 한량에게 질 내가 아니란 말씀이지."

"끌끌끌, 대체 언제쯤 제 주제를 아시려나? 뭐, 그토록 절망하고 싶다면 어쩔 수 없지. 수술에 들어와도 좋아. 대신 똑똑히 잘 봐둬. 나중에 확실한 수술 보고서를 받을 테니까. 하하하!"

효인의 웃음이 또다시 터져 나왔다. 눈가에 잡히는 자잘한 주름에서도 깊은 애정이 느껴지는 웃음이었다. 경계감이 없이 그대로 내비치는 효인의 다정함에 연의 눈동자가 깊이 내려앉았다. 시간을 잘못 맞췄다. 연은 과감히 발길을 돌렸다. 등나무 가지가 바스락 소리를 냈다. 그 순간이었다.

"헤이!"

여의사와 담소를 나누던 효인의 시선이 그제야 등나무 가지에 숨겨진 연을 알아차렸다. 황급히 불러대는 효인의 손짓에 연은 천천히 몸을 돌렸다. 그에게 돌아서는 몸이 천근처럼 무거웠다. 솔직한 심정으로는 이대로 곧장 떠나고 싶은 마음뿐이었다. 어정쩡한 자세로 선 그녀 앞으로 효인이 날렵하게 다가왔다.

"이런…… 뜻밖인데?"

놀람과 반가움이 반반씩 섞인 표정이다. 오늘따라 유독 바쁜 하루였다. 오전 내 수술을 끝내고 와보니 외래까지 엄청 밀려 있었다. 덕분에 숨 돌릴 틈도 없이 외래와 입원 환자의 마지막 오더까지 내리고 뒤늦게 수련 중이려니 이젠 유진까지 와서 방해였다. 귀찮게 졸라대는 탓에 잠시 쉴 겸 밖으로 나온 것이 뜻밖의 행운이었다.

"내가 나오지 않았다면 길을 잃을 뻔했잖아? 그쪽으로 가면 입원실 병동이야. 응급실 쪽으로 와야지."

주차장을 향해 돌아선 그녀의 방향을 오인했다. 여의사에게 향했던 다정함이 이젠 그녀에게 쏟아졌지만 연은 반갑지 않았다. 콕콕 쑤셔대는 심장의 아픔으로 반색하는 효인에게 웃어줄 수도 없었다. 왜 이렇게 심장이 아플까? 아마도 병원이라서 그럴 거다. 언제나 그녀의 기억 속의 병원은 아픔뿐이었으니까.

가까이에서 본 여자는 훨씬 더 경쾌하고 아름다웠다. 홑꺼풀의 눈은 시원스러웠고, 특별히 꾸미지 않았지만 화장기 없는 얼굴은 잡티 하나 없이 고왔다. 당당하고 자신감이 풍만한 모습은 어쩐지 연보다는 효인과 훨씬 더 닮은 인상이었다. 아마 그래서 연이 아닌 그녀 앞에서 효인은 더 스스럼없이 웃을 수 있었는지도.

"그런가요?"

"사돈처녀가 졸라대지 않았다면, 그대로 숙소에 있을 뻔했는데. 덕분에 고마워해야 하는 건가?"

"흥! 뭘 고마움씩이나! 그럴 위인도 못 되는 주제에……. 당신처럼 거만한 인간이 그런 인사나 할 줄 아시는지 몰라."

효인의 말에 사돈처녀, 유진은 건방지게 콧방귀를 뀌었다. 효
인이 누군가에게 고마워하는 인간이어야 말이지. 말은 청산유
수에 도무지 진지함이라고는 없는 남자라는 게 유진의 판단이
었다. 누구인지 모르지만 불쌍한 인생 하나 망가지는군. 유진은
안쓰러운 시선으로 연을 바라보았다.

"남유진이에요."

어찌 되었든 차분한 인상을 지닌 여자에게 유진이 먼저 손을
내밀었다. 아, 네……. 연은 서툰 기색으로 손을 마주 잡았다.

"말했지? 인간의 살을 썩둑, 썰어대는 외과의가 꿈인데다 꽃
이라면 잘근잘근 밟아대는 특이한 성격의 소유자. 그게 바로 여
기 우리 사돈처녀야."

듣기 싫다. '우리' 라는 말.

연의 첫인상에 호감을 느꼈던 유진은 자신에게 향한 모호한
눈빛을 의아하게 받아들였다. 뭐, 그리 자랑할 만한 성격은 아
니지만 이토록 처음 보는 사람에게 거부감을 줄 정도였나?

"남궁연이에요."

"그나저나 우리 사돈과는 무슨 사이?"

"애인!"

아직 연이 대답하지 않았는데, 효인이 불쑥 끼어들었다. 애
인? 유진이 눈을 동그랗게 떴다.

"푸른 청춘을 만끽할 줄도 모르는 메마른 그 누구와 달리 난

연애까지 하는 중이거든. 게다가 질긴 인간 살을 썰어대는 대신, 내 애인께서는 꿈과 희망을 주는 파티플래너거든."

잘난 척은! 유진이 코를 킁킁거렸다. 건네는 농담도 그녀에게 하는 것과 다르다. 유진 앞에 선 연은 몰래 발끝을 꼼지락거렸다. 심장이 따끔따끔 쏜다. 불편한 기색으로 제 시선을 피하는 연을 유진은 세심하게 살폈다.

"그건 선물인가?"

연의 손에 들린 도시락에 정신을 팔린 탓에 세 사람을 둘러싼 미묘한 감정선을 효인은 놓치고 말았다.

거참, 가슴 떨리는군.

효인은 쌉쌀한 미소를 지었다. 이런 맛에 연애를 하는 건가? 자신을 위해 준비해 온 연의 도시락에 효인은 몹시 감동했다.

"도시락?"

"배고플 것 같아서 간단히 만들었어요."

"당신이 직접?"

직접 만들었다는 말엔 효인뿐만 아니라 유진 역시 정말 놀랐다. 정말 저 인간이 연애를 한단 말이야? 냉혈하고 싸가지라고는 찾아볼 수 없는 인간, 강효인이? 제 입으로 하는 말을 듣고도 설마 농담이겠지, 했었다. 그런데 도시락까지 싸올 정도라면 재수없긴 하지만 연애한다는 효인의 말은 사실인 모양이다. 이 소문이 병원 안에 돈다면 의사들은 물론, 간호사들까지 몽땅 뒤집어질 대형 사고였다. 사돈까지 포함한 가족을 제외하고 효인은 좀처럼 남에게 제 속내를 보이는 남자가 아니었다. 유쾌한 웃음에 섣불리 대들었다가 냉혹하기 짝이 없는 그의 차가움에 된서리를 맞은 선배들이 한 트럭은 될 판이다. 유진이야, 뭐 사돈이니 예외적이었지만. 어찌 되었든 유진이 보기엔 효인은 결코 사랑 같은 걸 할 만한 인물은 아니었다. 그런데 야식을 챙겨온 애인이라니! 더더구나 직접 장만한 도시락이란다.

"이봐, 사돈처녀! 이만 사라져 주시지? 애인이 야식을 마련해 주어서 말이야."

헤실, 제 감정을 주체 못하고 질질 흘리는 몰골은 더욱 가관이었다. 이 남자가 정말 지금까지 그녀가 알던 강효인 맞아? 유진은 믿을 수 없는 얼굴로 효인과 연을 번갈아 보았다. 그러나 좀 묘한 분위기다. 엄청 좋은 모양인지 연방 방싯거리는 효인과 달리 그의 애인은 어딘지 몹시 심기가 불편한 인상이었다. 지적이면서도 세련된 이목구비에 소년처럼 짧게 자른 머리카락이 독특한 분위기를 자아내는 여자는 조용하고 차분한 모습이긴 했지만 효인을 바라보는 시선은 차가울 정도로 쌀쌀맞다. 차갑기로 말하자면 효인보다 더할 인간이 없을 줄 알았는데……. 유진은 고개를 갸웃거렸다. 정말 애인 사이 맞아? 그러기엔 여자가 아무래도 마음에 걸렸다.

"넉넉히 만들어 왔으니까 같이 먹어도 돼요."

"부족해! 저녁을 부실하게 먹어서 그렇지 않아도 허기지던 참이었어."

거짓말! 유진이 흥흥거렸다. 분명, 원내 식당에서 머슴밥처럼 수북이 쌓인 밥을 몽땅 해치우는 걸 두 눈으로 똑똑히 보았었다. 형부인 산 못지않게 먹성 좋은 효인이었다.

"제때, 식사 챙겨 먹지도 못하는 불쌍한 인턴에게 나누어 줄 만한 아량은 없다는 말이에요? 거, 인심 한번 야박하구만."

"불쌍한 인턴이 어디 있는 거지? 내 눈에는 성질 더러운 의사 지망생 하나, 보일 뿐인데?"

티격태격하는 두 사람의 모습에도 연은 동요하지 않았다. 연신 말싸움을 하면서도 효인의 미소는 절대 사라지지 않고 있었으니까. 두 사람 사이에는 연이 이해하지 못할 끈끈한 애정이 담겨 있었다. 이런 모습, 두 번째다.

그의 형수, 그리고 형수의 동생.

두 사람의 장난에 연의 평정심도 조금씩 사라지고 있었다. 불쾌해서는 아니었다. 그저 불편함 정도? 장난치느라 여념이 없는 두 사람 속에 선 자신의 모습은 딱 불청객의 그것이었다. 병원이라는 위치 상황도 그랬다. 이 속에서 유진과 효인은 그녀와 다른 세계다. 그것을 어떻게 받아들여야 할지 연은 알 수가 없었다. 불쾌하지는 않았지만 그런다 해서 아무런 영향을 주지 않은 건 아니었다. 연은 분명 아파하고 있었다. 그녀가 침투할 수 없는 효인의 또 다른 세계. 연은 질투가 났고, 그것은 상처가 되었다. 그는 사랑이란 걸 하고 싶어하지만, 그렇다고 자신의 경계선에 그녀를 넣어줄 생각도 없어 보였다. 그녀는 그가 허락한 세상에 머무는 장난감에 불과했다. 연의 심장이 싸늘하게 식어 내렸다. 이곳에 도착하기 전까진 얼마나 행복했었는가. 그의 음식을 준비하고, 어머니에게 쉽게 농담을 건넸던 그 순간이 실상은 행복이었다는 걸, 그것이 깨어진 순간 연은 깨달았다. 그녀에게 웃지 말아요. 연은 속으로 중얼거렸다. 그렇게 따스하고 부드러운 미소를 짓지 말아줘요.

"또 형수님인가요?"

제발 사라져 줘!

연은 끝없이 자신을 괴롭히는 질투를 뿌리치려 했지만 이미 통제 불능이었다. 불쑥 튀어나와 버린 연의 말에 효인이 핑글, 몸을 돌렸다. 조금 전까지 유진을 향해 찡긋거리던 장난스런 윙크도 사라지고 없었다. 순식간에 싸늘하게 변모하는 효인의 눈빛에 연은 자신도 모르게 오싹해졌다.

"사돈처녀! 나중에 정말 근사한 수술, 보여줄 테니까 오늘은 잠시 자리를 비켜주지? 우리 애인의 심기가 좀 상하신 것 같아서 말이야."

연에게 시선을 고정한 채 효인이 유진을 내쫓았다. 뭐? 형수님? 자신의 언니 유인을 말하는 건가? 아직 정확한 사태를 짐작하지 못한 유진이 두 사람을 흘끔거렸다. 도무지 알 수 없는 커플이군. 그런 표정이었지만 그래도 별말없이 곧장 사라져 주긴 했다. 아무리 그녀라 해도 이런 표정을 짓는 효인을 건들 만큼 담대하지는 않았다. 형부도 그렇지만 이 강씨 집안 남자들! 성질 한번 지랄맞다.

바삐 사라지는 유진의 뒤로 효인과 연은 서로 마주 보았다.

"아, 이런……."

효인이 느릿, 입을 열었다. 굳어진 효인의 표정에 연의 어깨에서 살짝 힘이 빠졌다. 또다시 경계선 침투! 이젠 그의 표정만으로도 알 수 있을 것 같다.

"도시락 같이 먹지 그래? 혼자 먹기엔 양이 많을 것 같은데."

효인이 손에 든 도시락을 들어 올렸다. 애써 짓는 그의 미소에도 연의 고통은 사라지지 않았다. 웃지 않는 눈동자. 조금 전까지 느슨하게 풀어져 있던 그의 갈색 눈동자는 다시 예전처럼 차갑게 빛을 발하고 있었다. 그 의미를 누구보다 잘 아는 연은 효인의 웃음에도 넘어가지 않았다.

"또 경계선 침투죠?"

연은 담담한 어투로 물었다. 솔직히 궁금했다. 그의 경계선 안에 그녀라는 존재는 들어가 있을까?

"당신은 나에 대해 알고 있는 게 뭐지?"

효인이 웃었다. 차갑고 소름 끼치는 섬뜩한 웃음이었다. 여기서 멈추어야 해. 분명 그녀의 이성은 그렇게 외치고 있었다. 그러나 이성이 감성을 통제하지 못한 불우의 사태가 일어났다. 그건, 효인의 탓이었다.

쉽게 무방비하게 노출되는 그의 모습은 언제나 형수와 관련이 되어 있다. 형수를 닮은 유하, 형수의 동생, 그리고 형수…….

승혜의 생일 파티에서 스스럼없이 형수를 대하던 효인의 모습이 독처럼 피어올라 연은 몸살을 앓았다. 왜 이러는 거지? 스스로 이해할 수 없는 일이었다.

언제나 냉정하다는 남궁연이라는 여자는 어디로 사라진 걸까?

그의 웃음이 아팠고, 그의 허물어진 눈동자가 아팠다. 그리고 자꾸 그의 마음을 제멋대로 규정지어 버리는 자신의 오만함이 아팠다. 분명, 효인은 경고했었다.

규정짓지 마!

자신의 마음을 그녀의 가치 기준으로 규정짓지 말라, 효인은 경고판을 걸었었다. 그 결계를 연은 깨뜨리고 있는 것이다.

"내가 알고 있는 당신은 마음을 감추지 못해. 그래서 너무나 순진한 얼굴로 상대의 정곡을 찌르지. 스스로도 어찌할 수 없이 말이야. 그렇지 않아?"

효인의 음성은 소름이 돋을 정도로 감정이 없었다. 굳어진 그녀의 입술은 좀처럼 열리지 않는다. 왜 형수 앞에서의 당신의 모습은 다른 거죠? 분명 경계선을 침투한 건 그녀의 잘못이었다. 그렇지만 형수와 관련된 그의 태도는 지나칠 정도로 엄격했다. 아무도 그의 형수를 건드릴 수 없었다. 마치 신성불가침의 지역처럼. 피곤했다. 더 이상 그의 감정을 건드는 것도, 자신에게 쏟아지는 그의 냉혹한 시선을 견디는 것도 힘들었다. 그녀가 좋아하던 술병을 건네며 환하게 웃던 남자는 어디로 사라졌을까? 매일 자신에게 전화 걸던 효인의 목소리를 뇌리 속에서 지우며 연은 순순히 사과를 했다.

"미안해요."

"글쎄?"

효인은 회의적이었다. 철저히 장막을 치는 그의 말투에 연의 시선이 아래로 떨어졌다. 그 끝에 그의 손이 놓여 있었다. 조금 전, 사돈처녀의 머리카락을 다정스럽게 흩뜨리던……

"그녀를 사랑하는 거죠? 그녀를 닮은 유하를 사랑하듯, 그녀의 동생에게 다정하듯…… 그렇게."

그녀가 던져 버린 직격탄이 두 사람 사이의 가장 깊은 곳을 건드렸다는 걸 직감적으로 알아차린 건 연만은 아니었다. 효인의 입술이 비틀렸다. 형수를 모욕하는 연의 말에 효인은 깊이 실망했다. 그녀라면 조금 더 통찰력이 있을 줄 알았는데…… 가족과 사랑은 분명 다르다. 가족 앞에서만 웃을 수 있는 그의 트라우마를 왜 알아차리지 못하는 걸까? 그녀에 대한 실망감으로 효인은 전투력을 상실했다. 화가 났지만 화를 내지는 않았다. 그녀가 상처를 입는 건 자신의 상처였으므로. 그래서 효인은 이미 자신과 유인에 대한 결정을 내려 버린 연을 설득하는 대신 기꺼이 뒤로 물러서기로 결정했다.

"역시, 내게 연애라는 건 어울리지 않는 옷인가 보다. 당신 말에 부정할 수 없어."

순간, 연의 눈동자가 흔들렸다. 모호한 대답은 충분히 오해를 살 만했다. 효인이 말을 이었다.

"하지만 긍정할 수도 없지. 대답은 이미 당신의 몫이니까. 야식은 사양해야겠군."

효인의 연의 손을 붙잡았다. 도시락을 전해주기 위해서가 아니라면 결코 잡고 싶지 않은 그의 마음이 고스란히 전해오는 손길이었다. 연은 묵묵히 그가 건네준 도시락을 받았다.

긍정할 수도, 부정할 수도 없는 해답이 연에게 있다는 그의 말은 정답이었다. 그녀 스스로 이미 결정해 버렸으니까.

형수를 사랑해.

연은 이미 그렇게 결론을 내리고 있었다.

자신에게 돌아서는 그의 등을 연은 오랫동안 바라보았다. 그는 한 번도 돌아보지 않았다. 한 번쯤은 돌아봐 주었으면 좋았을 텐데. 아니면 평소처럼 '무슨 쓸데없는 농담이야!' 라며 빙글대거나. 효인에게서 돌려받은 도시락을 든 채 연은 다시 걷기 시작했다. 조금 전까지 빼어난 수려함을 자랑하던 뜨락도 더 이상 눈에 들어오지 않았다.

뭐지?

느닷없이 치솟는 불기운에 연은 제 뺨을 쓸었다. 머리카락을 온통 태울 것처럼 뜨거운 열기가 걷잡을 수없이 휘감아 돌았다.

질투야.

연은 중얼거렸다. 그녀 생애 처음으로 질투를 한 거다.

"재수없어!"

차에 올라서도 한참을 출발하지 못하던 연이 짧게 내뱉었다. 규원이 그녀에게 상처 주었던 것이 고스란히 스스로에게서 터져 나왔다.

정말 재수없다. 남궁연이라는 여자!

#13

강 원장의 시선이 힐끗거렸다. 눈치 빠른 몇몇 스태프들의 시선 역시 강 원장을 따라 강효인 과장에게로 향했다. 아들을 바라보는 그의 시선은 자못 흥미로워보였다. 그러나 다른 스태프들은 그런 강 원장의 시선이 더욱 의아할 뿐이었다. 효인은 평소와 다름이 없었다. 아니, 평소보다 더 예리하고 날카로웠다.

수술 환자에 대한 정보도 실수가 없었고, 수술 시 일어날 수 있는 모든 응급 상황에 대한 판단이나 처우 방법에 대해서도 완벽했다. 그의 브리핑을 듣는 것만으로도 수술의 결과는 의심할 것 없는 성공이었다. 아직 어린 나이임에도 불구하고 뛰어난 솜씨와 빠른 판단력, 그리고 대담한 결정력을 지닌 강 과장이기에 가능한 수술이었다. 그는 타고난 외과의였다. 힘든 수술을 앞둔 효인의 표정은 담담하고, 여전히 유쾌했다. 싱긋거리는 미소가 가끔은 그보다 못한 이들을 비웃는 듯 기분 나쁠 때도 있긴 하지만 강효인이란 인간은 원래 그랬다.

곧 있을 수술에 대한 브리핑을 끝나자, 모두들 자리에서 일어섰다. 박수를 쳐주고 싶을 만큼 효인은 완벽했다. 그리고 수술실에서도 역시 완벽할 것이다. 장시간의 브리핑에도 힘든 기색 하나 없는 효인의 모습은 힘든 수술을 앞두었다기보다 마치 즐거운 휴가를 떠나는 사람처럼 상큼했다. 그 모습이 눈에 거슬리는 건가? 스태프들은 강 원장의 눈치를 살폈다. 서른일곱의 세월을 키웠으니 제 아들의 그런 건방짐이야 이미 익숙해졌을 테고, 효인의 저 얄미울 정도로 느긋한 여유로움은 본디 타고난 거니 새삼스러울 것도 없었다.

도무지 알 수 없는 부자간이라 다들, 속으로 쑥덕거리며 자리를 벗어나자 강 원장이 효인의 곁으로 다가왔다.

"뭐가 불만이냐?"

단도직입적이었다. 효인은 피식, 웃었다.

"어찌 그리 큰아들과 닮으셨는지요?"

"그 녀석이 날 닮았겠지. 새삼 그것 때문에 기분이 상한 거냐?"

아버지의 질문에 효인은 시시껄렁한 태도로 '아니요' 하고 부정했다.

"결혼 때문이냐?"

이번에도 고갯짓으로 부정을 했다. 그러나 강 원장은 결혼 문제라 단언했다. 아무리 큰 수술이라 해도 저 잘난 맛에 살아가는 둘째 아들의 심경에 변화를 일으켰을 리 만무했다. 그렇다고 자신들 부부가 아들의 심정을 건드린 적도 없으니 단연코, 여자 문제다.

"그 여자 아이, 데리고 와라. 결혼이야 수술 끝나면 생각한다고 해도 얼굴 한번 보는 게 뭐 힘든 일이겠냐?"

"싫습니다."

싫다?

강 원장의 입술이 올라섰다. 버르장머리라고는 눈을 씻고 찾아봐도 없는 아들 녀석의 태도 때문이 아니라 결혼 운운하던 녀석이 갑자기 발을 빼는 데에 대한 의아함이 더 컸다. 팽팽하게 당겨진 효인의 침묵에 강 원장은 결국 어깨를 으쓱거리고 말았다. 단단히 고집이 서린 눈빛인 탓이었다. 냉철하게 빙글대는 웃음 속에 든 불 화산을 못 알아볼 만큼 둔하지는 않았다. 브리핑을 하는 내내 연방 미소를 흘리긴 했지만 이글대는 눈동자엔 선명한 분노가 서려 있었다.

싸운 모양이군.

강 원장은 추측했다.

"벌써 50%는 먹었다."

강 원장이 툭 내뱉었다.

"너한테 이 정도의 감정을 끌어낼 수 있는 여자라면 반은 허락이라는 뜻이야. 남은 반은 네 어미 몫이니 알아서 하고, 결혼 날짜는 편한 대로 잡아라. 긴한 수술 날짜는 피해서."

그리고는 천연덕스럽게 사라지는 아버지의 등을 향해 효인은 어이없어했다.

"쳇! 대체 뭘 들으신 거야?"

효인이 평소와 다름없이 진료를 하고, 식사를 하고, 한 번도 거르지 않고 훈련을 했듯, 연 역시 마찬가지였다. 효인보다야 제 감정을 감추는 게 조금 더 서투르기는 했지만 꼬박 식사도 챙겨 먹었고, 파티 준비도 꼼꼼히 잘하였으며 평소와 다름없이 평온한 매일을 보냈다.

그런 일상 중에 '빅토리아'는 회식을 가졌다. 얼마 전, 한 여성지에서 유망업종으로 파티플래너를 소개하는 코너에 '빅토리아'를 취재한 기념 행사였다. 리포터와 카메라맨의 설득에도 불구하고 사진 촬영을 끝내 거부한 연 덕분에 약간은 미진한 취재이긴 했지만 어찌 되었든 다들 기분이 제법 괜찮았다.

"나, 결혼하게 될 것 같다."

거나하게 술 한 잔이 돌고, 호기있는 목소리로 '브라보!'를 외친 후 느닷없이 선영이 선포했다. 전쟁을 앞둔 병사처럼 지극히 비장한 모습이었다.

"우와! 정말요?"

하고 탄성을 지른 건 찬희였다. 그사이, 윤기주와 계속 연애 중인 건 알았지만 급작스런 결혼 발표 소식엔 다소 놀란 표정이었다. 이제 겨우 두 달 정도 사귄 것만으로도 결혼을 결정할 수 있는가? 는 다른 문제였고.

"놀란 기색도 안 하나?"

담백한 연의 표정에 선영이 투덜거렸다. 연은 테이블에 놓인 소주를 홀짝 털어 넣었다. 알코올 도수를 낮춰 부담이 없기는 했지만 어딘지 섭섭한 맛이었다.

"윤기주 씨가 아닌 다른 남자와 결혼하는 게 놀랄 일이지."

"다른 남자와 결혼할 수 있지, 뭐, 뭐!"

선영이 오기를 부렸다. 막상 결혼한다고 생각하니 뭔지 아쉽고 손해 보는 기분도 들고, 마냥 기분 좋지만은 않다는 것이 솔직한 심정이었다. 차라리 연이 섭섭해하거나 걱정하는 기색이었다면 반대급부로 '쉬운 결정 아니야. 그냥, 결혼하고 싶어졌어'라고 고집을 부려보았을 텐데 흐르는 물처럼 담담히 받아들이니 오히려 말하는 입장에서 맥이 빠졌다.

"언제 해요? 설마 여름에 하는 건 아니죠? 뭐야, 난 연 언니가 먼저 할 줄 알았는데……."

찬희만 신이 났다. 어린 나이라 그런지 아직 결혼에 대한 환상이 남은 모양이었다.

"상견례 한 지 얼마 되지도 않았는데 갑자기 결정이 빨라졌

어. 기주 씨 아버님 칠순이 금방이라 그전에 며느리 본다고 서
두르시잖아. 기주 씨가 인사만 드리자고 해서 간단히 그럴 생각
이었는데 보자마자 대뜸 결혼을 말씀하시는 거야. 당황해서 혼
났어."

그사이, 상견례까지 치른 것도 몰랐다. 찬희가 끈덕지게 묻는
다.

"그래서 윤기주 선생님이 결혼하자고 한 거예요?"

"그러게. 아직은 좀 이른 것 같다고 했는데 아예 우리 부모님
앞에서 무릎 꿇고 청혼하는 거야. 느슨하기만 하던 사람이 진지
하게 그러니까 더 이상은 미룰 수가 없더라고. 그래서 그냥 결
정했어. 어차피 결혼할 생각이라면 시기 좀 앞당기는 게 뭐 어
떨까 싶기도 했고."

사람 좋게 허허거리던 모습에서 이런 강단이 있었나 보다. 연
은 그제야 조금 선영이 부러워졌다. 차갑게 바라보던 서늘한 효
인의 눈빛이 예고없이 떠올랐다. 부르르, 몸을 떨며 연은 다시
소주 한 잔을 부었다. 목을 타고 넘는 뜨거운 열기에 한기가 조
금 가셨다.

"피로연은 내가 해줄게."

캬아! 소리 한번 내지 못하고 쓴 소주를 한 번에 삼켜 버린 연
이 말했다.

"됐어. 결혼 자금이 얼마 없어서 그것까지는 무리야."

"내가 해주는 결혼 선물이야. 대신 축의금은 없어."

"아무튼 축하해요, 언니! 연 언니도 이러다 갑자기 시집가 버리면 나만 외로워지는 거 아니에요?"

선영이 결혼 소식에 연까지 연결시키며 찬희가 앞서 수선을 떨었다. 그 수선 속에 연은 홀로 술잔을 채웠다. 벌써 한 병이나 비웠는데도 취하지가 않는다.

"술이 너무 순하다."

말없이 잔을 비우던 연이 불쑥 내뱉었다.

"순하기는…… 벌써 취한 것 같은데?"

"아니야. 맛이 없어. 레미마틴 먹고 싶은데."

난데없이 레미마틴이 마시고 싶다는 말에 선영이 황망히 바라보았지만 연의 말짱한 얼굴은 술기운이 없었다. 정말 마시고 싶은 걸까? 헷갈렸다.

"언니, 레미마틴이 뭐예요?"

찬희가 호기심을 드러냈다.

"양주."

"그거 맛있어요?"

"맛있기는…… 술 맛이 다 그렇지 뭐."

"우리 그거 마시러 가요."

"섞어 먹으면 더 취할 텐데……."

선영이 말끝을 흐렸다. 연은 여전히 반듯한 자세로 앉아 있었다. 술에 취한 것 같지도 않지만 또 평소와 같지도 않았다. 효인 씨와 무슨 일 있나? 고개를 갸웃하며 선영은 자리를 털었다.

"그래, 뭐 마시자! 내일 북어국 한 대접 마시면 되겠지."

신이 난 얼굴로 따라 일어선 찬희와 달리 연은 여전히 무심한 얼굴로 자리를 일어섰다. 모르는 사람이 보면 선영이 '레미마틴'을 마시고 싶어한 것처럼 무감동한 표정이었다. 이거, 좀 심각한 거 아냐? 연을 보며 선영은 조금 걱정이 일었다.

선영의 전화가 걸려온 건 그가 오랜 시간 준비했던 바티스타 수술을 끝낸 후 죽음처럼 깊은 잠에 빠져 있을 때였다. 바티스타 수술처럼 고도의 기술과 정밀한 집중력을 요하는 수술 끝나면 긴 시간 내내 바짝 긴장된 근육과 세포들을 이완시켜 주는 그만의 방법이었다. 이런 휴식을 취하는 효인을 절대 깨우지 않는 건 병원 내의 불문율이었다. 세상 어떤 일이 있어도 결코 방해받지 않는 그의 휴식이라, 솔직히 연의 문제만 아니었다면 결코 잠에서 깨지 않았을 것이다.

[강효인 씨! 우리 한 잔 했는데, 연이 막 취해가지고 집에 안 간대요.]

선영의 목소리 역시 잔뜩 취기가 올라 있었다.

"지금 어디신가, 김선영 씨?"

[어디? 아…… 우리가 지금 어디게요?]

"이봐요, 김선영 씨! 나 지금 자다가 깬 터라 그리 상태가 좋지 못하거든요? 우리 남궁연 씨나 좀 바꾸시지?"

[어, 안 되는데. 연 지금 자는데……. 남궁연, 일어나! 일어나

보라니까! 효인 씨 전화 받어!]

저러다 사람 하나 잡겠군. 부스스한 머리를 쥐어뜯으며 효인은 선영을 말렸다.

"됐으니까, 지금 어디 있는지나 말해요."

[남궁연! 일어나라니까!]

"됐다니까! 김선영 씨, 당신 지금 어디야?"

발칵 성을 내며 효인이 선영을 붙들었다. 그러나 술 취한 선영은 성난 그의 기색을 알아차리지 못하고 혼자 계속 키득거렸다. 정말 당장 눈앞에 있다면 정신 차리라 머리통이라도 쥐어박고 싶은 심정이었다. 불분명한 발음으로 주절거리는 선영의 횡설수설 속에 겨우 위치를 찾아낸 효인이 아직 깨지 못한 잠을 급격히 털어내며 곧장 차에 올랐다.

"이 아가씨들 오늘 왜 이러냐?"

술집에는 기주가 먼저 와 있었다. 선영의 전화를 끊은 후, 기주에게 연락했었는데 거리상 가깝다 보니 먼저 도착한 모양이었다. 기주 역시 잠 기운에 나선 탓에 효인 못지않게 흐트러진 몰골이었다. 테이블 위에 널브러져 있는 세 명의 여자를 보며 성격 좋은 기주는 허허거렸지만 효인은 달랐다. 테이블 위에 뒹굴고 있는 갈색 병의 의미를 그 누구보다 잘 알기 때문이었다.

"그나저나 애인 놔두고 이 아가씨는 왜 너한테 전화했다니?"

기주가 또다시 물었다. 그러나 역시 대답은 냉랭한 침묵뿐이었다. 차갑게 굳은 효인의 표정에 기주는 고개를 갸웃거렸다.

"참, 우리 결혼한다. 선영 씨랑 나!"

"……그래."

여기 도착한 후 처음으로, 효인의 입이 열렸다. 그다지 놀란 눈치는 아니었다. 아니, 솔직히 무심함에 더 가까웠다. 그에게는 오랜만에 만난 친구의 결혼 소식보다 연이 더 신경이 쓰였다. 끙끙대며 기주가 힘없이 뻗은 선영을 일으켜 세우느라 용을 썼다.

"뭐야! 효인 씨한테 전화했는데 우리 애인이 왔네?"

취기 속에서도 제 애인을 금방 알아본 선영이 기주 뺨에 제 얼굴을 부비며 반색을 했다.

"웬 술을 이렇게 마셨어? 인사불성이네."

"우리 연이가 레미마틴 마시고 싶다고 해서."

그럴 줄 알았다. 선영의 말에 효인의 미간이 더욱 찌푸려졌다. 술에 취해 쓰러진 주제에 연은 평소와 다름없이 단정한 자세였다. 아팠을 거라 생각은 했다. 하지만 그 역시 아팠다. 둥둥, 울리는 심장의 고동마저 지독한 통증이 느껴지는.

"이 아가씨는 어떻게 하지?"

선영을 부축하느라 힘겨운 기색인 기주가 찬희를 가리켰다.

"내가 집 알아. 먼저 선영 씨 데리고 가. 여긴 내가 알아서 할 테니까."

"괜찮겠어?"

효인이 집도하는 수술을 알고 있는 기주가 눈치를 살피며 물었다. 굳이 결혼 소식을 알리지 않은 것도 바티스타 수술이 어떤 것인지 알기 때문이었다. 수술을 앞둔 효인은 보통, 잘 건들지 않는 편이다. 이 일이 수술에 영향을 주지 않을까, 나름 배려한 기주의 말에 효인은 고개를 끄덕였다.

"수술, 오늘 끝났어."

"잘됐고?"

"대충은."

하지만 성의없는 대답과 달리 완벽한 성공이었을 것이다. 힘든 수술을 끝낸 친구의 어깨를 툭툭, 두드려 준 후 기주는 제 애인을 안은 채 술집을 나섰다. 세 사람이 마신 술값을 치르고 효인은 가뿐하게 두 여인을 제 차에 실었다. 이상하기도 하다. 분명 같은 술을 마셨을 텐데 찬희에게서는 느끼지 못한 마른 과일 향이 연에게는 풍겼다. 달콤하고, 유혹적인 향이 그녀가 숨을 한 번 내쉴 때마다 코끝을 스쳤다. 그게 좀 괴롭다.

찬희를 제 집에 실어놓고, 연과 단둘이 차에 남은 효인은 잠시 숨을 골랐다. 수술을 앞둔 며칠간의 피로가 한꺼번에 몰려온 데다, 아직 제대로 휴식을 취하지도 못한 효인은 지친 숨을 돌리며 담배를 입에 물었다.

"우리, 잡지에 나와요."

갑자기 터져 나온 연의 목소리에 입에 물었던 담배가 바닥으로 뚝 떨어졌다. 뭐? 재빠르게 옆에 앉은 연을 바라보았지만 여전히 눈을 감은 채였다. 순간, 환청을 들은 줄 알았다.

"잘 지냈는데……. 일도 열심히 하고, 밥도 잘 먹고, 잡지 인터뷰도 잘하고."

자박한 음성이 술의 향에 섞여 나왔다. 말짱한 음성이라 자신에게 한 줄 알았는데 술주정이었다. 피식, 웃으며 효인은 그래, 하고 대답해 주었다.

"그런데 좀 외로워요. 쓸쓸하기도 하고, 슬퍼져. 왜 그런지 모르겠어요."

"날 사랑해서 그래."

"당신 생각만 하면 여기가……."

연이 제 가슴을 가리켰다.

"여기가 막 아파. 전기가 흐르는 것처럼 짜릿하기도 하고, 얼음 속처럼 써늘해지기도 하고. 내 심장이 고장 났나 봐요."

"애인이 심장 전문의인데 뭘. 금방 고쳐 줄게."

"나…… 좀 화가 났는데. 당신이 그 여자 보면서 환하게 웃어서 좀 화가 났는데……."

효인의 대답은 귀에 닿지 않은지, 연은 계속 혼잣말이었다. 말하는 중간, 깊은 한숨을 쉬기도 하고, 피식 웃기도 하고. 참, 술주정을 얌전하게도 한다. 생각하며 효인은 천천히 연의 집으로 향했다. 혼자 주절대던 주정도 잠깐 멈추어 있었다. 돌아보니, 다시 잠들어 있다.

"화내서 미안."

효인이 잠이 든 연에게 말했다. 혹시 기억하지 못한다 해도 상관이 없었다.

"유인인…… 유인인 내게 특별한 존재라서 대답하기 좀 곤란했어. 가족이 아닌 다른 사람에게 그토록 마음을 준 건 처음이었거든. 유인이에 대해서라면 나도 어쩔 수 없이 관대해지고 마는 거니까. 그걸 사랑이라고 규정해 버리는 당신이 답답하기도 하고, 설명할 수 없는 내가 짜증스럽기도 하고. 왜 당신은 나만 바라보지 않을까? 생각했어."

연은 대답이 없다. 쌕쌕, 편한 숨소리가 들리는 걸 보아 깊이 잠이 들었나 보다. 그런 그녀를 잠깐 훔쳐본 후 효인은 일부러 길을 돌았다. 차의 규칙적인 흔들림 속에 더욱 잦아드는 연의 숨소리를 들으며 효인은 깊은 사념에 빠졌다. 차 안엔 연이 마신 술 향과 침묵만이 가득 찼다.

왜 유인이란 존재가 연의 신경을 건드리는 걸까? 처음엔 이해할 수 없었다. 솔직히 지금도 전부를 다 이해한 건 아니었다. 차라리 그에게 물어보았으면 좋았을 텐데.

"또 형수님인가요?"

묻는 연의 목소리에선 이미 답이 정해져 있었다. 그가 부정을 하든 긍정을 하든 아무 상관이 없는 단정적인 질문에 화가 났다. 설사, 그 자리에서 유인은 단지 형수야! 라고 말을 했던들 연은 믿었을까?

아니라 생각했고, 그래서 차갑게 내쳤다. 테이블 위에 놓여진 레미마틴을 바라보며 자신의 그러한 태도가 연에게 생각보다 더 큰 상처가 된 것도 알아차렸다.

효인이 한 손을 뻗어 연의 뺨을 가볍게 쓸었다.

"참, 손 많이 가는 여자야. 그래서 당신이 자꾸 신경 쓰여. 사랑하는 걸까?"

하지만 연은 듣지 못했다. 멈추어진 차 안에서 효인이 가볍게 입을 맞춘 것도, 그리고 작은 목소리로 '사랑해, 남궁연!' 속삭인 것도.

"네 그 잘난 애인 봤어. 대체 그게 뭐야? 내가 사윗감을 그런 식으로 처음 봐야 해?"

다음날, 연이 지독한 두통에 시달리며 눈을 떴을 때 어머니가 콩나물국을 내던지며 화를 버럭 냈다.

"무슨 소리예요?"

"미래 사윗감이 술에 취해 인사불성인 내 딸을 데리고 나타났다고! 창피해서 정말 딱 죽고 싶었어. 넌 얘가 어쩜 그렇게 무신경하니? 잠자다 일어나서 머리도 엉망인데다, 화장도 안 했단 말이야."

어머니의 불평은 귓전으로 흘리며 연은 잠깐, 기주를 떠올렸다. 혹시 선영이 기주에게 연락했을 수도 있으니까. 그러나 제 앞에 놓인 콩나물국을 바라보며 연은 어머니가 말한 남자가 효인이라 단정했다. 어제 꽤 술을 많이 마셨었는데. 자신도 기억하지 못한 무방비한 모습을 그에게 들켰다 생각하니 몹시 당황스러웠다.

"네 애인이 사준 콩나물이다. 북어는 없었대."

지끈, 골이 아프다. 어제는 꿈을 꾼 걸까? 효인이 사 온 콩나물로 끓인 국을 깨작거리며 연은 어제의 일을 떠올리려 애를 썼다. 하지만 겨우 떠오르는 단편적 장면 속에서도 효인은 없었다. 그가 어떤 모습을 본 걸까? 부디 실수가 없기를 바랄 뿐이었다.

"똑, 죽고 싶다아~"

죽을상을 한 채, 선영이 몸서리를 쳤다. 핏기 하나 없는 허연 얼굴은 손만 대도 바스러질 듯 푸석했다. 아침 출근 전, 잠깐 거울 속으로 바라본 제 얼굴도 선영과 다름없음을 떠올리며 연은 치밀어 오르는 욕지기를 삼켰다. 시원한 콩나물국을 먹었어도 한번 뒤집어진 속이 쉽게 가라앉지 않아 선영의 말처럼 차라리 죽고 싶을 만큼 쓰리고 아팠다.

"비싼 술 먹으면 뒤끝도 좋다던데, 그 술 좋은 거 아닌가 봐요."

일껏 비싼 레미마틴을 먹여놓았더니 찬희가 옆에서 생뚱맞게 끼어들었다.

"그거 좋은 술 맞아. 섞어 먹어서 그래. 그러게 소주만 먹자니까."

찬희 타박과 선영의 잔소리에 연은 물색없이 사진 정리를 하느라 바쁜 척을 했다.

"참! 어제, 집에는 잘 갔어? 효인 씨한테 전화한 것까지는 기억나는데 그 뒤로는 완전히 먹통인 거 있지?"

"잘 갔어. 잠도 잘 잤고."

더 이상 모른 척하는 것도 이상해 대충 대답했다.

"기주 씨가 그러는데 어제 효인 씨, 수술이 끝난 날이라서 다행이었다더라. 그렇게 큰 수술 전에는 엄청 예민해서 웬만해서는 건들지 않는 게 좋다고……."

그게 엄청 예민한 건가? 늘 자정쯤에 전화를 걸던 목소리는 '예민' 하고는 거리가 좀 있었던 것 같다. 환자가 겨우 아홉 살이라 안쓰럽다는 말은 했었지만 특별히 예민한 기색은 없었다. 농담도 잘했고, 목소리도 가벼웠다. 잘 웃고…….

갑자기 통증이 쏟아졌다. 이번엔 위보다 조금 더 위쪽, 가슴.

"저, 여기 퀵서비스 왔는데요?"

모두, 소금에 절여놓은 배추처럼 늘어져 있던 사무실로 한 남자가 삐죽 고개를 내밀었다.

"퀵서비스요?"

"여기, 남궁연 씨라고 계시죠?"

새빨간 눈자위를 한 세 여자의 시선이 일제히 향하자 남자가 몹시 곤혹스러운 모습으로 작은 봉투를 내밀었다. 호기심으로 반짝거리는 두 쌍의 눈동자에 연은 누구냐, 물을 엄두도 못 내고 내민 종이에 사인을 했다. 누가 보냈는지 묻지도 않았다는 걸 남자가 떠난 후에야 비로소 깨달으며 열어본 봉투에서는 '유한병원'의 로고가 찍힌 줄줄이 약봉지와 물약들이 염치없이 쏟아져 나왔다.

"술 깨는 약 아냐?"

선영이 후다닥 다가와 약을 받아 들었다. 모두 세 개씩인 걸 보니 세 사람이 나누어 먹으라는 뜻이다.

"효인 씨가 보낸 거야?"

"아마도."

연이 대답하며 약을 내밀었다. 냉큼 받아가는 찬희와 달리 선영은 고개를 저었다.

"출근길에 기주 씨가 약 사줬어. 아침에 데리러 왔더라고."

"뭐야! 애인 없는 사람은 술에 절어도 그만인 거야?"

한입에 약을 털어 넣으며 찬희가 너스레를 떨었다. 연은 손에 들린 약을 가만, 내려 보았다. 그의 마음을 모르겠다. 비웃는 것 같기도 하고, 걱정스러운 것 같기도 하고.

"난 잘 모르겠는데……."

연의 중얼거림에 선영만 '응?' 하고 아는 체를 했다.

"왜 안 먹어?"

효인이 보낸 약을 고이 서랍에 챙겨 넣은 연에게 선영이 물었다.

"속 안 쓰려? 어제 제일 많이 먹었잖아."

"아침에 해장국 먹었어."

"그래도 보낸 사람 성의가 있지."

"그냥……."

맹숭한 연의 얼굴에 뭔가 더 물으려던 선영은 눈치껏 입을 다물고 말았다. 효인이 보내온 약이 처박힌 서랍을 한번 흘금거린 것 외엔 철저히 관심을 끊던 연에게 오후쯤 반갑잖은 손님이 찾아왔다. 민석의 귀국 파티 이후로 오랜만에 얼굴을 내민 규원이었다. 그 뒤로 사과랍시고 걸려온 전화에 꽤나 매몰차게 대했었는데……. 그래도 기죽은 기색이 없는 걸 보니 여간 뻔뻔한 낯이 아닌가 보다, 생각하며 연은 떨떠름하게 그를 맞이했다.

"무슨 일이에요?"

냉랭하기 짝이 없는 말투에 살짝 미간을 찌푸리긴 했지만 규원은 별 다른 내색은 하지 않았다.

"차도 한 잔 안 주는 거야?"

"여긴 고객들에게만 제공되는 공간이에요."

잘난 이규원이란 인간은 고객도, 그리고 그녀의 손님도 아니라는 뜻이다. 그러나 그녀의 거절 따위는 별 영향을 주지 못한 듯 규원은 제멋대로 털썩, 자리에 앉았다.

'쟤 뭐니?'

선영이 못마땅한 기색을 여실히 드러내며 규원을 쏘았다.

"고객이면 되잖아?"

"이규원 씨를 고객으로서 볼 일은 없다고 분명 말하지 않았나요? 아님, 기억력이 나쁜 건가요?"

효인과의 일이 없었다면 이렇게 날을 세우지는 않았을 것이다. 그러나 며칠 전 효인과의 다툼도 있었고, 어제 일까지 겹쳐서 이것저것 마음이 좋지 않은 터라, 괜한 규원에게만 타박이 심했다. 어느 정도, 그와 상관없는 화풀이라는 걸 알았지만 그래도 여전히 그를 바라보는 시선이 곱지 않았다. 연의 날카로운 어투에 규원이 피로한 몸짓으로 제 얼굴을 쓸었다.

"이틀 전까지 그리스에 있다가 왔어. 귀국하자마자 보고서 쓰느라 바빴고. 이제 겨우 짬을 내서 온 건데, 너무 그렇게 몰아세우지 마. 피곤하고 지쳐."

"오라고 한 적 없어요. 다시 볼 수 없다면 더 좋구요."

"남궁연! 동대문 안 가?"

보다 못한 선영이 끼어들며 눈치를 주었다. 얼른 쫓아내라는 뜻이다. 대충 규원과 연의 관계를 어림을 한 찬희 역시 날치름하게 그를 노려보았다. 규원은 자신에게 향한 세 여자의 완벽한 장벽 사이에서 한숨을 내쉬었다.

"고객으로서가 아니라면 한 남자로서 잠깐 할 이야기가 있어."

남자로서? 연은 콧방귀를 뀌었다. 그건 고객보다 더 용건이 없는 위치였다. 한 남자라니! 어처구니가 없었다. 오만하므로 자신을 제외한 어떤 것도 제대로 볼 수 없는 남자. 규원에 대한 판단을 내리며 연은 규원 못지않게 오만하지만, 다른 이에 대한 뛰어난 통찰력을 가진 또 하나의 남자를 떠올렸다.

오만해서 사랑을 못하는 남자와 뛰어난 통찰력 때문에 사랑

을 하지 못하는 남자 중 누가 더 안타까운 건지는 차치하더라도
말이다. 하지만 자신이 사랑을 하고 있노라, 어리석은 착각이라
도 할 수 있는 규원이 어쩌면 효인보다는 더 행복하지 않을까?
하는 생각에 연은 가슴에 아릿한 통증을 느꼈다. 연은 단호한
어투로 선을 그었다.

"그런 이유라면 더더욱 시간을 낼 수가 없네요. 한 남자로서
의 규원 씨와는 더 이상 나눌 이야기가 없을 테니까. 동대문에
시장 조사 갔다 올게."

자신을 철저히 외면한 채 일어서려는 연의 손목을 규원이 화
급히 붙들었다. 상대의 아픔 따위는 고려조차 없는 매서운 손길
이었다. 불쾌한 기색으로 잡은 손을 뿌리쳤지만 규원은 더욱 강
하게 손목을 옥죄어왔다. 이젠 연의 얼굴에 노골적인 혐오감이
떠올랐다. 지긋지긋할 정도로 민석에게서 보았던 눈빛이 지금
규원에게 다시 떠오르고 있었다. 끔찍해! 연은 소름이 돋았다.

"기다릴게. 오늘은 시간이 좀 있으니까."

"기다리지 말아요."

"아니! 기다릴 거야."

규원이 고집스럽게 되풀이했다.

"여기가 무슨 카페도 아닌데 뭘 기다려요?"

두 사람을 지켜보던 선영이 카랑진 목소리로 끼어들었다. 단
박, 얼굴을 굳히는 규원을 바라보던 연은 결국 한 걸음 물러서
고 말았다. 선영이 아무리 친구라 해도 이런 모습까지 보일 수

는 없었다. 더더구나 잔뜩 호기심을 앞세운 찬희의 시선도 만만찮았고. 결국 규원 때문이 아니라, 선영 때문에 연은 그와 함께 사무실을 나섰다. 자꾸 꼬이는 일상에 그렇지 않아도 해소되지 않은 숙취가 더욱 심해지는 기분이었다.

카페에 마주 앉은 규원은 좀 전의 불쾌감이 싹 가셔진 듯 기분 좋은 표정이었다.

"뭐 마실래?"

묻는 질문에 아무거나! 대답하는 연의 표정은 살벌할 정도로 무표정했다. 잠깐 불쾌한 낯이 스쳤지만 규원은 애써 제 감정을 억눌렀다. 오늘 연을 찾아온 용건을 생각하면 이 정도의 투정쯤은 받아줄 수 있었다. 조금 더 시간적 여유가 있었다면 근사한 분위기 속에 프러포즈를 했을 텐데, 아쉬운 마음으로 규원은 연의 쌀쌀맞은 태도를 너그럽게 이해하기로 했다.

"무슨 용건이에요?"

대충 주문한 아이스티가 나오자마자 연이 성미 급하게 물었다. 어제의 숙취가 아직 가시지 않아 신경은 날카로울 대로 날카로웠고, 규원의 안하무인적인 태도도 역시 언짢았다. 그리 반갑잖은 용건이겠지만, 되도록 빨리 처리하고 제 사무실로 돌아가고 싶은 마음이 굴뚝같았다.

"성미 급하기는……."

짜증스런 연의 심정과 달리 규원은 아이스티를 느긋하게 들이키며 싱긋 웃기까지 했다. 예전엔 몰래 얼굴을 붉힐 정도로 썩 괜찮은 미소였는데……. 하지만 오늘 그녀에게는 번잡스러운 애교일 뿐이었다. 싸늘하게 얼굴을 굳힌 연은 더 이상 장난할 생각 말라는 강력한 의지를 눈에 실었다.

"이규원 씨는 시간이 남아도는지 모르지만, 전 아니에요. 사무실에서 불쾌할 정도로 고집을 피우지 않았다면, 이렇게 마주보고 있을 시간조차 내기 힘들어요. 그러니 용건이나 빨리 말씀하지죠?"

"아직도 화가 안 풀린 거니?"

효인의 경고는 까맣게 잊은 얼굴로 규원은 태연스럽게 눈웃음을 쳤다. 두 번 다시 그녀 옆에 다가서지 말라는 같잖은 말 따위 귀담아들을 성미도 아니었다. DN의 사장이 감히 그런 의사나부랭이의 말에 신경 쓸 가치라도 있겠어? 그런 거만한 마음이었다. 잠깐, 자신의 집 쓰레기통에 처박힌 효인의 밥통에 생각이 스쳤지만 규원은 재빨리 연에게 시선을 집중했다.

"사과는 받아들였잖아요?"

더 이상 언급하고 싶지 않다는 투였다.

"그래, 솔직히……."

규원은 연의 눈치를 살피며 일부러 말을 길게 끌었다. 약간의 여운이 주는 효과도 잘 알고 있었고, 그로 인해 발생되는 호기심 또한 잘 알고 있는 태도였다. 그러나 연은 좀 예외였다. 그의 여운을 짜증스럽게 받아들일 뿐, 도무지 호기심이라는 게 없다.

치밀어 오르는 실망감을 억누르며 규원은 어설픈 미소를 유지했다. 원래 남궁연이라는 여자가 그렇지 않은가! 그것이 그녀의 매력이었고.

"정식으로 교제 신청을 하고 싶다."

인내심을 실험하는 그의 느긋함에 짜증이 머리끝까지 솟구칠 때에서야, 비로소 규원은 입을 열었다. 하! 연의 입에서 실소가 터져 나왔다.

"농담치고는 굉장히 재미없네요."

"농담 아니야."

"그럼, 거절하는 것도 농담 아니에요."

"남궁연!"

재고의 여지도 없이 벌떡 자리에서 일어선 연을 규원이 불러 세웠다. 넉살 대신 잔뜩 구겨진 얼굴이었다. 솔직히 슬그머니 화가 오르기 시작했다. 거절이라니! 어이가 없다. 감히, 천하의 이규원을 남궁연이 거절한다? 그가 생각했던 수만 가지의 상황 속에 이런 예측은 들어 있지 않았다. 이혼남이란 핸디캡만 없었다면 남궁연 같은 여자에겐 차고 넘치는 자리였다. 다른 남자와 사랑에 빠졌다는 허접한 이유로 일방적인 이혼 통보를 한 후 떠나 버린 전 아내에게 탓을 돌리며 규원은 이를 갈았다. 망할 여자 같으니라고! 도무지 평생 도움이 되지 못할 여자였다. 아름답기만 할 뿐, 독특한 매력도 없는 주제에 늘 사랑 타령이었다. 전 아내에 대한 분노를 억누르며 규원은 연을 달랬다. 이혼이란 핸디캡도 있었지만 다시 만난 연은 확실히 매력적이었다. 놓치고 싶지 않다. 그것이 규원의 속내였다.

"네가 민석이 일로 화가 나는 건 알아. 하지만 그로 인해 우리 사이가 다른 식으로 우회하는 건 좀 그렇지 않니?"

어이가 없는 것으로야 연이 더했으면 더했지, 덜하지가 않았다.

"이규원 씨와 제가 '우리'라는 호칭으로 불릴만한 관계였던 가요?"

"대학 시절에는 좀 그랬다. 민석인 어찌 되었든 내 친구야. 그 녀석이 좋아하는 여자, 그것도 매번 차갑게 거절하는 여자를 나로선 솔직히 다가가기 힘들었어. 그날, 친구들이 했던 말들은 그런 오해가 있었다. 진정으로 널……."

규원의 말이 잠시 멈추었다. 아무리 변명이라 해도 차마 대놓고 '재수없다'라는 말은 하지 못하는 눈치였다.

"재수없다는 말이요?"

그래서 연이 규원의 말을 거들었다. 그 시절엔 상처가 되었을지 몰라도 지금은 아니다. 상처라는 것도 어느 정도의 감정이 있어야만 성립이 되는 거니까.

"너와 다시 새롭게 시작하고 싶어. 어느 누구의 방해도 받지 않고. 서로 다시 좋은 감정으로……."

"싫어요."

"네가 화가 나는 건……."

"다시 말하지만 당신의 사과는 받아들였고, 더 이상 그 일로 화나는 일은 없어요. 상처를 입었다면 지난 시간이에요. 지금은 이규원 씨에게 상처받을 일도, 다시 시작할 일도 없어요."

"내가 이혼남이기 때문이냐?"

연의 거절이 단지 투정이 아닌 진심임을 뒤늦게 알아차린 규원이 싸늘한 음성으로 물었다. 표현하지는 않았지만 처음, 효인이 내린 이혼남에 대한 표현하지는 평가에 상처를 입었었다. 그래서 규원은 연의 거절도 그렇게 단순히 규정했다.

"이규원 씨는 왜 내게 프러포즈를 하는 거죠?"

"대학 시절부터 너를 좋아했어."

"하지만 당신은 내가 없는 자리에서 독설을 내뱉었죠."

"그건 친구들이 과장한 거야."

"아니요! 과장이 아니라는 거 알아요. 조민석 씨가 저로 인해 폐렴에 걸렸을 때, 병원에 입원한 그를 찾아갔었어요. 그리고 병실 문 앞에서 당신이 저에 대해 내뱉던 모든 말을 우연히 듣게 되었죠. 친구들 앞에서 당신은 저를 매도했고, 모욕했어요. 그런데 이제 와 새삼, 그 시절 저를 좋아했다는 말을 하네요. 당신의 진심을……."

가라앉지 않은 감정 탓에 목소리가 살짝 떨려왔다.

"당신의 진심을 믿을 수가 없어요."

"진심이야!"

규원이 고집스럽게 주장했다. 연은 짧게 고개를 저었다. 목

언저리에서 짧은 머리카락이 찰랑거렸다. 햇살에 윤기 도는 까만 머리카락이 반할 만큼 아름다웠다.

"아니, 그보다 더 중요한 건 내가 당신을 사랑하지 않는다는 거죠."

"아직 서로를 알 시간이 없었잖아? 그래서 조금 더 서로를 알아가자는 거야."

쉽게 포기하지 않는 규원에게 연은 지친 기색을 드러냈다.

"더 이상은 나눌 이야기가 없네요. 당신을 사랑하지 않고, 알고 싶지도 않아요. 다시는 이런 문제로 제 사무실 들락거리는 거, 삼가주세요."

제 앞에서 사라지려는 연을 규원이 다시 한 번 제지했다.

"승혜도 널 좋아해."

어처구니가 없군. 겨우 한 번 만난 승혜다. 이제 와 길거리에서 마주친다 해도 과연 자신을 기억할지조차 의문스러울 정도다. 혹시 효인이라면 몰라도. 파티장에서 효인에게 향했던 승혜의 하트를 떠올리며 연은 비틀린 미소를 지었다.

"승혜에게 다시 물어보시죠? 그건, 절대 아니라고 장담해요. 그러니 이 손, 놓아줘요."

"남궁연!"

"헤이!"

그때였다. 두 사람 모두 질릴 정도로 익숙한 음성이 써늘한 냉기 사이로 침입해 들어왔다. 어떻게 여길 온 거지? 연은 놀란 얼굴로 효인을 마주 보았다. 조금 마른 그의 얼굴선은 전보다 훨씬 날카롭게 각이 져 있었다. 빙하처럼 투명한 갈색 눈동자가 규원을 노려보았다.

"아······."

규원은 흠칫했다. 감정이라고는 실낱만큼 실리지 않는 냉혹한 눈빛이 자신의 손 쪽으로 향하자 규원은 자신도 모르게 잡고 있던 연의 손을 놓쳤다.

이런, 빌어먹을!

규원의 입에서 거친 욕설이 터져 나왔다. 저토록 건방진 녀석은 지금까지 본 적이 없었다. 대충 듣기에 자신보다 세 살 정도 위라 알고 있는데, 그래서 그런지 효인이 주는 위압감은 정말 만만치가 않았다.

"아, 이거······. 굉장히 우연인데?"

효인이 빙긋거렸다. 그러나 두 사람 모두 효인의 말을 믿지 않았다. 우연치고는 복장이 꽤 특이하다. 눈부시도록 하얀 가운 차림을 한 주제에 태연스럽게 우연이라니······.

솔직히 이런 상황이 아니었다면 좀, 웃음이 나왔을 몰골이었다. 자신에게서 떨어진 규원의 손길에 훨씬 자유로움을 느끼며 연은 바짝 선 신경을 느슨하게 풀었다. 병원에서 뛰어나온 차림인 걸 보니 또 선영이 전화를 걸었나 보다. 연은 귀찮은 선영의 간섭에 눈살을 찌푸렸다. 반가운 마음 저편으로 어쩔 수 없이 새어나오는 지난 상처 탓이었다. 자신을 외면한 채, 손목만 어루만지는 연을 흘끔 바라보며 효인은 두 사람 앞으로 성큼 다가섰다.

"경고라는 게 말이야, 참 우습거든?"

연의 어깨를 감싸 제 곁으로 끌어당기며 효인이 중얼거렸다.

"무, 무슨 소리야?"

집히는 게 있어 규원은 뜨끔한 표정으로 언성을 높였다.

"꼭, 맛을 보기 전에는 받아들여지지 않는단 말이지."

"……협, 협박하는 거야?"

"뭘, 귀찮게시리."

"뭐?"

"당분간은 보류야. 지금은 더 급한 일이 있거든."

"뭐, 뭐?"

"미련한 인간, 가르치느라 시간 보내는 것보다는 우선 내 여자부터 좀 달래주는 게 더 급하거든."

저…… 저, 망할 자식이!

맞설 자신도 없는 주제에 파르르, 성질만 부려대는 규원을 내팽개친 채 효인은 연을 카페 밖으로 이끌었다. 뒤에 남겨진 규원의 욕설 따위야 신경 쓸 겨를도 없었다.

"또 경계선 침투를 하면 어떡할 거죠?"

효인에게 이끌려 무작정 거리로 나선 연이 옴팍, 제자리에 멈추어 섰다. 이제 여름의 초입으로 들어선 햇볕이 뜨겁게 내리쬐는 양지 바른 거리에 선 채, 효인은 눈을 가늘게 떴다. 이마 위로 땀이 주룩 흘러내린다. 급한 목소리로 걸려온 선영의 전화에 어제 수술했던 꼬마를 회진하자마자 곧장 차에 올라 향한 길이었다.

또 경계선 침투다.

다시 원점으로 돌아온 두 사람의 관계 속에 효인은 조금 절망했다. 한 번 깨어진 유리는 다시 붙일 수 없다는 명언이 절실해지는 순간이었다. 분명 경계선을 침투하긴 했다. 연의 행동 하나하나 그의 경계선을 침투하지 않는 게 없었다. 그녀의 미소, 도시락, 그리고 키스……

연이 그에게 잡힌 손을 가볍게 털어냈다. 햇살 속에 더욱 까매지는 눈동자가 순한 빛으로 그를 마주 보았다. 그녀의 눈동자는 오로지 오염되지 않는 순수한 물속에서만 살 수 있을 것 같다. 그 빛에 효인은 잠시 규원에 대한 분노를 잊었다.

"나…… 좀 화가 났는데. 당신이 그 여자 보면서 환하게 웃어서 좀 화가 났는데……"

어제 술에 취해 주정하던 그녀의 목소리가 떠올랐다. 어제, 문을 열어준 그녀의 어머니에 연과 함께 콩나물을 건네주었었는데, 듣지 못했을까? 아직 화가 풀리지 않은 연의 태도에 효인은 난감했다.

"내가 또 경계선을 넘어서면 당신은 어떻게 할 거죠? 그날처럼 다시 차갑게 날 버릴 건가요?"

연은 끈질기게 그를 괴롭힌다. 이제 그만 화를 푸시죠, 남궁연 씨? 속으로 중얼거렸다. 그러나 연은 꼿꼿하게 허리를 편 채 그의 대답을 요구하고 있었다. 솔직히 그 모습이 사랑스럽기는 했다. 어떻게 하나? 효인은 난감했다. 확실히 연은 그가 아는 유인이나, 유진과는 분명 다른 여자다. 그래서인가? 화난 그녀를 풀어주어야 하는데 그게 좀 어렵다.

"……내가 어떻게 해주길 원해?"

답은 그녀가 이미 알고 있으리라 생각했다. 연의 입술에 연한 빛이 스몄다. 허상인 듯, 실체인 듯 아릿한 빛이었다.

"……아무것도."

그리고 연은 효인에게 돌아서 걷기 시작했다. 아침나절부터 쓰리던 위장도 어느새 통증이 사라져 있었다. 대신 머리가 아파 왔다. 그리고 심장도…….

이대로 끝까지 가다보면 결국, 상처 입은 건 자신이라는 건 알고 있었다. 알면서도 연은 끝내 효인을 향해 돌아보지 않았다. 그녀에게 사랑은 늘 어렵다. 그녀가 사랑을 할 땐, 그가 돌아보지 않고 그녀의 사랑이 끝나면 그가 돌아본다. 도무지 타이밍을 맞출 수가 없었다. 존 그레이는 남자와 여자는 화성과 금성에 살고 있다고 했다. 둘은 서로 다른 제 행성의 언어로도 충분히 사랑을 느낄 수 있다는데 왜 그녀에겐 모든 게 어렵고 힘든 걸까? 남자들 세계에서 그녀는 살아갈 수 없는 미지의 생명체일 뿐이다.

#14

타다닥!

보도블록에 부딪히는 발자국 소리가 급하게 뛰어온다 싶더니 연의 몸이 휙, 뒤로 돌려졌다. 표정없는 효인의 얼굴이 닿을 듯 맞닿아 있었다. 이글대는 햇살이 살갗을 달구고 연의 얼굴도 빨갛게 달아올랐다.

"속은 괜찮은 건가?"

황당한 질문에 잠깐 멍해졌다. 이 상황에서 그녀의 위장이 무슨 상관이람! 하는 생각이었다.

"괜찮아요."

"다행이군."

진심으로 다행인 양, 그가 씨익 웃었다. 하얗고 고른 치열이 유쾌한 빛을 냈다. 그것이 더욱 화가 났다. 그가 쳐놓은 단단한 벽에 강력한 펀치 하나쯤은 날려 버리고 싶었는데, 작은 충격조차 주지 못하는 자신에게 더 화가 나고 약이 올랐다. 연은 잔뜩 굳은 얼굴로 효인을 바라보았다. 그는 늘 가볍고, 그녀는 늘 진중하다. 생각해 보면 이토록 다른 두 사람이 만나 연애하는 것 자체가 하나의 코미디다.

　"당신은 언제나 진심이 없어요."

　날카로운 어조에도 효인은 미동이 없었다. 여전히 미소는 사라지지 않았고, 그녀에 대한 시선도 거두지 않았다. 웃고 있는 걸까? 뚫어지게 아몬드형 눈동자를 노려보았지만 웃는 듯 찡그린 듯, 알 수 없는 홍갈색 빛만이 반짝일 뿐이었다. 연은 실망했다. 어떤 말을 하든 효인에게 영향을 미칠 수 없다는 것에 자괴감이 들었다. 차라리 화를 내면 오히려 더 나았을지 모르겠다. 연의 입가에 공허한 미소가 스몄다. 알 수 없는 섭섭함이 들었다.

　"늘 웃지만 진심으로 웃지를 않고, 태양처럼 뜨겁지만 그늘 속에 서면 시린 바람 같아. 내게 있어 당신은 그래요. 종잡을 수 없을 만큼 어려워. 유쾌해 보이지만 실상은 속내를 드러내지 않고, 어느 순간엔 다가서는 것조차 두려울 만큼 차가워요. 복잡한 사람, 늘 이해하느라 신경 곤두세우는 것도 버겁고, 당신의 차가운 눈빛을 태연스럽게 마주 볼 자신도 없어요. 그러니까 다가오지 마요. 나에겐 당신이 이렇게 다가오는 것조차 상처가 되니까."

"날씨가 너무 좋지 않아? 같이 바다라도 구경 갈까?"

"강효인 씨!"

연의 목소리가 올라섰다. 이런 장난 재미없다. 규원이 했던 농담보다 더 재미없고 지루했다.

"당신을 사랑해. 그것으로도 부족해?"

효인이 직선적으로 내뱉었다. 순간, 연은 비틀거렸다. 아니, 그것은 단지 착각이었는지 모르겠다. 하지만 분명 그녀의 정신은 비틀거린 게 확실했다. 순간, 까맣게 비워진 머리가 멍해졌으니까.

"……."

"그것으로 부족해? 남궁연 씨?"

"난…… 당신의 농담에 장단을 맞추기엔 너무 고지식한 여자예요. 쉬운 농담 하지 말아요. 불쾌해요."

"사랑이라는 거 농담으로 하는 남자가 그렇게 많은가?"

"네."

벌써 그녀 앞에서만 두 명이다. 오히려 사랑에 대해서만큼은 규원보다 그리고 효인보다 민석이 더 진지할 정도였다. 최소한 그는 가볍고 장난처럼 사랑하지는 않았다.

"이런……."

효인이 절레 고개를 저었다. 꼭 덜떨어진 것들이 사랑을 농담으로 하지. 혼잣말을 하는 효인을 바라보는 연의 눈빛이 싸늘했다. 그 덜떨어진 것에 자신이 속해 있다는 건 모르는 모양이다.

"그 속에 당신도 포함돼요."

"아니."

효인이 단호히 부정했다.

"지금 이 순간, 사랑으로 농담을 하는 건 당신이야."

웃지 않는다. 손만 대도 베일 것처럼 날 선 효인의 눈빛이 연에게 향했다. 한기가 들었다. 뜨거운 햇살은 살갗 위로 작열을 하고, 그녀의 심장은 빙하 속에 떨어진 듯 냉기에 얼어붙었다. 상반된 감각 속에 연은 혼돈스러웠다.

"사랑을 모르는 것도 당신이고. 남 선생을 보는 내 눈빛이 어찌했다는 거지? 당신이 말하는 웃음이란 거, 오로지 당신에게만 향해야 하는 건가?"

효인이 물었다. 장난기가 싸악 가신 눈빛이 소름 돋았다.

바보 같은 여자!

고집스럽게 자신을 외면하는 연에게 효인은 진실로 화가 났다. 그녀의 주정이 계속 가슴에 남아 어제 밤새 잠을 설쳤다. 맹세코 수술 후, 그토록 온전하게 날을 샌 건 그가 의사가 된 이래 처음이었다. 술 취한 그녀를 위해 한밤중에 온갖 편의점을 뛰어다니며 콩나물을 구했고, 아침에 출근하자마자 원내 약국으로 뛰어가 숙취 약을 지어달라, 떼도 썼다. 그녀에게 나름대로의 마음을 담아 프러포즈도 했고, 규원이란 인간에게 행여 다치지 않을까 남은 회진마저 미룬 채 그녀에게 달려왔다. 그런데도 그의 사랑을 믿지 않는단다. 효인은 자꾸만 멀어지는 연의 손목을 움켜쥐었다. 실상, 움켜쥐고 싶은 건 그녀의 심장이었지만. 이글대는 성미 때문에 연과 맞닿은 손에 엄청 힘이 갔다.

"어디 가는 거예요?"

성큼 걷는 효인의 넓은 보폭에 질질 끌려가며 연이 성마르게 따졌다.

"이거 놔요!"

다시 힘껏, 잡힌 손을 뿌리쳤지만 역시 어림도 없었다. 무섭다. 연은 처음으로 무섭증이 들었다. 효인이 피식, 웃었다. 한쪽 입술만이 올라선 미소가 위협적으로 일그러져 있었다.

"왜? 무서워?"

"……무, 무섭지 않아요."

"아니! 천만에! 지난 상처에 스스로를 부서뜨리면서 상대의 진실을 외면하지. 정작 사랑을 하게 되면 상대방이 실망해서 떠나 버릴까 봐, 당신은 무서운 거야. 그 미련스런 규원이란 인간이 당신에게 준 상처를 아직도 가슴 깊이 간직한 채 생채기를 내는 건 당신 본인이야!"

"당신 멋대로 규정하지 말아요."

"왜? 당신 역시 내 마음을 규정짓지 않았어?"

효인이 냉혹하게 대꾸했다.

"당신이……."

"당신은 날 사랑한다, 말할 용기도 없어."

효인은 그대로 그녀의 벌거벗은 내면을 공격해 들어갔다. 산산이 부서진 가면의 조각들이 우수수 떨어져 내렸다. 아무것도 담지 않은 투명한 갈색 눈동자 앞에 연은 비틀거렸다.

"형수를 사랑해. 물론 당신과는 다른 의미로 말이야. 지루하던 우리들의 일상에 들어온 작은 햇살이야, 남유인이란 여자는! 보면 귀엽기도 하고, 나보다 겨우 한 살 어린 주제에 막내 동생처럼 소심하고 어수룩해 물가에 놓인 아이처럼 감싸주고 싶은 소중한 우리 가족이야. 그걸 당신처럼 하나의 단어로 규정할 수 있나? 한핏줄로 태어나지 않았다고 해서 가족과 같은 사랑을 가질 수 없는 건가? 형과 형수는 결코 떨어질 수 없는 하나나 마찬가지야. 그리고 형에게 그런 존재가 되어줄 수 있다는 것만으로도 난 남유인에 관한 모든 것을 사랑할 수 있어."

뺨이라도 맞은 듯 연은 빨갛게 볼을 붉혔다. 질투라는 감정에 스스로를 노출시켜 버린 어리석음이 부끄러웠다.

"내, 내가 원하는 건 많은 게 아니에요."

"그런가? 당신에게 프러포즈를 했고, 늘 당신 곁에 섰었지. 내게로 오늘 길 역시 알려주었어. 그러나 당신이 원하는 건 눈에 보이는 표면적인 것뿐인가 보군. 사랑한다는 말만으로 모든 것이 허용되는 어리석은……."

효인이 잡고 있던 연의 손을 그대로 뿌리쳤다.

"스스로의 상처를 다른 사람으로 인해 치유받을 수 있을 거라 기대하지 마. 이규원이란 인간이 그만한 가치가 있는지 모르겠지만, 그 사람이 남겨둔 상처는 당신 스스로 치료해. 다른 남자가 남겨둔 상처까지 치료해 줄 만큼 관대하지 않으니까."

빨갛게 붉어진 연을 내버려 둔 채, 효인은 그대로 차에 올랐다. 빠른 속도로 제 시야에서 사라지는 까만 차를 연은 멍하게 바라보았다. 조금 전 그가 내뱉었던 말들이 뇌리 속에 마구 소용돌이쳤다. 가족이라…….

햇살이 너무 따갑다. 이제 사라지는 한낮의 봄은 마치 여름처럼 뜨겁고 지루하다. 그 뜨거운 열기에 고스란히 노출된 연은 부끄러움에 고개를 들 수가 없었다. 다시 예전처럼 단단한 갑옷으로 제 몸을 두를 수 있을까? 솔직히 자신이 없었다. 한 번 금이 간 갑옷은 다시는 사용할 수 없다는 걸 그녀 역시 모르지 않았다.

도로를 스치는 차들을 비켜 연은 타박타박 걷기 시작했다. 사무실 쪽으로 향해 무심코 걷던 연의 걸음이 버스 정류장 앞에 멈추었다. 모두들 사무실에 갇힌 시간이라 제법 한가한 도로는 매캐한 매연으로 가득 차 있었고, 숨통이 막혔다. 어디론가 떠나고 싶어. 연은 중얼거렸다. 좀 더 넓고 푸른 물이 넘실대는 곳이면 좋겠다. 마침 도착한 버스에 충동적으로 오른 연은 한강으로 향했다. 늪지처럼 짙푸른 색을 띠는 강가엔 습하고 비릿한 바람 냄새가 풍겼다. 바람이 빠져 흐늘거리는 풍선처럼 강변을 걷던 연의 시선이 한 곳에 머물렀다. 강변에 놓인 컨테이너 박스 앞에는 온갖 과자들과 장난감들이 진열되어 있었다. 연은 가게 앞으로 다가갔다. 갑자기 허기가 졌다.

"컵라면 주세요."

점심시간이 훌쩍 지난 시간에 때늦은 라면을 주문하는 그녀에게 주인이 시큰둥하게 뜨거운 물을 부은 라면 용기를 내밀었다. 컵라면을 받아 든 연은 가게 앞에 마련된 플라스틱 의자에 앉아 후룩, 라면을 들이키기 시작했다. 아직 채 식지 않은 뜨거운 국물이 식도를 달군다. 톡 쏘는 매콤함에 코끝이 절로 찡해졌다.

"맛없어."

조미료 냄새가 역하게 풍겨오는 컵라면은 효인과 함께 먹었던 라면과는 전혀 다른 것처럼 질기고, 지독히도 맛이 없었다. 연은 질긴 라면 면발을 질겅거렸다. 숙여진 고개 탓에 라면 용기에서 올라오는 뜨거운 김이 얼굴에 닿아 눈시울이 뜨끈해졌다. 아니면 그녀의 심장이었던지…….

연이 홀로 한강에서 컵라면을 먹고 있었을 때, 효인은 제 형 집으로 달려가고 있었다. 심신이 괴로울 땐 그가 찾는 유일한 휴식처였다. 한가한 도로를 달려 효인은 형의 집 앞 골목에 차를 멈추었다. 진하는 유치원에 가 있을 시간이다.

"삼촌 때문에 다 망했어!"

하고 바락, 대드는 녀석이 없는 집은 외관으로 보아서도 절간처럼 조용하다. 유하의 벙싯거리는 미소가 그립고, 형과 유인의 모습도 그리웠다. 형은 회사에 있겠지만 잠시 머물다 보면 득달처럼 달려올 것이다. 행여 성질 고약한 동생이 제 아내를 괴롭힐까, 허겁지겁 퇴근을 서두를 테니까. 조금만 유하와 놀고 있을까? 유혹이 들었지만 효인은 차에서 내리지 않았다. 형의 집이 그에게 영원한 안식처가 되지 못한다는 것은 알고 있었다. 그곳은 형이 스스로 일구어놓은 터전이다. 잠시 머무를 수는 있지만 그가 영원히 머무를 수는 없다. 형의 가정이고, 형의 공간이다.

꽤 오랜 시간 동안 효인은 형의 집을 바라보았다. 시간의 흐름조차 잊었다. 선선한 바람이 나뭇가지를 스쳐 갔다. 조용하지만 적막하지 않고, 마른 햇살도 자궁처럼 온화하다. 찬 벽돌마저 제 주인마냥 온기를 품어내는 집을 바라보며 효인은 깊은 외로움을 느꼈다.

"안녕히 가세요."

카랑한 음성이 효인의 사념을 깼다. 언제 도착했는지 집 앞에 멈추어 선 노랑 유치원 차에서 내린 진하가 배에 손을 얹고 예의 바르게 인사를 건넸다. 어느새 돌아올 시간이 되었나 보다. 오후로 넘어서는 흐릿한 하늘을 바라보며 효인은 진하가 제 집으로 팔랑, 들어가는 모습을 지켜보았다. 대문을 열자마자 반가운 얼굴로 유인이 진하를 맞이한다. 평화롭고 따스한 여느 풍경이었다.

아, 거참 굉장히 외롭군!

효인이 차 안에서 혼자 투덜댔다. 실은 지금쯤이면 한창, 외래로 바쁠 시간이었다. 능력있는 스텝들이 대기 중이므로 잠시의 외출이 크게 문제될 건 없겠지만 그래도 이런 장시간 외출은 좀 힘들었다. 고즈넉한 형의 집을 바라보며 효인은 숨을 골랐다. 조금 전 머리끝까지 치밀어 올랐던 화 역시 어느 사이 가라앉아 있었다. 지루한 오후의 일상이 갑자기 못 견디게 쓸쓸해진다.

연과 헤어진 효인의 컨디션은 최악이었다. 그건 정말로 간단한 일이었다. 함께 있으면 즐거웠고, 그녀 역시 마찬가지라 생각했다. 하지만 점점 그것이 복잡해지고 있다. 답안이 없는 고도의 물리 문제를 푸는 것과 같다고나 할까? 열심히 푸는데도 답이 아닌 엉뚱한 길로 헤매는 것 같고, 더욱 그를 몰아치는 건 어디쯤에서 모퉁이를 돌아야 하는지 감을 잡을 수 없다는 것이다. 그래서 효인의 신경은 예민할 대로 예민해져 바늘 끝처럼 날카롭게 서고 말았다. 덕분에 죽어나는 건 밑에 있는 수련의들이었다. 평소에도 그리 녹녹한 편은 아니었지만 요즘 병원에 떠돌고 있는 풍문은 그랬다.

―살아남고 싶다면, 강효인 과장을 절대로 건드리지 말 것!―

빙긋, 웃으며 토해내는 독설은 웬만한 강심장도 견디기 힘든

지라, 심지어 겁을 상실한 유진마저 효인을 슬슬 피하고 있는 판이었다.

"대체 강 과장님, 왜 저러신대?"

제때에 밥 먹을 시간도 없이 바쁜 인턴들이 모였다 하면, 외과 과장 강효인에 대해 들썩거렸다. 도무지 견딜 수가 없다는 거다. 밤 새워 달달 외워도 작은 거 하나 정도는 빠지기 일쑤인데, 그걸 절대로 놓치지 않는다. 머리나 좀 좋은 사람이어야 말이지. 그 잘난 머리로 비비 꼬아댈 때엔 방금 전까지 외웠던 병명도 머릿속에서 하얗게 비워지는 기분이었다. 어떨 땐, 저 잘생긴 낯짝을 차트 판으로 내갈기고 싶은 유혹을 느낄 때도 있었다.

"요즘, 병원에서 떠도는 소문 아셔?"

벌컥, 버릇없는 유진이 방문을 열어젖혔다. 이젠 참을 만큼 참았다! 더 이상 제 동료가 고양이 앞의 쥐 꼴이 되는 걸 보아줄 수 없는 의리의 유진이 대신 총대를 멨다. 저녁 회진을 끝내고 잠시 휴식을 취하던 효인이 가늘게 눈을 떴다.

"헤이, 사돈처녀! 여긴 의국이 아니야. 함부로 들락거리지 말라고. 게다가 아무리 사돈이라 해도 그렇게 남자 혼자 있는 방을 겁도 없이 들어오는 건 아니지."

평소와 다름없는 농담조의 말투에 비해 눈빛은 싸늘하기 그지없다. 심정이 몹시 사납다는 뜻이다. 그러나 유진은 털썩, 먼지를 일으키며 효인의 맞은편에 엉덩이를 붙였다.

"언제 남자이긴 하셨고?"

"이런, 이런……. 대체 우리 안사돈 어른께서는 둘째 딸 교육 시킬 때 어디 출장을 가셨나? 어찌 이리 버릇이 없는지. 끌 끌…….그럼 이제껏 내가 여자로 보였던 거야?"

효인이 기껏 농담을 받아쳐 주었건만, 유진은 콧방귀도 뀌지 않았다.

"요즘, 연애가 잘 안 되시나 봐. 전에 도시락 싸오던 연인께서 는 그 뒤로 통 얼굴을 안 보이시네? 그렇지 않아도 다음에 만나 면 단단히 경고해 둘 셈이었는데……. 그 정도의 미모라면 강효 인이라는 인간보다 더 나은 인간을 찾아보라 할 생각이었거든."

"그런 친절은 사양하지."

효인이 애써 성질 머리를 눌렀다. 그렇지 않아도 이미 천리나 도망간 연에게 그런 영양가없는 경고는 절대 사양이었다. 아마 유진이 아닌 형이었다면 조금 더 펄쩍 뛰었겠지만 어찌 되었든 효인은 침대에서 일어서는 것으로 마무리를 했다.

솔직히 열한 살이나 어린 주제에 꼬박 말을 내리는 것도 유진 이기 때문에 받아주는 거다. 유진은 뭐랄까, 동생의 느낌이라기 보다는 조카에 더 가깝다. 하는 짓마저 가끔 보면 영 진하와 닮 은 구석이 많다. 귀염성없는 것도 말이다. 연에 관해서라면 연 적이랍시고 제 삼촌을 잡아먹을 듯 구는 진하와 개미핥기가 개 미를 핥아 먹듯 이렇게 괴롭히는 유진이나, 어찌 그리 똑같은 지…….

효인은 절레 고개를 저으며 유진에게 물었다. 얼른 차 한 잔 주고 쫓아내는 게 상책이었다.

"차 마실 건가?"

"달달한 코코아!"

그것도 진하와 닮았다. 진하와 유진은 쓴 물이 올라오도록 달디단 코코아를 제일 좋아한다. 그래서 늘 그의 방에는 코코아가 준비되어 있고, 그 코코아의 대부분은 유진이가 비워냈다. 유진을 위한 코코아와 전에 유인이 스트레스를 많이 받는 그를 위해 사준 카밍 허브차를 준비하며 효인은 입가에 머물렀던 미소를 싸악 지웠다. 형수를 떠올리다 보면, 어쩔 수 없이 상념의 끝이 연에게 닿기 마련이다.

대체 어찌하라는 건지……. 효인은 답답할 따름이었다. 이미 그 경계선엔 그녀 역시 들어 있음을 왜 연은 알지 못하는 걸까? 연에 대해 제법 안다고 생각했는데, 연은 자신에 대해 그만큼은 알지 못하는 모양이다. 유진의 호기심 어린 시선에 그대로 노출되고 있는 것조차 모른 채 효인은 연의 생각에 골몰했다. 절로 미간에 힘이 갔다. 지금, 그녀와의 관계도 마뜩찮았고, 설탕을 듬뿍 뿌린 커피가 아닌 맹숭하기 짝이 없는 차 맛도 마음에 들지 않았다.

"요즘, 외과 의국에 도는 소문을 모르시는가 본데……."

유진이 계속 말을 이었다. 요즘 병원 내에서 살아남기 위해선 무조건 강효인 과장을 피하라는 소문은 그도 알고 있었다.

"알아."

"재미있지 않아?"

"하나도."

왜 이런 건방진 사돈을 위해 코코아까지 끓여내야 하는 이유를 모르겠다, 투덜대며 효인은 꼬박꼬박 말대꾸해 주고 있었다.

"당신의 애인에게 당신의 그 못된 성미에 대해 장시간 브리핑을 해줄까 했었는데 쳇! 벌써 도망가 버렸어."

효인의 눈썹이 꿈틀거렸다. 사돈의 버르장머리가 점점 수위를 넘어서고 있다. 그렇지 않아도 어찌해 볼 사이도 없이 도망쳐 버린 연으로 인해 몹시 심기가 사나운 상태에 말이다. 부글, 끓어대는 효인에 아랑곳없이 유진은 뜨거운 코코아를 후룩 삼키며 연방 농담을 지껄여 댔다.

"이런 성미 고약한 남자랑 사귀는 거 보통 힘들지 않을 텐데 말이야."

"……형 같은 남자와 사는 사람도 있는데 뭘 그러시나?"

효인이 이를 갈았다. 그의 말에 유진은 펄떡 뛰었다.

"무슨 말씀을! 형부와 사돈은 하늘과 땅 차이지. 사랑에 대해서만큼은 형부가 분명 당신보다 한 수 위야. 우리 언니 같은 겁쟁이를 붙든 것만으로도 거의 신의 경지에 올랐다고 볼 수 있지. 아무튼……."

"이만 나가 보시지? 사돈처녀!"

효인이 말을 싹뚝 자르며 유진을 내쫓았다. 사돈처녀랑 더 이

상 말을 섞었다간 아무래도 혈압으로 떨어질 것 같은 위기감이
든 탓이었다. 그렇지 않아도 벌써부터 뒷목이 후끈거리는 중이
다. 남은 코코아를 마저 털어 넣은 후, 유진은 가뿐하게 일어섰
다.

"사돈처럼 복잡한 남자······. 솔직히 그다지 매력없어. 머리
좋은 건 알겠는데, 아는 척도 좀 적당히 하라고. 뭐든 그렇게 다
알아버리면 어디 무서워서 제대로 연애나 하겠어? 쯧쯧!"

"몹시 성질이 오르거든요, 사돈처녀?"

"도대체가 모른 척 넘어가는 법이 없어. 세상 사람들 모두가
사돈처럼 남의 속 뻔히 다 들여다보면 살진 않거든. 아무튼 차
잘 마셨어."

빚은 갚았네. 유진은 들어올 때보다 조금 홀가분한 기분으로
효인의 방을 벗어났다. 그날, 어째 여자의 눈빛이 마음에 남는
다 했었다. 삐걱거리는 이유가 그녀의 생각과는 다른 원인일 수
도 있겠지만, 어쨌든 자신이 해줄 수 있는 선에서는 깔끔히 처
리했다는 생각이 들었다. 가벼워진 기분으로 콧노래를 부르며
유진이 사라진 후, 효인은 무거운 돌덩어리가 가슴에 맺혔다.
뭐, 굳이 유진의 말이 납득이 되었다는 건 아니었다. 그저 또다
시 연이 떠오른 것뿐이었다. 연은 그랬다. 이유가 되든 되지 않
든 그의 일상 속에 아무런 예고 없이 불쑥 떠오르는 사념과 같
다. 강한 척, 담담한 태도 속에 여린 눈빛이 문득 떠오르고, 보
일 듯 말 듯 드러나는 작은 미소도 그렇다.

"쳇!"

효인은 투덜댔다. 몹시 유감스럽게도 유진의 말이 맞다. 복잡하고 드러나지 않는 자신의 성격이 상대방을 힘들게 한다는 걸 인정하지 않을 수 없었다. 그런데도 화를 냈다. 효인은 그 밑바닥 속에 깔린 게 아마 질투가 아니었을까, 뒤늦게 생각했다. 규원이란 인물에 대한 극도의 짜증도 그랬다. 연이 싫어해 마지않는 민석이라는 인물보다 효인은 이규원이란 인간이 무한대 제곱만큼 싫다. 반반한 낯짝도 보기 싫고, 연에게 보이는 뻔뻔한 태도도 싫다. 그리고 무엇보다 싫은 건 한때나마 연의 심장을 떨리게 했다는 것이 더더욱!

냉정하고 단정한 성격임에도 정작 중요한 순간엔, 한 발 뒤로 물러서 버리는 연의 물렁함이 오로지 그 남자에게만 허용되는 것 같아서 짜증스럽고 화가 난다. 결국은 연에게 화가 났고, 규원에게 질투가 났다는 말이다. 그리고 무엇보다 더 견디기 힘든 건 매일 저녁, 잠들 수 없을 만큼 깊어지는 그리움이었다. 그녀가 없는 일상이 따분하고, 매일 게을러지고 나태해졌다.

웃지 않는 것. 그전에는 별로 불편할 일이 없었다. 입으로 웃는 웃음으로도 삶은 충분했고, 만족했다. 하지만 지금은 사라지는 자신의 미소가 섬뜩해진다. 털썩, 먼지를 날리며 효인은 딱딱한 매트에 몸을 뉘였다.

"보고 싶다, 남궁연!"

하지만 아마, 이미 끊어진 인연이 되었을지도 모르겠다. 여린 그녀의 심장에 날카롭게 상처를 남긴 건 그 스스로였으니까!

"유한병원에서 파티 주문이 왔어."

일주일 정도 지났을까? 갑자기 유한병원에서 의뢰가 들어왔다며 선영이 알려주었다. 잠깐, 효인을 떠올린 연은 고개를 저었다. 설마…… 그가 했을 리는 없겠지.

"시간이 안 될 것 같아."

당연 거절이었다. 이젠 더 이상 그와 마주치고 싶지 않았다. 맛없는 라면을 겨우 씹어 삼킨 후 연의 결정이 그랬다. 다시는 그의 경계선에 들어서지 말자.

"이미 받아들였는데?"

선영이 천연덕스럽게 반항을 했다.

"그럼, 네가 담당해! 잡지사 창간 파티는 내가 맡을 테니까."

"날짜가 다른데 뭐."

연의 고집에도 선영은 물러서지 않았다. 효인과 헤어진 이야기는 이미 했다. 간단히 '그냥, 헤어졌어'라고 설명을 하긴 했지만 솔직히 그런 말을 하는 것조차 웃겼다. 효인과 언제 제대로 사귀어보기나 했어야 말이지.

"소아 병동이라 아이들 위주로 콘셉트를 잡아달래."

"난 주문 받은 적 없으니까, 너와 찬희가 해."

연 역시 단단히 버티었다. 선영이 눈동자가 심술궂게 번뜩거렸다.

"겁쟁이!"

"맞아, 그러니까 둘이서 해. 나는 빼고."

연은 순순히 긍정했다. 겁쟁이라는 선영의 말에 반박할 수 없었다. 헤어졌다 말하면서도 문득 효인을 떠올리고 마는 그녀의 미련을 선영 역시 알고 있으리라 생각했다. 그래서 더욱 그녀의 과잉된 친절이 불편했다. 누군가를 잊어야 할 땐, 남은 감정이 어찌 되었든 깨끗이 잊게 해주는 것도 도움이 된다는 걸 모르는 모양이다. 지금 그녀에게 필요한 건 효인과의 우연한 만남이 아니라, 깨끗한 감정의 절단이었다.

"몰라! 난 그날 무조건 월차니까, 알아서 해."

선영은 끝내 물러서지 않았다. 일에 대한 책임성은 두 사람 모두 만만찮았지만, 대담성에 견주어 보자면 연이 조금 모자르다. 끝내 선영은 과감히 월차를 핑계 삼아 두문불출일 게 뻔했다. 말하자면 이건 연의 패배를 전제로 하는 협박이라는 거다.

"나, 이런 간섭은 싫어."

연이 선영에게 부러지게 말을 했다. 질 게 뻔한 내기는 하는 게 아니라고 했다. 그래서 분명하게 제 입장을 밝혔다.

"이게 간섭이라고 생각해?"

선영이 섭섭한 얼굴로 물었다. 그녀는 진실로 연과 효인이 잘 되길 바랐다. 효인의 복잡한 성격이야, 어차피 잘 모르는 입장이고. 하지만 겉으로 보기엔 효인만큼 연을 지켜줄 수 있는 남자가 드물기는 했다. 연의 단단한 껍질은 겉모습일 뿐이다. '그렇게 내가 재수없니?' 하고 농담인 양, 웃어넘기지만 그 속에 박힌 건 조각난 자존심과 깊은 상처라는 걸 모르지 않았다. 내성적인 성격을 제대로 보지 못하는 미련스런 남자들이 그녀에게 악질적으로 남긴 폭언은 연의 자존심과 심장을 갉아먹었고, 선영이 생각하기에 그 심장을 고칠 수 있는 건 단연 효인이었다.

연의 도도함에 저 스스로 기가 꺾여 애먼 흠을 잡는 비틀린 자존심을 부리는 대신, 아마도 '내 연인이 좀 도도하긴 하지?' 하며 제 특유의 웃음을 터뜨릴 수 있는 남자다. 곁에서 지켜보는 효인은 연이 지금껏 알고 있던 속 좁은 이들과는 분명 다르다.

연이 왜 효인의 그런 장점을 보지 못하는지 선영은 좀 답답했다.

"내가 생각하기에 강효인 씨는 보이는 것보다 훨씬 많은 장점을 지니고 있는 남자야."

연에게 드는 섭섭한 마음을 감추고 선영이 진지하게 충고했다.

"이젠 끝난 사이야. 하긴, 서로 그런 식으로 말할 만큼 깊은 사이가 된 것도 아니지만."

찬희가 있었다면 이렇게 깊은 감정을 드러내지는 못했을 것이다. 마침, 화원에 꽃을 사러 찬희가 나간 참이라 연은 조금 더 자신의 속내를 털었다.

"너에게 상처를 준 남자들은 내가 보기에 모두 소갈머리 없는 것들이야. 한 마디로 네가 자신들보다 잘나 보이는 걸 못 참는 바보들이라는 거지. 지금까지는 운이 없었다고 생각해. 하지만 강효인 씨는 그런 인간들과 달라. 왜 그걸 모르니? 정말 내가 더 답답하다."

"네가 보는 강효인이란 사람과 내가 보는 강효인은 다른 모양이지. 지극히 주관적인 네 생각을 내게 강요하는 거. 그거, 굉장히 지나친 간섭이야."

"그러셔? 알았어. 객관적으로 보는 시각과 주관적인 시각이 다른 건 인정할게. 지나친 간섭이 귀찮을지 모르지만 어쨌든 난 그날 월차야. 엄마와 예단 구경 가기로 약속했거든."

기분 나쁜 투가 역력했다. 하지만 연은 정말로 난감했다. 지나친 간섭이라는 말이 지나쳤을지 몰라도 선영이 덕분에 번거로운 일이 된 것만은 사실이었다. 게다가 정작 일을 저지른 본인은 수습할 의지가 없다는 게 더 화가 났다. 잠시 냉랭한 기온이 사무실을 휘돌았다. 찬희가 양재동에서 돌아왔을 때에도 분위기는 가라앉지 않았다. 냉한 기운이 가시지 않는 분위기 속에서 선영이 제멋대로 약속해 버린 유한병원 소아 병동의 파티는 무심히 다가왔다. 그리고 예상대로 정말 월차를 내버린 선영 대신 연은 굳은 얼굴을 어찌하지 못한 채로 유한병원으로 향했다.

크리스마스도 아닌데다 이미 어린이날은 지났는데 무슨 파티를 하는 건지…… 약간 의뭉스런 냄새가 나는 것도 어쩔 수 없는지라 병원에 도착해서도 연의 찌푸린 미간은 좀처럼 펴질 줄을 몰랐다. 반기는 간호사들에게 대충 인사를 건넨 후 연과 찬희는 병동 한구석에 마련된 놀이 공간으로 안내되었다. 행여 그와 마주치지 않을까 노심초사하는 그녀와 달리 거침없는 찬희의 빠른 손놀림에 제법 큰 사이즈의 놀이 공간은 금세 풍선과 캐릭터 종이 인형으로 가득 차기 시작했다. 다 꾸며진 놀이터에 하나둘, 아이들이 들어서며 까르르 환호를 했지만 그것조차 눈에 들어오지 않았다. 연의 신경은 연방 병원 복도에서 떠나 줄을 몰랐다. 선영이 미리 귀띔을 했는지 모르지만 찬희가 파티를 주도하겠노라 먼저 손을 들어준 덕분에 연은 무대가 아닌 뒤쪽 문에 기대어 파티의 진행을 지켜보았다.

"처음엔 무슨 일인가 했었는데 역시 하길 잘한 것 같아요."

문에 기대어 제법 솜씨있게 진행하는 찬희를 자못 흐뭇해하고 있을 때, 연세 지긋한 소아병동 수간호사가 아는 척을 했다. 화장을 하지 않아 잔주름이 고스란히 드러나는 얼굴이긴 했지만 여기 아이들 못지않게 해맑은 인상을 가진 여자였다. 수도원에서 청렴하게 사는 수녀님과 흡사한 눈빛에 연은 절로 마음이 펴졌다.

"아무리 짧은 기간이라 해도 어린아이들에겐 아무래도 입원 생활이 힘들죠. 지루하고 짜증스럽고. 한창 자라나는 아이들에겐 보통 고역이 아니에요."

"네에……."

"원장님이 느닷없이 파티를 연다고 하시기에 좀 난감하긴 했어요."

수간호사의 말에 연은 애매한 미소를 지으며 한쪽 시선을 복도 끝에 두었다. 당장이라도 효인이 복도 끝에 제 모습을 드러낼 것만 같아 불안의 연속이었다.

"아이들 돌보는 거야 자신이 있다 해도 어디 파티는 같나요? 풍선 부는 것밖에는 할 줄 아는 것도 없는 데다 그렇지 않아도 바쁜 손길인데 따로 파티 준비하는 것도 버겁고. 대행해 주시는 곳이 있다고 해서 한숨을 돌렸어요."

"저희들도 다 소화시키지는 못해요. 아이들 파티 같은 경우는 외부 공연자를 초청하기도 하죠."

오늘도 전에 승혜 생일 파티 때 반응이 좋았던 버블 매직이 공연되기로 했다.

"그런가요? 어머, 원장님!"

연의 말에 고개를 끄덕이던 수간호사가 복도 쪽을 향해 반색을 했다. 연의 고개가 재빨리 돌아섰다. 선입견 때문인지 모르겠지만 수간호사의 시선이 닿은 곳에 선 중년의 남자는 무서울 정도로 근엄한 자태였다. 적당한 몸매를 가진 원장은 날카로운 눈매를 제외하면 효인과 그리 닮아 보이지는 않았다. 연은 자신도 모르게 옷자락을 털며 몸을 반듯이 폈다. 원장의 눈길이 아이들에게 구연 동화를 펼치고 있는 찬희에게 머물렀다, 다시 연에게 돌아섰다. 어색하게 서 있는 연을 버려둔 채 수간호사가 원장에게 이벤트에 대한 칭찬의 말을 건넸다.

"아이들 반응이 굉장히 좋네요. 진즉에 이런 이벤트 한번 해 줄 걸 그랬어요. 어린이날에 저희들이 했던 것과는 확실히 다른 데요?"

"다행입니다."

얼핏 미소가 머문 듯하다, 재빠르게 사라졌다. 좀처럼 표정이 드러나지 않는 사람이었다. 긴장된 자세로 연은 원장을 향해 가볍게 목인사를 건넸다. '이분이 행사 담당자이세요' 수간호사가 소개를 해주었다.

"아, 아······. 남궁연 씨?"

원장의 아는 체에 수간호사 못지않게 연 역시 당황할 정도로 놀라고 말았다.

"······네."

"우리 막내가 결혼한다고 설치는 아가씨인 것 같은데······."

연은 얼른 고개를 저었다. 이런 오해가 있는 줄은 몰랐다.

"아, 아닙니다."

"아니라?"

원장의 한쪽 눈썹이 올라섰다. 빙긋 웃는 입매를 보아서는 놀란 것 같지는 않아 보였다. 어딘지, 그럴 줄 알았다는 인상에 더 가깝다고나 할까?

"헤어진 사이라는 건가?"

"그럴 만한 사이도 아닙니다."

원장의 기세에 눌리긴 했어도 어찌 되었든 대답은 꼬박 잘했다.

"하하하!"

느닷없이 웃음이 터졌다. 두 사람의 묘한 대화에 귀를 기울이던 수간호사의 호기심이 더욱 깊어졌다. 원장이 이토록 즐거운 표정을 지어본 적이 몇 번이나 되던가! 소아 병동에서는 비교적 온화한 미소를 지어 보이지만 평상시의 원장은 쉽게 근접할 수 없는 무게감이 있었다.

"그것 참, 아쉽군."

"네?"

"혹시나 마음이 바뀔 의향은 없는가?"

"……네."

"수술은 끝났는데, 결혼은 없다?"

수수께끼 같은 원장의 말에 연은 더욱 오리무중이었다.

요사이 병원에 돌고 있는 소문이 바로 이런 이유였군. 강 원장은 고개를 끄덕거렸다. 제 잘난 맛에 사는 녀석이 요즘 제법 침울하다 싶었다. 결국은 저 혼자 좋아하다, 채인 모양이라 추측하며 강 원장은 연을 몰래 훔쳐보았다. 조신한 듯하면서도, 또박 제 의견도 말할 줄 안다. 큰며느리와는 사뭇 다른 성격이긴 했지만, 나름 마음에 드는 며느릿감이었다. 효인 같은 녀석에겐 아마 저처럼 당찬 아가씨가 어울릴 거라 스스로 납득하면서 말이다. 효인은 제 형이 아버지를 닮았다, 말을 하지만 실상

강 원장은 산보다는 효인에게 더 가까웠다. 산은 고집스럽고 한길밖에 모르는 고루함이 딱 제 어미를 닮았다. 그래서 산에게는 한없이 너그러워지고, 효인에게는 한없이 엄격해진다. 막내라 어쩔 수 없이 손을 타긴 하지만.

어찌 되었든 둘째 아들 녀석의 재미있는 모습을 볼 수 있으려나 했더니 어째 좀 섭섭하게 되어버렸다. 아쉬운 마음을 달래며 강 원장은 제 사무실로 걸음을 옮기기 시작했다.

고개를 끄덕이며 강 원장이 사라진 곳에 나타난 건 당연, 효인이었다. 중환자실에 있던 담당 꼬마 환자가 드디어 소아 병동으로 내려가 있기도 했지만 때 아니게 소아 병동 쪽이 소란스러워져, 지나가던 수련의 녀석 하나를 붙들고 물어보았던 것이다.

"아, 오늘 소아 병동 쪽에서 파티가 열린답니다."

"파티?"

효인이 성마르게 물었다. 솔직히 이젠 파티라는 말만 들어도 신경이 곤두섰다.

"네. 외부 업주한테 부탁한다던데 어찌나 잘 꾸며놨는지 다들 구경 가느라……."

말하던 수련의가 갑자기 입을 다물었다. 강효인 과장의 눈초리가 더욱 써늘해진 탓이었다. 그렇지 않아도 심기 사나운 강 과장은 절대로 건들지 말라, 선배 수련의들이 신신당부를 했었는데…….

"외부 업주?"

"넷! 원장님 지시라 자세한 건 저는 잘 모르겠습니다."

"원장님?"

효인의 시선이 원장실이 있는 동문 복도 쪽으로 향하는 순간, 잡고 있던 수련의가 있는 힘껏 뒤로 내뺐다. 도망친 수련의는 버려둔 채 빠른 걸음으로 소아 병동에 도착한 효인은 역시! 하며 제 이마를 쳤다. 아버지의 장난일 줄 알았다. 무대 앞쪽에서 아이들을 이끌고 있는 찬희에게 살짝 눈인사를 하며 효인은 뒷문 쪽으로 다가섰다. 아이들의 틈바구니 속에 파묻힌 연이 보였다. 며칠 사이 얼굴에 많이 말라 있었다. 뭐, 그 자신 역시 보기 좋은 몰골은 아니었지만. 오랜만에 보는 연의 얼굴에 그의 심장은 각각 다른 템포로 뛰어댔다. 무안하기도 하고, 걱정이 되기도 하고, 또 한편으로 반가운 마음까지. 헤어진 여자와 해후하는 게 이토록 복잡한 심경인 줄 몰랐다.

효인은 복도의 그늘진 구석에 몸을 숨긴 채 가만히 연을 지켜보았다. 매일 자기 전 꺼내 보던 휴대 전화의 사진보다야 실체로 보는 그녀의 모습이 훨씬 좋다. 멀리 선 채, 효인은 손가락으로 연의 얼굴선을 조심스럽게 따라 그렸다. 그녀의 코와, 반듯한 이마, 그리고 자신이 키스를 퍼붓던 고운 입술까지⋯⋯. 이렇게 보고 있어도 어째 그리움이 사라지지 않는다.

"헤이!"

덕분에 착, 가라앉은 목소리로 효인은 겨우 연을 불렀다. 그녀를 바라보는 복잡한 감정선들 중에 그래도 가장 도드라진 건 분명 반가움이었다. 그녀와의 마지막이야 어찌 되었든 보고 싶다, 밤마다 노래를 부르던 연의 등장이었으니 효인으로서는 꽤 반가운 기색을 드러낸 편이었다.

그렇지 않아도 행여, 나타나지 않을까 노심초사하던 효인의 목소리인지라 아이들을 챙기던 연의 고개가 발딱 일어섰다. 마주 친 그의 얼굴에 그녀의 심장도 같이 툭 떨어졌다. 미운 사람이라, 못을 박았음에도 자신도 모르게 설레는 건 어쩔 수가 없었다. 그런 마음이 들킬까, 연은 일부러 입매를 꼭 여물었다. 부드럽게 풀려 있던 효인의 눈동자가 그녀의 굳은 얼굴에 살짝 굳어졌다. 연이 고개를 까딱거렸다. 의례적인 목인사에 효인이 어설픈 미소를 지었다. 연과 헤어진 후 미소에 유독 자신이 없어진 그였다.

"헤이, 얼음 아가씨! 이제 그만 문 좀 열어주시지 그래? 들어가기 힘들잖아?"

"문은 열려 있어요."

연이 눈짓으로 활짝 열려진 뒷문을 가리켰다. 효인이 성큼 다가서자 근방에 있던 간호사들이 일제히 인사를 건넸다. 심지어 호기심으로 근방에 얼쩡거리던 인턴 하나가 차렷 자세로 허리를 굽히더니 후다닥 사라져 버린다. 흘끔거리는 간호사들 속에 연은 불편한 기색으로 옷자락을 훔쳤다. 효인의 시선은 끈덕지게 그녀에게서 붙들고 있었다. 좀처럼 떠나지 않는 그의 시선에 연은 어찌할 바를 몰랐다. 그사이 좀 마르기는 했지만 훨씬 근사해 보이는 모습에 심장이 계속 콩닥거리는 것도 난감하다. 제 동료들 속에 있는 그는 제법 의사다운 몰골인데다, 적당한 권위감도 있어 이제껏 그녀가 알고 있던 가벼움과는 거리가 멀었다. 그 모습조차 매력적으로 보이는 걸 보니 단단히 콩깍지가 씌웠나 보다. 제 곁에 앉은 아이의 무릎에 냅킨을 깔아주며 연은 효인을 몰래 흘끔거렸다. 전보다 더 자란 머리카락이 이마 위에 길게 늘어져 훨씬 부드러운 음영을 드리우고 흥갈색의 눈동자는 더욱 깊어져 있었다.

"선생님! 저 보러 오신 거예요?"

연이 깔아준 냅킨 위로 조신하게 접시를 받던 아이가 다가온 효인을 향해 열렬한 환영을 펼쳤다.

"그 녀석이야."

아이에게 손을 흔들어주며 효인이 설명했다.

"네?"

"내가 수술해 준 녀석! 이번 주부터 소아 병동으로 내려왔어."

덩치가 진하보다 작은 주제에 용감하다, 연신 칭찬하던 환자가 이 꼬마란다. 아이를 바라보는 연의 얼굴에 안쓰러움이 스쳤다. 정말 그의 말처럼 잔뜩 마른 아이는 유치원생보다 덩치가 더 작았다. 매일 그에게 이야기를 들어서 그런가? 처음 보는 아이인데도 친근감이 들었다.

"선생님, 여기 제 옆에 앉으세요. 이거 다 먹고 나면 비눗방울 공연이 있대요."

아이가 제 옆 자리를 두드렸다. 효인을 바라보는 아이의 눈에는 선망이 가득했다. 연은 효인 몰래 눈살을 찌푸렸다. 효인이 선 자리만큼이 딱 좋다. 더 이상 안으로 침투해 들어오면 마땅히 그를 피할 만한 공간이 없었다. 그런 연의 마음을 뻔히 알면서도 효인은 태연히 아이의 옆 자리로 성큼 들어왔다.

"내 건 없는 건가? 오전 내내 수술하느라 점심 굶었는데."

웃기지 않게 효인이 투정했다. 햇살 속에 얼음보다 더 차갑게 그녀를 내치던 사람과 사뭇 다른 태도였다. 당신은 뭐든 그렇게 쉽죠? 연은 속으로 물었다. 아무렇지도 않은 듯, 자신에게 농담을 건네는 그의 무딘 성격도 이 정도면 도가 지나치다. 양팔을 엇갈려 단단히 제 몸을 가둔 채 연은 뻣뻣하게 그를 노려보았다. 다가오지 마요! 온몸으로 그를 거부하는 사이, 앞쪽에서 우~ 소란이 일었다. 기다렸던 공연자가 나타난 모양이었다. 효인 옆에 찰싹 달라붙어 있던 아이의 관심도 그새 무대 쪽으로 향했다. 잠시, 두 사람 사이로 기묘한 기류가 흘렀다.

"나도 배고픈데……."

효인이 또다시 재촉했다. 순간, 내내 억누르고 있던 화가 위로 불쑥 솟구쳐 올랐다. 그의 무릎 위에 남은 음식을 내던지다시피 올려놓고 연은 곧장 파티장을 나서 버렸다. 부글부글, 활화산처럼 감정이 자꾸 머리끝으로 솟았다. 조금이나마 달라졌다 생각한 건 결국 외모뿐이었다. 그는 여전히 장난스럽고, 뻔뻔하고, 제멋대로이다. 적어도 그날 일 정도는 사과해야 하지 않은가! 이렇게 농담 따위로 넘어갈 만큼 그녀의 상처가 가볍다고 생각했을까? 아님, 그녀의 상처 따윈 그에게 별 상관이 없는 걸까? 심장이 욱신거렸다. 그를 만나면, 늘 이렇게 가슴이 아프다. 화가 나면서도 아프고 어딘지 조금은 슬퍼지고 말이다.

"헤이, 남궁연!"

연이 건네준 접시를 아이 옆에 놓은 후 효인이 후다닥 뛰어왔다.

"이거 놔주세요, 강효인 씨!"

연은 말을 딱딱 끊었다. 그로 인해 가슴 아팠던 일들이 정작 당사자인 효인에게는 아무런 영향을 주지 못하는 게 화가 났고, 억울했다.

"너, 사랑앓이 하니? 왜, 애인하고 싸웠어?"

콩나물 사건 이후로 효인에 대한 호감도가 급상승한 엄마가 닦달을 해댈 정도로 연은 입맛을 잃었었다. 자는 것 역시 마찬가지였다. 그저 속상하고, 답답했다. 상처에 덧씌워진 상처가 이젠 치유하기 힘들 정도로 깊이 박혀 예전처럼 단단해질 수도 없었다. 그런데도 그는 전과 다름없이 환하게 웃고, 자신의 영역 속에 당당히 살아가고 있는 게 화가 치밀었다.

그의 껍질을 부수어 버리고 싶어!

연은 속으로 외쳤다. 부서진 자신의 가면처럼 효인을 둘러싼

저 당당함도 부숴 버리고 싶었다. 그의 벌거벗은 내면과 겉으로
만 드러내지 않은 깊은 웃음을 원했다. 얼음 아가씨라니! 연이
생각하기에 두꺼운 얼음으로 싸여 있는 건 자신이 아닌 효인이
었다.

"사과하고 싶어."

그녀를 붙든 효인이 뒤늦은 사과를 했다. 며칠 동안 연으로
인해 괴로웠던 심정의 결과였다. 다시 한 번 시작하고 싶다. 연
을 놓치기 싫었고, 보고 싶을 때 볼 수 있기를 원했다. 그녀가
싸온 도시락을 함께 먹기를 원하고, 가끔은 한강에서 그 맛없는
컵라면도 먹기를 바랐다.

"그 녀석과 함께 있는 게 좀 질투가 났어. 그런 식으로 화풀이
를 하는 게 아니었는데…… 내 잘못이야. 다시 시작해 보는 건
어때? 그런 녀석으로 인해 이렇게 끝을 내는 것처럼 어리석은
일은 없다고 생각해."

그의 사과에 연은 시니컬한 태도를 취했다. 그는 아직 모르고
있었다. 진실로 둘에게 문제가 되는 건 규원이라는 존재가 아니
다. 그녀가 아팠던 건 제 감정을 철저히 가린 채 겉으로만 웃는
효인이었다. 사랑을 이야기 하지만 제 정작 자신의 사랑은 보이
지 않는다. 규원이나 효인이나 똑같다. 다들 사과하고 다들 다
시 시작하자 하지만 정작 그 사과의 본질은 둘, 모두 깨닫지 못
한다. 또다시 그녀가 경계선에 침투하면 효인은 여전히 같은 태
도를 보이겠지.

연은 효인에 대한 미련을 과감히 털어냈다. 다시는 그의 싸늘한 시선을 받고 싶지 않았다. 아니, 더 진실로 말하자면 효인이 아닌 다른 누구와의 사랑도 자신이 없었다. 내 연인에 대한 작은 독점도 질투가 되어버리고, 질투를 하는 그녀의 모습처럼 추한 건 없었다. 연은 냉정한 태도로 한 걸음 물러섰다. 전에 규원을 대했던 태도와 별반 다를 게 없었다. 효인은 그 동질을 금방 알아차렸다. 이 사랑스런 얼음 아가씨는 절대 그를 받아들이지 않을 생각이다.

"강효인 씨, 사과는 받아들일게요. 하지만 다시 시작하고 싶지는 않아요."

"아, 이런……. 난 진지하게 사과를 하고 있는 중이고, 당신을 사랑한다는 말도 진심이야. 그리고 그 사랑을 포기할 생각도 없어. 그러니 한 번쯤은 용서해 주는 건 어때?"

"사과를 받아들인다고 했잖아요?"

"받아들이는 것과 용서는 다르다는 뜻이 아닌가?"

미련스럽지 않은 효인은 그 차이를 쉽게도 알아차린다. 그의 말처럼 더없이 진지한 눈동자이긴 했지만 연은 고개를 저었다. 효인은 사랑하기에 녹녹한 사람이 아니다. 그의 미로 같은 내면에 조금씩 지쳐갈 거고, 그러다 또다시 이렇게 서로에게 상처를 남길 게 뻔했다. 연의 단단한 경계에 효인은 낮은 한숨을 내쉬었다. 경계선! 그녀가 지금 비난하는 건 규원에 대한 질투가 아닌, 그의 경계선임이 분명했다. 결국, 효인은 정면으로 들어설 수밖에 없었다. 사랑한다는 고백으로 알아차릴 줄 알았는데…….

"경계선 안에 당신은 이미 들어와 있잖아?"

"무슨 경계선을 말하는 거죠? 당신의 마음 안에 얼마나 많은 경계선이 있는지 모르죠? 당신은 미로 같아요. 끝인가 싶으면 다시 꺾어지고, 겨우 도착했다 싶으면 막다른 골목이죠. 내게 당신은 너무 버거운 사람이에요."

아마 효인 스스로도 제 마음속에 담긴 수많은 경계선의 의미조차 다 알 수 있을까, 싶을 정도였다. 한 번이라도 포장되지 않은 그의 내면을 보았다면 연은 이토록 부정적이지 않았을 것이다. 효인은 단단한 호두 같다. 여린 손으로는 절대 부서질 수 없고, 단단한 망치로 때리면 안에 담긴 그 자신 역시 산산이 부서져 버리는…….

그의 마음을 열기엔 자신이 많이 부족하다는 것도 안다. 그렇다고 해서 단단한 망치로 그를 깨어 부수고 싶지도 않았다. 그저 단단한 호두는 그렇게, 그 모습대로 남겨두는 게 좋다.

"내가 당신을 사랑한다 해도?"

"당신이 하는 사랑은 껍질 같아요. 진실로 당신 내면 속, 깊이 누가 있는지 한번 봐요. 아마도 절대 난 아닐 거예요.

"당신이 아니면 누구라는 거지?"

효인이 집요하게 캐물었다. 연은 고개를 저었다. 그의 형수라도 좋았고, 그 자신이라 해도 좋다. 중요한 건 그 누구라 해도 더 이상 그녀가 상관할 바가 아니라는 거다.

"한 번이라도 가슴 깊이 울어본 적이 있어요?"

연이 물었다.

"아니."

당연하겠지.

"당신이 가슴속 깊이, 진한 눈물을 흘릴 수 있다면 사랑이라는 걸 할 수 있겠죠."

"당신이 울게 해주는 건 어때?"

"아니요. 그러기엔 난 너무 겁쟁이예요."

연의 음성이 갈라졌다. 이제 겨우 추슬러진 그녀의 심장에 자꾸 돌을 던지는 효인이 원망스러웠고, 효인은 열어진 제 심장을 알아차리지 못한 연이 답답하고 안타까웠다. 높아진 두 사람의 언쟁 속에 지나가던 의료진들이 흘끔거리기 시작했다. 그 속에 소아 병동 수간호사의 모습도 보였다. 원장에 이어 강효인 과장까지. 연달아 두 부자가 한 여자에게 매달리는 걸 본 그녀는 몹시 흥분했다.

연의 거절에 효인은 처음으로 심장이 싸늘해지는 걸 느꼈다. 이 여자, 진심이구나! 그제야 효인은 사태의 심각을 깨달았다. 그가 아무리 사랑한다, 외쳐도 지금의 연에게는 단지 공허한 메아리일 뿐이라는 걸 말이다. 그래서 효인은 진실로 당황했다. 진심이었고, 진심이었기에 그녀도 느낄 줄 알았다. 그러나 자신에 대한 차가운 평가에 효인은 절로 비틀거렸다.

"단단히 잠긴 건가?"

나직한 효인의 음성이 위험스럽게 울렸다. 번뜩이는 그의 눈매에 구경 삼아, 어정거리던 의료진들이 재빨리 흩어졌다. 이토록 절제되지 못한 강효인 과장을 본 적이 없었기 때문이다. 더이상 그 자리에 남아 있다간 뼈도 못 추릴 기세였다. 다들 사라진 텅 빈 복도에서 효인과 연은 팽팽히 대치했다. 진지한 까만 눈동자가 그를 쏘아보았다. 과실 같은 도톰한 입술이 살짝 벌어졌다. 효인은 살짝 입술을 축였다. 두 번째 키스의 달콤함이 눈치없이 떠오른 탓이었다. 다시 한 번 맛보고 싶었는데……. 차분한 음성으로 연은 효인의 질문에 대답해 주었다.

"네! 강효인 씨한테만큼은요."

그리고 다른 누구에게도. 하지만 뒷말은 그대로 삼켰다.

"아, 이런……."

효인이 길게 말을 늘였다.

"어렵군."

연이 질끈 눈을 감았다. 심장이 공허하다. 그와 함께 있어도 없는 것처럼 공허하고 텅 비었다. 더욱 절감되는 벼랑 끝에서 연은 효인의 얼굴을 가슴에 담았다. 빙긋, 웃지 않은 그의 얼굴은 처음이었으니까.

#15

효인이 흔들리지 않은 건 아니었다. 연의 복잡한 심경이 어렵다기보다는 이 상황 자체가 그랬다. 차라리 이규원과 관련된 문제였다면 조금 쉽고 간단하게 풀어갈 수 있지 않았을까? 하지만 연은 규원과 상관없이 효인 그 자체를 부정했다. 그래서 효인은 흔들렸고, 당혹스러웠다. 진실로 난국이다.

자, 이제 당신은 어찌할 생각이지?

연은 그렇게 그에게 묻고 있었다. 짧은 순간 동안 많은 생각들이 그의 뇌리를 스쳐 갔다. 첫 번째 방법은 이 귀찮고 번거로운 것들을 놓아버리는 것이다. 우선은 연이 그러길 원하고, 정면으로 그의 거만한 사랑을 맞받아쳐 버렸으니까.

하지만 효인의 심장은 그 반대를 부르짖고 있었다. 놓고 싶지 않다. 연은 미지의 생물체 같다. 단단하지만 여리고, 여린 듯하지만 강하다. 어느 사이 성큼 그의 내면 깊이 발을 디뎌놓고서도 그의 전부를 가지지 못했다, 아이처럼 투정이었다. 그래서 놓을 수가 없었다. 그녀가 없는 삶은 생각만 해도 지루하다. 결혼이라는 거 원래부터 생각하지 않았으니 지금 연과 헤어진다고 해서 크게 불편할 건 없었다. 굳이 결혼을 해야 할 이유도 없었고, 사랑을 해야 할 이유도 없었다. 하지만 그녀가 떠나는 건 싫다. 그것이 효인의 심장이 내린 결론이었다. 잠시 고심을 하며 효인은 연을 바라보았다. 그의 심장은 온통 어지러운 국면 속에서 헤매이고 있는 중인데 정작, 돌을 던진 당사자는 아이처럼 순하고 맑은 얼굴이었다.

쳇! 효인은 투덜댔다. 하지만 그녀를 구성하는 모든 것들이 아름다운 것만은 부정할 수 없었다. 어느 것 하나 아름답지 않은 게 없었다. 답답하리만큼 고지식한 저 성격도 아름다웠고, 엄청난 파문을 던져 버린 주제에 제 일이 아닌 양, 말똥거리는 거 순백의 눈동자도 아름답다. 곧게 뻗은 긴 목선도 섬세하도록 아름답고, 길게 그늘진 눈썹 한 올까지 설레일 정도였다. 효인의 입술이 살짝 비틀렸다. 진실로 반했고, 진실로 놓아주고 싶지 않다.

좀처럼 흔들리지 않는 효인의 시선을 연은 지지 않고 마주 보았다. 한 치도 물러서지 않을 셈이었다. 솔직히 오만한 그의 성격으로는 이 간단하고 군더더기 없는 거절에 금방 떠날 줄 알았다. 그러나 효인은 떠나지 않았다. 진지한 갈색 눈동자가 유리알처럼 햇살에 반사되어 마주 보는 그녀의 모습을 그대로 투영했다. 그의 속내를 알 수 없어 연은 가만히 서 있었다. 왜 떠나지 않는 건지, 그리고 왜 이렇게 가만히 바라보고만 있는지 조금 더 지켜볼 생각이었다. 팽팽한 줄다리기가 장시간 연장이 되려던 찰나였다.

따콩!

갑자기 이마에 따끔한 통증이 느껴져 연은 절로 앗! 소리를 내고 말았다. 야무지게 그녀의 이마를 손가락으로 튕겨낸 효인이 벙싯거렸다.

"이 조그만 머리로 사랑에 대해 무던히도 고민했나 보군. 초보자 주제에 그렇게 달관한 듯 말하지 말라고. 당황스러우니까."

그의 오만함은 이런 강펀치로도 영향을 받을 수 없는 건가? 연은 미간을 찡그렸다. 효인의 웃음 역시 거짓말처럼 멈추어졌다.

"강효인 씨, 난……!"

"당신 말처럼 내 사랑이 진실해 보이지 않을 수도 있겠지. 냉정해 보인다는 것도 인정해. 하지만 남궁연 씨! 당신은 아직 젊을지 몰라도 난 벌써 내일모레가 마흔이야. 스무 살의 뜨거운 열정으로 사랑을 느끼기엔 너무 늦은 나이이지. 솔직히 당신한테 거절당한다 해도 죽을 만큼 괴롭지는 않을 거야. 쉽게 지우지는 못하겠지만 어찌 되었든, 내 삶은 여전히 전과 다름이 없을 테고, 내 성격도 달라지지는 않겠지."

냉정한 그의 말에 얼굴이 벌겋게 상기되었다. 예상은 했었지만 직접적으로 듣는 것은 또 달랐다. 일그러진 연의 얼굴을 효인이 가볍게 톡, 쳤다. 장난스럽지만 나름 마음이 담긴 손짓이었다. 어쩐지 걱정하지 말라는…….

"내가 주는 사랑이 당신이 원하는 깊이만큼 도달하지 못했다는 것도 인정해. 당신이 진실로 원한다면 이대로 끝낼 수도 있어. 하지만 정말 후회하지 않을 자신이 있어?"

"무슨 말을 하고 싶은 거예요?"

"내 사랑이 당신보다 얕다고 해서 이대로 날 놓치는 거 말이야."

"후회하지 않아요."

연이 고집을 피웠다. 효인은 피식거렸다. 어찌 이리 고지식하고 진지한지 모르겠다. 적당히 줄다리기도 할 줄 알고, 고무줄처럼 그를 조정할 수 있는 융통성도 없다. 하지만 잔뜩 머리를 굴려가며 이리저리 자로 재는 연은 솔직히 사랑할 수 없을 것 같다.

"그런가? 하지만 난 당신과 달리 깊이 후회할 것 같아. 그래서 미안하지만 당신을 놓지 못하겠어."

웃음기없는 아몬드의 눈동자가 깊이 가라앉았다. 눈빛으로 사람의 마음이 전해질 수 있다면 이미 그의 진심은 그녀의 심장에 닿았을 것이다. 연에 관해 말하자면 그랬다. 그녀가 말한 것처럼 가슴 아리도록 뜨겁고 진한 사랑은 아닐지 몰라도, 남궁연이라는 한 여자가 자신의 인생에 작은 파문을 일으키고 있는 것만은 사실이라는 거다. 그녀와 함께 있는 시간이 즐겁고, 그녀가 없는 곳에서는 그녀가 보고 싶다. 그것만으로는 연이 원하는 사랑이 아닐지라도, 어쨌든 효인은 이토록 자신의 영역으로 침투해 버린 연을 놓아줄 생각이 없었다.

"헤이, 남궁연 씨! 난 지금 당신에게 자존심을 버리고 구걸하고 있는 중이라고. 조금쯤은 불쌍히 봐주는 게 어때?"

"이건 자존심의 대결이 아니에요. 당신 말처럼 언젠가는 당신을 놓아버린 걸 후회할지 모르죠. 하지만 결국은 마찬가지예요. 깊은 상처를 입은 후에야 오늘, 용기 내어 당신을 뿌리치지 못한 걸 더 후회하게 되겠죠. 그래서 난 알 수 없는 미래보다는 지금 현재가 더 중요해요. 지금 아픈 사랑이라면 그냥 버릴래요."

"난 지금보다는 미래가 더 중요해. 오늘보다는 내일, 내일보다는 모레, 그리고 일주일보다는 한 달. 일 년이 지나면 일 년만큼 더 당신을 사랑하게 될 거야. 일 년이 지나 더 많은 시간이 흐르면 또 그 시간만큼 더 깊고 뜨겁게 당신을 사랑하게 될 테고. 함께하는 시간이 흐를수록 당신에 대한 사랑은 더 깊어지겠지."

"어떻게 그토록 자신할 수 있죠?"

"당신은 그만한 자신감이 없는 건가? 내가 아는 당신은 그래. 부러질 것처럼 강직한 성품이 좋고, 때로는 여린 상처를 받는 심장도 사랑스럽지. 당신이라는 여자는 앞으로도 더욱 깊이 내 가슴에 박힐 거야. 당신이 변하지만 않는다면……."

효인이 씨익 웃었다. 하얀 미소가 분수처럼 쏟아졌다. 연은 제 가슴을 살짝 움켜쥐었다. 햇살 속에 부서지는 미소의 파편들이 그녀의 심장에 알알이 박혀 버렸다. 아, 이건 정말 반갑지 않은 침입이다.

와하하하!

아이들의 환호성이 두 사람을 휘돌고 있던 미묘한 감정을 파사사 부서뜨렸다. 장내가 떠나도록 울리는 박수 소리는 이제 공연이 끝났다는 의미이다.

"언니, 아이들 선물이요!"

문틈으로 고개를 내민 찬희가 바쁘게 손짓을 해댔다. 병원 측에서 요구한 아이들 선물을 나누어 줄 차례였다. 그리고 나면 파티도 끝이다. 찬희 쪽으로 움직이던 연의 발걸음이 멈칫, 제자리에 섰다. 연의 시선이 효인에게 붙들린 자신의 팔 아래로 떨어졌다. 힘이 실리지 않은 손이었지만 왠지 연은 자신을 붙든 그의 팔을 뿌리칠 수가 없었다.

"당신이 그렇게 만들어줘. 매일, 매주, 매월, 매년 당신을 더 깊이 사랑할 수 있게."

아주 짧은 순간, 둘의 시선이 마주쳤다. 진심이다! 연은 순간,

그의 내면을 엿본 기분이 들었다. 그녀를 붙들지 않는 그의 다른 팔이 그녀의 머리카락을 쓰다듬었다. 그리고 보니 효인은 머리를 자주 쓰다듬는 편이다.

"언니!"

"이, 이제…… 가봐야 해요."

또다시 재촉하는 찬희의 수선에 연이 뒤로 주춤, 물러섰다. 효인의 손이 힘없이 밑으로 떨어졌다. 왠지 아쉬운 마음이 들었다. 이러면 안 되는 건데…….

효인이 어깨를 으쓱거렸다.

"다시 생각해 봐줘. 난 언제든 대기 중이니까. 지금은 당신을 기다리는 저 아이들에게 잠시 양보하지. 참, 너무 오래 기다리게는 하지 마. 기다리다 지쳐, 당신 훔쳐 갈지 모르니까."

손까지 흔들며 환하게 떠나는 그의 모습에 연은 좀처럼 시선을 뗄 수 없었다. 왜 이렇게 가슴이 아플까? 웃는 모습인데도 떠나는 그가 가슴 아프도록 아렸다. 정말 후회하게 될까? 그를 놓아버린 걸? 그를 놓아버리는 것도, 그를 붙잡는 것도 그녀에겐 모두 후회스러울 것 같다. 당신을 어떻게 해야 하죠? 돌아선 그의 등을 향해 연은 속으로 물었다.

"서둘러요, 언니! 아이들이 어찌나 성화인지 더 이상 미루었다간 테러라도 일어날 참이라니까."

결국, 기다리다 못해 복도로 뛰쳐나온 찬희가 그녀의 손에서 선물 상자를 뺏어 들었다. 뭐가 그리 신이 났는지, 구경하는 아이들보다 제가 더 신이 났다. 낮은 한숨을 내쉬며 연이 찬희 뒤를 따랐을 때였다. 익숙한 음성이 돌아서는 그녀의 뒷덜미를 붙들었다. 찌르르 울리는 느낌에 연은 저도 모르게 뒤로 돌아섰다.

"사돈!"

대리석 바닥에 울리는 경쾌한 발걸음 소리는 그의 사돈처녀였다. 환하게 미소를 지으며 반은 뛰다시피 다가가는 그녀의 손에는 이상하게 생긴 가위가 들려 있었다.

"드디어 성공했다니까! 이제 당신을 따라잡을 날도 멀지 않았어. 바짝 긴장하라고!"

그녀가 선 자리에서도 사돈처녀에게 향한 그의 대견한 눈빛이 또렷이 보였다. 마치 올림픽 금메달이라도 딴 양, 의기양양해 마지않는 유진의 머리 위로 쓰윽 뻗던 효인의 손이 잠시 허공에 멈추었다. 아마 머리를 쓰다듬으려 했을 것이다. 쓰다듬지 말아요. 연은 속으로 외쳤다. 방금 전, 자신의 머리카락에 닿았던 그의 손이 사돈처녀에게 다시 향하는 거 싫고 불쾌하다. 갑자기 효인의 시선이 빙글 돌았다. 미처 피하지 못한 연과 정면으로 부딪힌 그의 눈동자가 그녀의 속내를 꿰뚫은 듯, 씨익 웃는다. 뭐야! 연은 뜨끔했다. 허공에 멈추어진 그의 팔이 다시 천천히 제자리로 돌아왔다. 그 짧은 변화를 눈치 채지 못한 사돈처녀는 마냥 기분 좋은 너털웃음을 터뜨리고 있었다. 효인의 손은 단정하게 가운 주머니 속으로 직행했다.

"아마 난, 천재 의사가 되지 않을까 싶어."

"아직 한참은 멀었어, 햇병아리! 뭐 그래도 이 정도면 제법 노력했다고 인정은 해주지."

사돈처녀에게 말하는 와중에도 효인의 시선은 연에게서 떠나지 않았다. 연이 눈동자를 깜빡거렸다. 그의 눈빛이 너무나 따스하고 온화하다. 심장이 두근, 뛰어대어 얼굴이 후끈거렸다.

'후회하지 않을 자신이 있어?'

그의 눈동자가 묻는다. 아마 그녀의 심장은 후회하게 될지 모르겠다. 그를 놓아버린 걸 말이다. 그래서 연은 더 두려워졌다.

"언니! 뭐 해요?"

혼자 무대에서 용을 쓰던 찬희가 짜증스런 목소리로 연을 불렀다. 그리고 보니 오늘 파티는 찬희 혼자 다 해낸 셈이었다. 찬희의 외침에 멈추었던 시간이 다시 째깍거리기 시작했다. 효인의 관심도 제 앞에 놓인 사돈처녀에게 향했고, 연은 찬희를 향해 걸음을 서둘렀다. 파티가 막바지로 향하고 있는 놀이 공간엔 아직 풀어지지 못한 선물들이 내팽개쳐져 있었다. 아, 미안! 링거 줄을 단 채, 길게 줄을 서고 있는 아이들에게 사과를 하며 연은 허겁지겁 선물을 챙기기 시작했다. 늘 충만한 만족감을 주던 아이들의 기쁜 웃음도 지금은 스며들지 못했다. 이미 그녀의 심장은 다른 미소로 가득 채워져 버렸으니까.

선물을 받아든 아이들이 지극히 만족스런 얼굴로 각자의 병실로 사라진 후 연과 찬희는 남은 정리를 하기 시작했다. 몇몇,

친절한 간호사들이 도와줄 것을 자청했지만 연은 정중히 거절했다. 오래 있지 않았지만, 소아 병동의 바쁜 손은 대충 알 수 있던 탓이었다. 그래도 미적거리며 주위를 맴도는 마음 착한 간호사들 때문에 더 바삐 손을 움직이다 보니, 파티장을 나섰을 때에는 피곤이 배로 더 몰려왔다.

"잠깐만요! 남궁연 씨!"

짐을 챙겨 병원을 나서던 그녀들 뒤로 누군가 연을 숨 가쁘게 불러댔다. 육중한 몸을 흔들며 거의 기다시피 뛰어오는 사람은 소아 병동 수간호사였다.

"뭐 잊은 거 있었어요?"

"없는데……."

찬희의 물음에 연은 고개를 저었다. 나올 때, 세 번 정도 더 확인하고 나오던 터였다. 어찌나 바쁘게 쫓아왔는지 연에게 당도해서도 수간호사는 한참 동안 숨을 고르느라 말을 잇지 못했다.

"이거……."

한참 동안 숨을 고르던 수간호사가 도톰한 쇼핑 봉투를 내밀었다.

"강효인 과장님이 조금 전 수술실로 들어가시면서 부탁하신 거예요. 배웅 못하게 되어 미안하다고 전해달라네요."

"아, 네……."

"꼭 전해 드렸어요!"

다짐하는 수간호사의 얼굴에 짓궂은 미소가 피었다.

"강효인 씨가 여기 과장이세요?"

찬희가 눈을 동그랗게 떴다. 그리고 보니 찬희에겐 특별히 그에 대해 설명해 준 게 없었다. 어머, 몰랐네. 하는 찬희의 목소리엔 약간의 섭섭함이 배어 있었다. 어정쩡한 미소로 사과를 대신하며 열어본 봉투에는 약 상자가 들어 있었다.

종합 비타민제였다.

〈당신의 심장병이 낫기를.〉

정갈하고 반듯한 글씨체였다. 효인으로서는 전에 연이 술에 취해 중얼거렸던 주정이 가슴에 남아 남긴 글귀였지만, 연에게는 그보다는 좀 더 다른 의미로 다가왔다. 그녀로서는 그날의 술주정을 기억할 리 만무했고.

비타민 같은 남자!

그건 연이 처음 효인과 선을 보았을 때 느꼈던 첫인상이었다. 그래서 비타민제를 바라보는 표정이 미묘하게 흔들렸다.

"이거 비타민제 아니에요? 잘됐다, 언니! 우리 피곤한데 하나씩 깨물고 가요. 네?"

눈치 없는 찬희가 졸라댔다. 당장 포장을 뜯어내려 쭉 뻗은 찬희의 손을 연은 저도 모르게 툭, 쳐내 버렸다.

찰싹!

제법 살갗 스치는 소리가 크게 울렸다. 금세 빨갛게 변해 버린 찬희의 손등에 연은 당황하고 말았다. 벌게진 제 손등을 어루만지며 찬희가 놀란 얼굴로 연을 바라보았다. 그래도 비타민제를 나누기는 싫다. 언니! 찬희가 놀란 얼굴로 연을 바라보았다.

"아, 미안! 그래도 이건…… 좀 곤란한데……."

"강효인 씨가 준 거라 그래요? 에이, 섭섭하다."

"아니, 그게……."

변명하느라 그렇지 않아도 뜨거운 햇살이 더욱 따갑다. 약간 일그러진 찬희의 얼굴에 연이 몹시 어색해하고 있을 때, 반갑게도 휴대 전화벨이 울리기 시작했다.

〈김선영 씨.〉

액정에 뜬 이름으로는 선영이었다. 그리고 보니 아직도 효인과 휴대폰을 바꾸지도 못했다.

[일은 잘 끝났지?]

선영이 조심스럽게 눈치를 살폈다. 제멋대로 고집은 피워놓고 나름 걱정은 되었던 모양이다. 연은 일부러 쌀쌀맞게 전화를 받았다. 솔직히 화가 다 풀린 건 아니었다.

"왜? 무슨 걱정되는 거 있어?"

[그렇게 너무 화내지 마. 나도 사실은 괴로웠단 말이야. 아직

도 화 안 풀렸어?]

"풀렸다고는 말 못하겠다."

[지나친 간섭이라는 것도 알아. 하지만 강 원장님이 직접 부탁하시는데 차마 거절하기가 그랬어.]

"강 원장님?"

파티 초입에 잠깐 스쳤던 날카로운 인상의 남자를 떠올리며 연은 미간을 찌푸렸다.

[그래. 네가 직접 파티에 와줄 수 있느냐고 말씀하시는데 차마 거절할 수가 없었어. 뭐, 효인 씨가 마음에 들지 않았다면 그렇게 쉽게 받아들이지는 않았겠지만.]

"알았어."

어쩐지 맥이 탁 풀린다.

[효인 씨, 정말 괜찮은 남자야. 너와 잘되었으면 좋겠어.]

"그래……."

[이젠 화 풀어. 하루 종일, 그 일 때문에 신경 쓰느라 예단도 뭘 골랐는지 모르겠다.]

계속 이어지는 선영의 전화를 겨우 끊은 후, 연은 제 손에 놓인 휴대폰을 한참 바라보았다. 왜 바꾸지 않았을까? 바꿀 기회는 많았다. 새로 다시 살 수도 있었고, 원한다면 당장 이 병원에 맡겨놓을 수도 있었다. 하지만 효인에게 돌려주는 대신, 연은 다시 제 가방 안에 전화를 고이 넣어두었다.

아직 시간이 남았으니까.

하는 생각이었지만, 사건은 조금 다른 양상으로 터졌다. 며칠 뒤, 연은 잔뜩 성이 나 효인에게 전화를 걸었다. 어찌나 화가 났는지 그에게 전화를 거는 손가락이 부들부들 떨렸을 정도였다.

천재일우의 기회였다. 세상에서 가장 사랑하는 아빠 대신, 비겁한 기회주의자라 노래 부르는 제 엄마 옆에서 밤에 잠들지 못하는 진하의 고약한 잠버릇과 해맑은 눈빛으로 천진한 방해꾼 노릇을 톡톡히 하는 유하마저 일찍 잠이 든 밤이었다. 산은 남은 일을 미루어놓고 일찍 퇴근하길 잘했다며 속으로 쾌재를 불렀다. 거울 속에 비친 아내의 긴 머리카락만 보아도 벌써 아래가 뻐근해져 왔다. 날렵하게 몸을 일으킨 산은 사냥을 앞둔 야수처럼 아내에게 성큼 다가섰다. 방금 샤워를 마친 유인에게서는 연한 아이의 분 냄새가 흘렀다. 사랑스럽다. 이대로 한입에 털어 넣고 싶을 만큼 말이다.

산의 농밀한 혀가 유인의 하얗고 긴 목덜미를 쓸었다. 누구의 방해도 없는 달콤한 밀회의 수작이었다.

"산……."

유인이 산의 끈적한 유혹에 살짝 몸을 비틀었다. 작은 자극인데도 온몸으로 짜릿한 전율이 흘렀다. 벌써 결혼한 지 일곱 해가 되었지만 자신에 대한 남편의 끈질긴 욕구는 도무지 식을 줄을 몰랐다.

"삼켜 버리고 싶어."

한껏 고무된 낮은 음색으로 산이 속삭였다. 그의 짙은 색염이 두렵기도 하고, 부끄럽기도 해 유인은 빨갛게 얼굴을 붉혔다. 까만 눈동자는 제 주인의 욕구를 거침없이 드러내고 있었다. 정말 그의 말대로 그녀를 한입에 집어삼킬 것처럼 뜨거운 눈빛이었다. 들끓는 마그마가 단단한 지표를 뚫고 위로 치솟듯, 산의 격정이 거세게 그녀를 휘돌기 시작했다. 그새 달아오른 붉은 목덜미를 끝없이 핥고 삼키며 산은 거칠게 숨을 몰아쉬었다.

"사랑해."

유인이 속삭였다. 그 어떤 말보다 더욱 미치게 하는 말. 산의 이성이 한순간 까맣게 사라졌다. 그에게 남은 건 화산 같은 욕정뿐이었다. 목덜미를 스치던 산의 입술이 빠르게 유인의 하얀 가슴살을 집어삼켰을 때였다.

딩동!

반갑지 않은 초인종 소리가 무례하게도 뜨거운 두 사람의 열정 속으로 침범했다. 그의 품속에서 유인이 꿈틀거렸다.

"산……."

"무시해!"

산이 으르렁거렸다. 이 늦은 시간, 뻔뻔하게 그의 집에 들락거릴 사람은 이 세상에 딱 둘뿐이다. 제 건방진 동생과 유인의 건방진 여동생. 그리고 산은 그 둘 중 누구에게도 이 시간을 할애할 생각이 없었다. 처제를 사랑하긴 하지만 두 사람의 밀회까지 방해받을 정도는 아니다. 제 품에서 벗어나던 유인을 다시 강하게 끌어안으며 산은 젖가슴을 베어 물었다. 달콤한 액이 목구멍을 타고 흘렀다.

"흐음……."

절로 신음이 터져 나왔다.

딩동! 딩동!

이번에는 좀 더 성미 급하게 벨소리가 울렸다. 이런, 빌어먹을! 산이 투덜댔다. 감히 건방지게 이 시간을 방해하다니! 끝내 벨소리를 무시하며 산은 급한 손길로 유인의 옷자락을 헤쳤다. 기필코 오늘은 방해받지 않을 셈이었다. 나긋한 허리를 붙든 산의 입술이 잘 익은 과실을 지분거리던 순간, 우당탕! 거친 소리가 울리며 거대한 몸체가 침대 바닥으로 굴러 떨어졌다.

"남유인!"

성마른 산의 고함 소리가 방 안에 쩌렁 울렸다! 얼른 옷자락을 추스르며 유인이 시뻘게진 얼굴로 산을 쏘아보았다.

"자, 자꾸 벨소리가 울리잖아……."

"젠장맞을! 당신의 잘난 동생이 아니면 모자란 내 동생이 분명하잖아. 지금 이 순간 그 두 녀석들쯤은 무시해도 돼!"

산의 으박에도 옷자락을 움켜쥔 유인의 손가락은 풀리지 않았다. 침대 끝에 앉은 유인이 울상을 지었다. 산과 달리 도저히 저 시끄러운 벨소리를 무시할 수가 없었다. 지금도 딩동! 딩동! 초인종은 끊임없이 울려댄다. 이러다간 온 동네가 다 깰 참이었다. 그런데 어떻게 이런 상황에서 므흣한 분위기를 연출할 수 있느냐 말이다. 오히려 통나무 같은 산의 둔한 신경이 더 대단했다.

"하지만…… 그래도……."

"제길! 이 망할 자식들!"

끝내 유인의 옷자락이 열리지 않을 것임을 알아차린 산이 거친 욕설을 퍼부으며 현관으로 향했다. 별 볼일 없는 용건이라면 두 사람의 목을 졸라 버려도 시원찮을 판이었다.

"대체 무슨 일이야!"

벌컥! 있는 힘껏 성깔을 부리며 잡아당긴 현관문 앞에는 망할 제 동생이 히죽 웃으며 서 있었다.

"강효인!"

산이 부릅 눈을 떴다. 유진이었다면 조금 더 부드러운 반응이 나갔겠지만 제 버릇없는 동생인 바에야 성질을 참을 이유가 없었다.

"지금 당장, 네 집으로 써억 꺼지지 못해?"

"아, 내가 몹시 즐거운 시간을 방해한 모양이군."

흐트러진 옷차림과 상기된 산의 숨결로 대충 안의 상황을 인지한 효인이 깐죽거렸다. 심지어 삐죽 현관으로 고개를 디밀기까지 했다. 이런 건방진 자식이 있나! 산은 제 덩치만큼 자란 동생을 단단히 가로막아 섰다.

"경고했다, 강효인!"

"귀여운 우리 형수는 뭐 하시나? 선물 가지고 왔는데……."

산의 경고 따위야 모기가 문 것만큼도 가렵지 않은 효인은 들고 온 와인을 치켜올리며 제 앞을 가로막은 형의 몸체를 비집었다. 제 아버지와 꼭 닮은 진하는 뺀다 치더라도 유하의 열렬한 환영과 유인의 마지못한 인사 정도는 자신이 있기 때문이었다.

"강효인!"

잔뜩 골난 산의 음성도 효인은 뻔뻔하기 그지없었다.

"그만 좀 파닥거려! 오랜만에 찾아온 동생한테 웬 반가운 티를 그렇게 격렬하게 해? 오늘 하루 종일 수술실에 붙들린 데다가, 오더까지 내리느라 겨우 지금에야 짬이 났어. 그래도 형수 생각해서 선물까지 준비했는데 너무 야박한 거 아냐?"

"여기 와달라, 초대한 적도 없어. 기껏 와인 정도로 얼버무릴 생각 하지 마! 내 아내가 마실 와인 정도는 넘치도록 많으니까."

전에 효인과 함께 와인을 마신 후로, 유일하게 유인이 마시는 알코올이 와인이다. 제 아내를 위해 지하에 와인 저장고를 마련한 산의 애처가 기질을 모르는 건 아니었지만 효인은 형의 반항을 가비얍게 묵살한 후, 거실 소파에 편안히 자리했다.

"헤이!"

산 못지않게 달아오른 몰골로 안방 문 사이로 빼꼼, 얼굴을 내민 유인에게 효인이 반갑게 손을 흔들었다.

"남 선생, 좋아하는 와인 사가지고 왔는데 형이 대놓고 구박이야."

유인이 제 남편을 흘끔거렸다. 노골적으로 못마땅한 눈초리다. 효인에게 인사라도 건넸다가는 당장이라도 펄떡 뛰어오를 기세이긴 한데 또 무시하기엔 효인 역시 만만찮다.

대체 나더러 어쩌라고!

결국 물러선 건 산 쪽이었다. 연이 없는 자리이다 보니, 그와 달리 효인은 약점이 될 게 없었다. 제 동생 눈치를 살피느라 바쁜 아내 덕분에 산은 어쩔 수 없이 동생의 버릇없음을 용납해 주기로 했다. 이런, 제길!!

"당신은 먼저 자!"

제 방으로 유인을 쫓아보낸 후, 산은 끓어오르는 화를 겨우 참아내며 효인에게 잔을 내밀었다.

"오늘은 또 무슨 일이냐? 결혼도 깨졌다는 녀석이 무슨 축하할 일이 있다고."

대충, 아버지에게서 전말을 전해 들은 산이 먼저 아는 척을 했다. 제 형수를 위해 사 왔다더니 가져온 와인을 냉큼 따놓으며 효인은 테이블 위로 다리를 죽 뻗었다. 와인은 향긋한 향이 풍부했고 입 안에 남은 쌉쌀한 맛도 적당했다. 바짝 긴장된 근육을 이완시키며 효인은 느긋이 형을 마주했다.

"다시 시작해 볼 생각이야."

"뭘?"

"사랑, 그리고 결혼!"

하!

여지없이 산이 비꼬았다.

"어이가 없군. 이번엔 누구랑 하겠다는 거야?"

"당연, 남궁연이지."

"넌 사랑을 머리로 하는 거냐? 시작해 볼까, 생각하면 시작할 수 있는 거고?"

"아니! 안 되는 거 알아. 그래서 좀 힘들어."

효인이 솔직히 고백했다. 오후에만 해도 두 개의 수술 스케줄이 잡혀 있었다. 작은 실수조차 용납되지 않는 대수술이라 몇 시간 동안 작은 바늘 끝에 모든 신경을 집중하다 보면 나중엔 땀으로 흠뻑 젖은 수술복조차 벗을 힘도 없었다. 그런 중노동을 하고도 제 형 집으로 향한 이유는 끝내 돌아서지 않은 연의 눈빛 때문이었다. 손에 든 붉은 와인을 삼키며 효인은 묵묵한 시선을 내렸다.

전해졌을까?

유진과 허접한 농담을 주고받으며 슬쩍 연을 훔쳐보다 순간, 짜릿하게 눈이 마주쳤다. 떨어진 거리조차 느낄 수 없이 선명한 그 눈빛에 저도 모르게 심장이 덜컥 뛰어내렸다. 마흔을 앞둔 나이에 펄떡펄떡 가슴 뛰는 사랑이란 없다 말했지만, 명백히 그 순간만큼은 그의 냉정한 심장도 숨을 쉬었다는 거다. 그 떨림이 어쩐지 부끄러워 얼른 돌아서고 말았는데, 연이 조금이나마 그 가슴 떨림을 눈치 채지 않았을까? 생각했다.

"그녀는 뭐라는데?"

"거절! 일고의 고려도 없이."

"도도하긴 하지만 그래도 현명한 여자로군. 너의 그 오만한 사랑 정도는 쉽게 차버릴 줄 알았다."

고소하다는 산의 태도에도 효인은 불쾌해하지 않았다. 도도한 여자이기에 그의 심장을 뛰게 할 수 있었겠지.

"도도하긴 하지. 그래서 더 매력적이잖아?"

코끝을 세운 채 당당히 노려보던 연의 눈동자를 떠올리며 효인은 담담하게 대꾸했다. 거만하리만큼 도도하고, 그래서 더 사랑스러운 여자라는 건 산 역시 동의였다. 그리고 그녀로 인해 꽁꽁 언 제 동생의 심장에 작은 파문이 이는 것도. 이제껏 실패라고는 겪어본 적이 없는 동생이기에 이런 상처 한 번쯤은 제법 괜찮은 경험이었다. 어렸을 때부터 주위 사람들에게 거부감을 일으키는 데엔 탁월한 능력이 있고, 어찌나 차갑고 냉정한 녀석인지 누군가를 가슴에 품어본 적이 없는 녀석이다.

비로소 제 짝을 만난 것이리라, 산은 장담했다. 연이 끝내 효인을 거절한다고 해도 그게 운명이라면 어쩔 수 없는 일이고.

"너의 그 오만한 사랑이 누군가에게 거절당하는 즐거움을 놓칠 수는 없지. 그땐 꼭 연락해라. 이렇게 내 아내와 은밀한 사생활을 즐기는 밤중에 찾아오지는 말고!"

잔에 남은 와인을 마저 털어 넣은 산이 과장되게 하품을 해대며 안방으로 향했다.

"형!"

등 뒤로 효인의 목소리가 울렸다. 제 특유의 유쾌함이 사라진 맥 빠진 목소리였다.

"그녀가 거절하면 역시 상처가 되겠지?"

거만한 자식! 산이 코웃음을 쳤다.

"당연!"

무뚝뚝하게 대꾸하며 산은 제 아내 곁으로 사라졌다. 한때, 그 역시 같은 상처를 입었고, 힘겹게 유인과 결혼을 하지 않았냔 말이지. 그래서 동생의 힘든 사랑에도 산은 무덤덤했다. 견디어내는 것도 결국은 제 스스로의 문제이니까. 비어진 잔에 다시 와인을 채운 효인은 발코니 쪽으로 향했다. 뿌연 달빛이 흐린 하늘에 연한 빛을 드리우고 있었다. 조금 더 서울 근교로 가는 게 낫지 않을까, 효인이 충고했지만 무슨 이유에서인지 산은 별이 도드라지는 서울 근교로 이사하지 않았다. 연한 달빛만으로도 충분하다는 것이었다. 뭐가 충분한 건지 모르겠지만, 그로서는 별빛이 머무르지 않는 탁한 서울의 하늘이 좀 아쉬웠다.

와인을 들이키며 효인은 발코니의 벽에 기대어 섰다. 피곤하고 지친다. 형인 산에게 다 말하지는 않았지만 솔직히 효인은 연이 돌아오지 않을까, 두려웠다. 거짓말로라도 잡았어야 했을까? 짧은 후회가 들었지만 곧장 그 생각을 털어버렸다. 거짓말로 잡을 수 있는 사랑이란 건 굳이 지켜야 할 가치가 없다. 지금보다는 훗날, 그녀를 더 사랑하겠다는 그의 말은 진실이었다.

효인은 연이 조금 더 용기를 내주길 기다릴 수밖에 없었다. 그것이 그가 할 수 있는 유일한 일이었으므로.

조금 씁쓸한 기분으로 효인이 와인을 홀짝이고 있을 때, 주머니 속에 담겨 있던 전화가 부르르 요동을 떨었다.

〈나.〉

새로 저장한 자신의 휴대폰 번호다. 기다리던 전화라 효인은 재빨리 폴더를 열었다.

[엄마가 다 마셔 버렸어요.]

전화를 열자마자 흥분한 연의 음성이 대뜸 들려왔다.

"응?"

[엄마가……. 정말 너무해! 집에 와보니까 전부 다 마셔 버렸다구요. 한 방울도 남지 않았어! 어떻게 그럴 수가 있죠?]

평소의 그녀답지 않게 잔뜩 성이 난 음성이라 효인은 먹던 와인을 그대로 내뿜을 뻔했다. 그녀가 이토록 감정을 드러내는 성격이었나? 자신에게 이별을 고하던 순간에도 더없이 차분하고 우아한 모습이지 않았던가? 어쩐지 재미있다. 흥분된 연의 모습을 허공 속에 상상해 보는 것만으로 짜릿하리 만큼 유쾌해져 효인의 입술에 절로 미소가 스몄다. 골난 연이 알게 되면 팔딱 뛰게 될지 모르겠지만 말이다.

"헤이, 남궁연 씨! 흥분을 가라앉히고 말을 해야 무슨 일인지 알 수 있잖아? 대체 뭘 다 마셔 버렸다는 거야, 장모님이?"

"술 말이에요! 레미마틴! 당신이 내게 선물해 준! 그걸 다 마셔 버렸단 말이에요. 내 허락도 없이……. 이번엔 정말 심했어. 절대 용서하지 않을 거야."

은근슬쩍 제 어머니를 장모님이라 호칭하는데도 알아차리지 못한 연은 마구 소리를 질러댔다. 퇴근해서 집에 와보니 그가 사준 레미마틴이 남은 한 방울 없이 빈 병으로 거실에서 나뒹굴고 있었단다.

솔직히 효인으로서는 함께 먹자 약속했던 레미마틴이 빈 병으로 뒹군 것보다는 지금 현재 연의 모습이 더 흥미진진했다. 힘껏 미간을 찌푸린 채 나름, 화를 삭아내는 제법 어른스러운 모습이 선명히 떠올랐다. 그건 참으로 독특한 느낌이었다. 멀리 떨어져 있음에도, 가깝게 느껴지는 그런 기묘한.

특이하군.

효인이 속으로 중얼댔다. 이상도 하지? 문득 그녀가 몹시 그리워졌다. 그녀의 거절을 어떻게 받아들여야 할까, 며칠 내 고심했던 문제도 이 순간엔 잊었다. 나무 테이블 위로 와인 잔이 딱, 소리를 내며 내려앉았다. 붉은 액체 속에 노란 달이 담겼다.

"연아."

효인이 연을 불렀다. 생소한 호칭에 순간, 종알대던 연의 말이 뚝 그쳤다. 연이라…….

"지금, 당신에게 가줄까?"

실은 그가 가고 싶었다. 유혹을 부르는 와인에 취했고, 그녀의 성난 목소리에 취했고, 달빛에 취했다. 갑자기 몹시 외로워졌다. 느끼지 못한 외로움은 그리움으로 변모하고, 그 속에 연이 있다. 효인의 느닷없는 제안에 연의 대답은 없었다. 묵묵한 침묵이 흐르는 전화선 너머의 고요는 어느 면에서는 승낙과도 같았다. 서로 볼 수만 있다면, 아마 연은 고개를 끄덕이지 않았을까? 그렇게 효인은 단언했다.

연이 원했고, 그러므로 효인은 기쁘게 연에게 향했다. 설사, 그의 착각이라 할지라도 말이다.

도로를 질주하는 택시는 기대했던 것보다 느리긴 했지만 어찌 되었든 연의 집 앞에 그를 내려주기는 했다. 한낮의 열기가 가신 저녁의 온기는 선한 바람을 불러일으켜 늦은 총각의 가슴에 열꽃을 피웠다. 그의 전화에 연은 가벼운 니트 차림으로 대문을 나섰다.

나가지 말까?

망설이지 않았던 건 아니었지만, 결국 연은 그를 만나기로 결심했다. 우선은 허락도 없이 술을 마신 주제에 주인보다 더 골을 내고 있는 어머니의 몰골을 더 이상 봐줄 수 없어서이고, 두 번째는 그녀를 부르던 효인의 낯선 호칭 때문이었다. 그리고 오늘보다는 내일 더 많이 사랑하겠다는 효인의 진심을 알고 싶기도 했고.

"헤이!"

묵중한 철문이 열리자 효인이 성큼, 그녀 앞으로 다가섰다. 연한 와인의 향이 풍기는 효인은 한 손에 비닐봉지를 든 채 기분 좋은 미소를 지었다. 흐린 가로등 불빛에 드러난 그의 모습에 연은 아찔해졌다. 지금껏 그녀가 알던 효인과는 사뭇 다른 느낌이었다. 아니, 실상은 그를 다르게 보는 건 그녀이지 않나, 싶다. 엄마에게 잔뜩 퍼부어대고도 가라앉지 않았던 화가 이상하게도 그의 앞에선 싸악 사라져 버렸으니까. 평소와 다름없는 그의 미소 앞에서는 비어진 레미마틴이 별일 아닌 것처럼 느껴졌고, 잔뜩 곤추섰던 성질 대신 초여름의 상큼한 바람이 먼저 느껴졌다. 선선한 바람을 사이로 마주 선 연에게 효인이 맥주캔을 내밀었다.

"레미마틴 대신이야."

"말도 안 돼."

"내가 준 술이라서 더 소중했던 거 아니야?"

뻔뻔스럽게도 효인은 숨겨둔 그녀의 속내를 제 멋대로 짚어내며 빙글거렸다. 정말 화가 나! 연은 속으로 투정했다. 꽁꽁 숨기는데도 효인은 여지없이 그녀를 금방 알아차린다.

"대체 왜 그렇게 능글맞은 거예요? 다 당신 편한 대로야."

툴툴대면서도 연은 효인과 함께 대문 앞 계단에 쪼그려 앉았다. 목젖을 넘기는 맥주의 울림이 유독 크게 울려, 연은 재빨리 맥주를 삼켰다. 괜히 작은 소리까지도 신경 쓰인다. 그리고 보니 나올 때, 제대로 거울은 보고 나왔던가? 집에 오자마자 거실을 보곤 기함을 했으니까, 화장을 지울 시간까지는 없었다. 행여 눈 밑이 너구리가 되어 있지 않을까, 초조한 손길로 얼굴을 만지작거렸다.

"왜, 갑자기 불편해지셨나?"

꼼지락거리는 그녀의 손가락을 보았는지 효인이 물었다. 아니요! 빠르게 튀어나온 대답에 효인이 껄껄껄, 웃음을 터뜨렸다.

"너무 강한 부정은 긍정이라는 만고의 진리도 몰라? 아쉽게 됐어. 당신이 이토록 귀여운 여자인 줄 왜 미처 몰랐을까? 진즉에 알았으면 좋았을 텐데."

"알았다면, 날…… 조금 더 일찍 사랑했을까요?"

"글쎄?"

심심한 대답에 연은 몰래 실망을 삼켰다.

"아마도 난, 너무 거만하고 미련해서 설사 지금보다 더 귀여웠다 해도 느끼지 못했을 거야."

어딘지 쓸쓸한 음색이었다. 등 뒤로 작은 풀벌레 소리가 울린다. 그녀의 집 마당은 초여름부터 풀벌레들의 천국이다. 대문을 사이에 두고 그녀와 효인처럼 어머니도 남은 맥주를 몽땅 비워내면서 아버지에게 그녀를 흉을 보고 있을지도 모른다.

"당신이 알고 있는 내 모습은 몇 개나 될까?"

효인의 질문에 연은 곰곰이 생각에 잠겼다. 지금까지 보아온 그의 모습이 너무 많아 일일이 꼽을 수가 없었다.

"버거울 정도로 많아요. 당신은 볼 때마다 제각각 다른 모습이니까 헷갈려."

솔직하시긴.

이번엔 조금 웃음기가 섞여 있다.

"당신만큼 나를 많이 아는 사람이 없다면 믿어줄 건가?"

"그게 중요한가요?"

"나로서는 뭐, 그다지! 하지만 당신이 조금이나마 내 마음을 알아줄 수 있다면 중요한 문제가 될 수도 있겠지."

"말장난 그만 해요. 당신의 그런……."

"남 선생은 날 무서워해."

냉큼, 효인이 말을 잘랐다. 무서워한다? 생각치도 못한 표현에 연은 동그랗게 눈을 떴다. 무서워한다, 라……. 그리고 보니 그런 말을 했었다.

"우리 도련님, 굉장히 무서운데."

그의 형 내외 함께 노래방에 갔던 날, 들었던 말이었다. 연의 입장에서 한 말인 줄 알았는데 그녀 자신의 입장이었던 건가? 그날, 약간 겁먹던 눈동자가 떠올라, 연이 킥, 소리를 냈다. 시동생을 무서워하는 형수라…….

"남 선생이 아는 내 모습은 하나뿐이지. 그게 당신의 경계선이야. 귀여운 동생 같기도 하고, 형이 사랑하는 여자라 재미있기도 해서, 나름 귀여워한 것 같은데 남 선생은 아직도 날 무서워해."

"그게…… 가슴이 아파요?"

아니. 효인이 고개를 저었다.

"지금까지는 별로 신경 쓰이지 않았어. 그저 나 자신이 그녀를 좋아하고, 귀여워하는 것으로 충분했으니까. 하지만 지금으로선 그런 상황이 좀 곤란해진 건 사실이겠지. 어느 누구로 인해."

장난기 스민 그의 눈동자를 향해, 왜 설명해 주지 않았어요? 따지고 싶었지만 꾸욱, 치미는 성미를 눌렀다. 애초 설명을 했었다면 그렇게 깊은 오해는 하지 않았을 거다. 그리고 이렇게 헛된 시간을 보내지도. 그가 레미마틴을 선물할 때의 그 시점으로 다시 돌아갈 수 있으면 좋겠다. 서로 상처 주는 오해도 하지 않고, 그저 편하고 행복한 연애를 하지 않았을까?

'어떻게 허락도 없이 이럴 수 있어요? 정말, 엄마라는 사람을 도저히 이해 못하겠어!' 라고 있는 힘껏 퍼붓고도 화가 가라앉지 않아, 미처 생각할 겨를도 없이 그에게 전화를 걸었다. 이성을 잃을 만큼 화를 내본 것도 오랜만의 일이었다. 그렇게 부글부글대는데 하소연할 사람이라고는 효인밖에 떠오르지 않았다. 설사, 그가 사준 술이 아니었다 해도 결과는 마찬가지였을 것이다. 어느새 그는 중요한 순간 가장 먼저 떠오르는 사람이 되어

버렸다. 규원이나 민석 때에도 그랬다. 전혀 진중하지 않는 그
의 가벼움이 낯설고 조금 더 제 경계선을 허용하지 않는 그의
냉정함이 원망스럽긴 하지만, 그래도 그의 앞에선 가슴이 떨리
고 이렇게 함께 있어도 여전히 그립다.

"달빛이 좋군."

그녀의 심정을 아는지, 모르는지 효인이 하늘에 박힌 달 타령
이었다. 그렇게 좋다고 말할 수 있는 달빛은 아니었다. 푸른 기
를 벗어내지 못한 하늘빛이라 달은 초점을 잃은 사물처럼 뿌옇
고 흐렸다.

"아직도 거절은 고수 중이야?"

흐린 달빛에 멍하게 시선을 멈춘 그녀에게 효인이 슬쩍 운을
뗐다.

"네."

벌써 절반은 뒤로 물러선 주제에 연은 허세를 부렸다. 사랑은
언제나 더 많이 하는 쪽이 약자라고 했다. 효인이 지금 현재, 그
녀보다 더 가벼운 사랑을 한다면 어쨌든 약자는 자신이 더 가깝
다. 그게 좀 억울했다.

풋!

효인의 입술에서 바람 빠진 소리가 들렸다.

"벌써 절반은 물러선 주제에……."

"아닌데."

"속이 좀이나 빤히 보여야지? 보이지 않으려 해도 금방 보이

니까 심심해."

"당신, 그렇게 말할 때 굉장히 못되게 보이는 거 알아요?"

"앗! 북극성이다."

갑자기 효인이 버럭 소리를 질렀다. 북극성? 놀라 하늘로 고개를 든 그녀의 얼굴 위로 까만 그림자가 순식간에 덮쳐 왔다. 커다랗게 확대된 효인의 입술이 그녀의 입술을 덮쳐 하늘이 까맣다. 뜨거운 열기가 작은 입술 위로 작열했다. 동그랗게 뜬 눈으로 효인의 얼굴이 손에 닿을 듯 가까이 있었다.

"눈 감아, 아가씨! 부끄럽잖아?"

효인이 실쭉거렸다. 키스하는 순간에도 농담이군, 투덜거렸지만 그녀의 불평은 효인의 입술에 곰방 파묻혀 버렸다. 오만해서 밉고, 제멋대로 경계선을 긋는 차가운 남자인데도 연은 마음속 깊이 그를 미워할 수 없었다. 그래서 눈물이 흐르나 보다. 오랜 시간, 그로 인해 아팠던 마음이 보상이라도 받으려는 듯, 또로로한 눈물이 그녀의 뺨을 스쳐 효인의 뺨으로 떨어졌다. 유혹적이기보다는 위로처럼 애무하던 효인의 입술이 잠깐 멈추었다.

"어제보다는 내 사랑이 조금 더 깊어지지 않았어?"

"아직도 한참 멀었어요."

"이런…… 좀 봐줘."

피식거리는 효인의 입술 사이로 이번엔 연의 혀가 감싸 돌았다. 이 빚은 살면서 두고 두고 받아낼 생각이었다.

"아, 정말 연이 고 기집애, 갑자기 웬 신경질이야? 무서워 죽는 줄 알았잖아!"

대문 너머 연의 어머니가 카랑한 성깔을 부리고 있을 때, 두 연인은 제 세상에만 갇혀 달콤한 키스를 나누기에 여념이 없었다. 두 번째의 키스보다 한결 더 깊어진 세 번째의 키스는 그의 사랑처럼 더 깊어지고 농후했다. 매번 깊어지는 그의 사랑처럼 그의 키스도 깊어진다면 그녀의 짧은 숨은 금방 넘어갈 것 같다. 효인이 다정한 손길로 그녀의 뺨으로 흐르는 물을 닦아낸다. 작게 '미안!' 하고 속삭인 것 같기도 하고. 그의 사과에 연의 입술이 얄팍하게 올라섰다. 흐린 시선 너머 보이는 푸른 달빛이 어딘지 얄밉다. 그의 미소처럼 말이다.

며칠 뒤, 연의 사무실로 전의 퀵서비스 직원이 도착했다. 주인도 아닌 주제에 더 반색을 하며 선영이 상자를 받아 연에게 건네주었다.

"이게 뭐야?"

상자에 담긴 독특한 모양의 병은 한눈에 보아도 꽤나 고급스러웠다. 그녀의 손길을 따라 병 속에 담긴 홍갈색 술이 가볍게 출렁거렸다.

"이거 술 맞죠? 엄청 비싼 술인가 봐."

"그러게, 웬 술이라니? 우리랑 나누어 마시라고 보내준 거지? 맞지?"

선영과 찬희가 한꺼번에 질문해 대며 배달된 술을 감탄스럽게 바라보았다. 심지어 선영은 입맛까지 쩝쩝 다셔댄다. 병을 살피던 연의 눈에도 감탄이 서렸다.

"레미마틴 루이 13세. 왕의 술이야."

목소리가 깊이 잠겼다. 어쩐지 몹시 감동스럽다. 100년의 세월을 숙성시켜 만든 최고의 술. 설마, 엄마가 비워 버린 레미마틴 대신 이 술을 보낸 건가?

"어? 여기 쪽지가 있는데?"

선영이 병 뒤 쪽에 붙여진 포스트잇을 떼어 연에게 건네주었다.

〈반드시 흔들어 마실 것.〉

효인의 글씨체였다. 흔들어 마셔야 하는 건가? 아리송한 얼굴로 연이 살짝 병을 흔들었다. 홍갈색의 병 속에 무언가 반짝 빛을 냈다.

"뭐야? 술 속에 뭘 넣은 거예요? 금가루 넣은 술도 있다던데, 이것도 그런 건가?"

호기심을 숨기지 못한 찬희가 병에 바짝 코를 박으며 연에게 물었다. 하지만 햇살 속에 드러난 빛은 금가루보다는 조금 더 컸다. 연이 술병의 뚜껑을 열었다. 이미 개봉을 한 모양인지 병의 뚜껑은 쉽게 열렸다. 뚜껑이 열리자마자 진하고 풍부한 꽃 향이 먼저 풍겨왔다. 그리고 연한 생강 향과 과일 향까지. 코끝에 스치는 향만으로도 얼마나 귀한 술인지 알 수 있을 것 같다.

딸깍!

맛 한번 보자는 선영의 재촉을 따라 술을 가볍게 흔든 다음 술잔에 따랐을 때였다.

돌돌돌…….

시냇물처럼 청아한 울림 속에 날카로운 금강석이 술잔 속으로 떨어졌다.

"어머, 이거 반지 아니에요?"

찬희가 환호성을 질렀다. 황금빛의 술 속에 하얗게 빛을 내는 건 분명, 반지였다.

"이거 청혼 맞지? 효인 씨가 지금 너에게 청혼한 거야?"

"아마도."

그다운 청혼에 연은 절로 피식거렸다.

"어! 뭐야? 둘이 결국 결혼하게 되는 거야?"

우와, 멋지다! 탄성을 질러대다 못해, 팔딱거리는 찬희 옆에서 선영이 눈치 빠르게 물어왔다. 잘 모르겠어. 수줍게 대답하는 연의 곁으로 휴대 전화벨이 요란스럽게 울렸다. 빤히 누구인지 알겠다는 투로 선영이 눈짓을 해대자, 연의 얼굴이 잘 익은 토마토처럼 빨갛게 익어졌다.

〈연.〉

역시, 효인이다. 술잔에 빠진 반지를 이리저리 살피며 그녀보다 더 황홀해하는 두 사람에게서 조금 떨어지며 연은 몰래 효인의 전화를 받았다. 공개적인 청혼 탓에 왠지 그의 전화를 받는 것마저 부끄러워지고 말았다. 그녀가 전화를 받자마자 대뜸, 효인이 물었다.

  [답은?]

  멀리 '이게 정말 100년 동안 숙성시킨 술이란 말이에요?' 찬희의 목소리가 들려왔다.

  100년의 지혜와 100년의 사랑.

  연은 효인이 굳이 이 술을 보낸 의미를 알 수 있었다.

  "100년 정도라면 그리 손해는 아니죠."

  [하하하!]

  효인의 시원스런 웃음이 터졌다.

  [사랑해, 남궁연! 아직은 작지만, 무시하진 말라고.]

  "그래도 아직은 제가 더 손해예요."

  제법 농담할 줄도 알게 되었다. 전화선 너머 하하하! 아마도. 유쾌한 효인의 웃음소리가 들렸다. 그의 웃음을 들으며 연은 아직도 선영에게서 떠나지 못하는 100년의 술을 바라보았다. 술을 닮은 홍갈색 빛 아몬드의 눈동자가 떠오른다. 자신을 향해 사랑스럽게 웃고 있을…….

  하지만 100년이 지난다 해도 내 사랑이 더 깊을 거예요.

연은 속으로 속삭였다. 들었을까? 아마 들었을 것이다. 말하지 않아도 금방 제 속을 알아내는 그이니까. 희미한 숨소리 너머 그의 목소리가 얼핏 스쳤다.

사랑해 주어서 고마워, 남궁연.

남은 이야기

베이비 샤워 파티는 세상에서 가장 희망적이며 감동스러운 파티다. 새로이 태어날 아이를 축복하는 임산부의 행복한 미소에 연은 제가 더 울컥해졌다. 결혼을 앞두고 있어서일까? 볼록, 튀어나온 아내의 배를 사랑스럽게 쓰다듬는 남편의 모습만으로도 연은 마치 제 일인 양 가슴이 두근거렸다. 찬희의 예견대로 먼저 결혼 발표를 한 선영의 뒤를 이어 연의 결혼 날짜도 급박하게 정해져 버렸다. 계속 밀려 있는 수술 스케줄에 맞추려니 도무지 짬이 나지 않은 탓이었다. 일 년 정도 더 기다려도 된다는 게 연의 주장이었지만, 서른을 넘은 노처녀에겐 한 해가 십 년과 같다는 어머니의 억지에 효인까지 가세해, 둘의 결혼은 몇 달 사이에 후다닥 정해져 버렸다. 졸지에 혼자만 남아버린 찬희만 요사이 외롭다 노래를 부르고 있는 중이다.

인형처럼 예쁜 아이 모델의 사진들과 갖가지 꽃들로 치장된 파티와 가족들의 축하로 둘러싸인 예비 엄마에게 '빅토리아'에서는 작은 아이 신발을 기념으로 증정했다. 다음엔 태어난 아이를 고객으로 삼기 위한 이벤트용이긴 했지만 선물을 받은 부부는 완벽한 만족과 감사를 표시하며 집으로 돌아갔다.

"생명의 신비감에 감동스럽긴 한데 조금은 겁도 난다."

남은 정리를 하며 선영이 한숨을 폭폭 쉬었다. 찬희는 지난달부터 파티플래너 양성 학원에 등록해 일주일에 세 번 정도 강의를 받고 있었다. 그래서 주중에 열리는 파티는 대부분 선영과 연이 함께 맡았다. 이제 어엿한 전문가의 길로 가고 있는 찬희가 대견스럽기는 하지만, 솔직히 일정이 너무 빠듯해 새로운 '빅토리아' 식구를 뽑아야 하는 게 아닌가, 선영과 논의 중이었다. 비슷한 시기에 결혼을 하게 된 터라 지금처럼 올곧이 일에만 매달릴 수 없는 사정도 있었고.

"그래도 아이는 낳을 생각인가 봐?"

무심코 던진 농담이었는데 선영의 얼굴이 화락! 달아오른다. 어머! 연이 놀란 얼굴로 재빨리 눈치를 챘다.

"뭐야! 벌써 가져 버린 거야?"

"어우, 야~"

몹시 부끄러운 기색으로 선영이 제 배를 감쌌다. 겉으로 보기엔 별다를 게 없는 납작한 배에 아이가 담겨 있다니……. 연은 경이로운 시선으로 선영을 바라보았다.

"몇 달이야?"

"이제 겨우 6주! 생리가 워낙 정확한 편이라 좀 일찍 검사했어. 느낌도 좀 이상했고."

"뭐야! 윤기주 씨, 보기보다 능구렁이 같다. 언제 그렇게 속도를 낸 거야?"

괜히 연이 더 수줍어한다. 그렇지 않아도 요즘, 효인의 키스가 조금씩 깊어진다 했었다. 입술에 머물던 입맞춤이 점점 옆길로 들어서는 애무 속에 숨겨진 욕망을 못 느낄 정도도 아니어서 요즘 몹시 괴롭던 터였다. 그런데 선영은 이미 아이까지 가졌단다. 매일 건물 복도를 스칠 때마다 사람 좋은 미소를 짓던 기주를 떠올리며 연은 괜스레 얼굴을 붉혔다.

"기집애! 제 아이도 아니면서 왜 얼굴을 붉힌대?"

옆에서 선영이 놀려댔다. 오늘 아침에도 연의 목 언저리에 난 키스 마크를 훔쳐본 지라, 그녀의 놀림은 훨씬 효과가 컸다. 늦게 배운 도둑에 날 새는 줄 모른다더니, 요즘 효인과 연이 딱 그 모양이었다. 도대체 그 꽉 찬 수술은 언제 다 하는지 매일 아침, 사무실에 들러 찬 한잔 마시고, 그녀들의 일이 끝나면 자청해 기사 노릇까지 하니, 도무지 효인의 일정을 가늠할 수가 없었다. 바로 오늘처럼 말이다.

파티가 열린 건물을 나서자마자 긴 그림자가 두 사람 앞으로 성큼 다가섰다. 물론, 그 잘나고 거만하기 짝이 없는 강효인이다. 연의 표현을 빌리자면 말이다.

"이제 끝난 거야?"

임신한 선영도 있건만 냉큼, 제 애인 짐만 먼저 드는 효인을 선영이 얄궂게 노려보았다.

"저기요! 저도 알고 보면, 꽤 연약한 여자거든요?"

선영이 비꼬았다. 그녀의 말에 연이 빨간 얼굴로 얼른 선영에게서 짐을 뺏어 들었다. 배 아래쪽을 흘끔거리는 걸 보니 머릿속이 뻔했다. 쯧! 선영은 몰래 혀를 찼다. 천하의 남궁연이 언제부터 저렇게 빤히 속을 드러내는지 모르겠다.

"그쪽, 연약한 여자는 제 짝한테 가시구요, 저는 제 애인이나 잘 챙길랍니다."

냉큼, 연의 손에서 선영의 짐을 빼앗은 효인이 방금 도착한 기주에게 덥석 떠넘겼다. 얼마나 급히 뛰어왔는지 기주는 아직 바쁜 숨조차 고르지 못한 상태였다. 하여간 성질은…… 슬쩍 효인을 야렸다.

"아, 미안! 많이 늦었냐?"

착한 기주가 헐떡이며 못된 효인에게 사과를 했다.

"뭐, 많이는……."

정말 못됐다. 방금 도착한 주제에 마치 일찍도 도착한 양, 생색을 내며 효인이 기주에게 연의 짐을 떠넘겼다. 미리 부탁한 모양인지, 기주가 선선히 그녀의 짐을 받아 자신의 차 안에 실었다.

"어! 나도 사무실로 돌아가야 하는데?"

연이 얼른 효인을 가로막았다. 기주가 두 사람의 눈치를 살피다 재빨리 차를 출발시켜 버렸다. 차, 창문 너머 선영의 피식거리는 미소가 언뜻 비춘 건 착각이었을까?

"대체 뭐 하는 짓이에요?"

연이 마구 성질을 부려댔다. 베이비 샤워 파티라 일이 평소보다 일찍 끝나긴 했지만, 남은 일거리가 만만찮아 선영이 혼자 하기엔 좀 버겁다. 게다가 임신까지 했는데…….

"아직 해야 할 일도 남았는데…….""

"좀, 참아줘! 그것보다 더 중요한 일이 있으니까."

"결혼 예복은 다음 주에 보기로 했고, 웨딩드레스는 아직 좀 멀었잖아요?"

"그것보다 더 중요한 일."

그것보다 더 중요한 일이 있었나? 아무리 스케줄을 떠올려봐도 마땅히 떠오르는 게 없었다.

"그래도 선영이 임신까지 했는데…….""

연이 옆 눈으로 흘끔거렸다. 비밀은 아니겠지?

"뭐, 그렇다더군."

어찌나 무심한지 도무지 제 친구의 일 같지가 않다. 연은 실쭉한 표정을 지었다. 요사이 제법 부드러워진다 했더니, 가끔 그는 섬뜩할 정도로 냉정할 때가 있었다. 나중에 그의 사돈처녀, 유진이 알려준 바에 의하면 병원에서도 효인의 평은 그리 좋지 못하단다. 빙글대며 하는 말마다 어찌 잘난 척인지 다들 '재수없어!' 하고 수군댄다는데 그 말에 연은 조금 웃었다. 예전, 그토록 자신을 상처 입혔던 말들을 효인 역시 듣고 있다니…….

물론, 연과 달리 그는 제 소문을 듣고도 그다지 상처 입은 것 같지는 않지만 말이다. 아니, 어쩌면 즐기는 쪽에 더 가까울지 모르겠다.

"나중에 베이비 샤워 파티를 열어줄까 봐요. 그래도 조카가 태어나는데 그 정도쯤은 해주어야 할 것 같아서."

"베이비 샤워 파티? 그게 뭔데?"

"임산부의 출산을 축하하는 파티죠. 원래 임신하면 신경도 예민해지고 우울해지기도 쉽잖아요. 그래서 친구나 가족들을 초대해 서로 정보도 교환하고, 미리 태어날 아이를 위해 선물도 증정하면서 임신을 축하해 주는 파티예요."

"그럼, 우린 언제 할 건데?"

"네?"

"우리도 베이비 샤워 파티를 해야 할 거 아냐? 난 당장이라도 괜찮은데."

반반한 낯으로 부끄럽지도 않는 지 툭툭, 내 뱉는 말마다 저렇다. 결혼을 앞두고 있어서 그런가? 요즘 행동이나 농담들이 자꾸 형이하학적으로 향한다.

"별로 재미없는 농담이거든요?"

"난 진심이야. 정말, 당장이라도 괜찮다니까. 기주 녀석 잘난 척하는 거 더 이상은 못 봐주겠어."

효인이 미련을 버리지 못하고 불평을 터뜨렸다. 사랑도 먼저 하게 되었다 잘난 척이더니, 아이까지 먼저 낳게 되었다고 며칠 전부터 기주는 입만 열면 잘난 척하느라 정신이 없었다. 어이없는 효인의 불평에 연이 날치름하게 노려보는 사이, 차는 서울을 벗어나 근교로 향하고 있었다. 이런 곳에 중요한 볼일이 있는 건가? 의아해하는 연을 내려준 곳은 메타쉐콰이아의 녹음이 드리워진 정원이었다. 잘 다듬어진 잔디밭 너머엔 고풍스런 성을 모방한 건물이 들어서 있었다. 이른 저녁이라도 먹을 셈인 모양이다. 파티를 준비하느라 이른 점심을 먹었더니 약간 허기가 지기도 했다. 입맛을 다시며 레스토랑 안으로 들어서는 연을 이끈 곳은 몇몇 손님들이 자리한 홀이 아닌 이층이다. 따로 나무문까지 달려, 완벽히 외부와 차단된 이층은 들어서는 입구부터 진한 장미 향이 풍겨왔다. 어른거리는 촛불이 난간마다 장식되어 있고, 진한 나무 바닥 위엔 달랑 테이블 하나만 놓여 있었다. 그 위로 마치 별들을 촘촘히 박아놓은 듯, 빽빽한 크리스털로 장식해 놓은 샹들리에가 자잘한 빛을 쏘아대고 있었다. 그리고 잔잔하게 흐르는 음악……

연은 웃음을 참느라 입 끝에 단단히 힘을 주었다.

'연예인'이라니!

이층을 가득 메운 바이올린과 피아노의 선율은 우습게도 싸이의 노래였다. 그가 노래방에서 그토록 미치도록 불러대던!

"이, 이게 뭐예요?"

웃음을 참느라 나오는 목소리까지 떨릴 정도였다.

"당신만을 위한 파티."

그러나 대답하는 효인의 표정은 천연덕스럽기 짝이 없었다. 분위기 흐르는 촛불 너머 흔들리는 눈빛은 고즈넉하고 은밀스럽기까지 했다. 새는 그녀의 웃음을 모른 척, 효인이 진지하게 그녀의 손을 잡았다. 깊은 홍갈색 눈동자가 촛불 아래 별빛처럼 반짝였다.

"늘 다른 사람을 위한 파티만을 여는 당신에게 내가 열어주는 파티야. 직접 하지는 않았지만……."

키득거리던 웃음이 어느덧 멈추었다. 가슴이 울컥거린다. 생각해 보니, 그의 말처럼 늘 다른 사람을 위한 파티만 준비했지, 정작 자신을 위한 파티는 열어본 적이 없었다.

"우리의 사랑이 시작한지 100일이 되는 날이기도 하고."

향긋한 와인이 경쾌한 소리를 내며 떨어졌다. 쨍! 하고 부딪치는 잔 너머 그의 눈동자가 이글댔다. 100일 기념이라…….

그가 레미마틴에 반지를 넣어 보낸 날부터 정확히 100일째 되는 날이 오늘이었다. 고백이기도 하고, 청혼이기도 한 그날부터 두 사람의 본격적인 연애가 시작되었으니까.

짧지만 긴 여정을 함께 걸어온 연을 보는 그의 시선이 더욱 깊어졌다. 그녀를 얼마나 사랑하는지……. 하루가 지날수록 그의 사랑이 더 깊어질 거라는 말은 그대로 현실이 되었다. 일분일초의 시간이 지나가면, 그 시간만큼 그의 사랑은 더욱 깊어지고 간절해진다. 사랑을 한다는 게 이토록 행복하고 충만된 감정이라는 걸 예전엔 미처 몰랐었다. 그래서 효인은 행복했고, 행복한 만큼 웃을 수가 있었다.

"당신의 말처럼 가슴속 깊은 곳에서 진한 눈물을 흘리지는 않았지만, 그래도 당신을 사랑해."

효인의 고백에 연은 잠깐, 무슨 소리인가 했다.

"당신이 가슴속 깊이, 진한 눈물을 흘릴 수 있다면 사랑이라는 걸 할 수 있겠죠."

유한병원에서 파티를 열어주던 날, 그녀가 했던 말이다. 그 말을 옴팡지게 가슴에 묻었던 모양이다.

"믿어줄 수 있어?"

효인이 진지하게 물었다. 빤히 바라보는 갈색 눈동자에 연은 아니요. 믿을 수 없어요. 하고 놀려주고 싶은 유혹을 애써 꾸욱 눌렀다. 이토록 감동 깊은 파티까지 열어주었는데 놀린다는 건 좀 성의없지 않을까?

"믿어요."

정성껏 고개를 끄덕이는 연의 손 위로 효인의 손이 겹쳐졌다.

딱딱하지만 따뜻한 무언가가 손바닥 안에 놓였다.

연이 제 손바닥을 폈다. 동그란 진주알이 박힌 목걸이다.

아, 이거…… . 여러모로 감동이다.

"내 눈물 대신 인어의 눈물이야."

효인이 속삭였다. 연의 입술이 실룩거렸다. 그러나 알아차리지 못한 효인은 여전히 진지한 태도로 그녀에게 속삭이고 있었다.

"난 평생 동안, 당신을 즐겁게 해줄 연예인만 되어줄 거니까."

아, 이젠 한계다.

잔잔하게 흐르는 싸이의 '연예인'을 배경으로 하는 고백엔 정말로 웃지 않을 수가 없었다. 호호호! 참지 못한 연의 웃음이 끝내 터지고야 말았다.

"정말, 사랑해요. 강효인 씨! 버릇없고 제멋대로이긴 하지만 어쩔 수 없지 뭐."

효인이 건네준 진주 목걸이를 움켜쥔 채, 연은 환하게 웃어댔다. 눈자위에 눈물이 맺힐 정도로 말이다. 너무하는군. 투덜대는 효인의 불평에도 연의 웃음은 끊이질 않았다. 싸이의 노래에 맞춰 무대 위를 뛰어다니던 효인의 춤이 또다시 뇌리 속을 헤엄치기 시작했다.

정말, 어떻게 사랑하지 않을 수 있겠어?

작 가 후 기

오리무중!

연은 효인을 보는 순간, 비타민 같은 미소를 떠올렸지만 작가인 나로서는 그저 오리무중인 녀석이다.

대체 이 녀석의 뇌리 속에 무엇이 있을까?

쓰는 내내 궁금했었다. 현실에서 이런 사람이 곁에 있다면 몹시 불편할 것 같다. 나는 상대방의 속내를 짐작조차 할 수 없는데, 상대방은 내속을 몽땅 꿰뚫어 본다면 그것처럼 불편한 일이 있을까? 처음엔 이런 버릇없는 녀석에겐 이 녀석 못지않게 버릇없는 유인의 동생 유진이 더 어울리지 않을까, 생각하기도 했었다. 실제로 '청혼'을 읽어본 꽤 많은 이들이 유진과 효인의 톡톡 튀는 사랑을 유도하기도 했고.

하지만 효인과 유진은 좀 아닌 것 같다. 이 녀석들의 사랑이라면 글 내내 티격태격 싸우다 결국은 흥! 하며 돌아설 것 같은 불길한 예감이 든다. 천방지축 효인이라면 오히려 바위처럼 단단한 남궁연이 더 어울리지 않을까?

쓰는 거나, 읽는 거나 시리즈물은 그다지 환영하는 편이 아니다. 형만한 아우가 없다고 첫 작품에 대한 평이 결코 뒷 작품에 좋은 영향을 주지 못하기 때문이다. 특히, 그리 뛰어난 글 솜씨를 가지지 못한 작가로서는 더욱 부담되는 글이 시리즈다.

그럼에도 불구하고 효인의 알 수 없는 기묘한 성격이 마음에 들었고, 빙글대다 못해 느물스럽기 짝이 없는 제멋대로의 성격이 도저히 버릴 수 없이 매력적이라 어쩔 수 없이 쓰고 말았지만. 정말 이 녀석을 잘 표현했을까? 자신이 없다.

까칠한 효인에 비해 연은 오히려 유인보다 훨씬 사랑스러운 여주라 생각한다. 속으로는 구시렁 구시렁 제 할 말 다 하는 내숭쟁이 유인보다야.

연은 제 아픈 상처를 딛고 스스로를 단단히 세우는 보다 자존심있는 여자다. 효인의 냉정한 경계선을 태연히 짚을 줄 알고, 그 경계선에 버려진 제 존재에 대해서 효인에게 강력히 항의할 줄도 아는 내유외강한 면이 많다.

물론, 항상 그렇듯이 내가 생각했던 인물들을 제대로 글 속에 표현했는지는 차치하고서 말이다. 어찌 되었든 글은 끝났고, 이제 더 이상 할 수 있는 게 없으니 이 녀석들 스스로 글 속에 빛을 발하길 바랄 수밖에.

언제나 글을 쓰면 고마운 이들이 많이 떠오른다. 청어람 식구들 모두 고맙기는 하지만 특히 지윤 씨를 보면 고맙기보다는 미안함이 앞선다. 수정이랍시고 보내온 원고를 보면 온통 파란 색. 게으른 작가를 위해 매 장마다 수정 부분을 체크해 주고, 어긋난 부분과 부족한 부분을 채워 보내주는 정성을 보면 내 글이 그 노력에 미치지 못한 것 같아 어찌나 미안한지…….

어느새 삼 년이나 되는 세월을 훌쩍 글 쓰는 동안 보내 버리고, 그새 엄마의 일에 대해 노하우까지 생긴 두 아들 녀석에게도 고맙고. 처음엔 마냥 신기해하며 나름 도움을 주려 애를 쓰더니, 이젠 대충 그러려니 제 몸만 피하기 바쁜 게으른 남편이 얄밉지만 그래도 대충 사랑한다고 말은 해주고 싶다. 그리고 아마 제일 고마운 건 여전히 내 글을 기다려 주고, 읽어주는 독자이지 않을까 싶다.

한 편이 끝나면 늘 안도하고 고맙고…… 그런 마음에 글에 대한 미련을 접지 못하나 보다.

2007년 6월
―서야 拜上

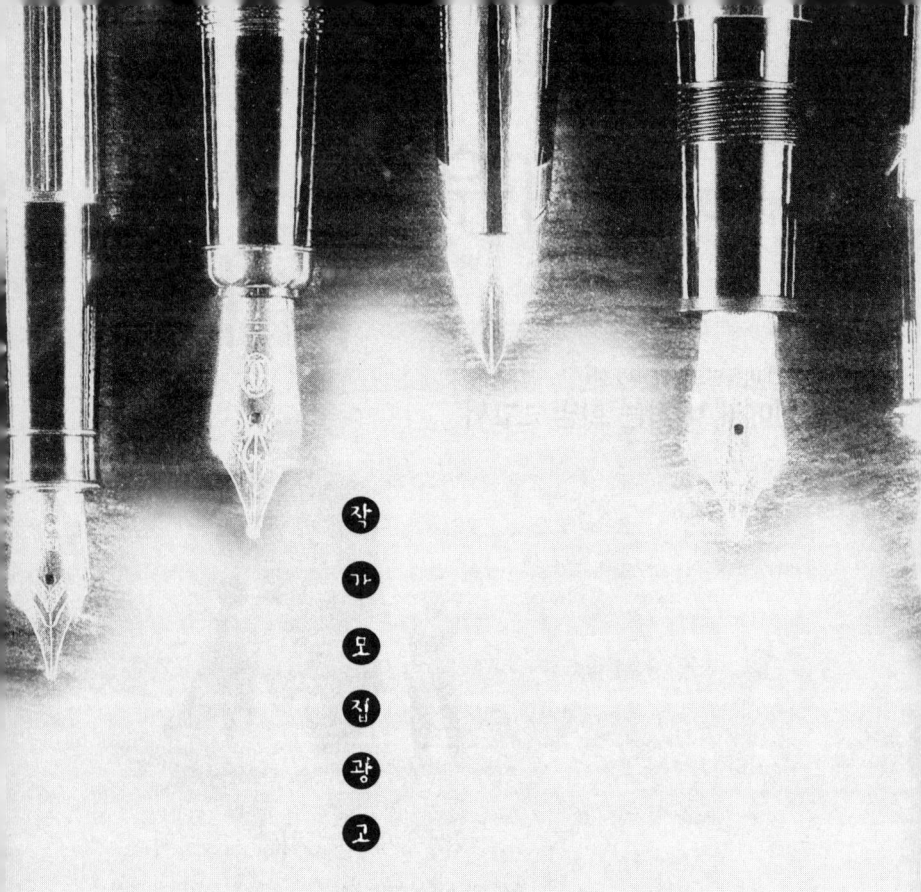

작
가
모
집
광
고

도서출판 청어람의 문은 항상 열려 있습니다.
실력있는 작가 분들의 많은 관심 부탁드립니다.

TEL:032-656-4452 · FAX:032-656-4453
http://www.chungeoram.com
http://chungeoram.egloos.com
e-mail:romance-eoram@hanmail.net